Cara Black
Mord am Montmartre

PIPER

Zu diesem Buch

Seit ihrer Kindheit ist Aimée mit Laure befreundet, die bei der Pariser Polizei arbeitet. Für die Integrität ihrer Freundin würde die Detektivin ihre Hand ins Feuer legen. Doch dann gerät Laure plötzlich unter Verdacht: Als die Polizistin ihren unliebsamen Kollegen Jacques auf einer Mission begleiten muss, wird dieser tot aufgefunden. Laure kann sich an nichts erinnern, doch ihre Pistole scheint die Tatwaffe zu sein, sie selbst hat Schmauchspuren an den Händen und wird des Mordes an ihrem Partner angeklagt. Bei dem Versuch, die Unschuld ihrer Freundin zu beweisen, begibt sich Aimée Leduc in die pittoreske Welt des Montmartre und begegnet dabei nicht nur Prostituierten, exzentrischen Künstlern und korsischen Barbesitzern, sondern auch dem Mann, der die Wahrheit über den Tod ihres Vaters kennt und sie um jeden Preis zum Schweigen bringen will – am besten für immer …

Cara Black wurde mit ihren Krimis um die Privatdetektivin Aimée Leduc, die stets in einem anderen Pariser Quartier spielen, in den USA zur Bestsellerautorin. »Mord am Montmartre« ist der dritte Roman der Erfolgsserie in deutscher Sprache. Cara lebt mit ihrem Mann und ihrem Sohn in San Francisco und reist oft in ihre Lieblingsstadt Paris. 2012 wurde ihr die »Medaille de la Ville de Paris« verliehen.

Cara Black

Mord am Montmartre

Aimée Leduc läuft in die Falle

Aus dem Englischen
von Karl-Heinz Ebnet

PIPER
München Berlin Zürich

Mehr über unsere Autoren und Bücher:
www.piper.de
Aktuelle Neuigkeiten finden Sie auch auf Facebook, Twitter und YouTube.

Von Cara Black liegen im Piper Verlag vor:
Die dunklen Lichter von Paris
Die langen Schatten der Bastille
Mord am Montmartre

FSC www.fsc.org
MIX
Papier aus verantwortungsvollen Quellen
FSC® C083411

Ungekürzte Taschenbuchausgabe
Piper Verlag GmbH, München/Berlin
September 2016

Titel der amerikanischen Originalausgabe:
»Murder in Montmartre«,
Soho Press, Inc., New York 2003

Umschlaggestaltung: Mediabureau Di Stefano, Berlin
Umschlagabbildung: iloveotto/123RF.com (Hintergrund)
und Stephen Mulcahey/Arcangel (Frau)
Satz: Christine Paxmann · text · konzept · grafik, München
Gesetzt aus der Goudy
Druck und Bindung: CPI books GmbH, Leck
Printed in Germany ISBN 978-3-492-30860-1

Zur Erinnerung an Guy Môquet und Marcel Rayman,
Résistance-Kämpfer der Gruppe L'Affiche rouge.
Und für die Geister.

In Paris ist die Vergangenheit immer gegenwärtig,
man entkommt ihr nie.
FRANÇOISE SAGAN

PARIS, JANUAR 1995

MONTAG

Montagabend

Aimée Leduc versank mit ihren Absätzen im Schnee auf der stillen, verlassenen Straße. Nur die Geister schienen zu wispern, die Geister, die in Paris allgegenwärtig waren, besonders zu dieser Jahreszeit: unruhige Seelen, die nachts über das Pflaster glitten, durch die dunklen Höfe strichen und einen Hauch des Vergangenen zurückließen.

Der metallische Geruch in der Luft verhieß weiteren Schneefall. Eisverkrustete Boote, von denen Dunst aufstieg, dümpelten auf der träge fließenden Seine. Die Lichter auf der Promenade funkelten wie Sterne auf dem schwarzen Wasser. Die vom frisch gefallenen Schnee gedämpften nächtlichen Geräusche schienen unendlich weit entfernt.

Sie eilte am Ufer der Île Saint-Louis zu ihrer Wohnung, die in einem alten Gebäude aus dem siebzehnten Jahrhundert lag, und stieg die ausgetretene Treppe hinauf. Dunkelheit und schale Luft empfingen sie. Enttäuscht hängte sie den Rucksack an den Haken neben der Tür. Es war das dritte Mal in dieser Woche, dass Guy abends wegen seines Bereitschaftsdiensts weggerufen worden war.

Sie hörte ein leises Klacken. Erschreckt schaltete sie das Licht an. »Guy, bist du das?«

Er stand in der Tür, hatte den Kragen seines weißen Hemds geöffnet, die Hände in den Taschen des Smokings vergraben, und sah sie mit seinen grauen Augen an. Sie konnte seine Miene nicht einordnen.

Dann fiel es ihr siedend heiß ein. Sie war so in ihre Arbeit vertieft gewesen, dass sie den Empfang, den er als Chefarzt seiner Abteilung für Ärzte ohne Grenzen gab, völlig vergessen hatte.

»Guy, verzeih mir ……«

»Ich bin zu spät zum Empfang gekommen«, fiel er ihr ins Wort. »Als ich im Krankenhaus eintraf, wartete ein Notfall auf mich. Ein paar Minuten später, und der Patient hätte das Augenlicht verloren. Wäre ich rechtzeitig gekommen … aber ich hab auf dich gewartet.«

Sie wurde rot. »Die Arbeit! Tut mir leid, du hättest nicht auf mich warten sollen, ich hab nicht gedacht …«

»Weißt du, im Studium hat man uns beigebracht, wie man malignes Gewebe erkennt, wie man es isoliert, wie man es freilegt …«

Sie spannte sämtliche Muskeln an. Eine frostige Kälte ging von ihm aus.

»Und wie man es entfernt, bevor es anfängt zu wuchern, bevor es auf andere Organe übergreift und das ganze Lymphsystem erstickt.«

»Guy, hör zu, das trifft doch auf dich genauso zu.«

Er ging zum Schlafzimmer und blieb in der Tür stehen. »Was war es diesmal, Aimée? Ein abgestürzter Computer, Außenstände, die du unbedingt noch eintreiben musstest, ein Hack, bei dem du die Zeit vergessen hast, oder ist René früher gegangen, und die ganze Arbeit ist mal wieder an dir hängengeblieben?«

»Nicht schlecht. Drei der vier Punkte treffen zu, Guy.« Sie wollte seine warmen Chirurgenhände auf ihrer Haut spüren, seine wunderbaren Hände, die schlanken Finger, mit denen er letzte Nacht unter dem Seidenlaken über ihren Rücken gestreichelt hatte.

Für einen Moment huschte ein verlorener Ausdruck über sein Gesicht, war aber gleich wieder verschwunden. »Es funktioniert nicht, Aimée.«

Er öffnete den Kleiderschrank und warf Hemden in eine Sporttasche. Es war ihm ernst.

»Du desertierst«, sagte sie und stellte sich ihm in den Weg.

Er starrte sie nur an. »Was?«

»Kaum herrscht etwas rauerer Seegang, springst du über Bord.«

»Wir hatten das alles schon mal.« Er schüttelte den Kopf und sah zu Boden. »Ich wollte doch, dass es klappt zwischen uns.«

»Aber es liegt nicht nur an mir«, unterbrach sie ihn. »Ständig hast du Bereitschaftsdienst, dann bist du für drei Wochen auf irgendwelchen Ärztekongressen!« Den Urlaub, Silvester und Neujahr erwähnte sie nicht.

»Ich weiß.« Er sah weg.

Blöd. Warum hatte sie das gesagt? Verlass dich nie auf einen Mann. Oder sag ihm nie, dass du es tust.

»Guy, ich werde deinen Dienstplan auswendig lernen.« Sie zog ihn an sich, warf sich ihm in die Arme. »Ich hab noch nie für jemanden solche Gefühle empfunden.«

Er fuhr ihr mit seinen warmen Fingern über die Wange. Sie schloss die Augen und sog seinen Vetiver-Duft ein. Etwas landete klimpernd in ihrer Tasche.

»Hier, deine Schlüssel«, sagte er.

»Wir können doch darüber reden!« Sie musste gegen ihre Angst ankämpfen. Warum hatte sie sämtliche Warnsignale ignoriert?

»Es ist besser so, Aimée. Für dich und für mich. Tut mir leid.« Er packte seine Tasche und ging in den Flur.

»Aber, Guy …«

Bevor sie ihn aufhalten konnte, war er schon durch die Tür.

Sie rannte ans Fenster, drückte die Nase gegen die kalte Scheibe und sah, wie er auf dem Quai in ein Taxi stieg. Sie hörte die Tür zuschlagen, hörte die Reifen im Schneematsch. Tränen traten ihr in die Augen. Zwei Monate hatten sie zusammengelebt … er war derjenige, der ihr das Augenlicht gerettet, der Gedichte über sie geschrieben hatte … Jetzt war er fort, einfach so!

Beziehungen ... sie kapierte es einfach nicht. Sollten die Menschen sich nicht einfach so nehmen, wie sie waren? Sie hatte es versaut. Mal wieder.

Sie sank aufs Bett, packte sich das Kopfkissen und bemerkte, dass sie eine seiner Socken in der Hand hielt. Sie erinnerte sich, wie sie in der Morgendämmerung im Bett gelegen hatten, draußen vor dem Fenster war die blutrote Sonne über die Dächer gestiegen, und er hatte ihr über den Oberschenkel gestreichelt, während auf dem Balkon die von ihm zubereitete dampfende Tasse Café au lait neben der dicken *Le Monde diplomatique* gewartet hatte, ihrer Sonntagsmorgenlektüre. Sie erinnerte sich, wie sich seine Nase kräuselte, wenn er lachte. Sie vergrub das Gesicht im Kissen. Schlug darauf ein. Versuchte sich vom dumpfen Schmerz in sich abzuschotten.

Eine kleine nasse Zunge leckte an ihrem Ohr. Miles Davis, ihr Bichon Frisé, brachte ihr ungeduldig die Leine. Sie hörte sein leises Japsen.

»Jetzt sind nur noch wir zwei da, Miles.«

Die Lichter der Boote auf dem Fluss schimmerten auf ihrem grün glänzenden Jade-Armreif, der am facettierten Spiegel hing. Dort, an einem Birkenzweig, bewahrte sie ihren Schmuck auf. Der Armreif war ihr von einer alten Vietnamesin geschenkt worden und sollte Glück bringen. Er fühlte sich kühl und glatt an, als sie ihn über das Handgelenk streifte, dann schlüpfte sie in eine schwarze Daunenjacke, wickelte sich zwei Wollschals um den Hals und ging die zugige Treppe hinunter, um ihren Hund auszuführen.

Ein Januarabend. Sie hatte das Gefühl, als wären sie und Miles Davis die Einzigen, die noch in Paris waren. Neben den Geistern.

Ihr war der Mann weggelaufen.

Ein Boot fuhr vorbei, rote Weihnachtsbeleuchtung erhellte noch das flache Deck. Der Wind trug die abgehackten Strophen eines von einem Akkordeon begleiteten Lieds heran, dazu die Wellen, die gegen den Rumpf schlugen.

Miles Davis lief voran und beschnüffelte das Eisengitter am Fuß eines nackten Baums. Sie rieb am Jade-Armreif, aber er strahlte keinerlei tröstende Wärme aus.

In ihrer Jackentasche vibrierte das Handy. Guy?

»*Allô*«, meldete sie sich hoffnungsfroh.

»*Bibiche!*« Sie erkannte Laure Rousseaus Stimme. Mit Laure, der Tochter des ersten Partners ihres Vaters, war sie seit ihrem achten Lebensjahr befreundet. »Komm, es gibt was zu feiern, Ouvrier geht in Rente. Du erinnerst dich noch an ihn?«

Ouvrier – ein pferdegesichtiger Flic aus dem alten Commissariat ihres Vaters. Im Hintergrund waren Stimmen und das Klingeln eines Flippergeräts zu hören. Eine Bar? Nicht unbedingt ihr Fall, mit einem Haufen alter Flics zusammenzusitzen, mit ihnen zu bechern und sich ihre Geschichten anzuhören, Typen, die schon bei der Polizei gewesen waren, als sich die Erdkruste noch nicht abgekühlt hatte.

»Wie wär's, *bibiche*? Bin ich dir nicht noch einen Drink schuldig?«

»Klingt ja fast so, als hättest du schon mal losgelegt!«

»Der Platz neben mir ist noch warm«, sagte Laure.

Aimée dachte an ihre leere, kalte Wohnung.

»Place Pigalle, du erinnerst dich an L'Oiseau?« Im Hintergrund wurde ein Lied geschmettert.

Also lieber neben Laure vom Barhocker fallen als allein in ihrem Eck-Bistro sitzen.

Aimée sah zu Boden. Unter ihren Füßen knirschte der frische Schnee. Miles Davis schien genug zu haben; sie konnte ihn nach oben bringen.

»Ich nehme ein Taxi. In einer Viertelstunde bin ich da.«

Dieser Teil von Montmartre hatte schon mehrere Glanzzeiten erlebt. Vor der Jahrhundertwende hatte hier Edgar Degas unter den *Grisettes*, den jungen Frauen, die zwischen den von Pferden gezogenen Milchkarren auf Arbeit warteten, seine Modelle gefunden. Mittlerweile sorgten Sexclubs und nordafrikanische Billigläden für ein etwas anderes Flair. Aber noch immer schlängelten sich Kopfsteinpflastergassen mit einstöckigen Künstlerateliers die Anhöhe zu Sacré-Cœur hinauf, der Kirche, die den steilen Hügel krönte.

Aimée musste sich durch dicken Zigarettenqualm kämpfen, als sie L'Oiseau betrat. Die Party war in vollem Gang. Gott sei Dank hatte sie sich im Taxi noch eine zweite Nicorette eingeworfen. Flics in Zivilkleidung, um die sechzig und älter, lehnten am verzinkten Tresen oder saßen an den kleinen runden Tischen. Sie erkannte mehrere Gesichter, Männer, die mit ihrem Vater zusammengearbeitet hatten und sich in solchen Bars heimischer fühlten als in der eigenen Küche. Früher hatte sie auch dazugehört, jetzt kam sie sich wie eine Außenseiterin vor.

Ihr Pate, *Commissaire* Morbier, saß an der Theke. Unweigerlich musste sie lächeln, als sie die goldene Papierkrone sah, die schief auf seinen graumelierten Haaren saß und so gar nicht zu seinem Bassett-Gesicht, seinen dicken Tränensäcken und Hängebacken passte. Sein Tweed-Jackett mit Ellbogenflicken roch nach nasser Wolle, vor sich auf der Theke hatte er eine halb verdrückte Galette des Rois, einen Dreikönigskuchen, daneben stand eine kleine Keramikfigur.

Wo war Guy? Hak ihn ab! Sie brauchte was zu trinken.

»Na, jetzt bist du hier der König, was, Morbier? Wo steckt Laure?«, fragte sie, winkte dem Wirt und bestellte sich eine Marzipan-Tarte. Sie nahm einen Schluck von Morbiers Glas, dann noch einen. »Das Gleiche wie immer, Jean.«

Jemand klopfte ihr von hinten auf die Schulter. Sie drehte sich um.

Eine grinsende Laure Rousseau stand direkt vor dem ausgebleichten, sich schon halb von der nikotingelben Wand schälenden Mannschaftsposter von Olympique Marseille. Wie immer strich sie sich mit der Hand über den Mund, eine unwillkürliche Geste, mit der sie die dünne weiße Narbe auf der Oberlippe zu kaschieren versuchte, den Überrest einer chirurgisch längst behobenen Hasenscharte.

»Also, *bibiche*«, sagte Laure und musterte Aimée mit ihren braunen Augen, »dann erzähl mir mal von dem Lastwagen, der über dich hinweggedonnert ist.«

War es so offensichtlich? Aimée verschluckte sich und verschüttete ihren Wein. Der Burgunder spritzte auf die Theke.

»So schlimm?«, fragte Laure.

Aimée nickte. »Guy hat Bereitschaftsdienst. Er hat immer Bereitschaftsdienst.«

»Ach, der Augenarzt. Ihr habt euch getrennt? Das tut mir leid.«

Aimée tappte mit dem Fuß auf die braunen Bodenfliesen, auf denen Zigarettenkippen und Würfelzuckerpapier lagen. »Ich hab's verbockt. Vielleicht sollte ich lieber gehen, ich will dir nicht den Abend versauen.«

Laure legte Aimée den Arm um die Schulter. »Schluss mit dem langen Gesicht! Raus mit der Sprache, erzähl mir alles!«

Und das tat Aimée dann auch.

»Der kommt wieder«, sagte Laure darauf, nachdem sie sich alles angehört hatte.

»Darauf würde ich nicht wetten. Wir sind zu verschieden.« Aimée bestellte sich ein neues Glas und nahm einen langen Schluck. Männer – sie kamen und gingen, war es nicht immer so gewesen? Es würde immer einen Neuen geben. Mit genügend Wein intus glaubte sie sogar daran, und dann würde sie auch die Nacht durchstehen.

»*Bibiche.*« Laure umarmte sie. »Du könntest jeden hier drinnen haben, jederzeit. Das Problem ist nur, sie sind alle geschieden, halten es keine Minute lang in einer Beziehung aus und sind alle so alt wie dein und mein Papa.«

»So alt, wie mein Vater jetzt wäre«, sagte Aimée. »Fünf Jahre sind es jetzt her, Laure.« Der Sprengstoffanschlag auf der Place Vendôme, bei dem ihr Vater ums Leben gekommen war – der Fall war seit Langem zu den Akten gelegt, und die einzige heiße Spur, die sie von Interpol hatte, war schon längst kalt geworden. Sie versuchte, nicht daran zu denken.

Wie vertraut sich die verrauchte Bar anfühlte. In solchen Lokalen hatten sie und Laure endlos Tic Tac Toe gespielt, wenn ihre Väter mal wieder am Wochenende Dienst geschoben hatten.

Erst jetzt fiel ihr auf, wie besorgt ihre Freundin aussah, wie nervös sie ihre langen, glatten braunen Haare nach hinten warf. Und ihr marineblauer Hosenanzug hing nur noch lose an ihr.

»Du hast abgenommen«, sagte Aimée.

Laure wandte den Blick ab.

»Ich kann mir die alten Knacker kaum vom Leib halten«, kam es von Laure prompt. »Aber von den Alten muss ich mir wenigstens nicht alle fünf Minuten irgendwelche Anzüglichkeiten anhören, so wie von den Neuen im Commissariat. Ich setze genau wie sie jeden Tag mein Leben aufs Spiel. Wenn ich am Morgen antrete, weiß ich nie, ob ich am Abend noch lebe. Trotzdem meinen sie, mich wie Freiwild behandeln zu können.«

»Du bist im Streifendienst, genau das wolltest du doch immer«, sagte Aimée mit Blick auf die Anstecknadel an ihrem Revers. »Ich würde dir ja gratulieren, aber du weißt, was ich davon halte.«

Laure war vom Innendienst zum Streifendienst versetzt worden. Was Aimée nicht für sonderlich klug hielt, sie hatten deswegen endlose Diskussionen hinter sich. Aber Laure wollte sich beweisen, was entweder von ihrem Komplex wegen der längst operierten Hasenscharte herrührte oder von ihrem Wunsch, ihrem hochdekorierten Vater nachzueifern.

»Warum musst du unbedingt dein Leben aufs Spiel setzen?«

Wieder der abgewandte Blick, die Hand, die über den Mund strich.

Schallendes Gelächter ertönte, grauhaarige Männer klatschten sich gegenseitig auf die Schulter, und in ihrem Lärm ging Laures Erwiderung unter. Die angesäuselte Menge, gewohnt, sich lautstark zu unterhalten, musste auch noch gegen das Flippergerät aus den 1950ern anschreien.

»*Encore?*« Jean, der Wirt, deutete auf ihr Glas.

Laure schüttelte den Kopf.

»Was ist los, Laure?«

Laure deutete mit dem Daumen auf einen Mann in den Dreißigern. Er hatte schwarze, nach hinten gegelte Haare, einen sauber gestutzten Schnauzer und lehnte sich über die Theke. »Mein Partner, Jacques Gagnard.«

Gagnards Mundwinkel zuckten ununterbrochen, während er in ein Handy sprach und sich eine Gitane anzuzünden versuchte. Seine Hände zitterten so stark, dass er es erst im dritten Anlauf schaffte.

Aimée kannte Typen wie ihn, nervöse Flics, die in genau solchen Bars herumhingen; die früher beim Militär gewesen und, nachdem sie ein bestimmtes Alter erreicht hatten, zur Polizei gegangen waren.

»Gerade geschieden?«

»*Bien sûr*, hat sich dann gleich einen neuen Citroën und eine Freundin angeschafft, wie üblich«, bestätigte Laure.

Musste anstrengend sein, mit so einem Partner zusammenzuarbeiten, dachte Aimée. Sie nahm einen weiteren Schluck und bemerkte das Getuschel und die Blicke, die Laure galten. Steckte da mehr dahinter?

»Was ist los? Steht bei dir schon eine Beförderung an?«

Laure holte tief Luft, schüttelte den Kopf, entschuldigte sich und ging zu Gagnard.

Aimée trank ihr Glas aus und bestellte ein neues, als sie im allgemeinen Trubel plötzlich Laures schrille Stimme hörte.

»Das ist das letzte Mal!« Sie sah Laures hochrotes Gesicht, sah, wie ihre Freundin mit der Faust auf den Tresen haute, und in der schlagartig einkehrenden Stille waren nur noch die Geräusche des Flippergeräts zu hören.

Sofort war Aimée bei Laure und konnte sie gerade noch zurückhalten, Gagnards Glas fortzuschleudern.

»*Tiens*, Laure, was ist denn los?«

Gagnard, die Lippen bislang fest zusammengepresst, grinste. »Wenn man mit jemandem auf Streife ist, dann ist das fast so, als wäre man verheiratet.« Er stieß den neben ihm sitzenden Ouvrier an, der einen Nadelstreifenanzug trug, seinen Sonntagsstaat, den er ganz sicher extra zu dieser Gelegenheit ausführte. »Aber nur fast, was, Ouvrier?«

Ouvrier antwortete mit einem nervösen Lachen. Andere fielen mit ein, und bald darauf wurden im Gläserklirren die Gespräche wieder aufgenommen.

»Zeit zum Aufbruch.« Gagnard erhob sich, klatschte einen Zehn-Franc-Schein auf die nassen Abdrücke der Gläser, die sich auf dem Tresen abzeichneten, und warf Laure einen Blick zu. »Kommst du?«

»Sie unterhält sich mit mir«, sagte Aimée und machte einen Schritt auf Gagnard zu. »Außerdem seid ihr doch gar nicht im Dienst!«

»Seit wann geht dich das was an?«, fragte er.

Bevor Aimée darauf antworten konnte, zupfte Laure sie am Ärmel. »In fünf Minuten bin ich wieder da«, sagte sie ihr ins Ohr. »Nur zwei Straßen weiter.«

Dabei sah Laure sie genau wie damals an, als sie Aimée ihr Zeugnis gegeben hatte, damit sie es versteckte.

Der Wirt winkte ab, verweigerte den Geldschein und wischte mit einem nicht allzu sauberen Tuch über die Theke. »Geht aufs Haus.«

»Zwei Straßen weiter? Gagnard ist ein großer Junge, schafft er das nicht allein?«, fragte Aimée.

Aber Laure griff sich bereits ihre Jacke vom Kleiderständer. Sie deutete mit den gestreckten Fingen ihrer behandschuhten Hand noch die fünf Minuten an, die sie fortbleiben wollte, und folgte Gagnard durch die Tür. Aimée beobachtete durch das Fenster, wie die beiden sich draußen unterhielten, und als sie erneut hinaussah, überquerten sie gerade die Straße.

Montagabend

Das rote flackernde Neonlicht, das auf Gagnards grinsendes Gesicht fiel, verlieh ihm etwas Teuflisches. Er stand neben einem schmutzigen Schneehaufen und knöpfte sich die Jacke zu.

»Das ist nicht witzig, Jacques!«, sagte Laure.

Er zuckte nur mit den Schultern und sah sie an, so wie er auch einen Welpen ansehen würde, oder eine alte Dame im Bus, der er einen Sitzplatz angeboten hatte. »Wie peinlich, so eine Szene, war das nötig, Laure?«

»Du weißt, warum!«

»Laure, du bist wirklich niedlich. Wegen meiner Pillen musst du dir keine Sorgen machen. Die verschreibt mir das Krankenhaus gegen die Verspannungen im Rücken.«

Sein nervöses Zucken hatte noch zugenommen. Und der Medikamentencocktail, den er sich zusammen mit dem Alkohol eingeworfen hatte, machte es nicht unbedingt besser.

»Es geht auch um meine Karriere, Jacques. Es ist mein erster Streifendienst.«

»Den du wem zu verdanken hast? Wer hat den Commissaire dazu überredet, bei den Prüfungsergebnissen ein Auge zuzudrücken?«

Es stimmte schon, ihre Ergebnisse waren nicht berauschend gewesen. Sie ignorierte die blinkende Sexodrome-Neonreklame, die rote Blitze auf sein Gesicht warf, sowie die großen Fotos der halbbekleideten Frauen, die für die verblassten Reize der Pigalle warben.

Er schnippte seine Zigarette in den Rinnstein, wo die orangefarbene Spitze im grauen Matsch verglühte. »Ich will dich dabeihaben«, sagte er. »Nur für den Fall.«

»Für den Fall?« Sie war überrascht und auch ein wenig geschmeichelt. Aber bei Jacques war nie irgendetwas einfach.

»Warum hab ich das Gefühl, dass du was Dämliches machen wirst?«

»Aber doch nicht, wenn du dabei bist! Ich treff mich nur mit einem Informanten. Keine Sorge, ich krieg das schon auf die Reihe.«

So wie er auch seine Ehe und die Medikamente auf die Reihe kriegte?

Der Schnee, der sich wie ein Teppich auf die Straße gelegt hatte, war unter den Reifen der Busse zu Matsch geworden, bedeckte aber immer noch die Reklametafel für LE SEX LIVE 24/7, die sich über ihnen erhob.

Jacques hatte sich nicht nur für sie eingesetzt, er hatte sie auch als Partnerin akzeptiert, als sich sonst keiner freiwillig dafür gemeldet hatte. Er hatte sie nach Dienstschluss auf einen Drink eingeladen und sich mit ihr über die Arbeit unterhalten; hatte sie zum Lachen gebracht und ihr Selbstbewusstsein gestärkt. Sie war ihm einiges schuldig.

»Wer ist dieser Informant, und warum ist es so wichtig, ihn heute Abend zu treffen?«

»Frag nicht, vertrau mir einfach!«

Der neue, auf Raten gekaufte Citroën und der Flachmann, an dem er nuckelte, wenn er sich unbeobachtet fühlte, beunruhigten sie. Jacques Gagnard hatte im Dienst hervorragende Beurteilungen … aber seine Scheidung hatte ihn schwer mitgenommen.

»Ich weiß, du stehst unter Druck«, sagte sie. »Du machst mir Sorgen. Lass uns erst darüber reden, bevor wir uns mit diesem Informanten treffen.«

Gagnard lächelte sie breit an. »Ich hab dich noch nie um was gebeten, Laure. Aber jetzt. Es ist unbedingt nötig.«

»So wie … was nötig ist?«

»Eine persönliche Sache«, sagte er. Der Wind wehte Schnee über ihre Füße. »Dieser Informant … ist schwierig.«

»Ist mittlerweile nicht die Sitte für Informanten zuständig?«

»Sicherheit schaffen, Vertrauen aufbauen, das erfordert Zeit. Es geht nur Schritt für Schritt, wenn man eine gemeinsame Basis schaffen möchte. Ich bring dir das alles bei, schon vergessen? Also, was ist jetzt, Partnerin?«

Ihr Widerstand bröckelte.

Gagnard zwinkerte. »Wie gesagt, fünf Minuten, dann sind wir wieder im L'Oiseau, okay?«

Sie ignorierte ihr mulmiges Gefühl, zog sich die Wollmütze tiefer in die Stirn und war entschlossen, herauszufinden, warum auf Jacques' Oberlippe glänzende Schweißtropfen standen, warum er unaufhörlich zuckte.

Die Place Pigalle lag hinter ihnen. Fußgänger waren nicht mehr zu sehen, nur die Anreißer der Sexclubs begrüßten auf den Bürgersteigen die Taxis, die vor ihren Türen hielten. Gagnard deutete auf seinen geparkten Citroën.

»Ich dachte, es wäre nur zwei Straßen weiter?«, sagte sie.

»Ja, aber bei dem Wetter ist es besser, wenn wir fahren.«

Sie kamen an dem Gitarrenladen an der Ecke vorbei, der in dem mit Musikgeschäften übersäten *Quartier* tagsüber ein Heavy-Metal-Treffpunkt war.

Sie bogen in die Rue André Antoine und fuhren an einem kleinen Hotel vorbei. Frischer Schnee lag auf den Mansardendächern der Gebäude. Eine Frau in schwarzem Mantel mit hochhackigen Absätzen und Netzstrümpfen stand an der Ecke unter einer *lampadaire*, dann verschwand sie im Schatten des Hauseingangs.

Gagnard parkte am Randstein in der Kurve. Er drückte auf den Knopf eines Gittertors, ein Summen ertönte, und das Tor wurde mit einem Klicken geöffnet. Laure folgte ihm, während er durch den kleinen Innenhof ging. Unter ihren Füßen knirschte das Eis. Das Gebäude war bis hinauf zum Dach eingerüstet.

Sie stampfte sich den Schnee von den Schuhen und wünschte, sie hätte Wollsocken und festere Stiefel angezogen. Ihre Handschuhe … hatte sie im Wagen vergessen. Gagnard gab den elektronischen Code ein, die Tür ging auf, und vor ihnen lag ein Flur mit einem zerschlissenen roten Läufer.

»Warte hier!«, sagte er.

»Im eiskalten Gang?«

Er *würde* was Dämliches machen. Die Dienstvorschriften besagten, dass die beiden Streifenbeamten immer zusammenblieben und sich niemals trennten.

»Wir sind ein Team, oder?«

Team? Bei der offiziellen Arbeit, ja. »Wir sind nicht im Dienst, schon vergessen?«, entgegnete er.

»Wie persönlich ist das?«, fragte sie.

»Mehr, als du denkst. Aber mach dir keine Sorgen. Ich weiß, was ich tue.« Er zog an seinem Ohrläppchen, eine Angewohnheit, die manche Frauen vielleicht liebenswert fanden. Er grinste. Monsieur Charme, so lautete sein Spitzname im Commissariat.

»Sag mir, worum es geht, Jacques.«

»Ich brauch nur jemanden, der mir den Rücken deckt.«

Hatte sie ihn vorhin völlig falsch verstanden? »Ich soll dich warnen, falls jemand auftaucht?«

Er legte den Finger an die Lippen und zwinkerte ihr zu. »Das wirst du dann schon sehen.«

Gagnard lief die Treppe hinauf. Sie lauschte seinen Schritten, bis sie auf dem dritten Treppenabsatz verstummten.

Nervös las sie die Namen auf den Briefkästen. Das passte alles nicht zusammen. Kalte fünf Minuten später folgte sie dem roten Läufer über die knarrende Treppe hinauf. Im dritten Stock, in einem fahlen Gang, in dem Bretter und ein altes Waschbecken abgestellt waren, schlug ihr ein kalter Luftzug entgegen. Eine offen stehende Tür führte zu einer dunklen Wohnung.

»Jacques? Lass diese Spielchen!«

Keine Antwort. Was hatte der Blödmann gemacht?

Sie trat in die modrige Dunkelheit. Ihre Schritte hallten auf den Holzdielen. Die Wohnung schien leer zu sein. Durch ein offenes Fenster wehte Schnee in das Zimmer. Dann hörte sie in der Ferne splitterndes Glas.

Erschrocken zog sie den Reißverschluss der Jacke auf und zückte ihre Waffe, die sie bislang nur auf dem Schießstand abgefeuert hatte. Ihr Herz pochte. Drogen! Hielt er bei illegalen Geschäften die Hand auf? War er korrupt? Nie und nimmer würde sie wegen seiner Drogensucht ihre Karriere aufs Spiel setzen. Sie spähte zum Fenster hinaus. Von Jacques war nichts zu sehen.

Sie stieg auf das Gerüst, hielt sich mit einer Hand an der Hauswand fest und tastete sich vorsichtig über die rutschigen Holzbretter.

»Laure …« Jacques' Stimme. Seine restlichen Worten wurden vom Wind verschluckt.

Eine heulende Windbö fuhr ihr ins Gesicht, als sie sich an der schiefergrauen Dachkante festhielt und sich vom Gerüst nach oben aufs Dach ziehen wollte. Dann bekam sie einen Schlag gegen den Kopf, und sie sackte in die Knie. Ein zweiter Schlag, und sie knallte in einem hellen Lichtblitz gegen das Gerüst.

Montagabend

Aimée sah erneut auf ihre Tintin-Uhr. Fast elf. »Was treibt Laure nur so lange?«

Morbier zuckte mit den Schultern und nahm einen Schluck von seinem Wein. »Gratulier Ouvrier lieber mal, bevor er geht.«

Ouvrier stand neben ihnen, in der Hand hielt er eine blaue, mit Samt ausgeschlagene Schatulle, in der eine schimmernde Golduhr lag. »Fünfunddreißig Dienstjahre.«

Er wirkte ein bisschen wehmütig.

»Herzlichen Glückwunsch, Ouvrier.« Aimée stupste ihn an. »Wie willst du dich jetzt aus Schwierigkeiten raushalten?«

»*Ma petite*, ich hab in meinem Leben genug Schwierigkeiten gehabt«, sagte er und lächelte verhalten.

Ouvrier war verwitwet, seinen Kindern entfremdet und vor allem im Winter von aufbrausendem Temperament, weil er Schmerzen im Knie hatte, Folge einer Verletzung aus seinen wilden Jahren. Jetzt hatte man ihn aufs Altenteil abgeschoben. Eine neue Generation von Flics übernahm das Ruder. Sie konnte nachempfinden, wie er sich fühlte, sie wusste um seine Narben, die äußeren wie die inneren. Noch hatte er seine Kameraden, aber bis auf die Golduhr würde ihm von seiner Dienstzeit nicht viel bleiben.

Wo steckte Laure? Aimée stand auf und zog ihre Jacke an. Es gab nur eine Möglichkeit, das herauszufinden.

Sie überquerte die Place Pigalle in Richtung der Häuser, die sich den Hügel hinaufzogen und deren Zinkdächer sich von der mondgleichen Kuppel von Sacré-Cœur abhoben. Auf halbem Weg nickte ihr der langhaarige, weißkittelige Besitzer eines Ladens für Bilderrahmen zu, der gerade den Rollladen herunterließ. Kurz erhaschte sie den Aushang zur Eröffnung eines Bio-Markts, der unter einem warholartigen, nur in Schwarz und Rot ausgeführten Seidensiebdruck von Che Guevara hing.

Montmartre verkörperte nach wie vor den Geist der Bohème. In vergangenen Zeiten hatten anarchistische Kommunarden hier gelebt, dann Künstler und Schriftsteller, die im Absinth Inspiration gesucht hatten. Jetzt gab es kleine Cafés und Theater, in denen Lyriklesungen veranstaltet wurden oder Dramatiker vor dem Stammpublikum den ersten Akt ihres neuen Stücks vortragen konnten, um die Wirkung zu erproben; dazu kamen Tanzstudios, die in Ateliers untergebracht waren, in denen früher junge Maler wie van Gogh gearbeitet hatten.

Junge Pariser wussten die umgebauten Ateliers zu schätzen und nahmen gern die steilen Stufen in Kauf, um dafür mit einem wunderbaren Blick über Paris belohnt zu werden. Schon Utrillo, Renoir und Picasso hatten sich hier niedergelassen, Impressionisten, Kubisten und Surrealisten hatten hier gemalt. Überall war noch der alte Geist zu spüren.

Von Laure keine Spur. Aimée bog um die Ecke und entdeckte einen neuen Citroën im absoluten Halteverbot, direkt unter dem Schild, das unmissverständlich darauf hinwies, dass alle Fahrzeuge abgeschleppt würden. Nur ein Flic würde sich das trauen. Ein schöner chromgrüner Citroën noch dazu. Der von Gagnard? Beim Blick durch die halb zugeschneiten Scheiben erkannte sie eine zerdrückte Tablettendose am Boden neben der Kupplung und auf dem Beifahrersitz blaue Handschuhe. Laures Handschuhe.

Irgendwas stank hier zum Himmel, wie ihr Vater gesagt hätte.

Ein Tor stand offen. Frische Fußspuren im Schnee führten durch den Innenhof zu einem dunklen Gebäude. Sie ging hinein, durchquerte den Hof und kam auf dem Eis mit den Absätzen ins Rutschen. Musikfetzen wehten vom Gebäude nebenan herüber, in einem Fenster brannte Licht. Auch eine Party?

Schnee hatte sich in der halb geöffneten Eingangstür angesammelt. Aimée trat in das dunkle Treppenhaus. Ihr Blick glitt über eine zerbrochene Scheibe mit Glasmalereien und stockfleckige Türen. Rechts lag die dunkle Loge der Concierge. Das alles war mal exklusiv und edel gewesen, jetzt sah das ganze Gebäude nur noch schäbig aus.

»Laure?«

Eine Windbö zerrte an den metallenen Briefkästen. Feuchte Fußabdrücke zogen sich über den roten Läufer auf der Treppe.

Sie folgte ihnen in den dritten Stock. Holz und Farbeimer waren unter einer Dachluke aufgeschlichtet und zeugten von Renovierungsarbeiten. Eine Wohnungstür stand offen.

»Allô?«

Keine Antwort. Sie ging hinein, ihre Schritte hallten im Flur. Vor ihr lag eine Reihe von fast leeren Räumen. In einem von ihnen stand, geisterhaft von einem Tuch bedeckt, etwas, das wie ein Klavier aussah.

Fröstelnd ging sie zurück. Irgendwas stimmte nicht in dieser frostig kalten, nahezu leeren Wohnung. Von draußen kam ein Klappern, im offenen Salonfenster erkannte sie ein Baugerüst. Waren Gagnard und Laure, diese Idioten, da rausgestiegen? Schnee wurde hereingetrieben, legte sich auf einen großen Armsessel und schmolz auf dem bereits nassen Teppich.

Vom Fenstersims trat sie auf das vom fahlen Mondlicht beleuchtete Gerüst. Ein eiskalter Wind fuhr ihr ins Gesicht, mit ihm kam dichtes Schneegestöber. Handschuhe, sie bräuchte Handschuhe. Und einen Skianzug!

Am Ende des Gerüsts erkannte sie ein abgeschrägtes Mansardendach, dahinter einen schmalen, flachen Abschnitt mit Dachschindeln und Moniereisen. Schnee lag auf den Holzlamellen der Fensterläden. Im trüben Mondlicht waren zahlreiche Fußabdrücke zu sehen. Als sie ein Knarren hörte, trat sie zögernd an den Rand des Gerüsts und sah hinunter auf die schmalen, runden Kamine und die Zinkdächer, die sich wie Stufen den Montmartre hinab erstreckten. Mit kleinen Schritten schob sie sich weiter, und dann sah sie Laure ausgestreckt vor sich liegen.

»Laure!«, rief sie.

Ein Stöhnen.

»Laure, kannst du mich hören?« Sie beugte sich zu ihr hinunter und ertastete am Hals einen schwachen Puls.

Sie durchwühlte Laures Taschen nach einem Funkgerät, konnte keines finden, zog ihr Handy heraus und wählte mit zitternden Fingern die 17, den Polizeinotruf.

»Verletzte Beamtin, möglicherweise zweiter Beamter ebenfalls verletzt, Rue André Antoine 18, auf dem Dach«, sagte sie. »Brauche Unterstützung und einen Krankenwagen, schnell!«

Das Commissariat war ganz in der Nähe. Würden sie bald eintreffen?

»Jacques«, stöhnte Laure.

Von irgendwo auf dem Dach kam ein dumpfes Pochen.

»Hilf ihm … du mm…musst …«

Aimée versuchte sich ihre Panik nicht anmerken zu lassen. Ruhe bewahren, nur die Ruhe bewahren!

»Laure, Unterstützung ist schon unterwegs … Was war hier los?«

»Jacques … hat nicht warten können, irgendein Informant … Er hat mich gerettet … ich … verdanke ihm mein Leben!«

Wenn er Laure das Leben gerettet hatte … Aimée zögerte.

»Du bist nach Jacques hochgekommen? Wo ist er?«

»Oben … nimm meine Waffe. Hilf ihm!«

Sie wollte nichts mit Jacques Gagnard zu tun haben. Oder mit seinem Informanten. Schneeflocken trieben ihr ins Gesicht, der Wind raubte ihr fast den Atem. Sie tastete nach Laures Pistolenholster. Es war leer.

Ängstlich stand sie auf, machte ein paar Schritte, stieg auf das Dach und stützte sich am Kamin ab. Dann tastete sie sich über die ebene Fläche voran, konnte im dichten Schneetreiben aber kaum etwas erkennen und stolperte.

Sie landete auf einer reglosen Gestalt. Einem menschlichen Körper. Entsetzt starrte sie in leere Augen. Gagnards Augen, von Schneeflocken bedeckte Wimpern. In der Ferne hörte sie das Heulen der Sirenen. Sie wischte sich den Schnee aus dem Gesicht, und ihre Hände waren rot. Rot vor Blut.

»Gagnard!«

Er blinzelte und verdrehte die Augen. Er versuchte ihr

etwas zu sagen. Sie tastete seinen Hals ab und fand einen schwachen Puls.

Sie ließ sich auf die Knie nieder, hielt ihm die Nase zu, überprüfte den Rachenraum und begann mit der Mund-zu-Mund-Beatmung. Ihre Hände waren eiskalt. Aber sosehr sie sich auch bemühte, seine Lippen blieben so blau wie zuvor.

»Kannst du mich hören, Gagnard? Sag was!«

Sein Mund bewegte sich. Sie legte die Hände übereinander und bearbeitete mit kurzen, harten Stößen seine Brust. Herzmassage. Aus seinem Mundwinkel rann ein dünner Blutfaden. Sie verstärkte die Massage, zählte, beatmete. Es war klirrend kalt. Schneller, sie keuchte und merkte, wie er steif wurde. »Nicht sterben, Gagnard!«

Sie wusste nicht mehr, wie lange sie ihn mit ihren kalten, tauben Händen bearbeitet hatte. Irgendwann hörte sie Schritte auf dem Gerüst, metallisches Klappern, dann wurde sie von hellen Lichtstrahlen geblendet.

»Machen Sie weiter … er … reagiert …« Sie schnappte nach Luft.

Sie hörte das Knarren eines Funkgeräts, dann die Worte »Weg von der Waffe!«. Sie wurde gegen die Wand gerammt, ihr Kopf in den Schnee gedrückt. Sie bekam keine Luft mehr. Man drehte ihr die Hände auf den Rücken, dann ein Klicken, und sie spürte den kalten Stahl der Handschellen.

Sie wehrte sich, riss den Kopf herum, versuchte die Beine zu bewegen. »Was soll das?«

Weiteres Funkgerät-Knistern, beißender Wind.

Sie holte Luft. »Helft ihm doch, um Himmels willen!«, schrie sie.

Ein Sanitäter beugte sich über Gagnard. Sie hörte die Wörter »Haarriss … subkutanes Emphysem … Austrittswunde«. Ein greller Lichtstrahl zeigte das schwarz-rote Einschussloch und das aus seiner Brust sickernde Blut.

»Zu spät«, sagte der Sanitäter. »Er ist tot.«

Sie sackte zusammen.

»Unterstützung ist eingetroffen, Spurensicherung ist unterwegs«, rief eine heisere Stimme. Wenn es einen von den eigenen Leuten erwischte, hatte der Fall immer oberste Priorität. »Schafft sie weg … vorsichtig.«

Sie spürte, wie ihre Arme angehoben, wie sie vorwärtsgeschoben wurde.

»Alles schon da gewesen«, sagte die heisere Stimme. »Erst erschießen sie ihn, dann wollen sie ihn retten …«

»Was soll das heißen? Suchen Sie das Dach ab!«, sagte Aimée. »Jemand hat die Polizistin auf dem Gerüst angegriffen. Ich hab Geräusche gehört, ich bin hoch und hab erst sie und dann ihn gefunden.«

»Sie haben ihn mit seiner eigenen Waffe erschossen.«

»Falsch, ich habe versucht, ihn zu retten.«

Weitere Schritte, der Lichtstrahl eines tragbaren Halogenscheinwerfers wurde auf Gagnards Leiche auf dem schrägen Dach zwischen den Kaminen gerichtet. Seine Mantel- und Hosentaschen waren nach außen gestülpt. Verklumptes rotes Gewebe war über den Schnee versprüht. Er war aus nächster Nähe erschossen worden. Im Halogenlicht sah sie eine Manurhin PP 7,65 mm, die in einem Plastikbeutel auf die blaue Plane gelegt worden war. Gagnards Waffe? Oder die von Laure?

Ein Beamter mit kurzgeschnittenen Haaren rollte Gagnards Hosenbeine hoch. »Seine Waffe steckt noch an seinem Knöchel. Aber diese Manurhin ist eindeutig eine Polizeiwaffe.«

»Dann gehört sie der Polizistin auf dem Gerüst«, sagte Aimée.

»Und die ist einfach so raufgeflogen?«, fragte er.

Ihr wurde klar, dass sie jetzt besser den Mund halten und warten sollte, bis sie alles der Staatsanwältin erklären konnte.

Er beugte sich über sein streichholzschachtelgroßes Gerät und sprach hinein: »Hände der Polizistin auf Schmauchspuren untersuchen.«

»Sie bringen da einiges durcheinander«, platzte Aimée entgegen ihres Vorsatzes heraus. »Gagnard war allein hier oben, er wollte sich mit jemandem treffen.« Das hatte sie aus Laures Worten geschlossen.

»Und diese Frau auch untersuchen«, sagte er. »Wir schicken sie runter.«

Der Wind wurde wieder stärker und trieb ihr Schneeflocken ins Gesicht. Jeder Atemzug tat weh. Sie hätte sich gern ihren Schal vor den Mund gewickelt. Das Unwetter, vor dem gewarnt worden war, hatte sich zu einem regelrechten Schneesturm ausgewachsen. Der Plastikwindschutz, den die Spurensicherung aufgestellt hatte, wurde vom Wind erfasst und davongetragen.

»Schnell, einen neuen Windschutz!«, rief einer von der Spurensicherung. »So was hab ich seit 1969 nicht mehr erlebt!«

Mitarbeiter der Spurensicherung packten neben der Dachluke ihre Ausrüstung aus, taten sich aber bei den Witterungsverhältnissen schwer.

»Das Licht ändert sich mit jeder Sekunde!«, sagte der Fotograf und tastete sich mit gezückter Kamera durch den knirschenden Schnee. »Beeilt euch, ich bekomme nur miese Belichtungswerte.«

Aimée sah, wie sämtliche Spuren, möglicherweise allesamt Indizien, von ihnen zertrampelt wurden.

»Schafft sie runter«, sagte der Beamte. Er klang gereizt.

»Ich kenne meine Rechte!«

Er winkte nur ab.

Im Lichtschein der Taschenlampen sah Aimée die wirbelnden Schneeflocken, dahinter erstreckten sich die schneebedeckten Dächer bis zur fernen Gare du Nord. Auf der anderen Seite des Innenhofs waren einige Fenster beleuchtet, Bossanova-Fetzen wurden vom Wind herübergetragen. Die Party im Nachbargebäude schien immer noch im Gange zu sein.

Unten in der Wohnung kauerte Laure mit gequältem Gesichtsausdruck am Boden, mehrere Männer standen um sie herum und pressten ihr doppelseitiges Klebeband auf Finger und Handteller. Der Wind, der durch das Fenster fuhr, übertönte ihre Gespräche, Aimée hörte nur noch: »Gewahrsam … im Commissariat …«

»Bibiche!«

Aimée erstarrte. Laures Haare waren patschnass, an ihrer Schläfe wuchs bereits eine beachtliche Beule, ein Auge war blutunterlaufen. »Der arme Jacques … wer sagt es bloß seiner Ex-Frau?« Sie versuchte aufzustehen und rutschte auf dem nassen Boden aus.

Ein Beamter stützte sie. »Tut mir leid, Laure, du weißt, ich muss alles melden, was du sagst.«

»Melden, was sie sagt?«, wiederholte Aimée und hob die Stimme, um sich im Wind verständlich zu machen. »Laure braucht einen Arzt.«

Irritiert wandte sich der Flic an Aimée. »Wer hat Sie um Ihre Meinung gebeten, Mademoiselle?«

»Ich bin Privatermittlerin.«

»Dann sollten Sie es besser wissen«, sagte er und nickte dem Beamten neben sich zu. »Nimm ihre Personalien auf. Warum sind bei ihr noch keine Schmauchspuren abgenommen worden?«

Edith Mésard, die Staatsanwältin, erschien. Sie trug ein schwarzes Cocktailkleid unter einer Pelzstola und schlug sich den Schnee von den Absätzen. Die Vorschriften sahen vor, dass sie bei heiklen Fällen persönlich mit der Brigade Criminelle eintraf. *»Désolé, Madame«*, sagte der Flic.

Aimée trat vor.

Erkennen spiegelte sich in Edith Mésards Blick. »Mademoiselle Leduc!« Sie verzog die Nase und runzelte die Stirn. »Wenn man Ihnen ein brennendes Streichholz an den Mund hält, würde das ganze Gebäude in Flammen aufgehen.«

Bevor Aimée etwas darauf erwidern konnte, räusperte sich die Staatsanwältin. »Die Einzelheiten, Inspektor. Warum sollte eine Polizistin in dichtem Schneetreiben auf einem glatten Zinkdach einen anderen Polizisten erschießen? Überzeugen Sie mich!«

»Wir haben ihre Waffe auf dem Dach gefunden.«

»Hat die Waffe neben ihr gelegen?«

»Die fragliche Beamtin ist auf dem Gerüst darunter gefunden worden«, antwortete er etwas betreten. »Ihre Waffe hat neben Jacques Gagnard gelegen ... dem Opfer.«

»*Merde!*«, murmelte die Staatsanwältin und zog ein Paar Tennisschuhe aus ihrer Vuitton-Tasche.

»Was? Sie wollen doch nicht Laure beschuldigen, ihren Partner erschossen zu haben?«, rief Aimée. »Das ist doch absurd!«

»Vielleicht haben ja *Sie* ihn erschossen, Mademoiselle!«, erwiderte der Inspektor.

Allmählich wurde Aimée mulmig.

»Nehmen Sie im Commissariat ihre Aussage auf!«, sagte Edith Mésard, bevor sie aus dem Fenster stieg.

Der Flic führte Aimée durch die Tür und die Treppe hinunter.

Das Blaulicht der Ambulanz fiel auf die wenigen Schaulustigen – eine alte Frau, die sich nur einen Mantel über ihr Nachthemd geworfen hatte, ein Mann in blau-grüner Busfahreruniform mit müden Augen –, die in der schmalen Straße zusammengelaufen waren. Morbier stand neben einem alten, hoch mit Schnee bedeckten Mercedes. Ein Abschleppwagen hatte Gagnards grünen Citroën am Haken.

»Die kriegen hier überhaupt nichts auf die Reihe, Morbier«, rief Aimée.

»Gehen Sie weiter, Mademoiselle«, sagte der Flic und schob sie in Richtung eines blau-weißen Polizei-Kastenwagens.

»Einen Moment, Gardien«, schaltete sich Morbier ein.

Der Beamte runzelte die Stirn, beäugte erst Morbier und musterte dann Aimées schwarze Lederhose, Daunenjacke und Stachelhaare.

Morbier zückte seinen Ausweis. »Nur kurz!«

»*Bien sûr*, Commissaire«, sagte der Flic verblüfft.

»In welchen Schlamassel hast du dich da wieder reingeritten, Leduc?«, fragte Morbier und stieß kleine Atemwölkchen aus.

»Da hast du recht, Morbier. Ein fürchterlicher Schlamassel.« Sie erzählte ihm kurz, was vorgefallen war.

Morbier hörte zu, zog dabei ein Montecristo-Zigarillo aus der Tasche und zündete es hinter der schützenden Hand mit einem Streichholz an. Er sog daran, blies Aimée stechenden Rauch ins Gesicht und warf das Streichholz in den Schnee, wo es zischend erlosch. Als sie fertig war, schüttelte er nur den Kopf und sah weg.

Warum sagte er nichts? »Morbier, hilf mir, ich muss sie überzeugen ...«

»Genauso gut könntest du einem Stein das Schwimmen beibringen, Leduc. So sind nun mal die Vorschriften. Das weißt du. Mach das Spielchen mit. Du gehörst zu den Tatverdächtigen, also halt den Mund.«

»Den Mund halten?«

»Bis du deine Aussage abgibst. Sei klug.«

Sie versuchte sich zu beruhigen. Natürlich hatte er recht. Sie würde alles erklären, ihnen aufzeigen, welchen Weg sie genommen hatte, ihnen beweisen, dass Laure Gagnard nicht umgebracht haben konnte.

»Laure würde doch niemals ihren Partner erschießen, nachdem so gut wie die gesamte Pariser Polizei sie zusammen im Café gesehen hat!«

Morbier schnippte die Asche in den Wind. »Und Zeuge geworden ist, wie sie sich gestritten haben und du dich eingemischt hast.«

Das hatte sie ganz vergessen.

»Du hast Einfluss, Morbier. Nutze ihn!«

Vielleicht hörte er ja einmal auf sie.

Der Flic packte Aimée am Ellbogen. »Tut mir leid, Commissaire, der Wagen wartet.«

»Was für eine Nacht!« Morbier stieß einen Laut aus, der ihr nur allzu bekannt war: Resignation, unterlegt mit unwiderlegbarer Autorität – einen Ton, den er perfektioniert hatte. Über ihnen hörte sie Stimmen, auf dem Gebäudedach schimmerten Lichter.

In diesem Augenblick fiel Aimée ein Mann in schwarzer Lederjacke mit geschultertem Rucksack auf. Er stand in einem Hauseingang, beobachtete sie eindringlich und lauschte, als versuche er die Situation einzuschätzen. War er vielleicht Zeuge des Schusswechsels geworden?

Ein zerbeulter Renault Twingo kam schlitternd neben dem weißen Leichentransporter zum Halten. Mehrere Männer stiegen aus, sie hatten Kameras in der Hand oder am Riemen vor der Brust hängen.

»Die Presse! Entschuldigen Sie uns, Commissaire. *Allez-y*, Mademoiselle.«

Der Flic brachte Aimée weg, bevor sie Morbier auf den möglichen Zeugen hinweisen konnte, schob sie in den Kastenwagen und kettete sie wie eine Verbrecherin mit den Handschellen an eine Stange. Sie ließ sich auf den harten Sitz fallen und spürte jeden einzelnen Pflasterstein, als der Wagen mit gellender Sirene in die Nacht entschwand.

Montagabend

Als über ihm ein Schuss fiel, hatte sich Lucien Sarti in einen dunklen Hauseingang verzogen. Reiner Reflex. Sein Magen zog sich zusammen, und am liebsten wäre er mit der Mauer verschmolzen.

Er fürchtete, in den Schusswechsel zu geraten. Im dichten Schneetreiben blickte er die gewundene Straße hinunter, er konnte niemanden sehen. Schnee fiel vom Gerüst über ihm und landete auf dem Gehweg. Er nahm Bewegungen wahr, hörte Geräusche.

Sarti zog sich weiter in den Eingang zurück, verkroch sich noch weiter in seiner Lederjacke, wartete. Er wischte sich den Schnee von den schwarzen Locken. Am besten wäre es gewesen, einfach abzuhauen. Wegzulaufen, zu flüchten. Aber gleich um die Ecke wartete seine große Chance.

Sein großes Glück!

Das steile, verwinkelte Gassengewirr mit den verrußten Gebäuden aus dem neunzehnten Jahrhundert erinnerte ihn an die Rue du Castagno in der Altstadt von Bastia. Nur dass hier die Mauern nicht von der Sonne aufgeheizt wurden, dass kein Scirocco aus Afrika herüberwehte und keine strickenden alten Frauen vor den Häusern saßen, sondern kalte Windböen haufenweise Neuschnee brachten und die Prostituierten, die es noch gab, sich in die Schatten zurückgezogen hatten.

Er wartete, bis er flackernde Lichter sah und gleich darauf ein Wimmern wie von einer rolligen Katze hörte, dann die Sirenen. Als er schon über die Straße laufen wollte, wurde die Tür hinter ihm geöffnet, und ein alter, dick in einen Schal eingemummelter Mann mit einem Westie an der Leine kam heraus.

Er musste sich was einfallen lassen.

»Pardon, ich hab den Tür-Code vergessen«, sagte er dem Alten. »Meine Freunde wohnen im ersten Stock.«

Der Alte nickte. Sarti drückte sich an ihm vorbei, wartete im dumpfigen Treppenhaus, bis sich sein Herzschlag etwas beruhigt hatte und er von draußen Autos und Stimmen hörte. Wahrscheinlich, überlegte er, war es jetzt einfacher, sich unter die Menschenmenge zu mischen und den Innenhof zu überqueren.

Von Geburt an war ihm beigebracht worden, den Mund zu halten: *Acqua in bocca*. Seine *grand-mère* hatte sich mit dem Finger über die Lippen gestrichen, wenn sie anzeigen wollte, dass er still zu sein hatte. Es war immer besser, wenn man sich heraushielt. Er ging am Kastenwagen der Polizei vorbei zum Tor und wartete. Er hörte nur einzelne Gesprächsfetzen. »Schießerei auf dem Dach«, das war alles, was er verstand. Auf keinen Fall wollte er irgendwas damit zu schaffen haben.

In dieser Stadt war alles so kompliziert, so widersprüchlich, ganz anders als auf Korsika. Dort war alles ganz einfach, dort galten Fremde immer als Bedrohung. Gut, dass er im Trubel niemandem aufgefallen war. Er ging über den schneebedeckten Innenhof zu einem wunderbaren Stadthaus.

Er öffnete die Tür und stieg die Treppe hinauf, passierte mehrere Treppenabsätze, bis eine offene Tür den Blick auf eine elegant gekleidete Menge in einem Foyer freigab. Eine Party? Er hätte sein neues Hemd anziehen sollen. Conari hatte ihm nur gesagt, er solle zu einem kurzen Treffen vorbeikommen.

Eine Frau begrüßte gerade ein neu eingetroffenes Paar, beugte sich zu ihnen hin und verströmte dabei einen ihm mehr als vertrauten Rosenduft. Hinter ihr, als würden sie ihren glatten, sonnengebräunten Rücken rahmen, waren im Fenster tanzende Schneeflocken zu sehen. Er kannte nur eine Frau, die bei so einem Wetter so ein Kleid tragen würde. Aber das konnte nicht sein! Dann verlor er sie aus den Augen.

»Lucien, wie schön, dass Sie gekommen sind.« Sein Gastgeber Félix Conari begrüßte ihn mit lauter Stimme. Conari hatte breite Schultern, lange anthrazitgraue Haare, die sich hinter den Ohren ringelten, und seine Haut war Côte-d'Azur-gebräunt – die Ganzjahresbräune der Reichen. »Kommen Sie, kommen Sie, wunderbar, dass Sie Zeit gefunden haben.«

»*Bonsoir*, Monsieur Conari, es ist mir eine Freude.« Sarti zupfte an seiner Jackentasche herum, ein nervöser Tick.

»Willkommen bei unserem jährlichen Kundenempfang.« Conari zwinkerte ihm zu. »Man muss nämlich mit Erfolg beeindrucken, wissen Sie.«

Sarti wusste es nicht, aber er nickte.

Conari legte ihm den Arm um die Schulter und begleitete ihn in die Empfangsräume mit ihren hohen Stuckdecken, Parkettböden und Marmorkaminen. Sarti rang sich ein Lächeln ab und hoffte, man würde ihm seine Überraschung nicht anmerken. Um den mit Horsd'œuvres überladenen Tisch schwebten ganz in Schwarz gekleidete flachbrüstige und hohlwangige Minirock-Models und in Chanel gekleidete bürgerliche Matronen. Die Räumlichkeiten waren erfüllt von Gesprächen und Gläserklirren.

Gleich hinter ihnen traf ein Mann ein und reichte einem Kellner seinen Mantel.

»Die Polizei hat die Seitenstraßen abgesperrt. Irgendjemand ist auf dem Dach ermordet worden«, verkündete er. »Das reinste Chaos. Nirgendwo kann man parken!«

Jemand war ermordet worden? Sarti vergrub seine zitternden Hände tief in den Taschen. Bei seiner Vergangenheit sollte er sich auf jeden Fall davon fernhalten.

»*Nom de dieu!*«, sagte Conari, als kurzzeitig alle verstummten. »Wenigstens scheint die Polizei alles im Griff zu haben.« Conari führte Sarti zu einem langen, weiß gedeckten Tisch, auf dem sich Speisen türmten. »Sie müssen unbedingt von der Foie gras probieren, und dann unterhalten wir uns im Arbeitszimmer.«

»*Merci*«, sagte Sarti, eingeschüchtert von Conari. Schließlich wurde er mit einem beladenen Limoges-Teller ins Arbeitszimmer geleitet.

Das Feuer im offenen Kamin warf sein Licht auf die minimalistischen Möbel, die einen Kontrapunkt zu den reich verzierten Wänden, der Holztäfelung und den Bogenfenstern zu setzen schienen: Avantgarde im bourgeoisen Ambiente.

Ein Mann trat aus dem angrenzenden Badezimmer und rieb sich mit einem Handtuch das Gesicht trocken.

»Musste mir Wasser ins Gesicht spritzen, um wieder wach zu werden«, sagte er mit einem Lächeln.

»Du arbeitest noch?« Conari zog Sarti mit sich mit. Der andere war in den Dreißigern, trug einen zerknitterten schwarzen Anzug und abgetragene Adidas-Turnschuhe. Die braunen Haare waren zu einem Pferdeschwanz gebunden. »Darf ich vorstellen, Yann Marant, einer meiner Mitarbeiter. Yann ist für die Kopfarbeit, ich bin nur fürs Grobe zuständig«, witzelte Conari.

Marant grinste. »Na, nicht immer.« Er schüttelte Sarti die Hand. »Ist mir ein Vergnügen.«

Ein feuchter, aber fester Handschlag. Marant legte das Handtuch über den Stuhl und klappte den Laptop auf dem Schreibtisch zu. »Ich hab Félix versprochen, mich unter die Gäste zu mischen und an meiner sozialen Kompetenz zu feilen. Sie entschuldigen mich!«

Erneut versuchte sich Sarti an einem Lächeln. »Es ist sehr nett von Ihnen, Monsieur Conari, dass Sie mich eingeladen haben.«

»Nennen Sie mich Félix.«

Sarti hatte Conari mehrere Bänder mit seiner Musik geschickt. Die Einladung und das Angebot, darüber zu reden, hatten ihn aber überrascht. Sarti hatte kein Geld für eine Wohnung. Sein Bett bestand aus einem Schlafsack in der Vorratskammer von Annas korsischem Kommunisten-Restaurant, wo er gegen Kost und Logis arbeitete. Er hoffte, das Treffen wäre nicht völlig erfolglos.

Die Großtante von Sartis Cousin hatte einen entfernten Verwandten von Félix Conari geheiratet. Dabei war Conari noch nicht mal Korse, obwohl auf der Insel die Familie alles bedeutete. Auf Korsika herrschten immer noch Clan- und Familienbindungen, die teilweise bis ins dreizehnte Jahrhundert zurückreichten. Kaum einer entkam ihnen, noch nicht einmal hier in Paris.

»Also, ich möchte Ihnen folgenden Vorschlag unterbreiten.« Conari bedeutete Sarti, auf einem geschwungenen hellen

Holzstuhl Platz zu nehmen. »Ich würde Sie gern managen und Ihre Sachen dem Leiter von SOUNDWERX vorstellen.«

SOUNDWERX. Der europäische Musikgigant! Lucien Sarti war überrascht.

»Sie haben einen einzigartigen, unheimlich coolen Sound«, fuhr Conari fort. »Ich möchte Ihnen helfen.«

Das war ein Angebot, von dem Lucien Sarti noch nicht mal zu träumen gewagt hatte. Er konnte es kaum fassen.

»Sie haben eine Gabe, die man nur schwer beschreiben kann. Als würden Sie die Worte aus der Luft herausgreifen, und die Sterne fangen an zu singen. Oder so ähnlich.« Ein trauriger Ausdruck huschte über das Gesicht des Mannes im Designer-Anzug. »Meine Schwester hatte das auch. Sie war ebenfalls so talentiert, leider ist sie gestorben.« Er wandte den Blick ab und ordnete einige Papiere auf dem Schreibtisch. »Ich habe ihr nicht helfen können. Aber ich hoffe, dass Sie mir die Möglichkeit geben, Ihre Karriere zu fördern.«

Sarti nickte aufgeregt. Monsieur Conari war zwar kein Korse, aber er verstand und bewunderte seine Musik. »Mein Großvater, Vater und Onkel haben mehrstimmig gesungen«, erklärte er, »*a siconda, u bassu* und *a terza*, Bariton, Bass und Tenor, und damit haben sie Gedichte aus dem neunten Jahrhundert vorgetragen, *a capella*. Bei uns zu Hause gibt es das Sprichwort: ›Drei harmonische Stimmen ergeben die Stimme eines Engels.‹« Er hatte Herzklopfen, wie stets, wenn er von seiner Musik sprach. »Unser Haus war immer voller Musik. Ich baue auf den alten Traditionen auf, und von ihnen ausgehend erkunde ich Neues. Ich möchte unsere Kultur für die Welt öffnen.«

Die Tür ging auf, und der Trommelrhythmus einer Bossa nova und das Gemurmel der Menge brandeten herein. Lucien Sarti drehte sich um. Die Frau, die er am Eingang gesehen hatte, trat in den Raum. Sie hatte den Kopf nach hinten geworfen und lachte. Ihr langer Hals, alles war ihm so vertraut. Konnte das sein? Sie trug ein enganliegendes, kupferrotes Kleid, ihr glattes schwarzes Haar fiel ihr über den nackten Rücken. Dann drehte sie sich um, und das Licht traf ihr Gesicht, und er erkannte Marie-Dominique, die erste Frau in seinem Leben. Sie roch immer noch nach Rosen.

Er erstarrte. Vier Jahre …

»Ah, Lucien, ich möchte Ihnen meine Frau vorstellen«, sagte Conari. »Verzeihen Sie, dass ich das nicht längst getan habe.«

Marie-Dominique, Conaris Frau?

Er konnte seinen Blick nicht von ihr lösen. Marie-Dominique sah zu ihm und schnappte kurz nach Luft.

»Lucien«, entfuhr es ihr. »Schön, dich wiederzusehen.«

Die Welt blieb stehen. Wieder hörte Lucien Sarti die Zikaden zirpen, hörte ihre laute Kakophonie, die einen Klangteppich über die trockene Hitze legte, hatte wieder die verkrüppelten, im Schutz der Granitfelsen wachsenden Kiefern vor sich, den verdorrten Oleander, die braune Myrte, die überall auf dem Berg wuchs, dort, wo er sie zum letzten Mal gesehen hatte.

»Hat Félix dich noch gar nicht den anderen vorgestellt? Du machst einen so verlorenen Eindruck«, sagte sie.

Verloren in der Vergangenheit, dachte er. Und mit der Sehnsucht nach einer Zukunft, die ihnen beiden versagt gewesen war.

»Wie lange wohnst du schon in Paris?« Was er aber mit seiner Frage eigentlich meinte: Wie lange bist du schon mit diesem wohlhabenden Mann verheiratet, wie lange gibst du die weltkluge Pariserin?

Sie sah zu Boden und wickelte eine ihrer schwarzen Haarsträhnen um den Finger, so wie sie es immer schon getan hatte, wenn sie nachdachte. »Lange genug«, sagte sie.

»Ihr kennt euch?«, fragte Félix Conari verblüfft.

Sie nickte. »Ich erzähl es dir später.«

Conari legte ihr den Arm um die Schulter. »Na, dann sieh zu, dass Lucien am Tisch neben uns sitzt. Und überrede ihn, nach dem Essen für uns etwas zu spielen.«

Sarti wusste, er sollte Conari für seine Gastfreundschaft danken und sich verabschieden, bevor er den größten Fehler seines Lebens beging. Aber Marie-Dominiques Duft und seine Erinnerungen lähmten ihn.

Fast lag etwas Belustigtes in Conaris Blick, als er sagte: »Lucien, Sie gestatten doch, dass ich Ihnen helfe?«

Lucien brachte kein Wort heraus, er nickte nur.

»Solange Sie nicht in die korsische Politik verwickelt sind oder was mit Separatistengruppen zu schaffen haben. Das haben Sie doch nicht, oder?«

Hätte er über seine Vergangenheit sprechen sollen? Aber wie sollte er die Wahrheit erzählen? Keiner kannte ihn; er hatte in korsischen Restaurants gespielt, um was zu essen zu haben. SOUNDWERX würde ihn groß herausbringen.

»Monsieur Conari, ich bin bloß ein Musiker!«

»Gut. Monsieur Kouros von SOUNDWERX möchte Sie kennenlernen. Er ist ein guter Freund von mir, Lucien«, sagte Conari. »Beziehungen, das ist es, was zählt in der Welt. Verzeihen Sie, falls ich mich zu weit aus dem Fenster gelehnt habe, aber ich habe ihm bereits mein Wort gegeben, dass Sie einen Exklusivvertrag bei ihm unterzeichnen.«

Sarti bekam einen trockenen Mund. Sollte er fragen, ob er den Vertrag mal lesen könnte? In seinem Kopf drehte sich alles – erst das Wiedersehen mit Marie-Dominique, dann Conaris Angebot.

Conari rieb sich das Kinn. »Sie scheinen unsicher zu sein. Wenn Sie Kouros erst mal kennengelernt haben, werden Sie verstehen.«

Draußen im Salon fühlte sich sein Hemdkragen feucht an. Er schwitzte. Überall um ihn herum plaudernde Pärchen, jeder schien jeden zu kennen. Je länger er die Fremden betrachtete, umso linkischer kam er sich vor.

Ein Kellner in weißer Jacke starrte ihn an. Er hatte schwarze Augen und einen dunklen Teint, der so gar nicht zu seinen blond gefärbten Locken passte. Ein Korse, genau wie er selbst, ging es Sarti durch den Kopf.

Sarti lächelte. »Aus welchem Dorf kommen Sie?«, fragte er – die Frage, die Korsen einem Landsmann immer als Erstes stellten. Damit brachte man dessen gesellschaftlichen Rang in Erfahrung, welche Freunde er hatte, über welchen Einfluss, welche Macht er verfügte und ob man möglicherweise sogar miteinander verwandt war. Oder, das schlimmste Szenario, ob man sich in einer verwickelten Vendetta gegen seinen Clan befand, die ihren Anfang im vorigen Jahrhundert genommen hatte, als irgendwann ein Cousin zweiten Grades ermordet worden war. Solche Dinge mussten geklärt werden.

»*Monsieur?*« Der Kellner sprach ihn an, als hätte Sarti gar nicht mit ihm gesprochen. »Monsieur Conari lässt Ihnen ausrichten, dass das Essen im anderen Salon serviert wird.« Dann rückte er näher heran und flüsterte: »Ich komme aus Bastia.«

Ein *Italiener*, wie die Einwohner seines Bergdorfs sagen würden. Für sie stammten alle Küstenbewohner von italienischen Fischern ab. Auch wenn sich deren Vorfahren schon vor fünfhundert Jahren an der korsischen Küste niedergelassen hatten.

»Und Sie?«

»Vescovato«, antwortete Lucien Sarti.

Der Kellner zog die Augenbrauen hoch. Schon war ihm Sarti damit überlegen, er war einer, der aus den Bergen stammte. Ein reinblütigerer Korse.

Conari näherte sich und klatschte ihm auf den Rücken. »Hören Sie«, sagte er mit einem strahlenden Lächeln, »wir unterzeichnen den Vertrag nach dem Essen. Sie werden es weit bringen, junger Mann. Dafür werde ich schon sorgen.«

Laute Schritte erklangen auf dem Parkett. Dann raschelte Marie-Dominiques Kleid, und als sie sich umdrehte, streifte sie seine Hand und berührte seine Finger so sacht wie ein Blatt.

»Monsieur Conari«, sagte der Kellner. »Der Commissaire möchte mit Ihnen reden.«

»Der Commissaire? Aber worüber denn? Wir haben Gäste!«

Mehrere blau uniformierte Polizisten betraten den Raum.

Hatten die Flics ihn gesehen?, fragte sich Sarti. Hatte ihn einer identifiziert? Der Alte mit dem Hund? *Nom de dieu*, was, wenn sie ihn mit den Schüssen in Verbindung brachten? Oder mit den korsischen Separatisten?

Eine böse Ahnung stieg in ihm auf. Er kam sich vor wie damals, als die *mazzera*, die Dorfhexe, den bösen Blick gesehen hatte, mit dem er, ein kleiner Junge noch, belegt worden war. Aber nein, das war alter Aberglaube. Er hielt sich an die Wissenschaft und glaubte nicht mehr an solche Dinge.

»Monsieur Conari, Sie sind hier der Gastgeber?«, war eine heisere Stimme zu hören, die ohne auf eine Antwort zu warten, fortfuhr: »Wir möchten uns für die Unannehmlichkeit entschuldigen, aber auf dem Dach des Nebengebäudes ist ein Mord geschehen. Wir müssen mit allen Gästen reden, vielleicht ist einem von ihnen etwas aufgefallen. Wir müssen dazu sämtliche Personalien aufnehmen. Alles natürlich reine Formsache.«

Montagabend

Aimée drehte Guys Ring an ihrem Mittelfinger unaufhörlich hin und her. Der trübe Mondstein in der antiken Fassung reflektiere jede Wetteränderung und sei wie geschaffen für sie, hatte Guy gesagt. Sie versuchte an etwas anderes zu denken. Der Verhörraum im Commissariat fühlte sich an wie ein Kühlschrank. Mehrere Neonröhren an der Decke waren durchgebrannt, so dass nur noch unregelmäßige Lichtstreifen auf das schäbige Linoleum fielen.

Ihr gegenüber am Metalltisch hackte ein blutjunger Flic mit rasiermesserscharfem Kinn mit zwei Fingern auf eine schwarze Schreibmaschine ein. Hatten die hier keine Computer?

»*Voilà, Mademoiselle Leduc*«, sagte er und zog das Blatt aus der Walze. Seine Zigarette glomm im Aschenbecher vor sich hin. Er lehnte sich auf seinem Drehstuhl zurück und sah auf seine große Sportuhr. »Lesen Sie Ihre Aussage noch mal durch, und wenn alles richtig ist, unterzeichnen Sie unten.«

Sie las die fünf Seiten zweimal, nickte und unterschrieb. »Bitte fügen Sie das auch noch bei.«

»Was ist das?«, fragte er und musste ein Gähnen unterdrücken.

»Eine Zeichnung, zur Illustration meiner Aussage«, sagte sie. Bislang hatte sie keinen Computer gesehen. »Ich nehme an, Sie werden meine Aussage und die Zeichnung einscannen, oder?«

»Sie sind ziemlich neugierig, was?«

Irgendwo hinten hörte sie das monotone Ächzen eines Druckers. »Oder?«

»Wir wissen schon, was wir machen, Mademoiselle. Wenn Sie jetzt bitte mitkommen wollen.«

Gut, dass sie sich von ihrer Zeichnung eine Kopie gemacht hatte.

Er begleitete sie durch das Foyer des verlassenen Commissariats zu einer Zelle gleich neben der Leitstelle. Mehr ein Käfig, dachte sie, mit einem Stahlgitter außenrum und einer Holzbank als Sitzgelegenheit. Der Flic deutete ihr an, hineinzugehen.

»Moment, ich bin doch gar nicht angeklagt, wie lange dauert es, bis …«

»Nehmen Sie Platz und entspannen Sie sich«, unterbrach er und ging.

In den Ecken stank es nach alten Socken und anderen Dingen, an die sie lieber nicht denken wollte. Ihr gegenüber, hinter dem Gitter, lagen auf dem Empfangstresen Broschüren mit den polizeilichen Sicherheitshinweisen für einen Stadtmarathon.

Sie rieb sich die Hände, die noch ganz rau waren von der medizinischen Seife, die man ihr nach dem Schmauchspurentest gegeben hatte, dann ging sie in dem kleinen Käfig auf und ab, drei Schritte hin, drei Schritte her, und hoffte, dass man sie nicht über Nacht hierbehalten würde. Laure hatte sie nicht mehr zu Gesicht bekommen.

Sie sah das Gerüst vor sich an dem Gebäude mit dem schiefergrauen Dach. Den Schnee, Gagnards verdrehten Körper, die nach außen gestülpten Taschen, Laure, die offensichtlich eine Gehirnerschütterung hatte … aber ihre Gedanken kehrten immer wieder zu Gagnards Schusswunde zurück. Hatte sein Mörder ihm aufgelauert? Warum hatte er an einem Abend wie diesem das Café verlassen und Laure überredet, ihn zu begleiten? Warum war er auf einem leicht abschüssigen Zinkdach in einem Schneegestöber gestorben?

Wenn Laure wirklich Gagnard hatte umbringen wollen, weil sie sich gestritten hatten, dann hätte es einfachere Möglichkeiten gegeben, ohne erdrückende Beweise zu hinterlassen. Ein Schlag, damit er bewusstlos wurde, den Schädel gegen einen Steinpoller gerammt – das wäre eine Möglichkeit gewesen. Erst letzte Woche hatte sie darüber in *Le Parisien* gelesen. Sie hätte ihn auch auf einer der Treppen hinauf zu Sacré-Cœur zu Fall bringen können. Es gab so viele Mittel und Wege, einen »Unfall« vorzutäuschen.

Aber sie hatte eine bewusstlos geschlagene Laure gefunden! Mit fehlenden Schmauchspuren an ihren Händen würde sich ihre Unschuld sicherlich feststellen lassen. Hoffentlich hatten die Flics den *mec* befragt, der sich am Tor zum Gebäude aufgehalten hatte. Vielleicht hatte der ja was gesehen …

Eine Polizistin in einem blauen Overall sperrte den Käfig auf und riss Aimée aus ihren Gedanken.

»Sie können gehen«, sagte sie und reichte ihr eine Plastiktüte mit ihren Sachen.

Einfach so? Morbier, mutmaßte sie, hatte ein Wort für sie eingelegt. Hoffentlich hatte er das auch für Laure getan.

»Wollen Sie noch einen Kaffee?«

Dankbar nickte Aimée und bekam kurz darauf einen Espresso. »*Merci*. Eigentlich würde ich lieber wissen, wo ich Laure Rousseau finden kann.«

Die Polizistin grinste. »Und ich würde gern wissen, wo ich den Mann meiner Träume finde. Wir können alle nur hoffen, was? Versuchen Sie es mal im Hôpital Bichat.«

Das Hôpital Bichat hätte eine Renovierung dringend nötig gehabt. Von den Wänden blätterte die Farbe, die Linoleumböden waren abgenutzt. Laure saß mit bandagiertem Kopf auf einer Rollbahre im Gang, neben ihr ein müde aussehender Flic.

»… mit einem Anwalt reden«, sagte Laure. Sie verschliff die Worte.

»Gardien, kann ich kurz mit Mademoiselle Rousseau sprechen?«, fragte Aimée.

»Sind Sie eine Verwandte?«

»Sie ist meine Freundin. Bitte!«

Der Flic richtete seine Krawatte und klopfte mit den Fingern gegen den Metallrahmen der Bahre.

»*Bon*. Ich werde bei der Préfecture nachfragen, wie die Anklage lautet.«

»Was soll das heißen, Anklage? Fragen Sie lieber bei der Staatsanwältin nach. Hier muss ein Irrtum vorliegen.«

Ihm schien alles einerlei zu sein. Aber plötzlich wurde er rot. Wenigstens besaß er noch so viel Anstand, sich zu schämen – schließlich war Laure eine Kollegin von ihm.

»Ich werde herausfinden, was los ist«, sagte er.

»Wo ist der diensthabende Arzt? Schauen Sie sie doch an. Man muss sich sofort um sie kümmern.«

»Schlechter Zeitpunkt. Auf dem Périphérique sind mehrere Lastwagen ineinandergerauscht. Aber sie kommt als Nächste dran.«

Aimée sah den Blutschorf an Laures Schläfe, hörte ihren schweren Atem und bemerkte die getrübten Pupillen. Klassische Schocksymptome. Der Polizist ging auf der Suche nach einer Stelle, wo sein Handy Empfang hatte, den Korridor hinunter.

»Alles reine Formsache«, beruhigte Aimée ihre Freundin. »Es muss eine Verwechslung sein.«

»Verwechslung?« Laure standen Tränen in den Augen. »Man hat Schmauchspuren an meinen Händen festgestellt. Ich weiß nicht, was da los ist.«

Schmauchspuren? Aimée war verblüfft. »Das verstehe ich nicht.« Sie war fest davon ausgegangen, dass Laure durch den Schmauchspurentest ebenfalls entlastet würde. »Dafür muss es eine Erklärung geben. Wann hast du deine Waffe denn zum letzten Mal abgefeuert?«

»Vor einem Monat vielleicht, *bibiche*, auf dem Schießstand, glaube ich. Ich weiß es nicht mehr so genau«, antwortete Laure mit feuchten Augen.

Das passte alles nicht zusammen. Wie konnte sie dann Schmauchspuren an den Händen haben?

»Erzähl mir, was geschehen ist, nachdem ihr die Bar verlassen habt.« Aimée legte Laure die Hand auf die Schulter. »Lass dir ruhig Zeit, ganz langsam.«

Laure schüttelte den Kopf. »Jacques hat sich irgendwie sonderbar benommen …« Sie verstummte.

Plötzlich hatte Aimée einen chemischen Geruch in der Nase, den Geruch des Mittels, das beim Schmauchspurentest verwendet wurde. Sie sah, dass Laures Fingerspitzen noch ganz schwarz waren. Man hatte ihr noch nicht mal die Hände gesäubert.

»Du bist also mit ihm mitgegangen«, sagte sie.

»Aber ich hab mich gewundert …«

»Warum?«

»Sein Informant … Warum wollte er sich dort mit seinem Informanten treffen?«

Ein Treffen auf einem rutschigen Dach mitten im dichtesten Schneetreiben. Das ergab keinen Sinn.

»Es muss ein Hinterhalt gewesen sein.« Laure lehnte sich gegen die Wand und rieb sich die Stirn. Schwarze Streifen blieben auf der Haut zurück. »Mein Kopf, das Denken tut weh.«

Aimée kniff die Augen zusammen. »Ein Hinterhalt? Woher willst du das wissen?«

»Ich weiß nur, dass ich ihn nicht umgebracht habe.« Laures Schultern bebten. »Jacques war der Einzige, der mir eine Chance gegeben hat. Er hat mich unter seine Fittiche genommen. Du kannst nicht mehr in den Dienst zurück, wenn dein Partner umgebracht wird und du … du die Verdächtige bist.«

»Wir kriegen das auf die Reihe, Laure, *reste tranquille*«, sagte Aimée, obwohl sie selbst keine Ahnung hatte, was sie jetzt tun sollte.

Irgendwo wurde eine Tür zugeknallt. Die Neonröhren flackerten. Angetrunkene Stimmen waren zu hören. Ein Sanitäter rannte durch den grün gefliesten Gang. Seine Schritte hallten nach.

»Du musst mir helfen«, sagte Laure. »Alles verschwimmt, es fällt mir schwer, mich zu erinnern.«

Aimée fürchtete, dass man Laure einen Pflichtverteidiger zur Seite stellen und nur das Nötigste ermitteln würde. Oder, ebenso wahrscheinlich, die Sache einfach der Internen Ermittlung übergab, wo von der Polizei bestellte Richter das Sagen hatten.

»Die freuen sich doch jetzt schon, an jemandem wie mir mal wieder ein Exempel statuieren zu können«, sagte Laure.

Da hatte sie wahrscheinlich nicht unrecht.

»Dazu wird es nicht kommen«, versuchte Aimée sie zu beruhigen. »Wie gesagt, es muss ein Irrtum sein.«

Laure starrte Aimée an, ihre Lippen zitterten. »Weißt du noch, wie wir uns versprochen haben, einander immer zu helfen, *bibiche*«, sagte sie und lehnte sich an Aimées Schulter und schluchzte.

Aimée nahm sie in den Arm und musste daran denken, wie Laure immer die Außenseiterin, wie sie auf dem Spielplatz, noch vor ihrer Hasenscharten-OP, immer die Zielscheibe des Spotts gewesen war und sich eine Karriere wie die ihres heldenhaften, hochdekorierten Vaters erträumt hatte. Anders als Aimée, die sich die Flics immer vom Leib gehalten hatte.

»Ich schwöre beim Grab meines Vaters, ich habe Jacques nicht umgebracht.« Laure packte Aimée am Arm, dann schloss sie die Augen. »Mir ist schwindlig, es dreht sich alles.«

»Laure Rousseau, wir sind jetzt so weit«, sagte eine Krankenschwester.

Wurde auch Zeit, dachte sich Aimée. »Sie steht unter Schock, wahrscheinlich hat sie eine Gehirnerschütterung«, sagte Aimée.

»Die Diagnose überlassen Sie ruhig uns, Mademoiselle.« Die Schwester schob die Rollbahre in Richtung eines weißen Plastikvorhangs.

»Wie lang wird das dauern?«

»Aufnahme und Untersuchung? Mehrere Stunden.«

Als der Flic von vorhin an Aimée vorbeikam, sagte sie: »Ich komm später noch mal, um sie abzuholen und nach Hause zu bringen.«

Er schüttelte nur den Kopf, und sein Blick gab deutlich zu verstehen, dass sie sich das wahrscheinlich abschminken konnte.

»Warum nicht?«

»Ich hab jetzt keine Zeit, das zu erklären.«

»Hier, meine Nummer, rufen Sie mich an.« Sie drückte ihm ihre Visitenkarte in die Hand.

Er verschwand hinter dem Vorhang.

Aimée stand im Schneematsch auf dem Bürgersteig vor dem Krankenhaus. Sie musste etwas tun. Sie konnte nicht zulassen, dass Laure in ihrem Zustand auf der Préfecture vernommen würde. Es musste Indizien auf dem Gerüst geben, die ihre Unschuld bewiesen, es musste eine Möglichkeit geben, diesen

Albtraum für Laure zu beenden. Sie zückte ihr Handy und rief ihren Cousin Sébastien an.

»*Allô, Sébastien*«, sagte sie und sah zum verlassenen Taxistand. »Kannst du mich in zehn Minuten abholen?«

»Um mal wieder in den Genuss deiner umwerfenden Gesellschaft zu kommen?«, entgegnete er. »*Désolé*, aber Stéphanie macht gerade ein Cassoulet.«

Stéphanie war seine neue Freundin, die er auf einem Rave kennengelernt hatte.

»Du weißt, dass du mir noch einen Gefallen schuldest?«

Pause.

»Es ist an der Zeit, ihn mir zurückzuzahlen, Sébastien.«

»Schon wieder?« Sie hörte Musik im Hintergrund. »Was soll ich mitbringen?«

»Handschuhe, Bergstiefel, das Übliche. Auf jeden Fall den Werkzeugkoffer in deiner Karre.«

»Brechen wir wie beim letzten Mal wieder irgendwo ein?«

»Es wird dir gefallen. Und vergiss nicht ein zweites Paar Handschuhe einzupacken.«

Manchmal musste man einem Freund oder einer Freundin eben helfen.

Sébastien trug enge orangefarbene Jeans, einen riesengroßen Breton-Pullover und eine weit über die Ohren gezogene schwarze Wollmütze, unter der nur noch der glitzernde Ohrring herausspitzte. Er hatte seine gut eins achtzig hinter das Steuer seines verbeulten Lieferwagens gequetscht, mit dem er sonst Bilderrahmen zu seinen Kunden brachte, und bretterte damit durch die Rue Custine. Aimée neben ihm ließ den Blick über den geschlossenen Käseladen, die Blumengeschäfte und dunklen Cafés an der steilen Straße schweifen. Einst war der Montmartre ein Dorf außerhalb der Pariser Stadtmauer gewesen. Die Pariser waren zur *butte* gewandert, der »Anhöhe«, um sich auf den *bals musettes* zu amüsieren, das Leben der Bohème und den

Wein zu genießen, auf den hier keine städtische Steuer erhoben wurde. Künstler wie Modigliani und Seurat waren ihnen gefolgt und hatten in Waschhäusern Ateliers eingerichtet, bevor sie bekannt wurden und ihre Bilder hohe Preise erzielten – und bevor der Montparnasse gelockt hatte.

»*Voilà*«, sagte sie und deutete zum Gittertor des Gebäudes mit den kahlen Bäumen, die sich vor den Lichtern der fernen Place Pigalle abzeichneten.

Die Spurensicherung und die Polizeiwagen waren verschwunden, ebenso Gagnards Citroën. Sébastien, ganz der Pariser, der sich in jede freie Lücke zwängte, parkte neben einem Hydranten.

»Nimm das Werkzeug mit«, sagte sie. »Dann mal los!«

Rue André Antoine 18 war ein helles Gebäude aus dem neunzehnten Jahrhundert. Graue Netze am Gerüst verhüllten die Fassade, die an die um einen Innenhof gruppierten Nachbargebäude grenzte. Dahinter erhob sich die rotbraune Ziegelmauer einer Kirche. Sie hoffte den Mann befragen zu können, den sie auf den Stufen gesehen hatte. Dort, wo er gestanden hatte, zeichneten sich nur noch schwach Fußabdrücke im Schnee ab.

Der Wind hatte sich etwas gelegt. Von irgendwoher kam das leise Ächzen einer Schaukel. Die dünne Schneeschicht auf den Autos, die jetzt dort geparkt waren, wo die Fahrzeuge der Spurensicherung gestanden hatten, ließ darauf schließen, dass die Polizei bald aufgebrochen sein musste, nachdem man Aimée weggeschafft hatte. Gott sei Dank hatten Haussmanns Abrissbirnen vor dem Viertel haltgemacht. Würde man die Gebäude abreißen, würde unweigerlich der Boden aufbrechen. Der Untergrund war durchzogen mit Stollen und Hohlräumen wie ein Gruyère-Käse – sagte man jedenfalls. Was Aimée nie in den Kopf wollte, schließlich war doch der Emmentaler für seine Löcher berühmt. Erwarb man in der Gegend eine Immobilie, erhielt man dazu immer auch ein Gutachten über den Zustand des Gebäudes. Die letzte geologische Begutachtung aber war im

Jahr 1876 vorgenommen worden, wie ein Freund ihr mitgeteilt hatte.

Sie klingelte bei der Concierge und zog den Reißverschluss ihrer Jacke auf, unter der sie einen blauen Overall trug, den Sébastien ihr mitgebracht hatte. Auf den Briefkästen für das Obergeschoss waren keine Namen angebracht. Kurz darauf kam ihnen eine Frau in einem weiten Kamelhaarmantel entgegen, den sie mit einem Dior-Gürtel geschlossen hatte, dazu trug sie schwarze Gummistiefel. Zwischen Daumen und Zeigefinger hatte sie ein Zigarillo geklemmt.

»Sagen Sie mir nicht, Sie haben die Leiche vergessen«, herrschte sie die beiden an und blies Aimée qualmenden Rauch ins Gesicht.

Erschreckt wich Aimée zurück und umklammerte ihre Werkzeugtasche fester.

»Wir sind wegen der Schlösser gekommen«, sagte Aimée.

»Aber da waren doch schon welche hier!«

Aimée klopfte sich auf der Matte den Schnee von den Stiefeln. »Haben die auch die Fenster und die Dachluke gesichert?«

»Soweit ich weiß, ja.«

»Aber wir sollen die *hinteren* Fenster machen. Da sind sie noch nicht fertig geworden.« Sie deutete auf Sébastien. »Wir haben erst noch ein paar Teile aus dem Laden holen müssen.«

»Was meinen Sie?«

Aimée verfluchte die Concierge und ihre Fragen.

»*Tiens* … hat man Ihnen das nicht gesagt … die hinteren Fenster haben einen speziellen Schließmechanismus.«

Die Concierge seufzte. »Die Wohnung steht leer. Die oberen Stockwerke werden renoviert.«

»*Bon*, fahren wir eben wieder«, sagte Aimée und drehte sich zu Sébastien um. »Dann können Sie ja dem Commissaire erklären, warum Schnee durchs Fenster geweht wird und der Parkettboden sich wellt. Die neuen Mieter werden begeistert sein.«

Die Frau starrte auf ihren Daumen und schob die Nagelhaut nach hinten. »Die oberen Stockwerke stehen seit gut einem Monat leer.« Sie zuckte mit den Schultern. Die Gentrifizierung machte auch vor dem Viertel nicht halt. »Aber stören Sie mir nicht den alten Trottel im Erdgeschoss. Der kriegt sich sowieso schon nicht mehr ein wegen des Trubels heute Abend.« Die Concierge drückte ihr Zigarillo in einem leeren Blumentopf aus. Dann gab sie Aimée einen kleinen Schlüsselbund. »Das ist der Türschlüssel. Ich werde nicht auf Sie warten.«

»Wir finden schon allein raus«, sagte Aimée und nickte Sébastien zu, der den Werkzeugkasten aufnahm.

Er folgte ihr die Treppe hoch, über den ausgetretenen, mit Bronzestangen an den einzelnen Stufen befestigten roten Läufer. Ein schmiedeeisernes Geländer mit geschwungenen Blattornamenten – sie waren zur Zeit ihrer Entstehung der letzte Schrei gewesen – zog sich die Stockwerke hinauf.

»Was wollen wir denn jetzt hier noch finden, Aimée?«

Sébastien sprach nur ihre eigenen Zweifel laut aus. Trotzdem, sie musste etwas finden, es war wichtig. »Man muss nur lauschen, dann spricht der Tatort zu einem.« Das hatte ihr Vater immer gesagt. Wenn es möglich war, Laures Unschuld zu beweisen, dann musste sie alles dafür tun.

»Zieh deine Latexhandschuhe an«, sagte sie schwer schnaufend und wünschte, sie hätte nicht über die Feiertage das eine oder andere Kilo zugenommen. Sie ließ den Schlüssel in der Tür stecken. »Erst das Dach.«

Es schneite kaum noch. Sébastien und sie streiften sich Skimasken über, dann folgte er ihr nach draußen aufs Gerüst, und von dort stiegen sie aufs Dach, wo sie sich auf die Knie niederließen. Mit etwas Glück würden sie vielleicht etwas finden, was die Polizei übersehen hatte.

»Was suchen wir eigentlich?«, fragte Sébastien.

»Holzsplitter, schwarze Stellen an den Gerüststangen, weggeworfene Feuerzeuge, Zigarettenkippen, Kratzer auf dem Dachblech …«

»Wie im Fernsehen?«

Sie nickte. Sie erwartete nicht viel, aber man konnte ja nie wissen. Laut Concierge stand die Wohnung seit einem Monat leer. Hatte Gagnard deshalb das Treffen mit seinem Informanten hier vereinbart?

Der Turm und das Dach der Kirche erlaubten lediglich den Blick auf das Nachbardach und das dunkle Haus auf der anderen Straßenseite, auf alles andere war die Sicht versperrt. Daher dürfte es, wenn überhaupt, nur wenige Zeugen geben.

Sie bewegten sich leise, geduckt, damit man sie in den Wohnungen des Nachbarhauses nicht bemerkte. In einem der hohen Fenster brannte Licht. Von unten kam ein feines Glühen wie von einer angezündeten Zigarette. Dann verschwand es. War es in ein Loch in der Erde gefallen? Überreste alter Stollen, in denen Gips abgebaut worden war, durchzogen den ganzen Montmartre. Aimée richtete den Blick wieder auf das Dach.

Gut eine halbe Stunde lang krochen sie herum, begutachteten jeden Quadratzentimeter des Gerüsts, inspizierten die Kamine, dazu die Fenster und die Fenstersimse der Mansarde und den schmalen flachen, verzinkten Abschnitt auf dem Dach. Ihre Hände waren nass vom Schnee, aufgerissen vom rauen Putz. Enttäuscht lehnte sich Aimée an einen Kamin.

»Irgendwas gefunden?«, fragte sie Sébastien, der sich über die Dachkante beugte und die Regenrinne durchkämmte.

Er hielt eine Handvoll durchweichter brauner Blätter hoch. »Wegwerfen oder …?«

»Warte.« Sie rückte zu ihm vor und öffnete einen Plastikbeutel. »Rein damit. Was ist das?«

»Laub. Wie dort drüben.« Er deutete in die Rinne, die fast damit überquoll. »Die gehört mal wieder ausgeputzt.«

Sie zog einen grünen Stiel heraus, roch daran. »Frisch abgebrochen, von einer Geranie.«

»Meine Cousine, die Botanikerin!«

Sie verzog das Gesicht. »Ich würde sagen, es gibt hier irgendwo ein Fensterbrett mit Geranienkästen.«

»Und was soll das beweisen?«, fragte er.

Zwischen den dünner werdenden Wolken waren die ersten Sterne zu erkennen.

»Bloß geraten. Könnte doch sein, dass sich jemand aus dem Fenster gelehnt und die Schießerei mitbekommen hat.«

»Aber, Aimée, wer hat denn um diese Jahreszeit seine Geranien noch draußen!«

Dem war nicht zu widersprechen. Eine Sackgasse?

Aber mehr hatten sie im Moment nicht.

»Hilf mir hoch, ich will mir das anschauen.«

Sébastien musste sich auf die Zehenspitzen stellen, um das Seil an der Stützstrebe des Kamins auf dem höher gelegenen Nachbardach zu befestigen. Das andere Ende schlang sich Aimée um die Hüfte und verknotete es.

»Bereit?«, fragte er, lehnte sich gegen die Hauswand und verschränkte die Hände. »Bei drei!«

»Eins–zwei–drei.«

Kühle Luft und eine verdreckte Dachluke begrüßten Aimée, als sie sich auf das angrenzende Dach hievte. Sie hielt sich fest, zog sich dann weiter hoch, bis sie sich direkt vor einem Gaubenfenster befand. Hinter der Scheibe waren mehrere Geranientöpfe zu sehen. Zumindest wusste sie jetzt, wo sie am Morgen ihre Fragen loswerden konnte. Auch wenn sie nichts gefunden hatte, was darauf hinweisen würde, dass nicht Laure, sondern jemand anderes Gagnard erschossen hatte. Trotzdem … irgendetwas musste es geben.

»Ich komme runter«, sagte sie und hielt sich mit einer Hand an der mit Taubendreck überzogenen Dachkante fest, während sie sich mit der anderen an der glatten Wand abstützte.

»Sébastien, kannst du mal die Taschenlampe da hinüber richten?«

»Ein Geschenk von den Taubengöttern?«

Als sein dünner Lichtstrahl die Schornsteinkappe beleuchtete, ging in einem Fenster des Nachbargebäudes das Licht an. Sie hörten, wie sich jemand am Fenster zu schaffen machte. »Schnell, Sébastien, ich glaube, wir sollten verschwinden.«

Sie spürte, wie er am Seil zog.

»Wir bekommen Gesellschaft«, sagte er und deutete nach unten. »Die Flics.«

Zwei Wagen hatten in der Straße angehalten, ihre Blaulichter erhellten den schneebedeckten Innenhof. Hatte jemand sie gehört und die Polizei gerufen? Sie spähte um den Kamin, sah über die Dachlandschaft und erkannte, ganz nah, weitere Dachluken, auf denen sich der blasse Mond spiegelte.

»Pack den Werkzeugkasten und komm zu mir hoch«, sagte Aimée.

»Das ist jetzt ein Witz, oder?«

»Beeil dich. Wir können eine Dachluke aufbrechen.«

Sie spürte, wie er am Seil zerrte.

»Wie viele Dachluken siehst du?«, fragte er.

»Drei. Zwei gleich nebeneinander, eine weiter entfernt.«

»*Bon*. Eine muss über dem Treppenhaus liegen. Ich bin gleich hinter dir.«

Sie stopfte den Plastikbeutel mit dem Geranienstängel in die Overalltasche, hielt sich am Kamin fest und ließ sich auf der anderen Seite nach unten.

Sie landete auf allen vieren und kam auf der glatten Oberfläche ins Rutschen. Panik erfasste sie. Vor ihr war nur noch die Dachrinne, dahinter ging es mehrere Stockwerke nach unten. Verzweifelt versuchte sie sich festzuhalten, bekam schließlich eine Metallkante zu fassen und zog sich wieder hinauf zu dem flachen Abschnitt.

Sébastien landete hinter ihr. Keuchend erreichten sie schließlich die entfernteste Luke. Die kalte Luft brannte ihnen in den Lungen.

»Hier«, sagte er und gab ihr eine Zange. »Brich das Schloss auf.«

Erstaunt musste sie feststellen, dass die Scheibe bereits eingeschlagen war. Scharfkantige Zacken ragten aus dem Rahmen. Vorsichtig fasste sie hindurch und betätigte von innen den Hebel. Mit Sébastiens Hilfe hob sie die Luke an, hielt sich am Eisenrahmen fest und ließ sich nach unten, in der Hoffnung, dass ihre Füße die Leiter fanden, die in solchen Treppenhäusern normalerweise an der Wand befestigt war, und sie nicht in irgendeinem Schlafzimmer landete. Sie ertastete die Leiter und stieg hinunter, bis sie auf einem stockfleckigen Läufer stand. Darauf feuchte Fußabdrücke. Seltsam.

»Schnell, die Tasche«, sagte Sébastien und reichte sie ihr. Er landete elegant auf den Zehenspitzen, und sie standen vor der Eingangstür zu einer *chambre de bonne*, dem meist im obersten Stockwerk gelegenen Dienstmädchenzimmer, das hier zu einem Apartment ausgebaut worden war.

»Schau dir die Fußspuren an!«

»Ich hab keine so großen Füße«, sagte er und wollte sie schon mit seinem Stiefel verreiben.

»Lass es. Gehen wir!«, sagte sie.

Sie schlichen die knarrende Holztreppe hinunter, traten durch die Eingangstür aus Glas und fanden sich im Innenhof wieder. Mehrere Türen gingen davon ab. Große grüne Müllcontainer standen neben der Concierge-Loge. Sébastien drückte auf einen Knopf an der Wand, und mit einem Klicken öffnete sich eine Tür im großen, runden Tor.

Sie waren wieder auf der Straße, direkt gegenüber ihrem Wagen.

Sie stiegen ein, Sébastien ließ den Motor an und drehte die Heizung voll auf.

»Und das alles für einen Geranienstängel. Zufrieden?«

»Kann man wohl sagen«, erwiderte sie. »Die eingeschlagene Dachluke hast du schon vergessen!«

Er schüttelte den Kopf, bog um die Kurve und musste am steilen Berg richtig Gas geben.

»Wir haben wahrscheinlich die Fluchtroute entdeckt.«

Heiße Luft strömte aus dem Gebläse und wärmte ihr die eiskalten Beine.

»Fluchtroute?«

»Des Mörders.«

Montagabend, später

Lucien Sarti schloss die Augen. Kindheitserinnerungen wurden wach: das schrille Wehklagen seiner *grand-mère*, als der wächserne Leichnam seines Onkels auf dem Esstisch aufgebahrt lag. Die Frauen, allesamt schwarz gekleidet wie aufgereihte Krähen, fielen mit ein, während die Männer mit dem Schaft ihrer Gewehre auf den Boden stampften, ein von den Steinwänden zurückhallender, durch und durch gehender Rhythmus. Die vom trockenen Wind herangewehte Traurigkeit, die den Duft von Lavendel und Myrte in sich trug, ließ ihn frösteln.

Solange er zurückdenken konnte, waren Beerdigungen *das* gesellschaftliche Ereignis im Dorf gewesen. Jenseits der zerfurchten Straße schimmerte in der Ferne das türkisfarbene Meer, dessen Wellen gegen den Granit aufgelassener römischer Steinbrüche schlug. Die Steinquader darin sahen aus, als wären die Römer erst gestern und nicht schon vor vielen Jahrhunderten abgezogen.

An jenem Tag waren er und Marie-Dominique, von niemandem bemerkt, den Bergpfad hochgestiegen; sie wollten weg aus dem Dorf, in dem nur noch die Alten und Gebrechlichen ausharrten und wo, wie in so vielen dieser Dörfer, unzählige Bewohner durch Vendettas ums Leben gekommen waren. In der Nähe einer halb verfallenen Schäferhütte fanden sie eine Höhle. Der Eingang lag in einer Spalte der fast senkrecht aufsteigenden Granitwand, an der Glimmer und Graphit in der kupfernen Sonne funkelten. Jeder Augenblick hatte sich in sein Gedächtnis eingebrannt. Marie-Dominiques lange, gebräunte Beine mit den blauen Espadrilles. Dann der Streit, den ihr Cousin Giano später mit ihm vom Zaun brach, der ihn beschuldigte …

»Monsieur Conari, vielleicht wollen Sie so freundlich sein und Ihre Gäste bitten, sich der Reihe nach anzustellen«, sagte der Commissaire. »Wir wollen die Personalien aufnehmen, dazu haben wir noch ein paar Fragen. Reine Formsache, natürlich.«

Lucien schlug die Augen auf. Er befand sich in Conaris Salon, und Marie-Dominique hielt sich irgendwo in der Menge auf und schmiegte sich nicht an ihn wie damals in der Höhle … Er griff nach seiner Brieftasche, öffnete sie und geriet in Panik. Er hatte lediglich seine *carte orange* für den öffentlichen Nahverkehr dabei, sonst lag nur noch ein verdrecktes Hustenbonbon darin. Seine *carte d'identité* hatte er vergessen. Wer sich nicht ausweisen konnte, durfte nach dem Gesetz verhaftet werden – was aber nur selten geschah. Bei Korsen wie ihm wusste man aber nie. Manchmal wandten die Flics als Vergeltung für separatistische Drohungen die Vorschriften in aller Härte an. In seinem Heimatdorf verschwanden die Männer in den Bergen, wenn sich ein Polizeiauto blicken ließ. Das hätte er jetzt am liebsten auch getan.

Und der Vertrag, von dem Conari gesprochen hatte? Später. Zuerst sollte er sich irgendwo in der Wohnung verstecken und in aller Ruhe nachdenken. Lucien hielt den Kellner auf, als dieser das nächste Mal vorbeikam. »Compadre, wo finde ich hier die Toiletten?«, fragte er.

Der Kellner zeigte in die Richtung, in der sich auch die Flics aufhielten.

»Es gibt nichts, was ein bisschen näher liegt?«

Der Kellner schien zu verstehen. »Folgen Sie mir!«

Er führte Lucien zu einem Wasserklosett neben der Küche.

Als er wieder aus dem Klo kam, hatte er sich entschieden: Er wollte Monsieur Conari bitten, für ihn zu bürgen.

Draußen aber wurde ihm von Marie-Dominique der Weg versperrt. »Was ist los, Lucien?«

Was los war? Dass sie einen anderen geheiratet hatte, dass er ihre warmen braunen Schultern nicht mehr umarmen konnte? Aber das sagte er nicht. Er suchte nach Worten.

»Marie-Dominique, es gäbe so viel zu sagen … nach so langer Zeit.« Vier Jahre hatte er von ihr geträumt, und jetzt klangen seine Worte leer und falsch.

»Lucien, du machst immer noch Musik, das macht mich glücklich.« Ihre Worte, voll von unausgesprochenen Gefühlen, schwebten zwischen ihnen.

Auf einem der Tische trieb in einer Wasserschale eine Gardenie, auf dem dünnen Diamantarmband an Marie-Dominiques Handgelenk brach sich das Licht. Kerzen flackerten und warfen Schatten auf die moirierte Seidentapete an der Wand. Er sehnte sich danach, sie anzusehen, den Rosenduft zu atmen, der sie umgab. Das alte Lied von Tino Rossi aus den Dreißigern kam ihm in den Sinn, »Ô! Corse, Île d'Amour«; das Lied, das an jenem Nachmittag im Radio gespielt worden war.

»Es hat so kommen müssen«, sagte sie, als würde sie seine Gedanken lesen.

Bestürzt ballte er die Fäuste. »Wie kannst du so was sagen? Du weißt, was zwischen uns war, welche Gefühle ich dir entgegengebracht habe.«

»Meine Familie war dagegen.« Sie sah weg. Ihre Stimme war nur noch ein Flüstern. »Mein Vater hat die FLNC immer als das gesehen, was sie war: eine terroristische Vereinigung.«

»Wir waren doch alle dumm, damals, als wir uns denen angeschlossen haben. Aber ich hab nie an irgendwelchen Aktionen teilgenommen.«

Was war er für ein Dummkopf gewesen, als er sich mit seinen betrunkenen Freunden angemeldet hatte, weil sie die Hoffnung hegten, Korsika von der französischen Herrschaft befreien zu können. Befreien? Aber nicht durch nächtliche Sprengstoffanschläge, durch Entführungen und Lösegeldforderungen, mit denen Waffen angeschafft werden sollten. Er schüttelte den Kopf. Er wollte, dass sie ihn verstand. »Du hast ja recht. Mir ist das damals nur nicht klar gewesen.«

Marie-Dominique sah ihn wütend an. »Nicht klar gewesen, dass die FLNC verboten und von der Polizei verfolgt wurde? Nachdem du die Insel verlassen hast, hat die FLNC die Wände mit Plakaten zugekleistert, auf denen sie gegen die staatlichen Repressionen protestiert hat … und auf den Plakaten war *dein* Bild abgedruckt.«

»Aber ich hatte mit denen doch nichts mehr zu schaffen. Ich war nur auf einer einzigen Versammlung.«

»Dein Bild war auf den Plakaten«, sagte sie.

Das war also der Grund gewesen, warum seine Mutter ihm eine Fahrkarte für die Fähre nach Marseille in die Hand gedrückt und darauf bestanden hatte, dass er noch in derselben Nacht abreiste. »Ich will nicht auch noch einen zweiten Sohn verlieren«, hatte sie gesagt. Weder wegen einer Vendetta noch wegen der Gendarmen oder des bösen Blicks der *mazzera*, der Hexe, die oben in den Bergen wohnte. Niemand stellte sich gegen die *mazzera*, schon gar nicht seine gramgebeugte, verwitwete Mutter, die davon überzeugt war, dass er mit dem bösen Blick belegt worden war. Seine Mutter, die aus Sardinien stammte, wurde von seiner *grand-mère* auch nach über fünfunddreißig Jahren auf der Insel als »die Fremde« bezeichnet. Sie hatte sein Zögern, seine Argumente, wonach Flucht ein Eingeständnis seiner Schuld sei, nicht gelten lassen.

Er hatte im Hafen von Marseille als Kellner gejobbt, hatte mit dem billigen Equipment eines Freundes als DJ gearbeitet und dabei irgendwie überlebt. Ein Jahr später war er nach Paris gegangen. Er hatte sich Plattenspieler angeschafft und kam damit gerade so über die Runden.

»Ich hab dir Briefe geschrieben und dir erklärt, warum ich gehen musste«, sagte er Marie-Dominique. »Aber sie sind alle zurückgekommen, Annahme verweigert.«

Sie sah weg.

Ein Flic in blauer Uniform kam an ihnen vorbei. Er sah Luciens schwarze Jeans und abgetragene Stiefel. »Kommen Sie mit, das Personal wird in der Küche befragt«, sagte er.

»Aber … er gehört zu unseren Gästen«, warf Marie-Dominique ein.

Der Flic musterte ihn abschätzig. »Natürlich, Madame. Dann kommen Sie bitte in den Salon.« Er ging weiter in die Küche.

Lucien machte sich auf einiges gefasst. Korsen kamen auf dem Commissariat immer in den Genuss einer »Sonderbehandlung«. So wie sein Freund Bruno, der mit einem gebrochenen Arm zurückgekehrt war. Nach den jüngsten Anschlägen durch die Separatisten war die Polizei noch nervöser als sonst. Wenn sie herausfanden, dass er sich nicht ausweisen konnte und seine DJ-Gagen schwarz kassierte, würden sie ihn gleich dabehalten.

Aber wenn er ging, ohne den von Conari angebotenen Vertrag zu unterzeichnen …

»Ich hab meine *carte d'identité* nicht dabei, Marie-Dominique.« Er sah in den Salon. Conari stand mit Yann Marant inmitten einer Menschentraube und unterhielt sich mit dem Commissaire. Am Tisch mit den Getränken hatte sich eine lockere Schlange gebildet.

»Marie-Dominique«, flüsterte er ihr zu, »ich kann jetzt nicht mit denen reden.«

Sie riss die Augen auf. »Stehst du immer noch auf der Fahndungsliste?«

»Bring mich hier raus, bitte. Rede mit deinem Mann, sag ihm, dass ich den Vertrag morgen unterschreibe.«

»Aber was, wenn …«

»Ich kann es dir jetzt nicht erklären. Hilf mir!«

»Du hast dich also nicht verändert. Immer läufst du weg, Lucien. Auch jetzt wieder.«

»So ist es nicht. Bitte hilf mir!«

Marie-Dominique schüttelte den Kopf.

Eine Tür in der Holztäfelung ging auf, und ein Mitarbeiter des Catering-Personals trat schwitzend mit einem riesigen Kupferkessel heraus.

Die Tür musste zur Hintertreppe führen.

»Bring Félix nicht in Schwierigkeiten.«

»Warum sollte ich?«

»Du hast immer noch mit den Separatisten zu tun, nicht wahr? Du willst immer noch Korsika ›befreien‹?«

Das war in den letzten zweitausend Jahren nicht geschehen, warum also jetzt? Ihm war das mittlerweile ziemlich egal. Sie hatte ein völlig falsches Bild von ihm. Knapp zweihundertfünfzig Jahre zuvor hatte Pascal Paoli die Herrschaft über den Großteil der Insel errungen, aber statt sich zum König auszurufen, wie es zu der Zeit üblich gewesen wäre, ließ er die Sklaverei abschaffen, ordnete Wahlen an und billigte sogar Frauen das Wahlrecht zu. Unerhörte Ideen zu jener Zeit. Kurz war Korsika eine Demokratie. 1768 aber verkauften die Genueser, de jure noch im Besitz der Insel, Korsika für eine Million Franc an die Franzosen, und Paoli wurde von den französischen Streitkräften gestürzt und seine Armee vernichtet.

Ja, er hatte einmal an ein freies Korsika geglaubt und war der FLNC beigetreten. Aber als er die Mafia-Methoden der in zahlreiche Gruppierungen aufgesplitterten Bewegung mitbekam, hatte er nichts mehr mit ihr zu tun haben wollen.

»Eigentlich möchtest du doch nur sagen, dass ich nicht hierher passe«, sagte Lucien. »Ich passe nicht in dein Leben, nicht in deine schicke Umgebung.« Er spürte, wie er wütend wurde, und schlug mit der Faust gegen die Tür. »Aber du passt auch nicht hierher, Marie-Dominique. Du magst dich verändert haben, insgeheim bist du aber immer noch dieselbe. Ich gehe. Sag deinem Mann, dass ich mich später bei ihm melde.«

Er stürmte durch die verborgene Tür und warf sie mit einem Knall hinter sich zu.

DIENSTAG

Dienstagmorgen

Aimée lehnte sich gegen die geflieste Métro-Wand und nahm das Handy vom Ohr. Das Hôpital Bichat weigerte sich, ihr irgendeine Auskunft über Laure zu geben. Und der Flic, der bei ihr gewesen war, hatte sich auch noch nicht gemeldet. Der Geruch nach verbranntem Gummi, der von den kreischenden Zugbremsen aufstieg, lag in der schalen Luft. Sie wählte eine weitere Nummer.

»Brigade Criminelle«, meldete sich nach dem zehnten Klingeln eine Stimme.

»Gardien Laure Rousseau ist letzten Abend verletzt und ins Hôpital Bichat eingeliefert worden. Ich würde gern ihren Zustand erfahren.«

»Einen Moment«, antwortete die schroffe Stimme.

Im Hintergrund waren Schritte zu hören.

»*Allô?* Wer ruft an?«

»Aimée Leduc, Privatermittlerin.«

»Ich muss Sie bitten, den üblichen Weg einzuhalten.«

»Tu ich das nicht? Ich mach mir Sorgen. Ich hab Ihnen doch schon gesagt, sie ist verletzt.«

»Sie ist im *garde à vue*.«

Jetzt schon? Es war noch nicht einmal acht Uhr morgens.

»Kontaktieren Sie ihren Anwalt!«

»Wer ist das?«

»Ein Maître Delambre. Mehr kann ich Ihnen dazu nicht sagen.«

Es klang, als wäre Laure ein Rechtsbeistand von außerhalb beigestellt worden. Ungewöhnlich unter diesen Umständen. Gut oder schlecht? Sicherlich ein gutes Zeichen, dachte Aimée und schöpfte Hoffnung. Aber wie lange würde man Laure noch in Polizeigewahrsam behalten? Sie schlug im Telefonbuch der Telefonzelle in der Métro-Station nach, fand die Nummer des Anwalts und rief dort an.

»Maître Delambre ist bis Mittag im Gericht«, ließ der Anrufbeantworter verlauten.

»Bitte rufen Sie mich zurück, es ist dringend, es geht um Laure Rousseau«, sagte Aimée und hinterließ ihre Nummer.

Leider hatte sich René Friant, ihr Partner in der Detektei, den Vormittag über freigenommen. Sie hätte ihn jetzt gut gebrauchen können.

Sie schob die Schwingtüren der Métro-Station Blanche auf. Auf dem Weg nach oben, inmitten der in dicken Wintersachen gehüllten Pendler, musste sie an Laure denken, die jetzt völlig desorientiert und mit blutunterlaufenen Augen in einer Zelle saß.

Auf dem breiten, von Geschäften gesäumten Boulevard de Clichy, gleich beim Moulin Rouge, von dessen greller nächtlicher Neonreklame tagsüber nichts zu sehen war, stießen die Busse dicke Abgaswolken aus. Die Straße wurde von einer Demonstration blockiert, aus Lautsprechern ertönte »Korsika den Korsen!«.

Auf dem Bürgersteig warteten Passanten mit der ihnen üblichen Geduld, die sie auch Streiks und anderen Verzögerungen entgegenbrachten. Die Zeitungsschlagzeile auf einem Plakat über einem Kiosk lautete: UNTERBRECHUNG DER KORSISCHEN VERTRAGSVERHANDLUNGEN. Eine andere: ÜBERFALL AUF BEWAFFNETEN GELDTRANSPORTER, ALLES DEUTET AUF FLNC-BETEILIGUNG HIN.

Sie sah ein sich bereits von der Wand schälendes Plakat, das zum Widerstand aufrief, in der Ecke erkannte sie das FLNC-Symbol, den *tête de maure*, den mit einer weißen Bandana versehenen Kopf eines Mauren.

Die korsische Befreiungsbewegung war im Moment in aller Munde und hatte andere separatistische Bestrebungen wie die

Forderung der Bretonen nach gälischem Schulunterricht oder die Autobomben der baskischen ETA-Nationalisten von den Titelseiten verdrängt.

Aimée musste unbedingt mit der Person in der Wohnung reden, bei der die Geranien vor dem Fenster standen. Vielleicht hatte sie ja irgendetwas gesehen.

Über ihr in der Rue André Antoine spiegelte der bedeckte Himmel nur die schiefergrauen Hausdächer. Das Wetter war so trüb wie ihre Stimmung, nachdem Guy sie verlassen hatte und Laure im Zentrum der polizeilichen Ermittlungen stand.

Die kahlen Platanen beugten sich im Wind. Steil zogen sich die Straßen den Hügel von Montmartre hinauf. Sie trat über Pfützen tauenden Schnees, die nachts wieder gefrieren würden. Am Tag danach konnte man dann in der Zeitung von alten Leuten lesen, die sich bei einem Sturz die Hüfte gebrochen hatten.

Das Tor zum exklusiven Stadthaus, auf dessen Dach sie und Sébastien hinübergeklettert waren, stand für die Müllabfuhr offen. Sie warf einen Blick in den gepflasterten Innenhof und sah zum angrenzenden Gebäude und dessen Dach mit der Luke hinauf. Die meisten Fenster zum Hof waren mit Eisenläden verschlossen.

Ein Großteil der Bewohner würde im Winter wohl nach Nizza oder Monaco fliehen. Sie konnten es sich ganz offensichtlich leisten. Dann entdeckte sie das Fenster ganz oben mit den Geranien, eine ovale Scheibe ohne Fensterladen.

Sie wollte alle Bewohner befragen, im Erdgeschoss beginnen und sich von dort nach oben vorarbeiten. Am Eingang drückte sie auf die erste Klingel. Nichts. Sie starrte auf die Tasten des Codeschlosses.

Sie nahm einen Plastilinbrocken aus ihrem Rucksack, drückte ihn auf die Tasten und schälte ihn wieder ab. Fettige Fingerabdrücke zeigten an, welche fünf Tasten am häufigsten benutzt wurden. Nach nicht mal zwei Minuten, nachdem sie zwanzig Kombinationen durchprobiert hatte, ging die Tür auf.

Sie stieg die breite Marmortreppe hinauf und ließ ihre Finger über das schmiedeeiserne Geländer gleiten. Im ersten Stock machte ihr eine junge Frau auf. Sie hatte ein Kleinkind auf der Hüfte, ein weiteres plärrte im Hintergrund. Gleich neben der Tür standen mehrere Koffer sowie ein Kindersitz fürs Auto.

»*Oui?*«, fragte die Frau.

»Entschuldigen Sie die Störung, ich bin Privatermittlerin, ich würde gern ein paar Fragen zu dem Mord stellen, der sich gestern drüben auf dem Dach des Nachbarhauses ereignet hat, das gerade renoviert wird.«

»Was? Davon weiß ich gar nichts.« Das Kind zog an der Perlenkette, die die Frau um den Hals trug. Sie zuckte zusammen. »*Non, chérie.*«

»Haben Sie gegen dreiundzwanzig Uhr irgendetwas Ungewöhnliches gehört oder gesehen?«

»Sie machen Scherze! Meine Kleine zahnt. Um diese Zeit fallen mir längst die Augen zu«, sagte sie gequält.

Das Kind klammerte sich an den Hals seiner Mutter und kaute auf den Perlen herum. Das andere Kind trommelte mit einem Metallauto auf den Boden ein. »Wir haben geschlafen. Ich bring die Kinder um acht ins Bett, und meistens schlaf ich auch gleich ein.«

»Im Haus hat eine Party stattgefunden, vielleicht hat Ihr Mann ja was mitbekommen.«

»Der kippt meistens noch vor mir weg«, sagte sie. »Tut mir leid, ich muss die Kinder fertig machen.«

»*Merci*«, sagte Aimée. »Hier, meine Karte, für alle Fälle.«

»Mein Mann holt uns in fünf Minuten ab. Wir werden die nächsten vier Wochen nicht hier sein.«

Die Frau stopfte sich Aimées Visitenkarte in ihren Cardigan und schloss die Tür. Aimée hoffte bloß, dass das Kind ihre Visitenkarte nicht aufaß.

Sie klingelte bei zwei weiteren Wohnungen auf dem Stockwerk, aber es öffnete ihr niemand. Auch auf der nächsten Etage wurde ihr an keiner der drei Wohnungen aufgemacht. Im dritten Stock kam bei der Wohnung, in der nach Aimées Vermutung die Party stattgefunden hatte, eine Haushälterin mit Schürze an die Tür.

»*Bonjour*, ich würde gern mit dem Wohnungsbesitzer reden«, sagte sie.

»Niemand hier, tut mir leid. Monsieur Conari ist im Büro.«

Die Reichen waren zeitig bei der Arbeit.

Aimée zeigte ihren Ausweis. »Waren Sie zufällig gestern Abend bei der Party hier? Ich würde Ihnen nämlich gern ein paar Fragen stellen.«

»Ich war nicht da, ich komme immer nur vormittags«, sagte die Frau. »Für Partys haben sie eigene Caterer.«

»Haben Sie heute Morgen mit Monsieur Conari gesprochen? Hat er zufällig was von dem Mord im Haus nebenan gesagt?«

Die Haushälterin ließ ihren Staubwedel fallen. »Monsieur Conari und seine Frau sind nie hier, wenn ich zur Arbeit erscheine. Tut mir leid.« Sie hob den Staubwedel auf und wollte schon die Tür schließen.

»Es ist wichtig«, sagte Aimée. »Können Sie mir eine Nummer geben, unter der ich Monsieur Conari erreiche?«

Die Haushälterin zögerte und wischte sich die Hände an der Schürze ab. »Ich störe ihn nie bei der Arbeit, aber, äh …«

»*Oui*, es ist wirklich sehr wichtig.«

Die Frau klemmte sich den Staubwedel unter die Achsel, nahm von Aimée Stift und Zettel entgegen und schrieb eine Telefonnummer auf.

»*Merci.*«

Weiter auf der breiten Treppe nach oben. Ihr Ziel, die oberste Wohnung, nahm das gesamte Stockwerk ein. Hier musste sie Antworten finden.

Sie hörte leise Stimmen, Musik. Ein Radio? Sie klopfte mehrmals. Keine Antwort. Dann pochte sie so lange, bis sie Schritte hörte.

»Komm ja schon!«

Knarrend ging die Tür auf. Eine Frau mittleren Alters. Sie trug ein Flanell-Nachthemd und norwegische Hüttenschuhe aus Wolle, in der Hand hielt sie eine dampfende Tasse, aus der Zimtgeruch aufstieg.

»Verzeihen Sie«, sagte Aimée, »ich wollte Sie nicht stören …«

»Vertreter sind im Haus nicht erwünscht, tut mir leid«, fiel ihr die Frau mit stark verknödelter Stimme ins Wort. »Man hätte Sie gar nicht reinlassen dürfen.«

Aimée hielt ihr ihren Ausweis hin. »Ich bin Privatdetektivin und ermittle im Mordfall im Haus nebenan.«

»Mordfall?« Die Frau schob ihre Brille auf die Stirn und rieb sich ihre auffallend hellblauen Augen. »Ich weiß nicht, wovon Sie reden. Sie müssen mich entschuldigen, ich bin krank.«

Die Frau musste am letzten Abend zu Hause gewesen sein. Aimée wollte auf keinen Fall zulassen, dass sie ihr die Tür vor der Nase zuknallte. »Entschuldigen Sie meine Hartnäckigkeit, es dauert auch nicht lange. Wahrscheinlich haben Sie diese Fragen alle schon beantwortet.« Sie wollte unbedingt sehen, welchen Blick man von der Wohnung aus hatte. Und es sollten Geranien an einem Fenster zum Innenhof stehen.

»Was meinen Sie damit? Mit mir hat niemand gesprochen«, sagte sie. »Welcher Mord?«

»Hat die Polizei Sie nicht befragt?«

Die Frau schüttelte den Kopf.

Aimée wunderte sich.

»Darf ich noch mal Ihren Ausweis sehen, Mademoiselle?«

Aimée reichte ihr ihren Detektivausweis mit dem alles andere als schmeichelhaften Foto, auf dem sie die Augen zusammenkniff und den Mund zu einer Schnute verzog.

»Wo die Apotheke bloß bleibt?« Die Frau sah zu einer alten Uhr an der Wand und gab den Ausweis zurück. »Man sagte mir, man würde mir die Medikamente ins Haus liefern.«

»Gestern Abend ist ein Mann ermordet worden«, sagte Aimée und wischte sich ihre Stiefel auf der Matte ab. »Ich muss Ihnen ein paar Fragen stellen. Darf ich reinkommen?«

»Das geht mich nichts an«, erwiderte die Frau und war drauf und dran, die Tür zu schließen.

»Können wir uns nicht drinnen unterhalten?«

»*Non!* Das wird mir alles zu viel.«

»Nur so lange, bis Ihre Medikamente geliefert werden.«

»*Non!*« Die Frau wirkte regelrecht erschrocken. »Ich bin krank!«

»Aber wenn wir jetzt nicht miteinander reden, Madame …«

»Ich verlasse das Haus nicht.« Die Frau unterdrückte einen Hustenanfall. »Ich werde nicht aufs Polizeirevier gehen.«

Litt sie unter Agoraphobie? Aimée glaubte etwas in ihrer Stimme zu hören, einen ganz leichten Akzent?

»Madame, Sie müssen nicht aufs Commissariat«, sagte Aimée. »Ich bin Privatermittlerin, wir können hier reden. Und ich würde gern sehen, welchen Ausblick man von Ihrem Fenster hat.«

Die Frau zog einen Packen Papiertücher aus der Tasche, schien sich alles durch den Kopf gehen zu lassen und putzte sich die Nase. »Gut, aber nur fünf Minuten.«

Aimée trat in den blassgelben Flur, der allem Anschein nach aus dem achtzehnten Jahrhundert stammte. Auf dem schwarzweiß gekachelten Boden standen ein grüner Einkaufswagen aus Plastik und daneben alte Stiefel. Statt der erwarteten Kandelaber fanden sich Jugendstilleuchten und surrealistische Collagen an den Wänden. Über einem schimmernden Ruhlmann-Sekretär hingen mehrere Silbergelatineabzüge von Man Ray, unter ihnen anscheinend ein Original von *Le Violon d'Ingres*, dem berühmten surrealistischen Bild mit der turbantragenden Kiki, Man Rays Geliebter, auf deren nackten Rücken Man Ray zwei F-Löcher gemalt hatte.

»Was für eine schöne Wohnung«, sagte Aimée und hoffte, die Frau zum Reden zu bringen. »Wohnen Sie schon lange hier, Madame?«

»Zoé Tardou«, antwortete sie und führte Aimée in einen Raum mit schmalen, hellen Jugendstilmöbeln und »modernen« Teppichen aus den Dreißigern. Schwarze Decken hingen vor den hohen Fenstern. Aimée verließ der Mut. Wie konnte Zoé Tardou irgendwas auf dem Dach gesehen haben, wenn alle Fenster verhängt waren?

»Tardou, der Surrealist?«, fragte Aimée, um das Gespräch am Laufen zu halten.

»Mein Stiefvater«, antwortete Zoé Tardou und verzog den Mund.

Kein Wunder, dass sie sich die teure, das gesamte Stockwerk einnehmende Wohnung leisten konnte. Aber nach ihrer Reaktion zu schließen schien sie mit ihrem Stiefvater nicht besonders gut ausgekommen zu sein.

Zoé Tardou schaltete das Licht an. Schwarz-Weiß-Fotos in silbernen Rahmen wurden sichtbar. Auf dem Stutzflügel standen Familienaufnahmen am Strand aus den Sechzigern und Prominenten-Schnappschüsse. Vor dem damastbezogenen Sofa war ein moderner Fernseher aufgebaut. Der große Raum vermittelte den Eindruck, als würde er nur selten benutzt.

»Sie sind auch Künstlerin?«

»Meine Mutter war dadaistische Lyrikerin und hat Modell gestanden«, sagte Zoé.

Eine der Musen der Surrealisten?

Zoé Tardou nahm einen langen Schluck von ihrem dampfenden Gebräu und deutete zu einer Nische hinter dem Sofa. »Mein Fachgebiet ist die Geschichte des Mittelalters.«

An der Wand dort stand ein heller, mit Büchern und Notizblöcken beladener, schwalbenschwanzverzinkter Holzschreibtisch. Man sah, dass hier gearbeitet wurde. Über dem Tisch hing ein altes Kruzifix an der Wand, daneben gerahmte

Manuskriptseiten mit verschnörkelten goldenen Lettern und schwarzer Frakturschrift. Was definitiv überhaupt nicht zu den Jugendstilmöbeln passte.

Aimée fröstelte in der kalten Luft der verdunkelten Wohnung. Machte die Frau denn nie die Heizung an?

»Hatten Sie letzte Nacht auch die Fenster offen?«

»Immer«, sagte sie. »Der menschliche Körper braucht nachts frische Luft.«

Für jemanden, der so großen Wert auf seine Gesundheit legte, sah sie ziemlich erbärmlich aus.

»Dann haben Sie also die Party unten gehört?«

»Die Nachbarn kenne ich nicht. Ich bleibe lieber für mich.«

»Was dagegen, wenn ich mich umsehe?« Aimée ging zum Fenster und zog die Decke weg. Licht strömte in die Wohnung. Die Frau blinzelte.

Gleich neben dem Fenster und der Fassade schlossen sich im rechten Winkel das Gerüst und das Haus an, auf dessen Dach sie Gagnards Leiche gefunden hatte. Die Dachluke glänzte unter den schwachen Sonnenstrahlen, die durch eine Lücke in der Wolkendecke brachen. Sie verfolgte den Weg, den sie und Sébastien letzte Nacht genommen hatten, und erschrak fast darüber.

»Haben Sie nachts auch die Decken vor den Fenstern?«

Sie konnte sich nicht erinnern, sie gesehen zu haben.

»*Non*.« Madame Tardou putzte sich die Nase. »Wenn das alles ist, was Sie wissen wollen, wäre es mir lieb, wenn Sie wieder gingen.«

Aber vielleicht hatte sie ja trotzdem was bemerkt, ohne dass sie es wusste.

»Wenn Sie erlauben, ich würde gern noch ein paar Dinge klarstellen. Gestern Abend um elf … haben Sie da vielleicht etwas Ungewöhnliches auf dem Dach gehört oder irgendwelche Lichter dort drüben gesehen?« Aimée zeigte zu der Wohnung fast direkt gegenüber.

»Ich habe Gesprächsfetzen gehört«, erwiderte Madame Tardou. »Erst dachte ich, es wäre Italienisch.«

Italienisch? Aimée trat näher. Die Frau roch nach Eukalyptusöl.

»Sprechen Sie Italienisch?«

»*Non*. Und es muss irgendwas im Fernsehen gewesen sein. Ich wollte schlafen, aber wegen der fürchterlichen Erkältung bin ich immer wieder aus dem Schlaf hochgeschreckt.«

»Warum glauben Sie, es wäre Italienisch gewesen?«

»Wir waren da immer im Urlaub«, erwiderte sie.

»Was haben sie gesagt?«

»Vielleicht war es auch gar nicht Italienisch.«

»Bitte, es ist wichtig. Können Sie die Sprache einordnen?«

Zoé Tardou schüttelte den Kopf. »Aber ich weiß, dass sie über die Sterne und Planeten gesprochen haben.«

Hatte Zoé Tardou doch geträumt?

»Woher wissen Sie das?«

»Sirius, Orion, Neptun, die Namen habe ich verstanden.«

»Stimmen von Männern oder von Frauen?«

»Männer. Mindestens zwei. Ich weiß noch, wenn sich die Dorfbewohner über die Sterne unterhalten haben«, sagte Zoé Tardou, und ihr Blick ging in die Ferne, als würde sie mit sich selbst reden. »Mir ist es also gar nicht so ungewöhnlich vorgekommen.« Sie zuckte mit den Schultern. »Fast vertraut. Es war so wie da, wo ich herkomme.«

Wie passte das alles zusammen? Aimée hatte das seltsame Gefühl, dass sie es später bedauern würde, wenn sie jetzt nicht nachhakte.

»Wo kommen Sie denn her?«

»Aus der Nähe von Lamorlaye.«

Lamorlaye? Warum kam ihr das so bekannt vor? Plötzlich sah sie die zerkratzte gelbe Blechbüchse vor sich, die immer auf der Küchenanrichte ihrer Großmutter gestanden hatte, die gelbe Büchse mit Menier-Schokolade, darauf die Worte *fondé*

1816, gleich oberhalb der Zöpfe des Menier-Mädchens, deren Korb voller Schokoladetafeln war. Und im Sommer hatte ihre Großmutter ihr jeden Nachmittag eine *tartine et chocolat* gemacht, ein gebuttertes Baguette, das mit einer dicken Menier-Tafel belegt war.

»Lamorlaye, das ist ganz in der Nähe von Château Menier, dem Sitz der Familie, die wegen ihrer Schokolade berühmt ist.«

Zoé Tardou schnüffelte und schnäuzte sich, setzte sich und rieb sich die roten Augen.

»Sie haben also nachts die Sterne beobachtet?«

»Was?« Zoé Tardou schniefte. »Das Waisenhaus lag ja gleich neben dem Observatorium ...« Sie verstummte und hielt sich das Taschentuch vor den Mund. Wie ein kleines Mädchen, das dabei ertappt wurde, wie es etwas ausplauderte.

»Was meinen Sie?«

»Auf dem Land gibt es viele Klebstoffschnüffler«, sagte sie und erhob wütend die Stimme. »Ich bin letztes Jahr wieder hingefahren. Das Gesindel treibt sich auf den Bahnhöfen herum und schnüffelt Klebstoff.«

Klebstoffschnüffeln? Woher kam das jetzt?

»Entschuldigen Sie ... haben Sie letzten Abend Ihre Geranien gegossen?«

Madame Tardou starrte sie an, dann ließ sie das Taschentuch zu Boden fallen. »Was, wenn ich es getan habe?«

»Wir glauben nämlich, dass einer oder mehrere Männer über das Dach entkommen und durch die Luke hier in das Haus eingestiegen sind. Haben Sie sie vielleicht gesehen, als Sie die Geranien gegossen haben?«

»Man ist nirgendwo mehr sicher.«

Aimée hielt inne. »Madame, haben Sie Schüsse gehört oder jemanden gesehen?«

Die Frau schüttelte den Kopf. »Die Welt ist voller Opportunisten.«

»Da haben Sie recht«, sagte Aimée geduldig, bevor sie mit ihren Fragen weitermachte. »Aber als Sie Ihre Geranien gegossen haben, haben Sie da auf dem Gerüst oder dem Dach Männer gesehen?«

»Ich werde den Schlosser rufen und noch mehr Ketten und Schlösser einbauen lassen müssen.«

Fürchtete Zoé Tardou, bestraft zu werden, falls sie Aimée etwas erzählte? Sie schien vor irgendetwas Angst zu haben.

»Bitte, Madame Tardou. Ein Mann ist ermordet worden. Wir brauchen Ihre Hilfe. Alles, was Sie mir sagen, wird vertraulich behandelt.«

Es klingelte an der Tür.

»Lassen Sie, ich mach schon«, sagte Aimée und ging zur Tür, bevor die Frau protestieren konnte. Sie nahm das Päckchen entgegen, und als sie zurückkam, hatte sich Zoé auf einem Sessel zusammengerollt.

»Hier sind Ihre Medikamente.«

»Ich habe Ihnen alles erzählt, was ich weiß. Ich habe beim Blumengießen nichts gesehen. Mir geht es nicht gut.«

»Madame Tardou, Ihre Informationen können wichtig sein«, sagte Aimée. »Wenn Sie mit mir nicht kooperieren wollen, wird die Polizei sicherlich darauf bestehen, Sie auf dem Commissariat zu vernehmen.« Eine Drohung, die hoffentlich wirkte.

Zoé Tardou wickelte sich fester in ihr Flanell-Nachthemd. »Warum fragen Sie mich, fragen Sie doch diese *pute* auf der Straße!«

Aimée konnte sich nicht erinnern, am Abend auf der Straße eine Nutte gesehen zu haben. »Welche *pute*?«

»Die, die immer an der Ecke herumlungert. Die Alte. Die steht immer im Hauseingang. Fragen Sie die doch!«

»Wie sieht sie aus?«

»Sie wissen doch, immer so aufgetakelt. Und wenn Sie mich jetzt entschuldigen wollen! Gehen Sie jetzt bitte!«

Wenigstens hatte sie jetzt jemanden, den sie suchen konnte.

Zögernd folgte Aimée dem Weg, den sie und Sébastien genommen hatten. Sie zückte ihre billige Kompakt-Polaroid und machte Fotos vom Läufer im Gang, der Dachluke und der eingeschlagenen Scheibe.

Draußen auf der schmalen Rue André Antoine hasteten Fußgänger an ihr vorbei, die zu spät auf dem Weg zur Arbeit oder Schule waren. Sie ging zum Hauseingang des gegenüberliegenden Gebäudes. Keine Prostituierte. Enttäuscht wählte sie Conaris Nummer.

»Monsieur Conari ist im Moment nicht im Büro«, erzählte ihr seine Sekretärin.

Wieder wurde sie daran erinnert, warum sie die Ermittlungsarbeit manchmal so sehr hasste. Die Mehrzahl der potenziellen Zeugen war entweder verreist, beim Arzt oder beim Friseur; es vergingen Tage, bis man sie aufgespürt hatte. Spuren verliefen im Sand, Indizien lösten sich in Luft auf.

Aber Laure brauchte Hilfe. Jetzt sofort.

»Wann erwarten Sie ihn zurück?«

Im Hintergrund waren klingelnde Telefone zu hören.

»Versuchen Sie es später noch mal.«

Aimée öffnete die Mattglastür von Leduc Détective, spurtete los und erreichte das Telefon gerade noch beim dritten Klingeln. Graues Licht mühte sich durch die geöffneten Fensterläden und legte sich als Zickzack-Muster auf den Boden. Mit einem Nicken begrüßte sie ihren Partner, der auf seinen kurzen Armen einen hohen Papierpacken balancierte. Er war gerade dabei, den Drucker aufzufüllen.

»*Allô?*«, meldete sie sich am Telefon und griff sich gleichzeitig die Tüte mit dem gemahlenen Kaffee.

»Mademoiselle Leduc? Hier ist Maître Delambre, Laure Rousseaus Anwalt«, ließ sich eine hohe Männerstimme vernehmen.

Gott sei Dank. Aber er klang so jung, als wäre er noch nicht mal im Stimmbruch.

»Ich habe nicht viel Zeit, der nächste Gerichtstermin steht gleich an, ich muss mich also kurz fassen. Wir haben Vorbehalte gegen Ihre Einmischung in Laure Rousseaus Fall.«

»Wer ist *wir?*«, fragte Aimée. »Laure hat mich um Hilfe gebeten.«

»Die polizeilichen Ermittlungen waren umfassend und gründlich«, sagte er.

Er klang nicht nur jung, er schien es auch nötig zu haben, ihr zu zeigen, wer das Sagen hatte. Sie drückte auf den Knopf der Espressomaschine, die sich grummelnd einschaltete.

»So umfassend, Maître Delambre, dass sie bislang noch nicht mal die Bewohner im Nachbarhaus befragt oder die eingeschlagene Dachluke bemerkt haben.«

»Das fällt in die Zuständigkeit der ermittelnden Beamten«, antwortete er. »Und woher wissen Sie das alles eigentlich?«

»Wie gesagt, Laure hat mich um Hilfe gebeten.« Es war besser, ihm alles zu erklären und mit ihm, wenn möglich, zusammenzuarbeiten. Statt ihn gegen sich aufzubringen. »Wir sind seit unserer Kindheit Freundinnen, unsere Väter waren Polizeikollegen.«

»Ich bin mir sicher, dass Ihre Absichten ganz ehrenwert sind, aber Ihre Beteiligung wird dem Fall nicht sehr förderlich sein oder könnte gar als Einmischung aufgefasst werden.«

Mit anderen Worten: Verpiss dich!

»Ich bin Privatermittlerin«, sagte sie und hielt es für angebracht, nicht weiter darauf herumzureiten, dass Computersicherheit ihr eigentliches Betätigungsfeld darstellte. »Es ist also meine Arbeit. Sie scheinen sich noch nicht mal dafür zu interessieren, dass es vielleicht einen Augenzeugen gibt.«

»Die Polizei hat selbstverständlich sämtliche Personen in der Gegend befragt«, sagte er. »Ich bin überzeugt, dass die Ermittlungsbehörden im Besitz aller sachdienlichen Informationen sind und diese auch in ihrem Bericht aufführen werden.«

»Ich würde diesen Bericht gern einsehen und mit Ihnen darüber reden.«

»Wie gesagt …«

»Laure hat mich angeheuert, und es ist in ihrem Interesse, dass wir zusammenarbeiten«, sagte sie und beugte dabei nur ein wenig die Wahrheit. »Aber natürlich haben Sie das Sagen.«

Dickflüssiger, bitterer, dampfender Kaffee tropfte in ihre kleine weiße Tasse.

»Was meinen Sie damit, Mademoiselle Leduc?«

»Was ist Ihnen lieber, wenn ich Ihnen meine Erkenntnisse zukommen lasse oder wenn ich mich damit direkt an die Staatsanwältin wende?«

Pause. »Ich werde das mit meiner Mandantin besprechen.«

»Hören Sie, *ich* habe sie verletzt auf dem Gerüst gefunden – das sollte auch im Bericht stehen. Gagnards Manteltaschen waren nach außen gestülpt, er ist also durchsucht worden. Da die Flics an Außenstehende keine Informationen herausgeben, können Sie mir ja sagen, was im Polizeibericht steht.«

Papierrascheln war alles, was sie an Antwort bekam.

»Ich würde gern Laure besuchen.«

Er holte Luft. »Fraglich, ob man Sie zu ihr lässt.«

»Ich brauche dazu eine Genehmigung von Ihnen, nicht wahr?«

»Ich werde mich darum kümmern.«

Lustlos und gleichgültig – damit manövrierte er sich um ein klares Nein herum. Aber so leicht ließ sie sich nicht abspeisen.

»Ich wäre Ihnen dafür sehr dankbar, und ich würde gern den Bericht der Spurensicherung einsehen«, sagte sie. »Den Laborbericht eingeschlossen. Mich beunruhigen die Schmauchspuren, die man angeblich an Laures Fingern gefunden hat. Es muss sich dabei um einen Irrtum handeln.«

»Bis Laborergebnisse vorliegen, dauert es immer sechs bis achtzehn Stunden.«

»Dann müssten sie also heute Nachmittag bei Ihnen eintreffen. Ich rufe Sie später noch mal an.«

Sie legte auf und ließ zwei Stückchen braunen Zucker in ihren Kaffee plumpsen. Ein heißer Tropfen landete auf ihrem Finger. Sie schleckte ihn weg. Wie befürchtet, war Laure die letzte Nulpe von Anwalt zugewiesen worden.

René kletterte auf seinen speziell für seine Körpergröße von 1,20 Meter angefertigten orthopädischen Stuhl. Ihr fiel sein neuer zweireihiger Anzug auf, und als er in sein Religieuse biss, ein schokoladenüberzogenes Éclair, dessen Gestalt angeblich einer Nonne im Habit glich, bemerkte sie auch seine frisch manikürten Fingernägel.

»Magst du auch eines?« Er schob ihr über den Schreibtisch den Karton zu.

Warum nicht? War es wichtig, ob sie noch in ihr kleines Schwarzes passte, ein altes Schiaparelli-Kleid, das sie auf einem Kirchenbasar entdeckt hatte?

»*Merci*«, sagte sie, ging zu ihm und tauschte ihren Espresso gegen das mit Kaffeecreme gefüllte Éclair aus. »Du erinnerst dich noch an meine Freundin Laure?«

René nickte. Er hatte sie im Jahr zuvor kennengelernt.

»Sie steckt in Schwierigkeiten.«

»Hab ich schon gehört.« Er tupfte sich mit dem Taschentuch den Mund ab. »Hat sie dich wirklich angeheuert? Und wirst du dafür auch bezahlt?«

Aimée zögerte.

»Die Sache gefällt mir schon jetzt nicht«, sagte er. »Unser Gebiet ist Computersicherheit, schon vergessen?«

Er deutete zu ihrem Schreibtisch, wo neben ihrem Laptop ein Stapel Angebotsschreiben lag. »Du solltest dich lieber damit beschäftigen.«

»Ich bin es ihr schuldig, René. Sie ist reingelegt worden.«

»Und das kannst du schon mit Bestimmtheit sagen?« René rührte den Espresso um, den Blick auf den braunen Schaum in der Tasse gerichtet. »Wäre nämlich mal ganz nett, ein bisschen Geld zu verdienen. So zur Abwechslung.«

»Kein Streit jetzt, bitte!«

Würden ihre Kunden nur immer rechtzeitig die Rechnungen begleichen! Sie lehnte sich gegen die Schreibtischkante, und der Duft des Walnussöls, mit dem er ständig seinen Schreibtisch behandelte, stieg ihr in die Nase.

»René, es ergibt doch keinen Sinn, wenn sie ihren Partner auf dem Dach erschossen hätte.«

»Was kannst du wirklich mit Bestimmtheit sagen?« Er musterte sie mit seinen grünen Augen.

Sie erklärte, was passiert war.

»Könnte es ein Unfall gewesen sein?«, fragte René. »Vielleicht ist Laure ausgerutscht, und die Waffe ist von allein losgegangen.«

»Eine Manurhin hat eine spezielle Fallsicherung, die genau so was verhindert«, entgegnete sie. »Es ist einfach unmöglich.«

René zupfte an seinem Ziegenbärtchen. »Aber bei der Internen Ermittlung wird man zu dem Schluss kommen, dass es ein Unfall war, oder?«

»René, als ich sie gefunden habe, hat sie mehr oder weniger bewusstlos auf dem Gerüst gelegen, und Gagnard war angeschossen … Sein Herz hat noch geschlagen, aber es war schon zu spät.«

Sie hielt inne, schüttelte den Kopf, sah Jacques Gagnard vor sich, seine Wimpern, auf denen die Schneeflocken schmolzen, sein Blut, das in den Schnee sickerte. Sie wurde den Gedanken nicht los, dass er versucht hatte, ihr noch etwas zu sagen.

René starrte sie an. »Tut mir leid, Aimée.«

Die stotternde Espressomaschine schickte Dampfwölkchen zur Decke. Sie fuhr fort: »Auf dem Dach nebenan haben Sébastien und ich später eine aufgebrochene Luke entdeckt und auf dem Läufer darunter frische Fußspuren. Da ist irgendjemand abgehauen.«

»Abgehauen?«

»Der Mörder. Dann sind die Flics aufgetaucht, und wir mussten übers Dach flüchten.«

René stieß einen lauten Seufzer aus. »Du hast mir mal versprochen, solche Sachen sein zu lassen! Überlass das den Flics!«

Er klang wie Guy. Aber Guy war nicht mehr da, er konnte solche Dinge nicht mehr zu ihr sagen. Sie fuhr sich mit ihren abgebrochenen, kupferrot lackierten Fingernägeln durch die Stachelhaare.

»Laure kommt vielleicht ins Gefängnis.« Sie wollte jetzt nicht an die völlig überfüllte, noch aus dem achtzehnten Jahrhundert stammende Haftanstalt La Santé denken; an die ungeheizten Zellen, an die Reaktion der Mitinsassinnen, wenn sie erfuhren, dass Laure Polizistin war. »Ich fühle mich verantwortlich.«

»*Verantwortlich?* Tut mir leid, aber das alles klingt doch so, als hätte sich Gagnard die Sache selbst eingebrockt!«

»Laure hat sich immer beweisen müssen, sie wollte unbedingt in die Fußstapfen ihres Vaters treten. Klar, sie hätte alles gemacht, wenn Gagnard sie um etwas bat. Anders als ich.«

»Du bist anders als die anderen, Aimée«, sagte René und verdrehte die Augen. »Immer. Gott sei Dank.«

»René, Laure ist für mich so was wie eine kleine Schwester. Sie ist sensibel, verunsichert wegen ihrer Hasenscharte, es fehlt ihr an Selbstbewusstsein. Ich kenne sie. Wenn sie in den Knast muss, zerbricht sie.«

Sie würde daran kaputtgehen.

Plötzlich hatte Aimée Blumengeruch in der Nase. »Wie auch immer, ich habe schon mal vorgearbeitet. Ich habe gestern noch drei Viertel unserer Angebote durchgesehen.« Und dafür Guys Empfang verpasst.

»Morbier hat dir eine Nachricht hinterlassen«, sagte René. »Irgendwas mit reiner Weste. Vielleicht ist bei ihm eine Entschuldigung fällig.«

»Was soll ich deiner Meinung nach tun?«

»Du fragst mich um Rat?« René spielte den Schockierten. »Das wird dich was kosten. Sag es mit Blumen. Er ist ein Romantiker.«

»Reden wir wirklich von der gleichen Person?«

Sie sah sich im Büro um. Auf dem Druckerregal stand ein Marmeladenglas mit schneeweißen Narzissen, deren Duft das ganze Büro erfüllte. Ein Vorbote des Frühlings.

»Du feierst schon den Frühling? Oder gibt es einen besonderen Anlass?«, fragte sie und überlegte, wie sie herausbekommen konnte, woher sie stammten, ohne ihn direkt danach zu fragen. »Ein besonderes Ereignis? Gute Neuigkeiten?« Sie ließ die Frage im Raum stehen und hoffte, er würde ihr sagen, Guy habe sie geschickt.

»Ruf die Salys-Daten auf.« Mehr sagte er nicht, während seine Finger über die Tastatur flogen. »Wir müssen ein Angebot abgeben. Bis Mittag.«

Ihr war ganz elend zumute. Sie kamen also nicht von Guy.

Renés Art, der Frage auszuweichen, sein ganzes Verhalten … ihr komisches Gefühl im Bauch … war es Eifersucht? Hatte er jemanden kennengelernt? Warum sollte sie eifersüchtig sein? Warum, war doch toll, wenn René sich verknallt hatte! Sie beäugte ihn. Es war ihm anzusehen. Sie sollte sich für ihn freuen. Warum tat sie es nicht? Nur weil Guy sie verlassen hatte, hieß das nicht, dass René sich nicht verlieben konnte.

»Wer ist es, Partner?«

»Hab ich irgendwas gesagt?«

Sie grinste. »Musst du auch gar nicht.«

»Es steht Arbeit an, eine Menge Arbeit.«

»Sag es mir lieber. Oder ich fall dir so lange auf die Nerven, bis du es tust.« Sie zog einen Stuhl heran und ging die Post durch.

»Ich hab mich mit jemandem nach einer Vollmond-Party auf einen Drink verabredet«, sagte er.

»Du meinst, du warst auf einem Rave?«

»Das steht für heute an«, sagte er. *»Eh, voilà.«*

René steckte voller Überraschungen.

»Wie heißt sie?«

Er murmelte etwas.

»Hab ich nicht verstanden.«

»Magali. Und jetzt ruf Salys auf.«

»Ich habe das Angebot schon gestern Abend geschrieben.«

Er starrte sie nur an.

»Als du beim Tanzen warst. Macht einen kleinen Unterschied, was?«

René seufzte. »Wir haben uns doch gerade erst kennengelernt. Und jetzt komm mir nicht damit, dass du und Guy sie …«

»Kennenlernen wollt? Mach dir mal keine Sorgen.«

Sie hatte von Guy bislang nichts verlauten lassen. Es gab keinen Grund, René damit zu belasten, wenn er so glücklich war. Draußen platschten Tropfen vom tauenden Schnee ans Fenster, das auf die Rue du Louvre hinausging.

»René, ich brauch deine Hilfe. Für eine Observierung. Ich hab eine Frau in einer Wohnung befragt, von der aus man einen Blick auf das Dach hat, auf dem Gagnard erschossen wurde. Sie hat etwas von einer Prostituierten erzählt, die sich dort rumtreiben soll. Aber ich hab sie bislang nicht finden können.«

Er zog die Augenbrauen hoch. »Falls du es noch nicht bemerkt haben solltest, ich bin in einer halben Stunde mit den Leuten von Salys verabredet. Die zahlen wenigstens pünktlich.«

Und auch nicht wenig. »Kannst du danach die Sache übernehmen? Für Laure?«

»Ich?« René schnaubte. »Ich falle in einer Menschenmenge ja auch gar nicht weiter auf.«

»Treib die Nutte auf. Montmartre ist ein Dorf, die Leute dort sehen sich gar nicht als Pariser. Außerdem bist du dafür wie geschaffen.«

»Soll ich mich als Toulouse-Lautrec verkleiden und für die Touristen mit Pinsel und Farbpalette rumlaufen?«

Sie lächelte. »Gar keine schlechte Idee.«

»In unserem Gewerbe setzt man ein, was man hat, nicht wahr?«, sagte er, es war nicht ganz ernst gemeint. Seine Finger verharrten auf der Tastatur.

Sie beugte sich vor. »Das Gebäude wird gerade renoviert. Jemand muss gewusst haben, dass das oberste Stockwerk leersteht. Nehmen wir also an, der Mörder lockt Gagnard aus der Wohnung, und als Laure auftaucht, nutzt er die Gelegenheit und dreht es so hin, dass der Mord auf sie zurückfällt. Er kennt sich da oben aus und entkommt über das Dach des Nebenhauses. Das wäre die Theorie.«

»Ich hab's dir schon oft gesagt: Du hast eine überbordende Fantasie. Setz sie bei unserem neuen Auftrag für Salys ein.«

Er hatte recht, natürlich. »Hab ich doch schon.« Sie zog ihren Laptop zu sich heran und öffnete die Salys-Datei. »Ich hab gestern Abend unser Angebot weggeschickt. Sie sind dort auf dein Kommen schon vorbereitet.«

Dann breitete sie den groben Umriss der Gebäude und des Innenhofs vor ihm aus, den sie auf dem Commissariat angefertigt hatte. »Hier hab ich die Lichter gesehen und die Musik gehört, da muss eine Party gefeiert worden sein«, sagte sie und deutete auf die entsprechende Wohnung. »Ich werde versuchen, mit dem Wohnungsbesitzer Kontakt aufzunehmen, einem Monsieur Conari.«

»Die Flics werden ihn befragen.«

»Nach dem Treffen mit Salys kannst du dich nach der Prostituierten umsehen. Befrag sie und jeden, den du in die umliegenden Gebäude gehen siehst. Uns läuft die Zeit davon. Und ich konzentriere mich auf die Wohnung, in der die Party stattgefunden hat.«

»Ich soll dort wirklich verdeckt ermitteln?«

Hörte sie da ein leises Interesse heraus?

»Hast du das nicht schon immer gewollt, Partner?«

Aimée nahm einige Computer-Virenprüfungen vor. Zwei Stunden später hielt sie es nicht mehr aus. Erneut rief sie Maître Delambre an.

»Er muss jeden Moment kommen«, sagte ihr seine Sekretärin.

Sie musste ihn erreichen, bevor er erneut im Gerichtssaal verschwand. Sie griff sich ihren Ledermantel. Ermittlungen ohne Polizeibericht – das war wie Radfahren ohne Pedale.

»Richten Sie ihm bitte aus, Aimée Leduc ist zu ihm unterwegs.«

Maître Delambres Kanzlei war beeindruckender als er selbst. Blasses Gesicht, Nickelbrille, mausbraune Haare; trotz seiner langen schwarzen Robe mit weißem Kragen sah er aus, als wäre er keine fünfundzwanzig.

Auch die Holzdecke und die Bücherregale mit Gesetzestexten und dicken Bänden zur Strafgesetzgebung konnten ihre Befürchtungen nicht mindern. Der Briefkopf auf dem dicken Büttenpapier lautete Delambre et Fils. Eine Familienkanzlei. Vielleicht sollte Laure um die Hilfe des Vaters bitten.

»Maître Delambre, ich mach mir Sorgen um Laure Rousseau«, sagte Aimée.

»Ich konnte mit meiner Mandantin noch nicht sprechen«, sagte er und nahm in einem Ohrensessel Platz. »Wie kann ich sicher sein, dass Sie wirklich von ihr beauftragt wurden?«

Leeres Gerede, dachte sich Aimée. Sie ignorierte seinen misstrauischen Unterton. »Haben Sie schon den Polizeibericht erhalten?«

»Ich bin eben erst in der Kanzlei eingetroffen«, sagte er verärgert. »Es gibt eine ganze Menge zu erledigen. Sie ist nur eine von vielen Mandanten.«

»Und wie viele von denen könnten inhaftiert werden, weil sie angeblich ihren Kollegen erschossen haben?«, fragte Aimée. »Bitte, es ist wichtig. Ich wäre Ihnen sehr dankbar, wenn Sie gleich nachsehen könnten.«

»Einen Moment.« Er ging einen Stoß Papiere durch, dann räusperte er sich. »Mal sehen.« Weiteres Papierrascheln.

Draußen auf dem Quai krachte Eis von einem Baum auf das Dach eines Busses, der im Stau steckte. Sie hörte den Anwalt nach Luft schnappen und drehte sich zu ihm um.

»Sie wurde verlegt. Ins Hôtel-Dieu, auf die Intensivstation der CUSCO-Abteilung.«

Sie musste sich an einer Stuhllehne festhalten. Das war die Gefangenenabteilung des Krankenhauses auf der Île de la Cité.

»Ist sie schon angeklagt?«

»Bislang wurde keine Anklageschrift aufgesetzt. In Fällen wie diesen ist aber damit zu rechnen.«

»Hat sich ihr Zustand verschlechtert?«

»Finden Sie es heraus, Mademoiselle Leduc. Sie sind doch die Detektivin.«

Aimée unterdrückte ihren Missmut. »Welche Informationen liegen Ihnen vor?«

»Sie hat eine schwere Gehirnerschütterung«, sagte er unter Zuhilfenahme eines Notizblocks. »Ihr Zustand soll stabil sein, aber sie wird weiterhin beobachtet. Mehr weiß ich nicht.«

Laure auf der Intensivstation? Komplikationen, Aimée musste an mögliche bleibende Schäden denken. Und vertreten wurde sie von einem jungen Anwalt, der frisch von der Uni zu kommen schien.

»Bitte zeigen Sie mir den Polizeibericht«, sagte sie.

Zögernd schob er ihn über den Mahagonitisch. Er kam ihr zumindest etwas entgegen.

Die Mappe enthielt die Abschrift von Laures Aussage, kurze Beschreibungen des Tatorts, der Witterungsbedingungen sowie der Leiche und eine flüchtige Bleistiftskizze vom Dach. Sogar ihre Aussage lag mit dabei.

»Kein Laborbericht?«

Maître Delambre schüttelte den Kopf.

»Seltsam. Laure hat mir gesagt, dass im Labor Schmauchspuren an ihren Händen festgestellt worden seien. Und das, obwohl sie seit einem Monat keine Waffe mehr abgefeuert hat.«

Sie betrachtete eingehender die Unterlagen. Der Zeichner der Spurensicherung hatte es nicht für nötig erachtet, die Neigung des zum Gerüst hin abfallenden Dachs festzuhalten. Außerdem fand sich keine Erwähnung der eingeschlagenen Dachluke auf dem Nachbargebäude. Die hinten angehefteten Polizeifotos zeigten nur die unmittelbare Umgebung von Gagnards Leichnam. »Sie müssen darauf drängen, dass das Dach gründlicher untersucht wird.«

»Wollen Sie mir sagen, wie ich meinen Job zu machen habe?«

Sie atmete tief durch. Wie konnte sie ihn dazu bringen, entsprechende Schritte einzuleiten, ohne von ihrem nächtlichen Ausflug aufs Dach zu erzählen? »Überhaupt nicht, Maître Delambre, aber zum Zeitpunkt der Tat ist ein schwerer Schneesturm über die Stadt gezogen. Man darf sich nicht wundern, wenn der Polizei etwas entgangen ist.«

»Sehen Sie doch selbst«, sagte er.

Sie blätterte durch die angehängten Seiten über die Befragung der Partygäste im Nachbarhaus. Keiner hatte irgendetwas gehört oder gesehen, keinem war etwas aufgefallen. War auch der Mann befragt worden, den sie am Tor gesehen hatte?

Lag das an der großen Dringlichkeit, oder warum sonst war der Polizeibericht für die Staatsanwältin so kursorisch ausgefallen? Laure war die einzige Verdächtige; in andere Richtungen war überhaupt nicht ermittelt worden.

»Ich habe mit einer Frau im obersten Stockwerk des Nachbargebäudes gesprochen«, sagte sie. »Sie hat letzte Nacht Männerstimmen auf dem Dach gehört, aber von der Polizei ist sie nicht befragt worden. Und die Dachluke im Treppenhaus ihres Hauses wurde eingeschlagen.«

Sie reichte ihm die von ihr aufgenommenen Polaroids. »Sie sehen die Scherben im Treppenhaus. Die Fotos können Sie behalten.«

»*Merci.* Wenn es von Relevanz sein sollte, wird sich die Polizei das sicherlich ansehen«, sagte er und zögerte zum ersten Mal. »Hören Sie, es gibt da noch ein Problem.«

Sie blickte auf. »Was meinen Sie?«

»Eine Nathalie Gagnard hat Anzeige gegen Laure erstattet.«

»Seine Frau?«

»Ex-Frau. Sie beschuldigt Laure des Mordes.«

Toll!

»Außerdem spricht sie darüber in einem Interview, das in der morgigen Ausgabe von *Le Parisien* erscheinen wird.«

»Können Sie das nicht verhindern?«

Irgendwo im Hintergrund ertönten die getragenen Schläge einer Standuhr.

»Dafür ist es schon zu spät.«

Aimée zeigte den beiden Polizisten im Hôtel-Dieu ihren Ausweis. Statt ihr Probleme zu machen, wie sie eigentlich erwartet hatte, wurde sie nur durchgewinkt. Schwestern hasteten über die angestoßenen Jugendstilfliesen im Flur, auf die sich die durch die Fensterläden fallenden Lichtstreifen legten. Normalerweise mied sie Krankenhäuser, jetzt hielt sie sich schon zum zweiten Mal in zwei Tagen in einem auf.

Und dann erstarrte sie, als sie vor der bleichen Laure stand. Laure war an Maschinen angeschlossen, über durchsichtige Schläuche wurden Flüssigkeiten in sie geleitet; Monitore piepten. In den Ecken des Zimmers roch es nach Alkohol und Desinfektionsmittel.

Aimée musste an einen Nachmittag im Jardin du Luxembourg denken. Schatten hatten über den Kies unter den sonnengesprenkelten Bäumen getanzt, während ihr Vater und Georges, Laures Vater, auf einer der grünen Holzbänke saßen und die Zeitung lasen; zwei Kollegen, Partner, die aufeinander angewiesen waren, wenn ihr Leben auf dem Spiel stand. Der Springbrunnen plätscherte in der warmen Luft und versprühte sein angenehmes, kühlendes Nass. Es war der zweite Sommer, nachdem ihre amerikanische Mutter sie verlassen hatte. Die zehnjährige Laure hatte ihr auf dem Spielplatz gestanden, dass sie wie ihr Papa ebenfalls zur Polizei wollte.

Das Piepen und Klicken der Geräte am Bett holte Aimée zurück in die Gegenwart. Sie riss sich aus ihrer Erstarrung. Konnte Laure reden? Ging es ihr so weit gut?

»*Ça va?*«, fragte sie und rieb Laure die eiskalten Finger, vorsichtig, um nicht an den Schlauch zum Tropf zu kommen, der mit Klebeband an Handgelenk und Handrücken befestigt war.

Laure schlug die Augen auf. Ihre Pupillen waren getrübt. Nur allmählich schien sie Aimée zu erkennen. »Den Bericht … du hast den Bericht gelesen … deswegen bist du hier, oder, *bibiche*?«

»Welchen Bericht, Laure?«

»Es ist so kalt. Wo bin ich?«, fragte sie verwirrt.

»Im Krankenhaus.« Aimée zog ihr die Decke bis unter das Kinn.

Laure ließ den Blick schweifen. »Warum?«

Hatte sie durch die Gehirnerschütterung das Gedächtnis verloren?

»Ganz ruhig, Laure. Mach dir keine Sorgen. Kannst du dich erinnern, was passiert ist?«

Laure versuchte den Finger an die Lippen zu legen, fand sie aber nicht. »Das … das ist ein Geheimnis.«

Aimée lief es kalt über den Rücken. »Ein Geheimnis?«

»*Non*, aber ich soll nicht …« Laure versuchte sich aufzusetzen, schaffte es aber nicht. Mit einem erschöpften Seufzen gab sie es auf und ließ sich wieder aufs Bett fallen. Ihr stumpfes braunes Haar fächerte sich über dem Kissen auf. »Nein … nicht richtig … der Bericht.«

»Gagnards Bericht?«

Laure zwinkerte, schüttelte den Kopf und verzog vor Schmerzen das Gesicht.

»Du hast mich gebeten, dir zu helfen, erinnerst du dich?«, fragte Aimée. »Wenn du mir was verheimlichst, kann ich dir aber nicht helfen. Auch wenn du ihm versprochen hast, Stillschweigen zu bewahren, kannst du jetzt ruhig reden. Du hilfst ihm nicht mehr, wenn du alles für dich behältst.«

Nichts konnte Jacques Gagnard noch helfen. Aimée hasste es, auf Laure Druck auszuüben, solange diese so verwirrt war. Aber mit ein wenig Glück erwähnte sie vielleicht etwas, das zum Täter führen könnte.

Aimée stellte einen kleinen Topf mit Gewächshaus-Veilchen neben die Wasserkaraffe auf dem Nachttisch. Sag es mit Blumen – hatte ihr das nicht René für Morbier empfohlen? »Leider duften sie nicht.«

»Veilchen im Winter! *Merci.*«

Auf dem Weg zum Krankenhaus hatte Aimée auf dem Marché aux Fleurs hinter dem Hôtel-Dieu ein kleines Vermögen für die außerhalb der Saison gezogenen Blumen ausgegeben. Sie hatte die rotgesichtige Verkäuferin, eine stämmige Frau mit mehreren Pulloverschichten unter dem Kittel, gefragt, wie die Blumen die Kälte überstehen würden. »Aber den Blumen gefällt es hier doch, Mademoiselle!«, hatte sie nur geantwortet.

Laure lächelte schwach. »Wie aufmerksam! Immer passt du auf mich auf.«

»Laure, woran kannst du dich noch erinnern?«

Wieder das schmerzverzerrte Gesicht. Licht fiel auf die dünne weiße Narbe auf der Oberlippe.

»Mein Kopf pocht. Er fühlt sich an, als wäre bloß noch Watte drin.«

»Bitte versuch dich zu erinnern, Laure. Versuch dir das Gerüst vorzustellen und erzähl mir, was du gehört hast.«

Laure ballte die Hände zu Fäusten. Dann weiteten sich die Augen, als könnte sie sich wirklich an etwas erinnern.

»Ruhig, Laure«, sagte Aimée und löste Laures verkrampfte Finger.

»Es fällt mir so schwer ... ja, Jacques hat nach mir gerufen. Er hat geschrien. Die Männer ...«

Hatte nicht Zoé Tardou gesagt, sie hätte Männerstimmen gehört? »Er wollte sich mit einem Informanten treffen, hast du gesagt!«

Laures Miene hellte sich auf. »Er hat mich zur Unterstützung gebraucht. Jetzt weiß ich es wieder ... aber mein Kopf tut so weh.«

»Hast du diese Männer gesehen?« Aimée beugte sich zum Metallgitter am Bett vor. »Das war ein Hinterhalt! Wie haben sie ausgesehen?«

»Ich hab sie gehört. Das ist alles, was ich weiß.«

»Waren es laute Stimmen? Wütende Stimmen?«

Laure rieb sich den Kopf. »Warum geben sie mir nichts gegen die Kopfschmerzen?«

»Haben Sie sich gestritten? Hohe oder tiefe Stimmen?«

»Sie haben nicht Französisch geredet«, sagte sie. »Ich hab sie nicht verstanden.«

Zoé Tardou hatte das Gleiche gesagt.

»Wie haben sie geklungen?«

Laure schloss die Augen.

»Denk nach, Laure. Welche Sprache haben sie gesprochen?«

»Ich erinnere mich nur an den sauren Schweißgeruch, der vom Dach runtergeweht ist. Ich habe mir noch gedacht, der muss von Jacques sein und dass er Angst haben muss. Vielleicht ... ich weiß nicht ... so wie er gerufen hat.«

Hatte er Angst gehabt, weil es mit dem Deal nicht geklappt hatte? Oder war es um etwas anderes gegangen?

»Hattest du Angst um Gagnard? Hattest du das Gefühl, dass er Hilfe braucht? Warum bist du zur Wohnung hinauf, Laure?«

Tränen liefen ihr über die blassen Wangen. »Was sollte ich denn sonst machen? Ich hab doch noch nicht mal die Prüfung bestanden … Jacques hat das für mich so hingedreht …«

Die Polizeiprüfung, für die Laure nächtelang gepaukt hatte? »Mach dir darum mal keine Gedanken«, sagte Aimée, wischte ihr mit einem Tuch die Tränen weg und streichelte ihr den Arm.

Hatte Laure die Männer, die sich mit Gagnard getroffen hatten, überrascht? War sie von ihnen angegriffen worden, hatten sie ihr die Waffe abgenommen und damit Gagnard erschossen? Aber wie waren dann die Schmauchspuren auf Laures Finger gekommen?

»Ich hab Papa versprechen müssen … es dir nicht zu erzählen …«

»Mir was nicht zu erzählen?«, fragte Aimée.

Georges Rousseau war vor einigen Jahren gestorben. War sie durch die Gehirnerschütterung in die Vergangenheit zurückgeworfen worden, lebte sie in ihrer Erinnerung? Eine böse Ahnung überkam Aimée.

»Was meinst du, Laure?« Sie bemühte sich, nicht genervt zu klingen, so wie früher, wenn Laure, die Jüngere, ihr immer alles nachgemacht hatte und ihr nie von der Seite gewichen war.

Laures Lider flatterten.

»Kannst du dich noch an die Carambar erinnern? Ich hab es dir nicht gesagt. Ich hab sie der Concierge geklaut.«

Carambar, die länglichen Karamelbonbons, die Aimée so sehr geliebt hatte. Und immer noch mochte.

»Er wollte es nicht, Aimée. Keiner von denen wollte es.« Laure stöhnte vor Schmerz.

Aimée versteifte sich. Laures Tonfall nach ging es um mehr als nur um gestohlene Karamelbonbons.

»Wer wollte was nicht?«

»Als wir von der Schule nach Hause gekommen sind … an dem Tag, an dem ich die Carambar gestohlen hab … der Umschlag … auf dem Tisch der Concierge. Weißt du noch, wie ich sie immer nachgeäfft habe?«

Hohes Piepen von einem der Monitore schreckte Aimée auf.

»Laure, ich weiß nicht, was du meinst.«

»Dein Papa, im Bericht stand, dass dein Papa … *non*, ich bin so durcheinander. Das ist viel später passiert. Um es unter den Teppich zu kehren.« Sie ließ sich wieder ins Kissen fallen. »Mit Ludovic … ich bin so müde.«

Aimée wurde ganz anders. Ließen Laures Worte darauf schließen, dass ihr Vater in dubiose Machenschaften verwickelt gewesen war? Dass etwas unter den Teppich gekehrt wurde? Was mit »Ludovic« zu tun gehabt hatte?

»Mademoiselle, bitte machen Sie Platz.« Aimée wurde zur Seite geschoben, mehrere Personen in weißen Kitteln stürzten an ihr vorbei.

»Sauerstoff! Blutdruck überwachen!«, kam es von einem Arzt. »Pupillen sind geweitet.«

»Sechzig zu vierzig«, sagte eine der Krankenschwestern.

»Sieht nach erhöhtem Schädelinnendruck aus …«

Aimée wankte zur Schwesternstation. Um Laures Bett wurde ein weißer Vorhang gezogen, die Haken oben an der Stange klirrten.

»Bitte sagen Sie mir, was los ist.«

»Komplikationen«, erwiderte die Schwester kurz angebunden.

Komplikationen. Hieß das, es war mit bleibenden Schäden zu rechnen? »Warum hat sich ihr Zustand verschlechtert?«

»Hier hat nur noch Krankenhauspersonal Zutritt. Sie müssen jetzt die Station verlassen.«

»Aber meine Freundin …«

»Wir kümmern uns darum. Rufen Sie später an«, sagte die Schwester und schob Aimée nach draußen.

Besorgt und nicht ohne Schuldgefühle starrte Aimée auf die schmutzigen Schneehaufen am Seine-Ufer. Sie hatte Laure unter Druck gesetzt. Sie würde es sich nie verzeihen, wenn ihre Fragen mit dazu beigetragen hatten, dass es Laure wieder schlechter ging.

Außerdem spukten ihr Laures abgehackte Sätze durch den Kopf. Diese alte Geschichten, wollte sie laut aufschreien, die Anschuldigungen wegen der angeblichen Bestechlichkeit ihres Vaters. Hatte sie nicht bewiesen, dass er nicht korrupt gewesen war? Trotzdem, ein kleiner Zweifel blieb immer. Wusste Laure etwas über ihren, Aimées, Vater, das vertuscht worden war? Ludovic … meinte sie damit Ludovic Jubert? Auf den der Interpol-Agent in Clichy im Zusammenhang mit dem Tod ihres Vater auf der Place Vendôme hingewiesen hatte? Die vorbeiströmende graue Seine hatte keine Antworten für sie.

Außerdem konnte sie sich darüber später Gedanken machen, im Moment musste sie sich auf Laure konzentrieren. Sie wollte den Laborbericht einsehen, sie brauchte mehr Fakten. Sie zog die Liste der von der Polizei befragten Partygäste heraus, die sie sich kopiert hatte, und hoffte, dass sich darauf der Typ mit dem Rucksack fand.

Von den zwanzig namentlich aufgeführten Personen konnte sie achtzehn telefonisch erreichen. Der Erste, der sich als ein Typ in der Werbebranche herausstellte, sagte, er habe die Horsd'œuvres und die Blondine, die er kennengelernt habe, sehr genossen. An mehr könne er sich auch nicht mehr erinnern. Denn von da an sei es mit ihm steil bergab gegangen. Ein Ehepaar meinte, bei der lauten Musik habe man sich doch kaum mit anderen unterhalten können. Zwei der Models gaben an, nur mit ihrem Handy beschäftigt gewesen zu sein, weil sie noch einen Auftrag für den folgenden Tag bestätigen mussten.

Der Inhaber der Catering-Firma, ein Monsieur Pivot, sprach für seine gesamte Mannschaft. Seine Leute hätten in der stickigen Küche geschuftet und sich bis zum Eintreffen der Polizei nicht eine Pause gegönnt. Dessen war sich Pivot ganz sicher. »Sonst hätten die nämlich jetzt ein Riesenproblem mit mir!« Der Gitarrist des Bossa-nova-Quartetts bestätigte, dass sie bis 23.00 Uhr, kurz vor dem Auftauchen der Polizei, gespielt hätten. Den beiden anderen, die sie nicht erreichen konnte, hinterließ sie eine Nachricht und bat sie, sie zurückzurufen.

Kurz vor Mittag hatte sie genug vom Telefonieren. Sie schlüpfte in ihren Nadelstreifen-Hosenanzug aus Wolle, das wärmste Outfit in ihrem Kleiderschrank, trug Kajal auf und zog ihren Mantel an. Ihr war eingefallen, wo sie Conaris Namen schon mal gesehen hatte: auf Lastwagen, die kreuz und quer durch Paris kurvten.

Eine halbe Stunde später stand sie vor Conaris Firmenadresse in der Avenue Junot, im exklusiveren Montmartre-Abschnitt oben am Kamm des Nordwest-Abhangs. In dem umgebauten Künstleratelier waren mehrere Architekturbüros und Baufirmen untergebracht. Conaris Räumlichkeiten nahmen ein ganzes Stockwerk ein; nach Adresse und Aussehen des Gebäudes zu schließen, musste es der Firma ziemlich gut gehen.

»Keinen Termin?«, sagte die Empfangsdame mit flüchtigem Lächeln. Sie hatte kurze braune Locken und schöne Zähne. So schöne Zähne, dass Aimée mutmaßte, dass sie einen guten Teil ihres Lohns in sie investiert haben musste. »Tut mir leid, Monsieur Conari arbeitet auf einen Abgabetermin hin. Er hat im Moment überhaupt keine Zeit.«

Aimée trat in ihren hochhackigen Stiefeln von einem Bein aufs andere und wünschte sich, in Schuhe mit nur Fünf-Zentimeter-Absätzen geschlüpft zu sein. »Er hat letzte Nacht eine Party gegeben, und im Gebäude nebenan ist jemand ermordet worden. Ich hab ein paar Fragen dazu, reine Routine, dauert nicht länger als fünf Minuten, garantiert! Aber sie sind für die Ermittlungen unerlässlich.«

»Aber er hat zu tun ...«

»Fragen Sie ihn doch einfach! Er hat sich bislang als so kooperativ erwiesen, dass ich nur ungern störe, aber wie gesagt, es wird wirklich nur fünf Minuten dauern.«

Die Empfangsdame zögerte, griff dann aber zum Telefon. »Monsieur Conari, hier ist eine ...« – sie sah auf Aimées Visitenkarte und ließ erneut die Zähne aufblitzen – »... eine Mademoiselle Leduc von Leduc Détective. Sie besteht darauf, mit Ihnen zu reden.«

Die Empfangsdame zwinkerte. »Natürlich, Mademoiselle, gehen Sie rein. Zweite Tür links.«

Aimées Absätze versanken im tiefen Teppichboden des Gangs, an dessen Wänden abstrakte Gemälde in Schwarz und Weiß hingen. Sie klopfte an die Tür.

»*Entrez!*«

Vor ihr taten sich hohe, bis zur Decke reichende Fenster auf, eine Glaswand, die einen Panoramablick über die umliegenden Dächer gestattete. Mehrere einzelne Wohnungen schienen zu einem einzigen Raum zusammengelegt worden zu sein, der kathedralenhaft zu einer Glasdecke in die Höhe strebte.

Sie blickte zu dem Mann mittleren Alters mit anthrazitfarbenem Haar, der mit hochgekrempelten Ärmeln über einen Zeichentisch gebeugt war.

»Monsieur Félix Conari? Ich bin Aimée Leduc«, sagte sie. »Entschuldigen Sie die Störung.«

»Natürlich, kein Problem.« Er klang besorgt. »Bitte nehmen Sie Platz!«

Er zeigte auf einen niedrigen, geschwungenen roten Ledersessel, der aussah, als käme man so schnell nicht wieder aus ihm heraus, wenn man erst mal drin saß.

»*Non, merci*, Sie haben zu tun, ich möchte also gleich auf den Punkt kommen.« Sie zog die Liste mit den Partygästen heraus. »Können Sie mir kurz erzählen, was auf Ihrer Party letzten Abend geschehen ist?«

Félix Conari rieb sich das Kinn. »*Tiens*, lassen Sie mich nachdenken. Das Quartett hat gespielt, die Gäste scheinen sich gut unterhalten zu haben, die Caterer haben sich um die Bar und die Horsd'œuvres gekümmert, ich hab da selbst ein Auge drauf gehabt. Die Gäste, müssen Sie wissen, waren Kunden, allesamt wichtige Leute für mein Büro. Wir wollten uns gerade zum Essen niederlassen, ja, genau, da ist der Commissaire hereingeplatzt.«

»Das ist alles, woran Sie sich erinnern können, Monsieur Conari?«

Er atmete hörbar durch die halb geschlossenen Lippen aus und zuckte mit den Schultern. »*Oui*. Aber lassen Sie mich Yann rufen, der war letzten Abend auch da.«

Conari drückte den Knopf der Gegensprechanlage auf seinem Schreibtisch. Auf ihrer Liste, bemerkte sie, stand ein Yann Marant; er gehörte zu den beiden, die sie nicht erreicht hatte.

Kurz darauf erschien ein Mann in den Dreißigern in einem zerknitterten schwarzen Anzug und Adidas-Turnschuhen; seine langen braunen Haare ringelten sich hinter den Ohren.

»Mein Freund Yann Marant, Software-Ingenieur, er berät mein Büro«, stellte Conari ihn vor. »Mademoiselle Leduc ist Privatermittlerin und hat Fragen zu dem Vorfall gestern Abend.«

Aimée bemerkte die verräterischen Schwielen an Yann Marants rechter Handkante. Systemanalytiker oder Programmierer, nahm sie an.

Marant lächelte. Ein nettes Lächeln.

»Tut mir leid für die Störung, Monsieur Marant, aber man sagte mir, Sie waren auf Monsieur Conaris Party.«

Marant nickte. »Muss jemand, ein Verdächtiger womöglich, bei einer Gegenüberstellung identifiziert werden? Sind Sie deshalb hier?«

Er sah zu viel fern. »Noch nicht«, antwortete Aimée.

»Ich würde ja gern helfen, aber …« Marant schüttelte den Kopf. »Ich war letzten Abend beschäftigt.«

»Sie kennen diese Software-Leute.« Conari klopfte ihm mit einem verhaltenen Lächeln auf den Rücken. »Ständig wirbelt ihm irgendwelcher Programmcode durch den Kopf. Für mich sind das ja alles Hieroglyphen. Aber von Zeit zu Zeit hol ich ihn schon wieder runter.«

War Marant gut?, überlegte Aimée. Sie und René beschäftigten gelegentlich freie Systemanalytiker. Sie würden einen brauchen, falls ihre Angebote angenommen würden. Aber da Marant von einer so erfolgreichen Firma wie Conari engagiert wurde, dürfte er nicht ganz in ihrer Preisklasse sein.

»Der Commissaire hat uns sehr wenig erzählt«, sagte Marant. »Wir wissen gar nicht, was eigentlich vorgefallen ist.«

Die beiden Männer waren nicht dumm. Sie ließen sich kaum mit irgendwelchem banalen Zeugs abspeisen.

»Das ist so üblich, Monsieur. Bei solchen Ermittlungen muss man sich zuerst mit den Tatsachen vertraut machen, bevor man Hypothesen aufstellen kann. Deshalb bin ich auch hier und falle Ihnen auf die Nerven«, sagte sie lächelnd. »Monsieur Marant, denken Sie an den vergangenen Abend zurück, kurz vor elf Uhr. Haben Sie ein lautes Geräusch gehört oder irgendwas vor dem Fenster wahrgenommen?«

Er zuckte mit den Schultern. »Ich war noch in Félix' Arbeitszimmer beschäftigt. Und dann, Félix, ist dieser Musiker eingetroffen, oder? Aber zeitlich kriege ich das nicht mehr auf die Reihe …«

»Ich nehme an, die Polizei hat ihn befragt«, sagte Aimée. »Wie heißt er denn?«

Félix Conari stützte sich auf den schrägen Zeichentisch. »Er ist ein wenig schüchtern, dieser Lucien. Aber ein einzigartiger Musiker.«

Aimée ging die Namen durch. »Hier ist kein Lucien aufgeführt. Nachname?«

»Sarti. Ein korsischer DJ und Musiker. Er mixt traditionelle mehrstimmige Gesänge mit Hip-Hop.«

Kein Lucien Sarti. Aimée dachte an den Mann, der etwa zu diesem Zeitpunk vom Tor aus alles beobachtet hatte. »Hat er schwarze Haare … schwarze Lederjacke und Rucksack?«

Conari grinste. »Diese Beschreibung trifft auf viele meiner Gäste zu. Aber ja, er ist schlank, und er hat schwarze Locken.«

»Wie kann ich ihn erreichen?«

»Hören Sie, Mademoiselle, ich will nicht, dass er da mit reingezogen wird.«

»Natürlich nicht, aber ich brauche jede erdenkliche Hilfe, alles, was ich bekommen kann. Ich muss mit allen reden. Können Sie mir seine Telefonnummer geben?«

»Lucien ist Musiker, ein freier Geist«, sagte Conari. »Kein Telefon. Ich kontaktiere ihn über ein Restaurant, es heißt Strago, und hinterlasse da für ihn meine Nachrichten.«

Sie notierte sich alles. »Sie haben erwähnt, Ihre Gäste seien alles Kunden von Ihnen. Nur so aus Neugier: Woher kennen Sie diesen Lucien Sarti?«

»Nennen Sie mich ruhig einen alten Knacker, aber mein Traum ist es, ihn zu promoten«, sagte er und lächelte schwach. »Ich habe Beziehungen zur Musikbranche. Die Musik liegt mir sehr am Herzen. Allerdings er ist gestern Abend verschwunden, bevor wir den Vertrag unterzeichnen konnten. Künstler, Sie wissen ja.«

Warum war dieser Lucien Sarti verschwunden, bevor er mit der Polizei gesprochen hatte?

»Muss Félix sich Sorgen machen, Mademoiselle Leduc?«, fragte Yann Marant. Sein Pferdeschwanz fiel über den Jackettkragen. »Ich meine, hat sich das *Quartier* so sehr verändert? Darf ich fragen, was geschehen ist?«

Marant stellte viele Fragen. Aber das tat sie auch.

Conari nickte. »Ich hab noch nie so viel Polizei hier gesehen. Wir sind hier doch in Paris, nicht in New York, wo ständig Leute erschossen werden.«

Lies mal die Zeitung, wollte sie ihm sagen. Aber vielleicht kamen sie ihr ja entgegen, wenn sie etwas mehr preisgab. Es würde sich sowieso im *Quartier* herumsprechen, früher oder später würden sie es eh erfahren.

»Wir ermitteln in einem Mordfall. Auf dem Dach des Gebäudes nebenan ist ein Polizist erschossen worden. Die starken Schneefälle der letzten Nacht erschweren die Ermittlungen zusätzlich.« Zwei Augenpaare musterten sie eindringlich. »Daher ist alles, was Ihnen vielleicht einfällt, selbst unscheinbare Details …«

»Sie sind Privatdetektivin, haben Sie gesagt? Ist das nicht eigentlich Sache der Polizei?«

Er ließ sich nichts vormachen. »Ich ermittle für eine Klientin. Darüber hinaus kann ich nichts sagen.«

»Hören Sie, ich würde Ihnen gern helfen«, sagte Marant. »Wie kann ich Sie erreichen, falls mir noch etwas einfallen sollte?«

Aimée wollte sich ihre Enttäuschung über die spärlichen Ergebnisse nicht anmerken lassen. »Ich danke Ihnen, dass Sie sich Zeit genommen haben, *merci*«, sagte sie und reichte jedem eine ihrer Visitenkarten.

Strago an der weniger exklusiven, weniger vornehmen Montmartre-Seite war ein Ladenrestaurant mit Hammer und Sichel auf der gewellten Speisekarte, die hinter der verschmierten Glasscheibe steckte. Ein handgeschriebenes Schild in violetter Tinte verkündete FERMÉ. Dieser Teil des *Quartiers* hatte sich seit Doisneaus Schwarz-Weiß-Fotografien aus den Fünfzigern kaum verändert. Enge Kopfsteinpflastergassen zogen sich den *butte* hinauf. Die Eckcafés und niedrigen Häuser an der Rue Labat erinnerten an Edith Piafs Chanson über die junge Frau, die durch die Rue Labat streift und dem Mann, der sie verlassen hat, nachtrauert. Aber waren nicht alle Lieder Piafs traurig?

Gedanken an Guy schoben sich dazwischen. An seinen Geruch, seine Finger, wenn er durch ihre Haare strich. Sie schob ihre Traurigkeit fort; sie musste diesen Musiker finden.

Im Gemüseladen unter der grünen Markise nebenan fragte sie den Inhaber nach Stragos Öffnungszeiten.

»Die machen auf, wann sie Lust haben. Wenn es nach Knoblauch riecht, dann wissen Sie, dass Anna kocht.«

Sie legte ihm einen Franc hin, griff in den Glasbehälter auf der Ladentheke und nahm mehrere Carambar heraus. Sie wickelte ein Karamellstäbchen aus dem gelben Wachspapier, warf einen kurzen Blick auf den innen abgedruckten Witz und schob sich das Bonbon in den Mund. »Schon mal Lucien Sarti gesehen, schwarze Haare, schwarze Lederjacke? Man kann ihm hier telefonisch Nachrichten hinterlassen.«

Er zuckte mit den Schultern. »Wenn das Wetter so ist wie jetzt, bleib ich immer im Laden.«

Sie reichte ihm ihre Karte. »Wenn Sie ihn mal sehen sollten, rufen Sie mich an. Ich würde nämlich gern mit ihm sprechen.«

Sie schrieb sich Stragos Telefonnummer auf und schloss den Gürtel ihres Ledermantels. Der tauende Schnee auf den Platanen lief in dünnen Rinnsalen über die nackten Äste und Stämme. Der Schnee, wenn er denn überhaupt in Paris fiel, hielt sich nie lange. Dafür sorgte schon die Wärme, die die Gebäude abstrahlten. Damit würden auch sämtliche Spuren verschwinden, die der Schnee auf dem Dach für kurze Zeit bewahrt hatte.

Erneut musste sie an Laures zusammenhanglose Worte denken. Sie kramte in ihrer abgetragenen Vuitton-Brieftasche, bis sie die Karte mit Juberts Namen gefunden hatte. Pleyet von Interpol hatte sie ihr damals gegeben, als sie in Clichy mit ihm zu tun gehabt hatte. Zwei Monate lang hatte sie Jubert damals gesucht, die einzige Verbindung, die sie zum Tod ihres Vaters beim Sprengstoffanschlag auf der Place Vendôme gefunden hatte. Aber weder war er unter der angegebenen Adresse gemeldet, noch kannte man ihn im Ministerium. Es war, als hätte es ihn nie gegeben.

War Jubert der von Laure erwähnte »Ludovic«? Oder gab es noch einen anderen Ludovic in der Vergangenheit ihres Vaters, einer Vergangenheit voller Gerüchte und Geheimnisse, von denen sie nur eine vage Ahnung hatte? Morbier könnte es wissen. Sie zog ihr Handy heraus.

»*Oui*«, meldete sich Morbier.

»Darf ich dich zu einem späten Mittagessen einladen?«

»Du willst mir danken?«

Wofür?, hätte sie fast gesagt, bevor ihr einfiel, dass sie wahrscheinlich auf sein Betreiben hin aus dem Commissariat entlassen worden war. Sie sah auf die Straße, auf der sich in einer öligen, in Regenbogenfarben schimmernden Lache der graublaue Himmel spiegelte. Ein Januarhimmel.

»Oder willst du damit wiedergutmachen, dass du dich so grauenvoll aufgeführt und Ouvrier das Abschiedsfest versaut und mich auch noch bei der Staatsanwältin in die Bredouille gebracht hast?«

»Sie hat es doch sowieso auf dich abgesehen«, sagte Aimée.

»Aber wie …?«

Ein Dieselbus dröhnte vorbei und verschluckte Morbiers Antwort. Aimée tastete nach den Handschuhen in ihrer Tasche.

»Le Rendezvous des Chauffeurs, in einer halben Stunde?«, sagte Morbier.

Ein Taxifahrer-Treffpunkt mit gutem Essen. Das sollte die Fragen, die sie ihm stellen wollte, ein wenig versüßen.

Spiegel säumten die Wände, gelb-weiß-karierte Tischdecken lagen auf den zwölf Tischen im Restaurant, auf dem Tresen stand eine Wurstschneidemaschine aus Edelstahl. Die letzten Gäste saßen über ihrem Käsegang. Morbier hatte sich auf einer kamelfarbenen Bank niedergelassen, deren Lederbezug, abgenutzt von unzähligen Taxifahrergenerationen, rissig und brüchig geworden war. Er las eine Zeitung.

»Gute Wahl, Morbier«, sagte sie, nahm Platz und hängte ihren Rucksack über die Lehne des Holzstuhls. Die warme, abgestandene Luft tat nach der Kälte draußen gut. Über den Spiegeln hingen gerahmte Poster der *vendanges* auf den Montmartre-Weinbergen. Im Radio lief leiser Jazz, der Wirt wischte über den alten roten Resopaltresen, auf dem hie und da der Zinkuntergrund durchschimmerte.

»Hier hast du alles, was den Montmartre ausmacht: Bäuerliches, die Bohème und die Genussfreude«, sagte er und legte die Zeitung weg. »Aber du lädst mich ja ein. Worum geht es wirklich?«

»René sagt, du bist ein Romantiker«, erwiderte sie und schenkte ihm aus dem Krug mit dem Rosé ein, der bereits auf dem Tisch stand. »Und um dir zu danken.«

»Wenn ich dich nicht besser kennen würde«, sagte er und kniff die Augen zusammen, »könnte ich es glatt glauben, Leduc.«

»Glaube lieber, dass Laure im Hôtel-Dieu auf der Intensivstation liegt.« Sie breitete ihre Serviette auf dem Schoß aus.

Morbier schüttelte den Kopf.

Sollte sie ihm den Rest erzählen?

»Laure hat Männerstimmen auf dem Dach gehört. Sie haben in einer anderen Sprache geredet.«

»Du hast sie befragt, Leduc?«

»Ich musste Fragen stellen, ich habe doch nichts. Aber ihr Zustand hat sich dadurch noch verschlechtert.«

»Es geht ihr auch nicht besser, wenn du dir deswegen die Schuld gibst. Wir können ein Lied davon singen.«

»Nach dem Polizeibericht, den ich bei ihrem Anwalt zu Gesicht bekommen habe, sieht auch alles andere nicht besonders gut aus.«

Sie schenkte sich selbst ein Glas Rosé ein.

Morbier stieß mit ihr an. »*À la santé*. Sie rauszuhauen ist Aufgabe des Anwalts, Leduc. Nicht deine.«

Er winkte dem Wirt und zeigte zur Tafel, auf der mit Kreide die Gerichte und ihre Preise angeschrieben standen. »Zwei davon, *s'il vous plaît*.«

»Natürlich, Commissaire«, sagte der Mann und eilte durch die schmale, oben offen stehende Klöntür in die Küche. Gleich darauf hörte Aimée Hackgeräusche, dann das Zischen von Öl.

»Du bist hier Stammgast, sehe ich.«

Er lächelte. Mit seinen Hängebacken und Tränensäcken sah er noch müder aus als sonst.

»Du kannst nicht mehr tun, Leduc«, sagte er, nahm seine Papierserviette und steckte sie sich in den Kragen.

Aimée beugte sich vor. »Morbier, sie hat ihren Partner nicht umgebracht. Das Labor muss sich geirrt haben, wenn es an ihren Fingern Schmauchspuren festgestellt hat. Der Laborbericht liegt noch nicht einmal vor!«

»Es ist Sache der Polizei, in dem Fall zu ermitteln.«

»Sieh zu, was du herausfinden kannst. Und gib mir Bescheid, wenn der Laborbericht da ist.«

»Du weißt, dass ich zu diesen Ermittlungen keinen Zugang habe.«

War dem so?

Sie sah zu Boden und nahm allen Mut zusammen.

»Im Krankenhaus hat Laure so vor sich hin gebrabbelt, wirres Zeug über die Vergangenheit, und dabei hat sie einen Bericht über Papa erwähnt. Sie hat angedeutet, irgendwas wäre vertuscht worden.«

Morbier verschluckte sich an seinem Wein, gleich darauf wischte er sich mit der Serviette über den Mund.

»Weißt du was darüber, Morbier?«

»Lebe in der Gegenwart, Leduc.«

Hatte sie ihn ertappt? Jedenfalls glaubte sie zu spüren, dass er etwas wusste.

»Hat es was damit zu tun, dass Papa und Georges Partner gewesen waren?«

»Laures Vater?«

Sie nickte, nahm sich ein Brot aus dem Korb, brach die Kruste ab und steckte sie sich in den Mund.

»Du warst Papas erster Partner. Was kannst du mir über Georges erzählen?«

»Keine Ahnung.«

»Hast du das Gedächtnis verloren, Morbier?« Sie wischte die Brösel vom Tisch.

»Das und alles andere auch. Meine Pensionierung steht an.«

Für jemanden, der bald aufhören wollte, hatte er sich ganz schön was aufgeladen. Er arbeitete im Commissariat und zeitweilig auch bei der Brigade Criminelle. Aber darüber ließ er sich nie aus.

»Du weißt, wie sehr Laure ihren Vater vergöttert. Hilf mir! Was hat sie gemeint mit diesem Bericht, der irgendwie mit meinem Vater zu tun hat und mit dem irgendwas unter den Teppich gekehrt werden sollte. Irgendwas ist da doch!«

Der Wirt servierte ihnen zwei Teller mit Fischer-Salat – Kartoffeln, Weißfisch und aufgeschnittene *saucisson sec*, die er kurz zuvor über dem Tresen abgehängt hatte.

»Da ist längst Gras drübergewachsen«, sagte er. »Lass es sein.«

Irgendwas war da.

Er schnitt die Wurst in kleine Stücke.

»Aah, die Mutter des Wirts räuchert sie noch selbst.«

»Sag es mir, Morbier!«

Er seufzte. »Es gibt kein Geheimnis. Wir haben alle zusammen die Polizeiausbildung absolviert. Das weißt du.« Er nahm einen Bissen und spülte ihn mit dem Rosé herunter. »Damals wie heute haben wir zu viert gearbeitet, zwei Zweier-Streifen. Und unsere Runden gedreht …«

»Du, Georges, Papa, und wer noch?«, unterbrach sie.

Morbier legte sein Messer weg und sah Aimée an. Seine Miene war nicht zu entschlüsseln.

Sie zog die alte Visitenkarte heraus. »War es der? Ludovic Jubert? Vor ein paar Monaten hat mir einer von Interpol gesagt, dass Jubert von unserer Observierung auf der Place Vendôme gewusst hat. Deswegen wollte ich damals mit ihm reden.«

Er ließ ein Streichholz über das Tischbein ratschen, zündete ein Montecristo-Zigarillo an, paffte vor sich hin, lehnte sich in seiner Rauchwolke zurück und schwieg.

»Wo ist Jubert?«

»Woher soll ich das wissen?«

Plötzlich stand der Wirt vor dem Tisch. »Ist die Wurst nicht gut?«

»Hab den Appetit verloren, Philippe«, antwortete Morbier. »Bring uns einen Espresso und die Rechnung, bitte.«

So leicht würde sie Morbier nicht davonkommen lassen. Qualmende Rauchwolken stiegen vom Zigarillo auf. Sie versuchte, nicht zu inhalieren. Am Tag zuvor hatte sie die Gauloise-Packung weggeworfen, die sie vor Guy versteckt hatte.

»Würdest du ihn für mich finden?« Sie nahm einen weiteren Schluck vom Wein und dachte nach. »Als du und Papa im Marais gearbeitet habt, wo war da Georges?«

»Ist nach oben gefallen. Er war wie besessen.«

»Und Jubert?«

Pause. »Ist höchstwahrscheinlich schon in Rente.«

»In Rente? Was hat Laure dann gemeint?« Sie holte tief Luft.

»Sie ist verletzt, oder? Redet wirres Zeug. Hör zu, ich sage es noch einmal, ich lebe im Hier und Jetzt. Und das solltest du auch.« Er drückte sein Zigarillo aus. »Und noch einen guten Rat.«

Darin war Morbier gut.

»Lass Laures Anwalt die Sache deichseln. Trete den Ermittlungsbehörden nicht auf die Zehen. Das mögen sie nämlich gar nicht.«

»Wie finde ich Ludovic Jubert?«

Morbier erhob sich und nahm Mantel und Schal vom Kleiderständer. Er griff sich seine Espressotasse, leerte sie in einem Zug und warf ein paar Francs auf den Tisch. »Schon mal mit dem Telefonbuch versucht?«

Er machte einen Schritt zur Tür.

Sie fasste nach seiner Hand und drückte die dicken Finger mit den nikotingelben, gefurchten Nägeln. Er wollte sich losreißen, aber sie hielt ihn fest.

»Morbier, es gibt ein Sprichwort. ›Will man die Reise fortsetzen, muss man zuvor die Geister zur Ruhe betten.‹«

Morbiers Blick schien in die Ferne zu schweifen. »Das ist etwas, was schwer erfüllbar ist, Leduc«, sagte er so leise, dass sie es kaum verstand. »Daran kann man sich sein Leben lang abarbeiten.«

Sie ließ ihn los. Er wickelte sich den dicken Schal um den Hals und ging. Ein kalter Luftzug wehte herein, dann knallte er die Tür zu. Seine Zeitung war zu Boden gefallen. Sie hob sie auf und betrachtete sie, während sie ihre Brieftasche herausholte. Morbiers charakteristische, stark geneigte Handschrift sprang ihr ins Auge. Sie las den Artikel: »Der vor sechs Jahren erstellte Ermittlungsbericht über korsische Waffenlieferungen ist wieder aufgetaucht. Der Bericht hatte damals im Innenministerium für einen Eklat gesorgt, nachdem angeblich eine Beteiligung der Pariser Polizeipräfektur an den Waffenlieferungen nachgewiesen werden konnte. Ein Sprecher des Innenministeriums lehnte jeden Kommentar dazu ab.« Und an den Rand dieser Zeilen hatte Morbier dick unterstrichen die Buchstaben JC geschrieben.

»So ist er in letzter Zeit oft«, sagte der Wirt, als er ihr das Wechselgeld brachte und sich die Schürze neu band. Er warf Aimée einen wissenden Blick zu. »Vielleicht sollten Sie mal versuchen, ihn glücklich zu machen, Mademoiselle.«

JC ... Jean-Claude ... Jean-Claude Leduc, ihr Vater? Oder interpretierte sie zu viel in Morbiers Kritzeleien hinein? Sechs Jahre zuvor hatte er Leduc Détective geleitet, sie hatte im ersten Semester Medizin studiert und ihm gelegentlich bei der Arbeit geholfen. An einem Wochenende hatten sie zusammen die Place Vendôme observiert, ein Sprengsatz explodierte, und ihr Vater wurde dabei getötet. Sie wusste immer noch nicht, wer dahintergestanden hatte, aber es ließ ihr keine Ruhe, sie wollte nach wie vor die verantwortlichen Täter finden. Auch wenn es schwer war, die Geister zur Ruhe zu betten, wie Morbier gesagt hatte. Sie faltete die Zeitung zusammen und steckte sie in ihren Rucksack.

Sie nahm den Bus auf dem Boulevard de Magenta und versuchte zweimal per Handy, das Hôtel-Dieu zu erreichen und sich nach Laures Zustand zu erkundigen. Beide Male hing sie endlos in der Warteschleife des Krankenhauses.

Vom Busfenster aus sah sie den Wagen der Kirche Saint-Vincent-de-Paul, der in der Nähe der Gare de l'Est bereits eine Suppenküche aufbaute. Schon bildete sich eine Schlange von Männern für die abendliche Essensausgabe.

Sie konnte von Glück reden, dass immer ein Essen auf dem Tisch gestanden hatte. Es dürfte für ihren Vater nicht immer einfach gewesen sein. Sie erinnerte sich, wie aufgeregt sie und wie verwundert Laure gewesen war, als ihnen ihre Väter für La Chandeleur Crêpes zubereitet hatten. La Chandeleur, Lichtmess, das am zweiten Februar gefeiert wurde und das am folgenden Wochenende wieder anstand. Der Tradition gemäß hatten sie ihre Crêpes mit einer Münze in der Hand schwungvoll gewendet, damit ihre Wünsche in Erfüllung gingen. Damals hatte sie sich gewünscht, dass ihre Mutter zurückkehrte. Georges war es als Einzigem gelungen, die Crêpe zu wenden, ohne sie kaputt zu machen.

Im Bus saß ein alter Mann mit einem Hund in einem Korb; ein Teenager mit Kopfhörer wippte zu seinem ganz eigenen

Rhythmus; eine Frau mit Seidenschal las Balzac; gleich neben ihr, Schulter an Schulter, saß eine Mutter mit Cornrows, sie trug einen farbenprächtigen, weiten afrikanischen *boubou* und hatte einen Kinderwagen neben sich. Montmartre-Gesichter von der anderen Hügelseite, jenseits der Touristen, jenseits von Sacré-Cœur, wo es noch bezahlbare Wohnungen gab, an der Grenze zum Quartier de la Goutte-d'Or, dem Arbeiter- und Einwandererviertel.

Ihre Gedanken kehrten zu Jacques Gagnards Ex-Frau Nathalie zurück. Sie hatte keine große Lust, die Frau zu befragen, die Anzeige gegen Laure erstattet hatte. Aber mehr hatte sie im Moment nicht, wenn sie irgendwie weitermachen wollte.

Aimée stand vor Nathalie Gagnards Arbeitsplatz, Rue de Douai 22, einem Herrenhaus aus dem Zweiten Kaiserreich. Es lag an der Ecke zur Rue Duperré, einer Straße, die von weißen Steingebäuden mit schwarzen schmiedeeisernen Balkonen gesäumt wurde. Eine Einbahnstraße, voll mit abgestellten Rollern und einem Wagen mit dem AUTO-ÉCOLE-Schild auf dem Dach. Ihr gegenüber, im Schaufenster eines Cafés, war ein vergessener dicklicher Weihnachtsmann immer noch mit Geschenkpaketen beladen. Ein Handyladen, mehrere *immobiliers*, Immobilienmakler, machten deutlich, dass es sich um einen eher teuren Abschnitt unterhalb der Place Pigalle handelte.

Aimée umkurvte ein von orangefarbenem Plastikgewebe abgesperrtes Loch im Bürgersteig und musste an die Ausführungen ihres Erdkundelehrers denken, der wortreich die nuancierten Aromen der Schiefer-, Gips- und Steinschichten unter den Straßen beschrieben hatte. Ob Kalkstein oder Schiefer, für Aimée roch alles gleich. Das *Quartier* war auf einem alten Aussätzigenfriedhof errichtet, hatte er ihnen erzählt. Sie bezweifelte, dass es die Bewohner sonderlich glücklich machte, wenn sie wüssten, was unter ihren Füßen vor sich hin weste.

Stoffbahnen an der Gebäudefassade warben für *espace* – man konnte hier also Räumlichkeiten für besondere Ereignisse mieten. Sie betrat das Foyer, von dem aus unter einem hexagonalen Holzgitter mit integrierten Leuchten eine Marmortreppe nach oben führte. Irgendwie musste sie Nathalie Gagnard zum Reden bringen.

Vergoldete Stühle waren umgedreht auf den Tischen im hohen Salon gestapelt. Aimée wäre fast über einen Kellner gestolpert, der auf dem Parkett saß und sich mit geschlossenen Augen die Füße rieb. Hinter der Rezeption saß eine Frau etwa Mitte dreißig, sie hatte ein hageres Gesicht, schwarze dünne Haare und goldene Reifenohrringe. Dazu trug sie eine weiße Bluse, einen schwarzen Rock, vernünftig flache Absätze und ordnete Broschüren auf dem Tresen.

»*Bonjour*, wir veranstalten Privatempfänge, Hochzeitspartys.« Die Frau lächelte, musste dann husten und hielt sich die Hand vor den Mund. Sie hatte eine tiefe Reibeisenstimme, die Stimme einer Raucherin. »Hier, eine Broschüre, falls Sie Interesse haben.«

Aimée erwiderte das Lächeln und zückte ihre Visitenkarte.

»Ich würde gern mit Nathalie Gagnard sprechen«, sagte sie, bevor die Frau mit ihrem Verkaufssermon fortfahren konnte.

Die Augen der Frau verengten sich, sie musterte Aimées Nadelstreifen-Hosenanzug, die spitzen Stiefel und den Lederrucksack.

»Worum geht es?« Mit ihrem Charme war es vorbei.

»Polizeiliche Angelegenheiten. Arbeitet sie …«

»Sie ermitteln im Mordfall meines Ex-Mannes?« Die Frau schien Aimées Visitenkarte glatt zerdrücken zu wollen.

Aimée holte tief Luft und war entschlossen, taktvoll vorzugehen – was sie laut René sowieso üben sollte.

»Sie sind also Madame Gagnard?«, sagte Aimée. »Ich wäre Ihnen sehr dankbar, wenn Sie sich ein wenig Zeit für mich nehmen könnten, ich würde gern einige Punkte mit Ihnen klären.«

»Da kommen Sie genau zum richtigen Zeitpunkt.« Nathalie Gagnard sah auf ihre Uhr. »Ich bin gleich so weit. Nehmen Sie dort drüben Platz!« Sie zeigte auf einen kleineren Raum mit Holztäfelung.

Aimée hörte noch, wie Nathalie Gagnard dem Kellner Anweisungen zu den Weingläsern gab. Sie sah sich um. Pausbäckige Engelchen und ein das Deckengemälde umlaufender Fries bildeten eine eklektizistische Stilmischung. Karyatiden stützten die Decke, goldgerahmte Buntglasfenster öffneten den Blick zum äußeren Salon. Ein Potpourri aus dem neunzehnten Jahrhundert.

Laut der umfangreichen und aufwendig gestalteten Broschüre hatte Bizet hier seine Oper *Carmen* komponiert, während Proust und Henri de Toulouse-Lautrec, der Nachbar von gegenüber, den Salon seiner Frau frequentiert hatten. Später, las Aimée, war aus dem herrschaftlichen Gebäude eine *Bouillon*-Kantine für die Arbeiter geworden, noch später ein Bordell, bis diese verboten wurden, danach ein Postamt.

»Sie haben das Miststück zur Strecke gebracht?«, fragte Madame Gagnard, setzte sich, zog eine Zigarette mit goldfarbenem Filter heraus und zündete sie mit einem Plastikfeuerzeug an.

Nicht feindselig, sondern rachsüchtig.

Sie nahm einen tiefen Zug, stieß eine Rauchwolke aus und beugte sich auf ihrem Stuhl nach vorn. »Ich schwöre, die ist Jacques nachgestiegen wie eine rollige Katze, kaum hat er sich ihr behilflich gezeigt. Können Sie sich das vorstellen? Jacques würde noch sein letztes Hemd opfern, um anderen zu helfen.«

Auch wenn das Hemd in Wirklichkeit einem anderen gehörte? Nach allem, was Aimée über ihn zu Ohren gekommen war, hatte Jacques Gagnard ein Omelett ohne Eier braten können, er war ein richtiger *débrouillard* gewesen – mit allen Wassern gewaschen.

»Ich bin mir nicht sicher, ob ich Sie verstehe.«

»Die Hasenscharte, die Heulsuse.« Nathalie Gagnard schnippte die Asche in einen weißen Porzellanaschenbecher.

Auch noch grausam. Am liebsten hätte sie der Frau eine gescheuert, aber das würde sie nicht weiterbringen.

»Sie reden von Laure Rousseau?«, sagte sie, entschlossen, sich im Zaum zu halten und mehr über Jacques Gagnard zu erfahren.

»Diese Mörderin! Die so eifersüchtig war …«

Einen Felsen bergauf zu rollen wäre einfacher gewesen, als mit Nathalie Gagnard zu reden.

»Helfen Sie mir auf die Sprünge«, sagte Aimée, neugierig zu erfahren, woher die Gehässigkeit der Frau rührte. »Laut den Akten sind die beiden beruflich gut miteinander ausgekommen. Warum verdächtigen Sie sie, ihn umgebracht zu haben?«

»Wen den sonst? Außerdem wollten Jacques und ich wieder zusammenkommen, ihr zum Trotz.« Madame Gagnards Brustkorb hob und senkte sich, schluchzend bedeckte sie ihre Augen. Der Rauch stieg Aimée ins Gesicht.

Zu ihrer eigenen Überraschung nahm Aimée ihr die Zigarette ab, drückte sie im Aschenbecher aus, zog ein Taschentuch heraus und reichte es Nathalie Gagnard.

»Das wird sie mir büßen, diese Schlampe!« Nathalie Gagnard tupfte sich die Tränen von den Wangen.

»Meines Wissen ist Ihre Scheidung erst vor ein paar Monaten rechtskräftig geworden.«

»Wo bleibt da die Gerechtigkeit, das frage ich Sie!«

»Gerechtigkeit? Die wollen wir alle. Aber dazu müssen wir Ermittlungen anstellen, Beweise finden, die Einzelteile zu einem Ganzen zusammenfügen, um den Täter dingfest zu machen. Die Vorschriften verlangen, alle zu befragen, jeden Aspekt zu untersuchen, damit wir zu einem vollständigen Bild gelangen. Aber in Ihrem Fall hilft es wenig, zur Zeitung zu laufen, meinen Sie nicht auch, Madame Gagnard?«

»Dadurch bekomme ich wenigstens Aufmerksamkeit.« Vorsichtig, um nicht die Mascara zu verschmieren, wischte sie sich mit dem Tuch über die Augen. Argwöhnisch fragte sie: »Für wen arbeiten Sie?«

»Madame Gagnard, was ist, wenn es einen Komplizen gegeben hat? Wenn noch andere mit beteiligt waren?«

Nathalie Gagnard stopfte sich das Taschentuch in die Tasche. »Ich habe gefragt, für wen Sie arbeiten.«

»Ich ermittle im Auftrag von Maître Delambre«, antwortete Aimée. Sie nahm an, dass Nathalie Gagnard nicht wusste, welche Seite er vertrat. Zumindest noch nicht. Sie holte ihr Notizbuch heraus, tat so, als würde sie etwas nachsehen, blätterte einige Seiten zurück und sah zu Nathalie Gagnard, die den Mund fest zusammengepresst hatte.

»Nach dem offiziellen Bericht hat Ihr Ex-Mann sich mit anderen Frauen getroffen«, sagte Aimée. Schließlich hatte Laure eine Freundin erwähnt. Eine neue Taktik, um sie zum Reden zu bringen. »Wir glauben, dass er sich an dem Abend mit einem Informanten treffen wollte. Vielleicht war es auch eine Informantin.«

»Sie verstehen nicht. Jacques hat Frauen respektiert. Er hat sie gut behandelt. Aber *sie* hat das ganz anders aufgefasst.«

»Wenn ich mir die Ereignisse des Abends so anschaue, interessiert mich Folgendes.« Aimée hoffte, sie nähme ihr damit den Wind aus den Segeln. »Aus Sicht der Tatverdächtigen würde es nämlich nicht viel Sinn ergeben, Jacques umzubringen, schließlich haben so gut wie alle gesehen, wie sie zusammen das Café verlassen haben!«

Nathalie Gagnard verengte die Augen zu schmalen Schlitzen. »Machen Sie Ihre Arbeit. Bringen Sie sie zur Strecke!«

»Hat Jacques unter Druck gestanden? Unbezahlte Rechnungen? Die Arbeit? Hat er mal erwähnt, dass er jemandem Geld schuldet?«

»Ich hab eine Verabredung.« Sie richtete sich auf, ohne sich von ihrem Stuhl zu erheben.

»Madame Gagnard, die Staatsanwältin fordert Beweise. Fakten. Wann haben Sie Jacques zum letzten Mal gesehen?«

»Ich habe ihn an Heiligabend erwartet, aber er hat in letzter Minute absagen müssen, er musste zur Arbeit.« Nachdenklich runzelte sie die Stirn.

»Das war vor mehreren Wochen. Seitdem nicht mehr?«

Sie schüttelte den Kopf, aus ihren Augen sprach unendliche Traurigkeit.

Einen Moment lang tat sie Aimée leid. Guy hatte einen Weihnachtsbaum gekauft, gemeinsam hatten sie die Lichter aufgehängt und waren schließlich im Morgengrauen engumschlungen eingeschlafen.

Vergiss es!, redete sie sich ein. Konzentrier dich auf das, was ansteht! Denk nach! Hatte Jacques Gagnard eine Geliebte, die er aushielt? Einen Lebensstil, der seine finanziellen Mittel überforderte? Sie hatte das alles bei den Kollegen ihres Vaters gesehen.

»Jacques hat laut dem Bericht Monatsraten für sein Auto abstottern müssen«, sagte Aimée. Sie hatte gesehen, wie sein Citroën abgeschleppt wurde. »Was ist mit dem Wagen geschehen?«

»Keine Ahnung«, sagte Nathalie Gagnard. »Ich kann die Raten jedenfalls nicht übernehmen.«

»Haben Sie sich scheiden lassen, weil er zu viel Geld ausgegeben hat?«

Nathalie Gagnard beugte sich vor. »Es war immer knapp – aber das bleibt jetzt unter uns. Wir haben uns scheiden lassen und Privatinsolvenz angemeldet, um unser Geld zu retten, aber wir waren immer noch zusammen. Wie deutlich muss ich noch werden? Die Frau hat ihn aus Eifersucht umgebracht. Aber damit wird sie nicht durchkommen, dafür werde ich sorgen!«

Aimée hatte fast Mitleid mit der Frau, die in ihrem Kummer so verzweifelt auf Rache sann. Aber ihre Anschuldigungen schadeten Laure, die mit Sicherheit unschuldig war.

»Die Brigade Criminelle wird in dem Fall ermitteln und den Täter finden.«

»Wachen Sie doch endlich auf«, sagte Nathalie, erhob sich und stieß den Stuhl zurück, der über das Parkett schrammte. »Die alten Seilschaften bei der Polizei, die wollen nicht, dass der Name ihres Vaters in den Schmutz gezogen wird. Aber bei ihr ist es anders, für sie wird sich niemand einsetzen.«

»Trotzdem hat Jacques sie als seine Partnerin ausgewählt ...«

»Wie gesagt, er hat anderen gern geholfen.«

Irgendwas stimmte hier nicht.

»Ich bin spät dran.« Nathalie Gagnard wickelte sich einen mandarinengelben Schal um den Hals, griff sich ihren Mantel und verließ das Gebäude.

Aimée folgte ihr zu dem Renault Mégane mit dem AUTO-ÉCOLE-Schild auf dem Dach. Der Wind pfiff durch die Straße, er trug den Geruch von nassem Laub mit sich.

»Sie haben eine Fahrschule?«

»Wir haben nur noch den hier«, sagte sie und sperrte das Auto auf. Ihr Seufzen ließ darauf schließen, dass sie ein besseres Leben gewohnt gewesen war. »Vor der Scheidung hatten wir insgesamt sechs Fahrzeuge. Ich bin nicht der Typ, der zu Hause rumsitzt. Ich habe immer im Geschäft mitgeholfen.«

Durch die Scheidung hatten sie also das, was von ihrem Geschäft noch übrig war, gerettet. Wieder fragte sich Aimée, ob sich Jacques Gagnard nicht doch zu sehr an die schönen Seiten des Lebens gewöhnt hatte. Flics arbeiteten oft schwarz und übernahmen Aufträge für Sicherheitsdienste, um ihr Gehalt aufzustocken.

»Hat Jacques für Sicherheitsdienste gearbeitet?«

Nathalie Gagnard verzog den Mund. »Als Berater. Er hat als Berater gearbeitet.«

Auf dem nassen Bürgersteig spiegelten sich die grauen Wolken. Der 74er-Bus stieß, als er an ihnen vorbeiröhrte, eine dicke Abgaswolke aus.

»Mit seinen Fähigkeiten, klar«, sagte Aimée. Beide hatten also zwei Jobs gehabt und viel gearbeitet. Trotzdem hatte Nathalie komisch reagiert, als sie nach Jacques' Vergangenheit gefragt worden war.

Nathalie Gagnard öffnete die Autotür.

»Ich muss das überprüfen«, sagte Aimée. »Wissen Sie noch, bei welchem Sicherheitsdienst er beschäftigt war oder für welches Unternehmen er eingesetzt wurde?«

»Er kannte Montmartre, hier hatte er seine Kontakte. Manchmal hat er Privataufträge übernommen, Sie wissen schon, für VIPs.«

»Mit wem könnte ich reden, wenn ich mehr darüber erfahren wollte?«

»Ich hab mich nie darum gekümmert.«

Warum wollte diese Frau nicht reden?

»Versuchen Sie sich zu erinnern, Madame Gagnard. Ein Name?«

»Hören Sie, *sie* hat Jacques umgebracht, wozu also das alles?«

»Alles ist wichtig«, entgegnete Aimée und versuchte an den Stolz der Frau zu appellieren. »Ich möchte nur betonen, wenn jetzt nicht alle Fakten aufgedeckt werden, können sie später dazu benutzt werden, um eine Verurteilung zu verhindern. Der Mörder könnte also freikommen. Als Frau eines Flic wissen Sie das sicherlich.«

Nathalie Gagnard blinzelte und warf ihre Handtasche auf den Beifahrersitz. »Er hat manchmal von einem Zette gesprochen, einem alten Boxer, der jetzt eine Bar hat. In der Rue Houdon.«

Der Club Chevalier, die Bar in der Rue Houdon, hatte schon bessere Zeiten gesehen. Und die, schätzte Aimée, lagen einige Jahrzehnte zurück. Die dunkle Bar war mit plastikbezogenen Bänken und Deko-Säulen ausgestattet, deren Gipssockel schwer angeschlagen waren. Eine große blonde Frau mit rosa

Schürze fuhr mit dem Staubsauger über den früher ebenfalls rosafarbenen Teppichboden. Welche VIPs verkehrten hier bloß?, fragte sich Aimée.

»Pardon, Madame, kann ich mit Zette sprechen?«

»Äh, wir haben noch geschlossen.«

»Ist Zette da?«

Mit einem Seufzen stellte die Frau den Staubsauger aus. In der Ecke gurgelte ein künstlicher Springbrunnen, grüne Algen wuchsen auf dem muschelförmigen Becken. Mehrere Spielautomaten blinkten rot und blau vor sich hin. Irgendwo im Hintergrund plärrte ein Radio die Ergebnisse von Pferderennen.

»Wer sind Sie?«, fragte die Frau und stemmte die Hände in die Hüften.

Aimée grinste. »Jacques' Freundin hat mich geschickt.«

»Die Sache schon wieder?«

War die Polizei auch schon hier gewesen? »Ich muss mit ihm reden.«

»Zette!«, brüllte die Frau.

Keine Antwort. Nur die aufgeregte Radiostimme, die die Gewinner verkündete: »Fleur-de-Lys mit einer Kopflänge vor Tricolor, es folgt Sarabande auf dem dritten Platz.«

Aimée hörte das Klirren eines Glases, dann klatschte jemand Papiere auf einen Tisch.

»Zette!«

»Lass mich in Ruhe!«

»Da will dich jemand sprechen!«

Aimée hörte ein gemurmeltes *»Merde!«*.

Ein grauhaariger Mann mit angehender Glatze steckte den Kopf durch die Tür hinter der kleinen Theke. Er hatte mehrere Goldzähne und eine krumme Nase, eine weiße Narbe teilte die rechte Augenbraue und verlieh ihm einen leicht fragenden Gesichtsausdruck.

»Wird es mich glücklich machen, wenn ich mit Ihnen rede, Mademoiselle?«

»Wie wär's mit einem Drink, dann könnten wir das herausfinden.«

»Ach, möglich ist vieles!« Er kratzte sich am Hals, musterte sie von oben bis unten und zog die andere Augenbraue hoch. »Aber ich riech einen Flic schon von weitem«, sagte er mit breitem Grinsen. »Sagen Sie Ihrem Boss, er soll mich anrufen. Ich rede nur mit dem Commissaire persönlich. Ich darf von Ihnen etwas Respekt erwarten, meinen Sie nicht auch, Mademoiselle?«

Respekt? Wer erwarb sich auf diese Weise schon Respekt? Mit gelangweilter Miene zog die Frau den Staubsauger nach hinten.

»Ich bin kein Flic. Aber mein Vater war einer.«

»Sagen Sie bloß! Wo?«

»Im 4. Arrondissement, bevor er in die Detektei meines Großvaters eingetreten ist, die ich jetzt leite.«

»Ah, dann kennen Sie also Ouvrier?«

Er stellte sie auf die Probe.

»Ich war gestern auf seiner Verabschiedung, gleich ums Eck.«

»Ich ebenfalls«, sagte er. »Hab Sie gar nicht gesehen.«

»Ich bin später gekommen«, sagte Aimée und rückte zur Theke. »Ich hab ihn noch nie ohne Uniform gesehen. Er hat gut ausgesehen in seinem Anzug, oder?«

»Kann man wohl sagen. Leider musste ich früher weg, ich musste hinter die Theke. Hier. So wie ich Ouvrier kenne, wird er den Anzug das nächste Mal auf seiner Beerdigung tragen.«

Pause. Wegen des Schweigens nahm sie an, dass Zette vom Mord an Gagnard noch nichts gehört hatte.

»Wie heißen Sie gleich wieder, Mademoiselle? Oder Ihr Vater?«, fragte Zette.

Nicht nur vorsichtig und durchtrieben, er gab ihr auch zu verstehen, dass er auf dem Commissariat so seine Verbindungen hatte. Sollte er auch als cleverer Club-Betreiber. Aber es störte sie.

»Jean-Claude Leduc«, sagte sie. »Aimée Leduc, hier meine Karte.« Sie legte sie auf den feuchten, von Glasrändern überzogenen Tresen.

Er nahm sie und besah sie sich von beiden Seiten. »Privatermittlerin?«

Sie nickte. »Computersicherheit.«

Hatte er ihren Vater gekannt? »Sagt Ihnen der Name Leduc irgendwas?«

»Ich kenne viele Leute. Also, sagen Sie mir, was Sie wirklich von mir wollen.«

Sie hatte den Eignungstest also bestanden. Sie legte einen Zwanzig-Franc-Schein auf den Tresen und lächelte. »Ich wette, Sie haben Durst.«

Wein würde das Tänzchen mit Zette genießbarer machen. Hoffte sie jedenfalls.

»Ich hab einen hübschen korsischen Roten, der wunderbar in der Kehle singt.« Er griff zu einer Flasche ohne Etikett und stellte zwei Weingläser auf den Tresen. »Für mich ist es nie zu früh.«

Sein Körper war gewaltig in die Breite gegangen, aber der Bizeps wölbte sich immer noch unter dem engen roten Fußballtrikot. Er musste also nach wie vor trainieren. Ein alter Preisboxer mit den entsprechenden Narben.

»Mich kommen nur noch selten junge Damen besuchen«, sagte er und schenkte die granatrote Flüssigkeit ein.

Seine Art, sich als charmant zu erweisen? Sie nahm einen Schluck. Schwer, fruchtig, geschmeidig. Nicht schlecht.

An der Bar hing die gerahmte Sportseite aus einer Zeitung, die Schlagzeile lautete: ZETTE – K.-O.-SIEG ÜBER TERRANCE, DEN MÖRDERISCHEN MAROKKANER.

»*Der* Zette sind Sie also? Mein Vater hat sich Ihre Kämpfe im Hippodrome angesehen.«

Sie übertrieb ein wenig. Er hatte einmal im Commissariat Freikarten gewonnen. Ein abgetakelter Preisboxer fühlte sich aber vielleicht geschmeichelt.

Zette zuckte nur mit den Schultern, als wäre er das alles gewohnt.

»Das Boxen hat Ihnen ein ganz gutes Leben verschafft, oder?«

»Das alles.« Er nahm einen langen Schluck und deutete auf die Bar.

»Und einen VIP-Sicherheitsdienst, den Sie zusammen mit Jacques Gagnard betreiben, *non?*«

»Da irren Sie sich«, entgegnete er prompt und leerte sein Glas. Er schenkte sich neu ein und füllte auch bei ihr auf. Sie nahm einen weiteren Schluck.

»Aber Sie haben mit Gagnard gearbeitet, oder?«

»Über den wollen Sie sich also mit mir unterhalten«, sagte er und starrte sie an. »Mit ihm ist was passiert, oder?«

Sie zögerte. »Es tut mir leid.«

»Es tut Ihnen leid – was soll das heißen?«

Sie fuhr mit dem Zeigefinger über den Rand des Glases. »Er wurde erschossen«, sagte sie schließlich. »Auf einem Dach. Eine Straße weiter.«

Zette ballte die Fäuste und schüttelte den Kopf. »Aber ich hab ihn gestern Abend doch noch gesehen! *Nom de dieu*, er war in der Bar, ich hab ihm einen ausgegeben, wir haben uns unterhalten …«

»Wir sind alle schockiert. Er war nicht im Dienst, als es passiert ist.«

Zettes Miene verdüsterte sich, er schenkte sich nach. Zeigte sich da nicht nur Trauer in seiner Miene? Steckte da mehr dahinter?

»Auf Jacques, einen guten *mec*!«

Sie hoben die Gläser.

»Wer hat ihn gefunden?«

»Genau darum geht's, Zette. Ich hab ihn gefunden.«

Zette bekreuzigte sich mit seiner großen, vernarbten Hand. »Ich kann es einfach nicht glauben.«

»Worüber hat Gagnard geredet, können Sie sich noch erinnern?«, fragte Aimée. »War er nervös, hat er sich ungewöhnlich benommen?«

Zette rieb sich das Kinn. »Woher haben Sie meinen Namen?«

»Von Nathalie, seiner Ex-Frau. Sie sagt, er hat für Sie gearbeitet.«

»Gearbeitet. Er hat mir von Zeit zu Zeit einen Gefallen getan. Meine VIPs haben es gern, wenn sie beschützt werden.«

Welche Berühmtheiten trieben sich im Club Chevalier herum?

»Mit VIPs – wen meinen Sie damit?«

»Tino Rossi hat schon auf dem Barhocker gesessen, auf dem Sie jetzt sind«, sagte er stolz.

Tino Rossi, ein korsischer Sänger, der bei den über Sechzigjährigen beliebt war? Sie versuchte beeindruckt auszusehen. »War das nicht vor Jacques Gagnards Zeit?«

»Meine Gäste wollen kein Aufsehen erregen, sie wollen Diskretion. Sie wollen sich in Montmartre umtun, ohne ihre Gorillas, nur in Begleitung eines Einheimischen.«

Ein Begleitservice? Sie sah sich um, entdeckte abgegriffene Postkarten von Ajaccio am verschmierten Spiegel. Natürlich, eine *korsische* Bar, warum war ihr das nicht gleich aufgefallen? Gagnard hatte keine Geschäftsleute aus der Provinz in die Sexclubs gelotst, aber möglicherweise die Bosse korsischer Banden, die zwar mal auf ihre »Gorillas«, nicht aber auf angemessenen Schutz verzichten wollten.

»Verstehe. Sie sind Korse?«

Er ließ seinen Goldzahn aufblitzen. »Früher hatten wir hier das Sagen im *Quartier*. Das waren die goldenen Zeiten. Pepé *le grand* ist genau vor meiner Tür um die Ecke gebracht worden, und Ange Testo hatte die große Brasserie auf der Place Pigalle. Im Krieg war sie ein ›Wehrmachtspeiselokal‹. Die Toiletten dort haben schlimm ausgesehen, über und über mit Hakenkreuzen beschmiert, solche Dinge will man gar nicht wissen. Ange hat dann einfach drübertapeziert.« Er zuckte mit den Schultern. »Wir Korsen haben einen Ehrenkodex, den haben wir noch immer. Aber jetzt bin ich der Letzte, der noch da ist.«

Sie nickte und trank ihren Wein aus. Ehrenkodex? Eher ein Schweigegelübde. Wer redete, redete bald nicht mehr.

Sie stellte sich die Nachkriegszeit vor, die *zazous* in ihren langen, taillierten Jacketts und Röhrenhosen, die mit Geld um sich warfen, die Jazzclubs und Stripbars, eine Zeit, als das Moulin Rouge noch als etwas Exquisites galt.

»Zette, erzählen Sie mir vom letzten Auftrag, den Gagnard für Sie erledigt hat.«

»Wie ich schon sagte, hin und wieder hat er mir einen Gefallen getan.«

»*Bon*. Welchen Gefallen hat er Ihnen getan?«

»Wie gesagt, er hat jemanden begleitet.«

Einen Korsen zum Reden zu bringen war ein hartes Stück Arbeit.

Ein breitschultriger junger Mann mit Lederjacke, tief in die Stirn gezogener Wollmütze und klimpernden Münzen in den Taschen kam in die Bar. Zette sah auf. Statt ihm zu sagen, dass geschlossen sei, wie Aimée eigentlich erwartet hatte, nickte er dem jungen Mann nur zu, und dieser ging zu einem der Spielautomaten. Hätte sie Zette nicht im Spiegel hinter der Bar beobachtet, hätte sie nicht mitbekommen, was als Nächstes passierte. Kurz griff er unter den Tresen, ein leises Surren war zu hören, und im Spiegel erstrahlte das grelle Rot des Spielautomaten ein wenig heller.

Und dann wusste sie es! Es war ein manipulierter Automat, der über einen Schalter unter dem Tresen gesteuert werden konnte. Die Pigalle- und Montmartre-Bars waren berüchtigt dafür. Zwischen den normalen Automaten stand ein manipuliertes Gerät, mit dem der Wirt den Gewinn oder Verlust des Spielers steuern konnte.

»Hören Sie, Mademoiselle, ich hab zu tun. Ich muss langsam aufmachen. Jacques, Gott sei seiner Seele gnädig, hat seit Monaten nichts mehr für mich getan.«

Er wollte, dass sie verschwand, damit er sich unbeobachtet seinem manipulierten Spielautomaten widmen konnte.

Sie sah ihn wissend an. »Aber ich will Gagnards Mörder finden. Wenn Sie sein Freund sind, dann helfen Sie mir.«

»Mademoiselle, kümmern Sie sich um Ihren eigenen Kram.«

Sie konnte es nicht leiden, wenn man sie so abblitzen ließ. »Ihre Geschäfte hier, die getürkten Automaten interessieren mich nicht.« Ein ostentativer Blick auf seine Hände, die er auf dem Tresen liegen hatte. Ein Blick, der ihm klarmachen sollte, dass sie ein Druckmittel gegen ihn hatte. Oder wurde er, wie von ihm angedeutet, von der Polizei geschützt? Durfte er tun und lassen, was er wollte, weil er ihnen im Gegenzug Informationen zukommen ließ? War er ein Informant? Dann konnte es unschön werden. Aber das war ihr egal. Irgendetwas war hier. Was vielleicht der Grund für Gagnards Ermordung gewesen war. Mit den bekannten Folgen für Laure.

Sie wagte einen Schuss ins Blaue. »Gagnard hatte Schulden, nicht wahr? Er hat Ihnen Geld geschuldet und musste es abarbeiten. Indem er Ihnen und Ihren Kunden einen Gefallen tat.«

»Ich weiß nicht, wovon Sie reden.« Zette nahm die Weinflasche, stellte sie zurück ins Regal, räumte die Weingläser in den Ausguss und nahm ein Geschirrtuch zur Hand.

»Ich glaube schon«, sagte sie. Sie wartete. Das *Pling* des Spielautomaten hallte durch die leere Bar. Im Automaten, den sie hinter der Schulter des jungen Mannes sah, schwirrten die Walzen mit den Kirsch- und Bananensymbolen. »Und Sie wissen vielleicht auch, wer ein Interesse an seinem Tod gehabt haben könnte.«

»Das ist eine ziemliche Unterstellung«, sagte Zette scheinbar ungerührt. »Ich dachte, Sie wollten freundlich zu mir sein und mich auf einen Drink einladen.«

Er musste einen gewissen Schutz genießen. Vielleicht schmierte er das Commissariat für seine manipulierten Automaten. Sie griff nach ihrem Rucksack. Dann kam ihr ein anderer Gedanke. Hatte er Gagnard Schmiergeld gezahlt?

»Helfen Sie mir, Zette!« Sie schlug einen versöhnlicheren Ton an. »Haben Sie irgendeine Idee, warum Gagnard umgebracht wurde?«

»Ich habe nicht die geringste Ahnung.«

Er wischte mit dem Tuch über den Tresen und verrieb die Glasränder zu verschmierten Flecken. Probier es mal mit einem Scheuermittel, wollte sie ihm sagen.

Aber sie beugte sich nur vor und legte die Ellbogen auf den Tresen. »Montmartre ist Ihr Revier. Sagen Sie mir nicht, dass Ihnen nicht der eine oder andere Grund durch den Kopf geht, warum Gagnard sterben musste. Es war doch auch sein Gebiet.«

Mehrere Männer kamen herein. Sie trugen Windjacken oder Jogginganzüge, hohlwangige Typen, wie sie an der Métro-Station Pigalle herumhingen, wo sie auf Aushilfsjobs warteten. Bei Umzügen mithelfen oder Lastwagen entladen. Nicht unbedingt legale Beschäftigungen, aber allemal besser als Betteln. Was manche ebenfalls taten. Ihr wurde ganz anders, als ihr bewusst wurde, dass sie ihr sauer verdientes Geld in Zettes Spielautomaten lassen würden.

Zette machte einen verdrießlichen Eindruck. Gut. Wenn sie ihm nur lange genug auf die Nerven fiel, rückte er vielleicht mit etwas heraus, nur damit sie ihn endlich in Ruhe ließ.

Sie warf ihren Rucksack auf den Tresen, achtete darauf, ihn nicht ins Feuchte zu stellen, und machte Zette damit hoffentlich klar, dass sie erst gehen würde, wenn er redete. »Wer könnte ihn umgebracht haben, Zette?«

Es gefiel ihm nicht. Schweigend sah er erst auf seine Uhr, dann zum beschlagenen Fenster.

»Ich hab Zeit für eine nette, ausgiebige Plauderei«, sagte sie. »Ich kann warten.«

Zette beugte sich zu ihr vor. »Schon mal was von einer Vendetta gehört?«, sagte er mit leiser Stimme.

Aimée nickte überrascht.

»Vendetta?«, wiederholte sie, lauter.

Zette wirkte beunruhigt. Sie spürte die Blicke der Männer in ihrem Rücken. »Gagnard war kein Korse.«

»Aber seine Mutter. Deshalb hab ich ihm geholfen. Und jetzt, Mademoiselle, begleite ich Sie zur Tür, wenn Sie nichts dagegen haben.«

Draußen auf der windigen Place Pigalle starrte sie auf den trockengelegten Brunnen. Bis auf die Brunnen von Saint-Sulpice und im Jardin du Luxembourg wurden im Winter alle Brunnen abgestellt, damit sie nicht einfrieren konnten. Glücksspiel, eine Vendetta? Ein relativ hoher Prozentsatz der Polizei war korsischer Abstammung. Sie tappte immer noch völlig im Dunkeln, hatte aber eine Menge neuer Fragen. Damit ging sie zur Métro.

Dienstagnachmittag

Lucien Sarti blieb am Gastronomieherd stehen. Dampf stieg von den Kupfertöpfen auf, die blaue Flamme leckte an den geschwärzten Kanten. Er trat über Leinwandsäcke mit roten Kartoffeln und Pappkartons voller Karotten, die an der mit Schalbrettern verkleideten Küche des Strago abgestellt waren. Über ihnen hingen ein Foto von Lenin sowie Plakate des Moskauer Staatstheaters aus den Dreißigern in ihrem kühnen konstruktivistischen Design.

Anna führte seit Jahren das kommunistisch-korsische Restaurant, sie ließ ihn im Hinterzimmer schlafen, wenn wie jetzt die Zeiten mal wieder schlecht waren, und deklamierte mit ernster Stimme Manifeste, während sie Zwiebeln anbriet oder *Prisuttu* zum Trocknen aufhängte.

»Lucien, ein paar *mecs* haben rumgeschnüffelt.« Anna, stämmig, mit allmählich grau werdenden Haaren, rührte in ihrem *Ziminu*, einer scharfen Fischsuppe, die auf dem Eisenherd vor sich hin köchelte. »Gut, dass ich Bruno zum *marché* geschickt habe, um Auberginen zu besorgen.«

Lucien ballte die Hände in den Taschen. Sein Blick ruhte auf seiner *Cetera*, einem sechzehnsaitigen lautenähnlichen Instrument, das im offenen Koffer stand, gleich neben dem kompakten Mischpult, das er für seinen DJ-Auftritt später schon bereitgestellt hatte. Sollte er alles zusammenpacken und abhauen und seine Sachen, die er in der Speisekammer untergestellt hatte, vergessen?

»Haben Sie jemand Bestimmten gesucht?«, fragte er.

»Sag du es mir«, entgegnete Anna und kostete vom Holzlöffel. Sie packte sich eine Handvoll kleingehackten Knoblauch und warf ihn in den Topf.

Ganz ruhig bleiben! Er musste sich beruhigen. Nicht überreagieren!

»Und eine Privatdetektivin hat beim Gemüsehändler nach dir gefragt«, sagte Anna. »Kapitalistische Lakaien, sie machen allen, die sich gegen die herrschenden Verhältnisse auflehnen, das Leben schwer!«

Erst die Flics, jetzt eine Privatdetektivin!

»Was meinst du? Wer sucht nach mir?«

»Tauch in den nächsten Tagen woanders unter«, sagte Anna und zog die Mundwinkel nach unten. »Ich will nicht wissen, wo du bist, ich will nichts davon hören. In meinem Alter brauch ich so eine Aufregung nicht mehr.«

Es war ein kalter Abend. Lucien hatte gehofft, sich mit dem Kellnern noch ein wenig Trinkgeld und eine Schale mit heißer Suppe zu verdienen.

»*Mecs*? Wer?«

Anna schöpfte eine Schale mit Suppe voll und reichte sie ihm. »Sahen wie angeheuerte Schläger aus. *Zut alors*, ich will gar nicht wissen, was das für Leute waren.«

»*Merci*, ich mache Musik, sonst nichts«, sagte er und fuhr mit der Hand über den abgestoßenen *Cetera*-Koffer.

»Mit deinem politischen Bewusstsein ist es nicht weiter her als bei einer Ameise. Aber ich gebe die Hoffnung nicht auf, eines Tages wird Korsika frei sein und von wahren Sozialisten regiert werden. Es wird Gleichheit herrschen, es wird keine mittelalterlichen Lehnsgüter mehr geben, sondern eine Landwirtschaft, die funktioniert.«

Sein Volk, ein stolzes Volk, wurde angetrieben von der glühenden Liebe zum eigenen Land und dem starrköpfigen Wunsch, so zu leben, wie man seit Urzeiten lebte. Die Genuesen und Franzosen hatten Säulen und Türme errichtet und geglaubt, über die Insel zu herrschen. Aber das wahre Korsika wurde, damals wie heute, von Familienclans regiert, die von Stammesbindungen und gegenseitigen Verpflichtungen zusammengeschweißt wurden. Das hatte sich nie geändert.

Anna war schon zu lange aus Korsika fort. Sie vergaß den unverrückbaren *clannisme*, der sich mit dem Sozialismus im Grunde überhaupt nicht vertrug. Aber das konnte er ihr schlecht sagen, schließlich war er auf sie angewiesen und dankbar für ihre Hilfe. Außerdem waren Worte nicht seine Sache. Wenn er spielte, fanden seine Finger Mittel und Wege, seine Gedanken zum Ausdruck zu bringen. Er überlagerte seine Musik mit Jazzfolgen, versetzte sie mit harmonischen Polyphonien; wenn er seine *Cetera* zupfte, konnte er alten, beim Dreschen gesungenen Liedern einen fast elektronischen Beat unterlegen. Félix Conari konnte das seinetwegen ruhig Weltmusik oder wie auch immer nennen. Aber damit drückte er sich aus, damit verlieh er der nach Rosmarin duftenden Luft, dem von der Sonne aufgeheizten Kalkstein, dem von Granitfelsen widerhallenden Klang der Kirchenglocken eine Stimme. Was er spielte, war die Poesie des Alltagslebens: eine Frau beim Fegen, das fröhliche Treiben an Feiertagen, die mühselige Landarbeit, der Ehrenkodex, der trotz jahrelanger Unterdrückung, trotz der neuen Invasion von Immobilienspekulanten immer noch galt.

Das alles erzählte er durch seine Musik, nicht durch seine Worte. Lucien löffelte die Suppe aus und knöpfte sich die Lederjacke zu.

»Wenn Félix Conari anruft …«

»Ich hab dich nicht gesehen«, erwiderte sie.

»*Non*, Anna, er hat mir einen Vertrag angeboten«, sagte er. »Meine Musik wird man jetzt überall hören.«

»Ein bourgeoises Kapitalistenschwein, das dich ausnutzt«, entgegnete sie. »Bleib der Stimme in dir treu, Lucien.«

Sie irrte sich. Conari wusste seine Musik zu schätzen. Sonst war ihm nur auf dem Ethno-Musikfestival in Châtelet Interesse entgegengebracht worden.

»Deine Augen verraten dich, Lucien«, sagte Anna und schüttelte den Kopf. »Sie sind wie Türen zu deiner Seele. Fall nicht gleich auf das erste Angebot herein, das du bekommst.«

Er brach sich ein Stück vom Baguette vom Vortag ab, stopfte es sich in die Tasche und verabschiedete sich von Anna. Draußen auf der Straße zerbröselte er das harte Brot und streute den grau-weißen Tauben auf dem rissigen Bürgersteig die Krumen hin. Sie sahen so verfroren und hungrig aus, wie er sich fühlte.

Er nahm den Bus zur Place Pigalle, passierte das von einem Priester geführte Bistro du Curé neben dem Sexodrome, wo Obdachlose eine warme Mahlzeit bekamen, und stieg die steile Straße zum Montmartre hinauf. Er musste sich für seinen DJ-Gig fertig machen und dann den Vertrag mit Conari unterschreiben.

Der Club, eine ehemalige Badeanstalt, war noch geschlossen. An der weiß gekachelten Wand hob sich das verrostete Schild aus den Dreißigern mit der Aufschrift *Pigalle Bains Douches* ab. Er ging vor der Tür auf und ab, fragte sich, was eine Detektivin von ihm wollte, und wünschte sich, dass es in Paris noch mehr als fünf öffentliche Bäder geben würde. Er hätte sich gern aufgewärmt, um die Kälte aus den Knochen zu kriegen.

»Du kommst zu spät«, begrüßte ihn Pascal, der Clubbesitzer.

Du auch, wollte Lucien entgegnen.

Pascal, ganz in Schwarz gekleidet, zog einen Schlüssel an einer Kette aus seiner Wildlederjacke, schloss die Holztür auf und schaltete das Licht an. Gekachelte Wände wurden sichtbar, daneben eine mit rot-silbernen Samttapeten ausstaffierte Barnische, mit künstlichem Zebrafell bezogene Barhocker und goldgerahmte Spiegel. Das Ambiente erinnerte an ein Bordell.

»Ich bau mal auf«, sagte Lucien und machte sich an seinem Kompakt-Plattenspieler zu schaffen.

»Fang mit Lounge an, dann Acid Jazz, dann liest der Stückeschreiber«, sagte Pascal, ein ruppiger, pragmatischer Auvergnat, der auf jeden Centime achtete und die Zügel fest im Griff hatte – wie die meisten *bougnats*, die um die Jahrhundertwende aus der Auvergne in die Stadt gekommen waren und immer noch eine Vielzahl von Cafés betrieben. Pascal warf einen Blick in eine Kladde auf dem Tresen. »Ein *mec* hat dich gesucht.«

Hier auch? Lucien versuchte sich nichts anmerken zu lassen. »Hat dieser *mec* auch einen Namen?«

Pascal fuhr mit dem Finger über die Kladde. »Ein Ausländer, vielleicht auch ein Korse, mit blond gefärbten Haaren.«

Der Kellner aus Bastia, der bei Conari bedient hatte? Das wären gute Neuigkeiten! Dann wäre Conari immer noch am Vertrag interessiert.

Lucien beeilte sich, seine Ausrüstung anzuschließen. »Kann ich das Telefon benutzen?«

»Aber mach hin«, sagte Pascal. Dann, nach einer kurzen Pause: »Du steckst doch nicht in Schwierigkeiten, oder? Ich will keine Schwierigkeiten.«

Er würde Pascal kaum auf die Nase binden, dass er so schnell wie möglich von hier weg war, wenn er den Vertrag erst mal unterzeichnet hatte.

»Kann ich nicht einfach auch Freunde haben, Pascal?«

»Freunde? Wie die?«

Lucien ignorierte den bissigen Kommentar. *»Allô, Monsieur Conari?«*, meldete er sich.

»Mein Junge, Sie sind letzte Nacht sang- und klanglos verschwunden«, kam es von Conari.

Hatte Marie-Dominique es ihm nicht erklärt? Aber warum sollte sie von einem alten, lästigen Liebhaber erzählen, der erst wie aus heiterem Himmel auftauchte und dann gleich wieder verschwand?

»Es war etwas heikel, ich hatte keinen Ausweis dabei, Monsieur Conari …«

»Macht nichts. Kommen Sie noch vor Ihrem Auftritt zu mir und unterschreiben Sie den Vertrag. Kouros von SOUNDWERX wird sich heute Ihre Show ansehen.«

Lucien eilte die Treppe von der Place des Abbesses hinunter, um bei Conari den Vertrag zu unterschreiben. Er zog den Kragen gegen den Wind hoch, und da bemerkte er an der Ecke Rue Véron den Flic. Im Licht eines auflodernden Streichholzes sah er dessen Gesicht und erkannte ihn als einen der Polizisten, die am Abend zuvor die Partygäste befragt hatten. Er war nur wenige Schritte von ihm entfernt. Lucien verzog sich in einen Hauseingang, über dem auf einer Gedenktafel stand: »1872, Standort des ersten freien Theaters«. Erst jetzt fiel ihm auf, dass das Steinportal aus der Skulptur einer liegenden Nackten bestand, die ein Buch las.

»Keine Spur von ihm. Noch nicht«, sprach der Flic in sein Funkgerät. »Halt mich über die Bombendrohung auf dem Laufenden.«

Suchten sie nach *ihm*? Irgendwelche Typen, eine Privatdetektivin, jetzt die Flics? Als ein Pärchen Arm in Arm vorbeikam, eilte er hinter ihnen die Stufen hinauf. Auf der Place des Abbesses, vor einer Buchhandlung, sah er die Schlagzeile des

France Soir: KORSISCHE BOMBENDROHUNG – FLNC-SEPARATISTENRING AUSGEHOBEN.

War es wieder so weit?

Er kaufte ein Exemplar und überflog den Artikel. »Berichte über mutmaßliche Bombendrohungen in Ajaccio und auf dem französischen Festland haben die Polizei in Alarmbereitschaft versetzt. Mehrere mögliche Ziele in Paris sind von der FLNC genannt worden …«

Ihm lief es kalt über den Rücken. Ging es mal wieder darum, Korsen dingfest zu machen? Aber er konnte Conari schlecht von seinen Problemen erzählen, jedenfalls nicht, solange der Vertrag nicht von beiden Seiten unterzeichnet war. Er würde sich von Marie-Dominique fernhalten, denn er konnte ihre Verachtung nicht ertragen oder seine Gefühle für sie, und wahrscheinlich würde sie ebenfalls auf Abstand gehen. In einer Telefonzelle steckte er eine Telefonkarte mit nur noch zehn Franc Guthaben in den Apparat, erreichte aber nur Conaris Anrufbeantworter.

»Monsieur Conari, mir ist etwas dazwischengekommen. Tut mir leid, aber für die Vertragsunterzeichnung müssten Sie bitte zu mir ins Theater kommen«, sprach er auf den AB.

Damit eilte er hinaus in die Abenddämmerung.

Dienstagnachmittag

René stand sich auf dem nassen Pflaster die Beine in den Bauch. Gott sei Dank trug er unter dem Malerkittel noch mehrere Kleidungsschichten und seine Thermo-Unterwäsche. Bislang hatte er weder eine Prostituierte noch sonst irgendjemanden in dem oder in der Nähe des Gebäudes gesehen.

Er hätte sich gar nicht darauf einlassen sollen. Was für ein Witz! Und was für eine Zeitverschwendung!

Hatte er wirklich geglaubt, er könnte diese Nummer abziehen? Bislang hatte er seinen Privatdetektiv-Online-Kurs vor

Aimée geheim gehalten, weil er sich dabei dämlich vorgekommen war. Aber wenn er weitermachte wie bisher, hätte er in einem Jahr genügend Punkte für die Lizenz zusammen. Ein Problem waren die verdeckten Ermittlungen, die allerdings nötig waren für den praktischen Teil. Jetzt schien er *die* Gelegenheit dazu zu haben.

Aber ein kalter Nachmittag ohne jedes Ergebnis … desillusionierend, das war es! Keiner mit seiner Größe konnte verdeckt ermitteln oder observieren. Das machte ihm ziemlich zu schaffen. Dabei hatte er eine ganze Menge in Bewegung gesetzt, hatte eine Schauspieltruppe engagiert und ein Kostüm gemietet – alles in allem ein ziemlich kostspieliges Unterfangen. Und wofür? Damit er draußen in der Kälte herumstehen durfte. Er kam sich wie ein Idiot vor. Aber ohne sein Kostüm – mit dem er sich als der für seine Darstellungen des Pariser Nachtlebens berühmten, verkrüppelten Künstler Henri de Toulouse-Lautrec verkleidet hatte – hätte er nie in die Gegend gepasst.

Einer der Schauspieler spielte auf einem Akkordeon und ließ seine Finger über die Tasten fliegen. Und eine große schlanke Frau mit knallroten Haaren im Stil des ausgehenden neunzehnten Jahrhunderts, mit schwarzem Rock und gerüschten weißen Pumphosen à la Jane Avril, wie sie auf den Toulouse-Lautrec-Plakaten zu sehen war, tanzte auf dem Bürgersteig einen Cancan. Eine Gruppe kleiner Schulkinder wusste nicht, wem sie mehr Aufmerksamkeit schenken sollte, ihr oder ihm. *Le vieux Paris!* Etwas, wovon sie zwischen zwei Videospielen gehört hatten. Die meisten warfen verstohlene Blicke zu einem Jahrmarktskarussell, das in der Nähe des nächsten Métro-Eingangs aufgebaut worden war.

Ein blassgesichtiger Junge stupste René an. »Kann ich das mal sehen?«

René zeigte ihm ein vorbereitetes Pastellbild, den Nachdruck einer Arbeit von Toulouse-Lautrec, die dieser in jungen Jahren in einem nahegelegenen Atelier angefertigt hatte.

René hatte den Ausführungen der Lehrerin gelauscht. Die Schüler stammten von der örtlichen *école primaire* gleich um die Ecke, der Junge musste also ganz in der Nähe wohnen. Endlich hatte René die Gelegenheit, jemanden anzusprechen, und dann war es ein kleiner *poulbot*, ein Gassenkind vom Montmartre, dem die Jackenärmel kaum bis zum Handgelenk reichten und der darunter ein verdrecktes Hemd trug.

»Wohnst du hier auf dem Platz?«, fragte René.

Der Junge schüttelte den Kopf. »Dort drüben.« Er zeigte zu einem Gebäude unterhalb der Treppe zur Place des Abbesses. »Aber wir haben schon in vielen Häusern gewohnt.«

Renés Interesse wuchs. Eine Beziehung herstellen, das forderten doch die Lehrbücher! »Du meinst das Gebäude mit dem Gerüst?«

Das Gebäude, auf dem Gagnard erschossen worden war.

»Das dahinter, ganz oben«, sagte der Junge. »Ich zieh meine Schultasche mit einem Seil hoch.«

René bemühte sich, seine Aufregung zu verbergen.

»Ich ziehe auch oft um«, sagte er. Toulouse-Lautrec hatte überall in Montmartre gewohnt, seine Zimmerwirte hatten ihn ständig rausgeworfen, wenn er mal wieder die Miete nicht bezahlen konnte, weil er sein Geld für Alkohol ausgegeben hatte.

René zog aus der Wachspapiertüte in seiner Tasche eine *villageoise*, eine Art Brioche, die zu den Spezialitäten des Montmartre gehört. Der Junge sah mit sehnsüchtigem Blick zu René.

»Magst du eine?«

»Wir dürfen von Fremden nichts annehmen.«

»Klar, aber ich bin doch Toulouse-Lautrec.« René zwinkerte ihm zu. »Mich kennst du doch, oder?«

Der Junge nickte. René drückte ihm die warme Süßigkeitentüte in die kalten Hände.

»*Voilà.*« René nickte ihm zu. »Teile sie mit deinen Freunden.«

Der Junge schüttelte den Kopf. »Wir wohnen hier noch nicht so lang. Aber ich kenne den Concierge. Ich helfe ihm manchmal.« Er zog ein Gebäckstück heraus.

Ein Einzelgänger? René bemerkte jetzt, dass der Junge sich etwas abseits von der Gruppe hielt, die sich um die Lehrerin drängte.

»Helfen? Wobei denn?«

»Ich hab den Hammer getragen, als er die Dachrinne repariert hat.«

Die Dachrinne? René sah den Grundriss vor sich, den Aimée ihm beschrieben hatte. Hatte der Junge irgendwas gesehen?

»Von deinem Zimmer kann man also das Dach von dem Gebäude mit dem Gerüst sehen?«

Der Junge nickte.

»Ist das nicht gefährlich. Wenn du da so hoch hinauf musst aufs Dach?«

»Das ist ganz leicht. Maman sagt immer, ich klettere wie ein Affe.«

»Obwohl du so kurze Beine hast wie ich?«

Zum ersten Mal erschien ein Funkeln in den Augen des Jungen. »Von dort oben kann man alles sehen. Die Dächer, den Eiffelturm, sogar andere Leute, wenn sie kochen oder sich ausziehen!«

Ein einsamer, mit allen Wassern gewaschener Bengel, der sich das Leben vom Hausdach aus anschaute?

»Aber die Männer, die gestern Nacht auf dem Dach vom Gebäude mit dem Gerüst waren, die hast du nicht gesehen? Da warst du wohl schon im Bett!«

»Ich geh ins Bett, wann ich will!« Der Junge zeigte wieder auf das Pastellbild in Renés Hand. »Sie sieht traurig aus«, sagte er mit vollem Mund. »Maman sieht auch so aus«, fuhr er fort und wischte sich die Haare aus den Augen. Er hatte keine Handschuhe.

René sah zur Lehrerin. Sie erklärte den anderen Kindern, wie ein Akkordeon funktionierte und wie mit den Elfenbeintasten und einem Blasebalg Musik erzeugt wurde.

»Was ist mit deinen Beinen passiert? Warum sind die nicht mehr gewachsen?« Er schleckte sich die letzten Krümel von den aufgesprungenen Lippen.

René hatte die gleiche Frage gestellt, als ihm bewusst geworden war, dass er nicht wie andere Kinder wuchs und sich immer würde strecken müssen, um an Türklinken zu kommen, dass er sich immer auf Zehenspitzen stellen musste, um das kochende Wasser vom Herd zu nehmen, sich immer auf den Stuhl hieven musste, von dem dann unweigerlich die Beine baumelten.

»Als ich klein war, ist was passiert, und dann haben meine Beine den restlichen Körper nicht mehr eingeholt«, sagte René.

»Meine Maman sagt auch immer, dass bestimmte Dinge uns nicht einholen dürfen, sonst würden wir auf der Straße sitzen.«

René wollte das Gespräch wieder auf das Dach bringen. Er kam sich nicht wie ein Detektiv vor, wenn er einen kleinen Jungen befragte, der aussah, als würde er in den Sachen, die er am Leib trug, auch schlafen. Trotzdem, er musste es versuchen.

»Du hast also nicht gesehen, was letzte Nacht passiert ist, weil du schon geschlafen hast?«

»*Mais non*, ich hab einen Schuss gehört und einen Blitz gesehen, genau wie im Fernsehen. Und dann noch einen. Maman ist ganz böse geworden und hat gesagt, ich soll darüber nicht reden.«

Der Junge schlug sich die Hand vor den Mund.

Zwei Blitze. Hieß das, zwei Schüsse?

»Du bist dir sicher?«

Er nickte.

War der Junge Zeuge des Mordes geworden?

»Zurück in den Schule, Kinder«, rief die Lehrerin. »*Paul, vas-y!* Und bedanke dich bei Monsieur Toulouse-Lautrec für seine Hilfe. Du hast von ihm bestimmt ganz viel gehört, was du in deinen Aufsatz schreiben kannst.«

Der Junge zuckte zusammen. René sah die Angst in seinem Blick. Was jetzt? Er drückte Paul schnell einen Toulouse-Lautrec-Führer in die Hand und grinste der Lehrerin zu.

Erleichterung zeigte sich auf Pauls Gesicht. René winkte ihm zum Abschied hinterher, zog dann sein Handy heraus und rief Aimée an.

»Ich hab einen Zeugen gefunden«, sagte er.

»Großartig! Du hast dich also umgehört?«

René hörte den Stolz in ihrer Stimme. Er würde ihr nichts von seinem dämlichen Kostüm erzählen.

»Kannst du den Zeugen dazu überreden, dass er sich meldet und seine Aussage abgibt?«

René zögerte. »Die Sache hat einen Haken. Paul ist ungefähr neun Jahre alt. Er wohnt hinter dem Tatort und will auf dem Dach zwei Blitze gesehen haben.«

»Zwei? Du bist sicher?«

»Hat er gesagt. Er war mit seiner Klasse hier und soll einen Aufsatz über Toulouse-Lautrec schreiben.« Pause.

»Du meinst, du hast …« Pause.

Warum hatte er die Klappe nicht halten können?

»Es schadet nicht, wenn ihm jemand bei den Hausaufgaben hilft«, sagte sie.

»Aber, Aimée …«

»Du kriegst das schon hin, davon bin ich überzeugt, René. Rede mit seiner Mutter. Ich muss mich auf der Préfecture um Wichtigeres kümmern.«

In der nächsten Stunde trat er in der Kälte von einem Bein aufs andere, beobachtete das Gebäude und versuchte sich von den Touristen fernzuhalten. Die Einzigen, die das Gebäude betraten, waren zwei Männer von der EDF, Electricité de France, die sich zehn Minuten darin aufhielten und dann wieder fuhren.

Als es zu dämmern begann, stapfte er mit weiterem warmem Gebäck die Treppe in Pauls Mietshaus hinauf. Vier unendlich erscheinende Stockwerke auf einer ausgetretenen Holzstiege. Im Treppenhaus roch es nach gebratenen Zwiebeln und Knoblauch. Zwei Stockwerke teilten sich noch eine jeweils auf dem Zwischengeschoss untergebrachte Toilette.

Seine Hüfte schmerzte, er sehnte sich nach einem Aufzug, auch wenn es ein altes, ächzendes und vergittertes Gefährt wäre wie in ihrem Büro. Er würde zuerst mit Pauls Mutter sprechen; wenn der Junge ganz offiziell eine Aussage abgeben sollte über das, was er gesehen hatte, durfte er keine Angst vor seiner Mutter haben.

Er klopfte an die erste Tür. Keine Antwort. An der zweiten Tür machte ihm ein zahnloser, dick in Pullover gehüllter Alter auf.

»Probieren Sie es eine Tür weiter«, sagte er.

Aus der dritten erklang Reggae. Er klopfte an. Die Musik wurde leiser, die Tür ging auf. Er sah einen dunklen, niedrigen Raum mit einem Perlschnurvorhang vor sich, der eine Küchenzeile abteilte.

»*Oui?*«, sagte Paul, der sich halb hinter der Tür versteckte.

»Kennst du mich noch?« René lächelte ihn an.

Unsicher sah Paul ihn mit seinen großen braunen Augen an. »Maman schläft.«

Schade, er hätte gern mit ihr gesprochen.

René gab Paul die Tüte mit dem Gebäck. »Ich kann nicht lange bleiben, aber ich hab ganz vergessen, dir von meinem Unfall zu erzählen und warum ich Pferde male. Siehst du?« Er zog ein Buch heraus, das er in einem Laden auf der Place des Abbesses gekauft hatte, und schlug eine Seite mit Toulouse-Lautrecs frühen Zeichnungen auf.

»Wie schön … die sehen aus, als würden sie richtig atmen.«

René musste ihm zustimmen. Mit ihren runden Flanken und geblähten Nüstern hatten die Rennpferde etwas ungemein Lebendiges an sich.

»Wollen wir es uns auf dem Dach ansehen?«

Paul schüttelte den Kopf. »Warum?«

»Hast du nicht gesagt, dass man da ganz leicht raufkommt?«

Das Zögerliche in seinem Blick wich aufgeweckter Durchtriebenheit. Er öffnete die Tür ein Stück weiter. »Schhh!« Hinter ihm klirrten Flaschen.

»Gehen wir«, sagte René.

René folgte Paul zur Dachluke am Ende des Gangs und half ihm, die Leiter herunterzuziehen. Zusammen hakten sie sie ein.

»Nach dir«, sagte René, der schon beim Gedanken an die Leiter stöhnte.

Paul kletterte hinauf und drückte die Luke nach oben. »Das Schloss ist ganz leicht zu öffnen, der Concierge hat mir gezeigt, wie es geht.«

Ein einsamer Junge, dessen Spielplatz das Dach war? Der Himmel im einfallenden Dämmerlicht, die sich vor ihnen erstreckenden Pariser Dächer, das alles war den anstrengenden Aufstieg wert gewesen. René war Tag für Tag mit solchen Herausforderungen konfrontiert, er war es gewohnt, mit seinem unproportionierten Körper das Gleichgewicht zu halten, er wusste, dass er nach vorn sehen, dass er sich auf sein Ziel konzentrieren musste, wenn er irgendwo hochstieg. Er folgte dem flinken Paul und kletterte die verrosteten, aus der Betonmauer ragenden Eisensprossen hinauf.

Dann richtete er sein Fernglas, das er umhängen hatte, auf das Haus mit dem Gerüst. Er nahm eine *Paris Match* aus seiner Tasche, legte die Illustrierte auf den feuchten Sims und setzte sich.

»Die Lehrerin sagt, du bist ein Schauspieler«, sagte Paul. »Du tust nur so, als wärst du Monsieur Toulouse-Lautrec, damit wir seine Bilder verstehen.«

»Da hat sie recht.« René nickte. »Das wollte ich dir auch alles erzählen.«

»Erzähl mir von den Pferden«, sagte Paul.

Also erzählte René ihm, wie Toulouse-Lautrec von einem Pferd gefallen war. Infolge eines Gendefekts aufgrund von Inzucht innerhalb der adligen Familie waren seine Knochen zu schwach, um wieder zusammenzuwachsen. »Sein Vater, ein *Comte*, hatte Rennpferde im Stall, dazu für die Arbeit kräftige Clydesdales mit üppiger Fesselbehaarung und sogar Ponys für die Kinder, die zu Besuch kamen. Den gesamten Sommer nach dem Unfall saß Toulouse-Lautrec in einem eigens für ihn angefertigten Korb-Rollstuhl und zeichnete sie. Sie waren seine Freunde. Die einzigen Freunde, die er hatte.«

René schlug das Buch auf, und im Licht seiner dünnen Stabtaschenlampe sahen sie sich gemeinsam die Bilder an.

»Willst du es mal versuchen, Paul?«

René schob ihm einen Blechkasten mit Pastellkreiden und einen Skizzenblock hin.

»Pferde?«

»Zeichne die Dächer, das, was du kennst, *non*? Du könntest mit dem Grau anfangen … und mit der blauen Kreide malst du die Häuser, die verwischst du … siehst du?«

René fuhr mit dem Daumen über die Linie. »Damit verleihst du dem Bild Tiefe, du …«

»Kann ich das im Aufsatz für die Lehrerin verwenden?«

»Warum nicht? Und die Zeichnung auch. Das wird ihr gefallen. Dadurch sieht sie, wie einfallsreich du bist.«

Paul nickte und vertiefte sich in sein Bild. Zehn Minuten später sah er auf. »Meinst du so etwa?«

René betrachtete sich das Ergebnis. Die kräftigen grauen Linien skizzierten präzise die Umrisse der Gebäude. »Du bist der geborene Künstler, Paul! Gut gemacht!«

Ein breites Lächeln erschien auf Pauls Gesicht. Es war das erste Mal, dass er den Jungen lächeln sah. Lobte seine Mutter ihn denn nie?

»Das hier sehe ich jeden Tag, so wie Toulouse-Lautrec jeden Tag seine Pferde gesehen hat.«

René grinste. »Klar, man sollte immer nur das malen, was man kennt. Aber man muss auch üben. Toulouse-Lautrec hat jeden Tag gezeichnet. Jeden Tag.«

Paul nickte.

Und dann bemerkte René eine halb offen stehende Plastiktüte, aus der Modellflugzeuge herausragten. Teure Modelle.

»Die gehören mir«, sagte Paul, als er sah, worauf Renés Blick gefallen war.

»He, warum bewahrst du die hier oben auf?«

»Mein Freund hat sie mir geschenkt!« Seine Lippen zitterten.

Das bezweifelte René. »Hör zu, es geht mich ja nichts an ...«

»Es geht dich nichts an, nein«, unterbrach Paul ihn.

»Genau, es geht mich nichts an. Ich hab mal Autozeitschriften gestohlen. Der Ladenbesitzer hat mich dabei erwischt. Er hat mir gesagt, wenn ich es noch mal mache, bringt er mich aufs Commissariat.« René rutschte auf dem Sims hin und her. »Ich weiß, dass du sie *nicht* gestohlen hast, aber Dinge kann man zurückbringen, ganz still und leise, ohne dass es einer merkt. Ich meine, nur für den Fall, dass vielleicht dein Freund es war, der sie gestohlen hat.«

»Er ist ein guter Freund.«

»Guten Freunden muss man helfen.« René zwinkerte ihm zu. Er hielt es für das Beste, es dabei zu belassen und das Thema zu wechseln. »Aber ich verstehe immer noch nicht, wie du von hier aus diesen Lichtblitz hast sehen können. Du hast doch kein Fernglas gehabt, oder?«

»Nein, aber ich kann doch sehen. Sie waren gleich dort drüben.«

»Du musst gute Augen haben. Wie viele waren es?«

»Zwei Lichtblitze.«

René schüttelte den Kopf. »Unmöglich.«

»Es waren zwei Männer, die haben sich gestritten«, sagte Paul mit ganz ernster Stimme. »Dann ist ein dritter gekommen, sie haben sich wieder vertragen, und dann ...«

»Was dann?«

Paul sah weg. »*Maman* hat gesagt, ich soll darüber nicht reden. Sie sagt, wir könnten Ärger kriegen. Und wir haben schon genug Ärger. Sie hasst die Flics.«

Das war es also.

»Damit ist sie nicht allein, Paul. Aber ich kenn jemanden, eine Frau, die ist Privatdetektivin. Die kann eine Menge machen und dafür sorgen, dass keiner irgendwelche Schwierigkeiten bekommt.«

»Was kann sie machen?«

René beugte sich vor. »Ich muss ihr sagen, was du gesehen hast. Ich muss ihr alles haarklein erzählen. Und sie kann dann andere anrufen, anonym, verstehst du, sie kann nämlich anonym ermitteln, und die anderen merken überhaupt nichts davon. Das kann sie am besten, sie ist nämlich eine Computerdetektivin. Keiner wird irgendwas erfahren.«

Paul klappte der Mund auf.

»Eine Computerdetektivin?«

René nickte. Lichter funkelten über den dunklen Umrissen der Dächer.

»Keiner wird was erfahren?«

»Versprochen!«

Dienstag, Spätnachmittag

Aimées Kontakt bei der *Police Judiciaire*, Léo Frot, war ins Finanzministerium gewechselt. Er reagierte nicht auf ihre Anrufe. Also musste sie es darauf ankommen lassen und versuchen, sich Zugang zum STIC zu verschaffen, dem *Système de Traitement de l'Information criminelle*, der polizeiinternen Computerdatenbank. Sie musste dort Laures Akte finden.

Sie saß an einem Tisch hinten in einem Bistro, das sich mit ersten Abendgästen füllte, und beobachtete die Menge. Hier trafen sich die meist männlichen Angestellten der DTI, der *Direction des Transmissions et de l'Informatique*, die in der Rue Nélaton 7, gleich auf der anderen Straßenseite bei der *Direction de la Surveillance du territoire*, untergebracht war. Sie trugen Zivil, keine Uniform. Jeder von ihnen hatte einen Plastikausweis mit dem blauen Wappen des Ministeriums und seinem Namen an die Jacke geheftet. So eine Karte war leicht nachzumachen, und damit kam sie an den Sicherheitsleuten am Eingang vorbei. War sie erst einmal drin, würde sie ein wenig »social engineering« betreiben müssen, wie der Fachbegriff lautete. Jemandem etwas vorspielen, ihn übers Ohr hauen, traf es besser. Die zweite Nachtschicht, wenn nur wenig Personal anwesend war, wäre dafür am besten geeignet.

Sie trank ihren Espresso aus, zahlte und holte ihren Mantel von der Garderobe. Da sie vor den anderen Gästen gekommen war, hing er wie geplant unter den übrigen Jacken und Mänteln. Bis sie ihn hervorgezogen hatte, hatte sie sich die Daten auf dem Ausweis einer Simone Teil eingeprägt, #3867 Abt. AL4A, dessen Besitzerin gleich am Tisch nebenan saß. Davor hatte sie auf der weißen Papiertischdecke eine Skizze des Wappens und der Anordnung der einzelnen Elemente angefertigt. Das alles steckte sie sich in ihren Rucksack und ging.

Dienstagnacht

Kurz vor Mitternacht hielt Aimée den beiden Sicherheitsleuten hinter dem braun-türkisen Empfangstresen der DTI ihren laminierten Ausweis hin. Alles in dem Gebäude, das aus den siebziger Jahren stammte, wirkte angestaubt und abgenutzt. Selbst die stellenweise schon abblätternden Notausgangschilder an den Wänden hatten bessere Tage gesehen.

Mehrere Männer passierten das Drehkreuz und meldeten sich ab. Der Wachmann sah kaum auf ihren Ausweis. »Schon wieder da, Mademoiselle Teil?« Sein Kollege klebte mit dem Blick am Videomonitor.

Aimée nickte und hielt den Kopf gesenkt. Sie hatte den Mantelkragen hochgestellt und trug einen schwarzkrempigen Hut, so dass ihr Gesicht weitgehend verdeckt war, als sie sich eintrug. Simone Teils kantige Unterschrift war leicht nachzumachen. »Ich muss bis morgen früh noch einen Bericht fertig machen.« Sie seufzte. »Sie wissen ja, wie das ist.«

»Die Ruchlosen finden keinen Frieden, was?«, sagte er und warf ihr einen Blick zu.

Was wusste der schon!

»*Merci.*« Sie schulterte ihren Rucksack, ging zum Drehkreuz und steckte ihre Karte in den Schlitz. Die Maschine piepte, das Drehkreuz blieb verschlossen und verweigerte ihr den Zutritt. Ihre Hände zitterten.

Sie nahm die Karte aus dem Schlitz und rieb sie über ihren Ärmel. »Der Magnetstreifen ist abgerieben. Können Sie mich nicht einfach so reinlassen?«

»Abgerieben? Aber das sind neue Karten, die sind erst letzte Woche ausgegeben worden!«, sagte der Wachmann.

Toll. Und was für ein Glück, einen redseligen Wachmann erwischt zu haben. »Stellen Sie sich bloß vor. Dann muss er in meiner Brieftasche zerkratzt worden sein.«

»Seltsam. Genau so was soll doch eigentlich nicht mehr vorkommen, genau dafür sind sie gemacht worden.«

»Lassen Sie mich doch einfach so rein!«

»Ihre Karte sollte funktionieren.«

»Natürlich sollte sie funktionieren. Aber sie tut es nicht. Hören Sie, ich werde mich morgen darum kümmern. Nur dieses eine Mal?«

Er zögerte und sah auf seine Uhr. »In ein paar Minuten ist Dienstschluss bei mir.«

Sie rieb sich die Stirn. »Der Chef hat mich reingerufen, er hat darauf bestanden, dass ich noch mal komme.«

»Zeit für den Schichtabschluss, Fabius«, sagte der Wachmann vor den Monitoren.

Er zuckte mit den Schultern, nahm eine Karte aus seiner Tasche und kam zum Drehkreuz.

»Die Karte funktioniert wirklich nicht?«, fragte er. »Ich hab gerade nachgesehen, wann sie ausgegeben wurde.«

»Äh?«

»Ziehen Sie sie noch mal durch.«

Lass dir was einfallen.

»Meine Nagelfeile«, sagte sie und tat so, als würde sie die Karte durchziehen. »Die hat sie wohl zerkratzt.«

Er machte sich mit seiner Karte zu schaffen. Das Drehkreuz klickte. Gott sei Dank hatte er gleich Dienstschluss. Um wieder rauszukommen, würde sie sich dann eine andere Geschichte zurechtlegen müssen. Aber die arme Simone Teil würde sich das nächste Mal ein paar Fragen gefallen lassen müssen.

Jetzt der schwierigste Teil. Sich irgendwo an einem fremden Computer einloggen.

Im vierten Stock, als sie an einem großen Foto von Präsident Mitterand vorbeikam, das den langweilig-braunen Gang zierte, spürte sie, wie ihr übel wurde. Sie rannte zur Toilette, erreichte sie gerade noch rechtzeitig und übergab sich. Zum Großteil Espresso, was einen sauren, bitteren Nachgeschmack hinterließ.

Die Nerven. Ein Einbruch ins STIC, das Computerzentrum der Polizei, war das Verwegenste, was sie jemals unternommen hatte. Sie hatte so was noch nie probiert, und schon gar nicht allein.

Flirten, bluffen, ausmanövrieren … kein Problem! Ihr blieb nichts anderes übrig. Leider war René nicht dabei. Kein System war absolut sicher, sagte er immer. In jedes konnte man eindringen. Das perfekte Verbrechen aber war das unentdeckte Verbrechen.

Sie nahm ihren Hut ab, spritzte sich Wasser ins Gesicht, spülte den Mund aus und warf sich Kaugummi mit Cassis-Geschmack ein. Jetzt hieß es nachdenken. Vorbereitet sein.

Sie öffnete den Lederrucksack, holte ihr Schminkarsenal heraus, trug noch mehr Mascara auf, legte Rouge auf, damit ihre Wangen nicht so blass aussahen, und malte sich die Lippen rot an. Karmesinrot. Sie gelte Stacheln in die kurzen Haare. Betrachtete sich im seifenverschmierten, matten Spiegel. *Non*, zu auffällig. Sie zog die Perücke aus dem Rucksack, fuhr mit den Fingern durch die blonden Strähnen und setzte die blau getönte John-Lennon-Brille auf. Dann richtete sie ein kurzes Stoßgebet zum Himmel und schlenderte in den großen, von Neonröhren beleuchteten Raum, in dem auf Metalltischen an die fünfzehn Computerterminals standen.

»*Bon*. Hoffentlich funktionieren die«, murmelte sie und stellte gleich beim ersten Monitor mit einem dumpfen Knall ihren Rucksack ab.

Ein paar Köpfe schauten auf. Sie bootete den Computer.

»*Merde!* Den ganzen Tag nichts als Probleme. Hat hier noch jemand Schwierigkeiten beim Anmelden?«

Mehrere der über ihre Tastaturen gebeugten Männer schüttelten den Kopf. Einer, dessen rundes Gesicht sich in ihrem Bildschirm spiegelte, grinste ihr zu.

»Neu hier?«, fragte er.

»Ist es zu glauben, heute Nachmittag werde ich einer Sonderermittlungseinheit zugeteilt, und heute Abend bin ich für einen Fall abgestellt, den die Staatsanwältin morgen auf dem Tisch haben möchte.«

»So was passiert«, sagte er und nippte an einer angeschlagenen braunen Espressotasse.

Aimée wurde übel. Sie versuchte den Geruch auszublenden. Die Papiere, die sich auf seinem Tisch stapelten, waren mit NACHTAUFSICHT überschrieben. Wenn ihr jemand helfen konnte, dann er.

»Es geht um Präzedenzfälle … aber es ist nicht das erste Mal … das blöde System lässt mich nicht rein!« Sie zog eine Packung mit Marie-Lu-Butterkeksen heraus, Keksen, die wie dafür geschaffen waren, um Kinder zu trösten. Er sah ihr ganz danach aus, als könnte er welche vertragen. »Einen gefällig?«

»*Merci*«, sagte er. »Schon mit Système D probiert?«

Meinte er wirklich, was sie glaubte, gehört zu haben? Système D, damit wurde so ziemlich alles bezeichnet, was einem erlaubte, sich an der Bürokratie vorbeizumogeln – wenn man notarielle Beglaubigungen umgehen, sich über Immobilienvorschriften hinwegsetzen oder sich der Regelungen bei der Schuleinschreibung entziehen wollte, dann griff man zum Système D.

Sie setzte sich auf seine Tischkante, strich einige Krümel von ihrem Leder-Minirock und schlug die Beine mit den schwarzen Netzstrümpfen übereinander.

»Zeigst du es mir?«

»Wie lange dauert deine Schicht?«

Ihre Kopfhaut unter der heißen, kratzigen Perücke juckte.

»Kommt darauf an, wie lange ich brauche.« Sie seufzte und beugte sich zu ihm vor.

»Hast du Lust, den Sonnenaufgang über der Seine zu sehen?«

Erschreckt sah sie weg. Das war Guys Lieblingsbeschäftigung gewesen, etwas, was sie miteinander geteilt hatten. Kurz sah sie Guys graue Augen und seine langen, schlanken Finger vor sich, dann schob sie den Gedanken fort.

»So weit kann ich nicht vorausplanen, ich hab so viel zu tun, Gérard«, sagte sie, nachdem sie den Namen auf seinem Ausweis gesehen hatte. »Ich bin Simone.«

»Mal sehen, ob ich helfen kann.« Er grinste. Trotz seines runden, von Aknenarben überzogenen Gesichts hatte er ein nettes Lächeln. »Also, womit kommst du nicht zurecht?«

»Das System will mein Passwort nicht annehmen.«

Gérard speicherte seine Arbeit ab, schloss die Datei, an der er gearbeitet hatte, und drehte sich mit seinem Stuhl zum nächsten Terminal hin.

»Versuch es damit.« Keine Minute später hatte er sie eingeloggt und war zum Archiv navigiert. »So gehen wir rein. Neulinge verwirrt das manchmal.«

Sie nickte, schob sich die Brille ins Haar und prägte sich seine Anweisungen ein. Er hatte zwei der mühseligen Schritte übergangen. Und er war schnell.

»Schwebende Fälle. Fälle vor Gericht«, sagte er. »Hier, Fälle, die erst aufgenommen werden. Hier kannst du die Aktennummer eingeben.«

»So?«

Sie setzte sich neben ihn, ihr Bein berührte seines, und sie gab Laures Aktennummer ein, die sie sich von Maître Delambres Ordner gemerkt hatte.

»*Voilà. Merci*, das ist toll.«

»Gérard«, meldete sich ein junger Mann zwei Reihen weiter. »Tu mal was für dein Geld und gib mir den Zugangscode zu diesem Chaos hier!«

Sie konnte jetzt auf Laures Akte zugreifen, aber sie war nicht nur deswegen hier. Also, lass dir was einfallen! »Die Akten aus den Sechzigern und Siebzigern? Die sind alle noch auf Papier?«

Er zuckte mit den Schultern. »Klar.«

»Non, pardon, Gérard«, sagte sie und lächelte, als wollte sie damit ihren Fauxpas überspielen. »Ich meine die Personalakten. Die Einsätze, denen die Flics zugeteilt wurden. Ich soll da bei einem ganz gründlich recherchieren.«

Er bewegte den Cursor zum Archiv.

»Das System wird gleich nach einer besonderen Zugangsberechtigung fragen«, sagte er und sah auf ihren angehefteten Ausweis. »Aber bei deiner Position darf man auch die Hintertür benutzen.«

Was für ein nettes Feature!

»Hintertür?«

Er erinnerte sie an einen Bären: brauner Filz auf dem Schädel, rundes Gesicht, tonnenförmiger Körper.

»Du kannst meinen Spitznamen benutzen.« Er tippte *ours*: der Bär. Sie hatte sich also nicht getäuscht.

Schade, dass sie Laures mittlerweile doch angewachsene Akte nicht direkt an Leduc Détective mailen konnte. Sie würde alles auf der Diskette abspeichern müssen, die sie mitgebracht hatte.

Aimée überflog die Polizeiberichte in Laures Akte sowie die Tatortbeschreibungen. In dem Ordner, den der Anwalt ihr gezeigt hatte, war davon nichts zu sehen gewesen. Schlampige Arbeit, oder sollte etwas vertuscht werden?

Sie schob die leere Diskette ins Laufwerk. Die Manurhin PP 7,65 mm, die unter Lizenz von Walther in Frankreich produzierte Polizeiwaffe, hatte einen sechszügigen Lauf und eine Zielgenauigkeit von bis zu fünfzig Meter. Das zumindest hatte ihr Vater immer behauptet: Sie sei schwer und genau. Die ballistischen Ergebnisse und anderen Berichte würde sie sich später ansehen. Jetzt ging es vor allem darum, alles auf die Diskette zu schaffen.

Nach zwei Versuchen hatte sie Zugang zu den älteren Personalakten. Die jüngsten Akten für Ludovic Jubert datierten aus dem Jahr 1969. Und seine restliche Dienstzeit? Wo steckte er jetzt? Sie musste sich beeilen. So hilfreich sich Gérard bislang auch erwiesen hatte, sie konnte nicht ausschließen, dass er ihre Personalien überprüfte und sich fragte, was »Simone« mit diesen Akten wollte.

Sämtliche späteren Daten in Juberts Akte mussten gelöscht oder verschoben worden sein. Das wenige, was sie fand, waren Standardberichte zu seiner Polizeiausbildung, erste Einsätze, dazu einige spärliche Informationen, die 1969 abrupt abbrachen. War das alles aus Versehen stehengeblieben? Die Dokumente führten Jubert, Morbier, Georges Rousseau und ihren Vater als ein Team auf, das in Montmartre gearbeitet hatte.

Er hatte also mit ihrem Vater zu tun gehabt!

Und dann fiel ihr etwas auf. Jubert war einer Sondereinheit zugeteilt gewesen, die sich mit Spielautomaten in Montmartre befasst hatte. Ein Cafébesitzer konnte für 10000 Franc einen manipulierten Automaten erwerben und in einem Monat 50000 damit verdienen. Einen Automaten, wie sie ihn in Zettes Bar gesehen hatte. Die Sonderermittlungsgruppe hatte sich mit Glücksspiel und den 147 legalen Spielbanken in Frankreich befasst. Auf allen Dokumenten zu diesen Ermittlungen prangte der Stempel des Innenministeriums.

Das Neonlicht tat ihren Augen weh, der Metalltisch war voller brauner Kaffeeflecken, und der buttrige Geruch der Marie-Lu-Kekse ließ sie wieder würgen.

»Na, du scheinst ja zurechtzukommen«, hörte sie Gérard über der Schulter.

Sie biss die Zähne zusammen und nickte. »Komisch, der Rest der Akte von dem hier lässt sich nicht finden.«

Gérard rieb sich den dünnen Ellbogen seines blauen Polizei-Pullovers. Die meisten Computerexperten trugen, obwohl sie Polizisten waren, Zivilkleidung. War er ein Möchtegern-Action-Typ?

»Ach, einer von denen!«

»Was meinst du damit?«

Er verdrehte theatralisch die Augen. »Hände weg!«

Jubert wurde geschützt. Von wem und warum?

Nur wenige saßen noch an ihren Computern, die meisten waren draußen bei der Espressomaschine. Zigarettenrauch zog vom Gang herein.

»Pause«, sagte er.

Sie wollte nicht raus. »*Bon.*« Sie streckte den Rücken durch, ließ den Kopf kreisen. »Ich muss das fertig machen.« Sie gähnte. »Wer ist das eigentlich?«

Gérard war sichtlich überrascht. »Der Boss?«

Wie dämlich! Warum hatte sie nicht eins und eins zusammengezählt? Sie hatte doch gewusst, dass Jubert ganz weit oben war. Sie versuchte es wiedergutzumachen.

»Ach, *der*«, sagte sie und bemühte sich, so gelangweilt wie möglich zu klingen.

Gérard grinste. »Du hast es eher mit der Technik, was?«

»Namen sagen mir nicht viel. Minister, na ja, die gehören nicht zu meiner Welt. Mein *Quartier* ist der Montmartre, die nicht so schicke Seite. Sieht aber so aus, als hätte er dort angefangen.«

»Schon möglich. Aber er hat es weit gebracht. Treibt sich jetzt eher in der Rue des Saussaies herum.«

Dort lag das Innenministerium. Natürlich hatte man dort Zugriff auf die Préfecture de Police. Das wusste sie. Und beide Behörden konnten die STIC-Daten abgreifen.

»Du bist bei der IGS, *n'est-ce pas?*«, flüsterte Gérard und beugte sich zu ihr hin.

Die *Inspection générale des services* – die Interne Ermittlung.

»Hab ich das gesagt?«

»Das musst du gar nicht.« Er grinste. »Ich hoffe, du vergisst nicht, wie sehr ich dir behilflich gewesen bin.«

»Natürlich nicht, Gérard.« Sie erwiderte das Lächeln. Wie lange konnte sie diese Farce noch durchhalten? Sie sollte eigentlich so schnell wie möglich verschwinden.

»Was ist mit diesen Männern? Leduc und Rousseau, die sind beide tot?« Sie versuchte nicht zusammenzuzucken, als sie das sagte.

Gérard drückte gleichzeitig die Steuerungstaste und F1.

Rousseaus Akte erschien auf dem Bildschirm. »*Voilà*. Komm auf einen Kaffee nach draußen, wenn du fertig bist.«

Wo lag das Geheimnis, auf das Laure angespielt hatte und das ihr ein so schlechtes Gewissen machte? Es sprang sie nicht unbedingt an. Was war mit Morbiers Kritzelei auf der Zeitung, bei der es um einen sechs Jahre zurückliegenden Untersuchungsbericht über korsische Waffenlieferungen ging? Alles, was sie hier fand, dokumentierte nur Rousseaus schnellen Aufstieg im Commissariat, nachdem er erfolgreich die Ermittlungen zum Glücksspiel in einem Club Chevalier in der Rue Houdon geleitet hatte.

Zettes Club!

Wieder Montmartre. Sie kopierte auch das auf ihre Diskette, versuchte ihr zitternden Finger zu beruhigen und gab den Namen ihres Vaters ein, Jean-Claude Leduc.

Und dann sah sie das grobkörnige Foto, darauf der junge Morbier, Rousseau, ein weiterer Mann und ihr Vater, alle in Uniform, lächelnd, wie sie auf den Stufen des Marché Saint-Pierre standen, dem Kleidermarkt, Sacré-Cœur im Hintergrund. Der vierte Mann – anscheinend Jubert – war so groß wie ihr Vater und hatte kleine Augen und eine markante Nase. Er hatte die Hände in den Taschen. Alle waren sie noch jung, lächelten erwartungsvoll ihrem Leben entgegen, das noch vor ihnen lag. Was war dann geschehen? Sie musste ein Schluchzen unterdrücken.

»Simone!«

Gérard rief aus dem Gang nach ihr.

Sie wischte sich die Augen trocken. Sie wurde in die Gegenwart zurückgerissen. »*Oui, j'arrive.*« Sie zog die Datei auf das Diskettensymbol, kopierte sie und stopfte ihren Mantel in den Rucksack.

Sie klickte auf *Beenden*, packte sich ihre Diskette, steckte sie in ihren Rucksack und ging hinaus zu Gérard.

»*Un débacle!*«, sagte einer der Herumstehenden. »Das Netzwerk ist abgerauscht, einfach so.«

»Du weißt noch, Simone? Letzte Woche …«

Gérard wurde entweder zu freundlich oder zu neugierig. Überprüfte er sie? Es war an der Zeit, sich aus dem Staub zu machen.

»Erinnere mich nicht daran«, unterbrach sie ihn, als er ihr einen kleinen Plastikbecher mit dampfendem Espresso anbot. Aus dem Automaten! Scheußliches Gebräu! Die Typen taten ihr leid.

»*Un moment.* Ich muss auf die Toilette«, sagte sie mit breitem Lächeln. »Bin gleich wieder da.«

Sie ging um die Ecke, den Rucksack halb auf der Schulter, und verschwand in der Damentoilette, um gleich darauf wieder in den Gang zu spähen. Leer. Sie kam heraus, rannte durch den Flur zu einer Tür mit der Aufschrift TREPPE. Sie schloss behutsam die Tür, damit sie nicht mit einem Klacken zufiel, und raste die vier Stockwerke hinunter. Noch im Treppenhaus riss sie sich die Perücke vom Kopf, packte die Brille weg, schlüpfte in ihren Mantel, setzte den Hut auf, drückte die Krempe tief ins Gesicht und trat hinaus ins Foyer. Das Drehkreuz lag genau vor ihr. Fast wäre ihr ein Seufzer der Erleichterung über die Lippen gekommen.

»Monsieur, meine Karte funktioniert nicht. Meinen Sie, Sie könnten mich durchlassen?«, rief sie dem neuen Wachmann zu.

Sein Telefon klingelte, das rote Licht ging an. Die interne Leitung? Gérard?

Er sah auf die Telefonanlage. Er war allein. Zögerte.

»Bitte, Monsieur, mein Taxi wartet!«

Sie hörte ein Summen, das Drehkreuz setzte sich in Bewegung, und sie schob sich durch.

»*Merci!* Muss mich beeilen, hoffentlich ist das Taxi nicht schon wieder fort!«

»Mademoiselle, warten Sie …«

Er griff zum Hörer, während sie an der Rezeption vorbei und durch die Glastüren nach draußen lief und erst wieder stehen blieb, als sie es in die fahl beleuchtete Toilette des Bistros auf der gegenüberliegenden Straßenseite geschafft hatte. Keuchend rang sie nach Atem, sie zitterte am ganzen Leib. Zehn Minuten später wischte sie sich den roten Lippenstift weg, trug orangefarbenen Lipgloss auf, drehte die gelbbraune Innenseite ihres schwarzen, Wendemantels nach außen, streifte eine schwarze Strumpfhose über die Strümpfe und zog statt der Stiefel Pumps von Christian Louboutin mit roten Sohlen an, ein Flohmarkt-Schnäppchen.

Gott sei Dank war das Bistro bis auf den letzten Platz gefüllt. Erleichtert wie seit Stunden nicht mehr, drängte sie sich an den Tresen und bestellte einen *perroquet*, einen Pastis mit Pfefferminzsirup, der wegen seiner Farbe nach dem Papagei benannt war. Dabei beobachtete sie den Eingang zum DTI-Gebäude.

Ein Wagen fuhr vor, allem Anschein nach ein Zivilwagen der Polizei. *Mon dieu!* Mehrere Männer gesellten sich zu den beiden, die aus dem Wagen gestiegen waren. Der Wachmann erschien. Wahrscheinlich erzählte er ihnen von ihrem angeblichen Taxi. Mit zittrigen Fingern wählte sie auf ihrem Handy Renés Nummer.

»*Allô, René*«, meldete sie sich. »Du musst mich abholen.«

»Gibt's bei dir keine Taxis?«

Einer der Beamten sah sich um und deutete mit dem Daumen über die Straße in Richtung Bistro. Sie verspannte sich. Sie würden den Barkeeper befragen.

»Das kannst du laut sagen«, flüsterte sie ins Handy. »Ich warte auf dich vor dem ehemaligen Vel d'Hiv.«

Sie legte zehn Franc auf den Tresen und verließ das Bistro, bevor die Polizisten die Straße überquert hatten. Mit eingezogenem Kopf eilte sie die Rue Nélaton hinunter und bog rechts in die nächste Kopfsteinpflastergasse. Dort lief sie los, bis sie den Quai de Grenelle erreichte. Keuchend sah sie die lange, schmale, baumgesäumte Insel Allée des Cygnes vor sich, an deren Südende die kleinere, originale Freiheitsstatue stand. Das nördliche Ende wurde von der Métro überquert, die auf Metallstelzen, der Bir-Hakeim-Brücke, über die Seine ratterte. Zweireihig gepflanzte Sträucher standen am Flussufer.

Sie blieb erst stehen, als sie im gelben Schein der Straßenlaternen ein kleines Gebüsch erreichte. Dort fiel sie auf die Knie und verschnaufte. Rechts von ihr heulten Sirenen, das Blaulicht eines Polizeiautos wurde in einer Gebäudefassade reflektiert. Wo blieb nur René?

Feuchte rote Rosenblüten und der Geruch von Erde klebten an ihrer Hand. In die Erde waren – wie Grabplatten – flache Steine eingelassen, auf denen Blumensträuße lagen. Hier hatte früher eine Radrennbahn gestanden, im Juli 1942 waren hier Juden gefangen gehalten worden, bevor man sie in die Konzentrationslager abtransportiert hatte. Jetzt war das Vel d'Hiver eine Gedenkstätte.

Unter den einzelnen Steinen hatte man Zeitdokumente und Mitteilungen von Angehörigen platziert. »Für Maman, ich hab mich von dir nicht mehr verabschieden und dir sagen können, wie sehr ich dich liebe. Jetzt bete ich, dass du bei den Sternen bist, die über uns leuchten.«

Sie selbst war von ihrer Mutter, einer US-amerikanischen politischen Aktivistin, verlassen worden, als sie acht Jahre alt gewesen war; auch sie hatte sich nie von ihr verabschiedet. Der Schmerz darüber schwand nie ganz, trotzdem war sie bemüht, mit ihrem Leben zurechtzukommen.

Ihre Handy vibrierte. »René?«

»Was hast du bloß wieder angestellt? Hier wimmelt es von Flics und Streifenwagen. Es werden alle Taxis aufgehalten.«

»Na ja ...«

»*Non*, sag es mir nicht. Wo steckst du?«

Sie spähte durch die Sträucher. »Ich kann deinen Wagen sehen. Halt auf dem Quai Branly an, direkt gegenüber der Gedenkstätte. Mach den Kofferraum auf, als würdest du was suchen, und achte darauf, dass du genau vor der Kastanie zu stehen kommst, der großen. Siehst du sie?«

Renés Citroën fuhr langsam weiter und blieb unter dem Baum stehen. Er stieg aus – er trug noch seinen Malerkittel –

und öffnete den Kofferraum. Im Licht der Straßenlaterne war seine Ähnlichkeit mit Toulouse-Lautrec geradezu unheimlich. Er zog einen Werkzeugkasten heraus und breitete ihn auf dem Bürgersteig aus. Ein blau-weißer Streifenwagen, der auf dem Quai patrouillierte, blieb stehen. Sie duckte sich und hielt sich die Zweige vors Gesicht. Ihr Herz raste. Dann fuhr der Streifenwagen weiter.

Ihre Absätze versanken im weichen Boden, als sie von der Gedenkstätte zum Quai lief. René holte eine Decke aus dem Kofferraum, schüttelte sie aus und legte sie anschließend umständlich zusammen, um Aimée damit vor einem weiteren Streifenwagen zu verbergen. Sie hielt den Atem an, bis der Wagen vorüber war, dann rannte sie geduckt zum Auto und warf sich in den Kofferraum.

»Du hast hoffentlich deine Spuren verwischt«, murmelte René, als er den Werkzeugkasten wieder einräumte und den Kofferraumdeckel zuknallte. Er hatte eine Decke über den Wagenheber gelegt, trotzdem bohrte sich das Teil ihr schmerzhaft in den Rücken. Was aber allemal besser war, als mit Handschellen in einem Polizeiauto zu sitzen.

Aber ihre Gedanken rasten. Hatte sie wirklich an alles gedacht? Hatte sie in Sichtweite der Überwachungskameras ihren Kopf bedeckt? Hatte sie ihre Fingerabdrücke von der Tastatur, dem Wasserhahn auf der Toilette, den Türklinken entfernt? Hatte sie im Aufzug Handschuhe getragen, hatte sie nicht ans Treppengeländer gefasst? Ja … und dann setzte kurzzeitig ihr Herz aus. Die Marie-Lu-Kekspackung. Gérard hatte seinen Keks gegessen, das Verpackungspapier zusammengeknüllt und in den Mülleimer neben seinem Computer geworfen.

Mit Gérards Hilfe würden sie bald auf die von ihr kopierten Dateien stoßen. Aber sie hatte nichts gestohlen, nichts kaputt gemacht. Wie ein höflicher Hacker war sie bloß ins System eingebrochen, hatte aber kein Chaos verursacht. Sie hatte lediglich für Chancengleichheit bei den Ermittlungen in Laures Fall gesorgt. Zumindest kurzfristig. Die Flics konnten sich kaum beschweren, wenn sie die von ihr kopierten Dateien an Maître Delambre weitergab! Zum einen hatten sie die Informationen ja bereits in ihren Unterlagen, und zum anderen hatte sie die Polizei im Grunde nur dabei ertappt, wie sie Informationen vor der Verteidigung zurückhielt.

Vielleicht konnte sie sogar Jubert aus seiner Höhle locken. Immerhin wusste sie jetzt, wie er aussah, beziehungsweise wie er als junger Mann ausgesehen hatte. Und sie wusste, dass er einmal im Innenministerium gearbeitet hatte. In der Rue des Saussaies sogar, wenn Gérard mit seinen Andeutungen recht gehabt hatte. Das Gebäude dort allerdings würde sie noch nicht mal mit Dynamit hopsnehmen können.

In ihrer Wohnung schürte sie den offenen Kamin im Wohnzimmer an, während René seinen Malerkittel aufhängte. Die knisternden Flammen warfen Schatten an die hohe Decke. Miles Davis hatte sich auf dem Läufer zusammengerollt. Wenigstens funktionierte nach den Umbauten und Renovierungen der offene Kamin wieder. Die aufgebrochenen Wände in der Küche und im Badezimmer mit ihren uralten elektrischen Leitungen waren eine andere Geschichte.

»Du zuerst, Monsieur Toulouse-Lautrec«, sagte sie. »Was hast du herausgefunden?«

Er schlüpfte mit seinen kurzen Armen in einen Woll-Cardigan, knöpfte ihn zu und ließ sich im Schneidersitz neben ihr auf dem Schaffell nieder, das sie auf dem Parkettboden ausgebreitet hatte. Sie reichte ihm einen Hot Buttered Rum. Er schloss die Augen und sog den Duft des Getränks ein. Das Feuer im Kamin wärmte nur einen kleinen Bereich der Wohnung und erreichte nie die kalten Ecken.

»Viel wärmer als auf dem Dach. Dort war ich nämlich, als du angerufen hast. Ziemlich flott, was?«

Vom 18. Arrondissement! Hinter dem Steuer wurde René zu einem Geschwindigkeitsphänomen. »Du, auf dem Dach?«

»Du bist nicht die Einzige. Fantastische Aussicht, trotz der Kälte. Und direkten Blick auf das Gebäude, auf dem Gagnard erschossen wurde.«

Sie schluckte. Und musste husten. Er erstaunte sie immer wieder.

»Also, Monsieur de Toulouse-Lautrec, was hat dein Augenzeuge gesehen?«

»Paul ist neun Jahre alt, er klaut und hat seiner Mutter versprochen, nichts von den beiden Blitzen zu erzählen, die er auf dem Dach gesehen hat.«

»Zwei Schüsse? Einen Moment, dann müsste bei der ballistischen Untersuchung von zwei Patronen die Rede sein.« Sie zog die Diskette aus dem Rucksack, holte den Laptop vom Tisch und fuhr ihn hoch. »Mal sehen, der Ballistikbericht sollte das klären.«

René sah sie mit offenem Mund an. »Diese Daten … bist du …?«

»Ich dachte, du wolltest das alles gar nicht wissen«, fiel sie ihm ins Wort und schob die Diskette ins Laufwerk. »Das Netzwerk hat mir einiges Kopfzerbrechen bereitet. Aber wie du ja immer sagst, kein System ist unverwundbar. Außerdem hatte ich ganz charmante Hilfe. Bis der Typ meinen Keks gegessen hat und aufgewacht ist.«

»Du hast es wirklich gemacht!«, sagte René. »Die werden keine Ruhe geben, bis sie dich geschnappt haben. Einbruch in …«

»Sie wissen nicht, wer ich bin.« Redete sie sich zumindest ein und betete, dass man ihre Fingerabdrücke nicht fand. Und dass sie nie Gérard auf der Straße begegnete. Aber selbst wenn, dann würde er sie hoffentlich nicht erkennen.

»Schau dir das an!« Sie öffnete Laures Akte. Der Bildschirm füllte sich mit zahlreichen Dateien. »Schon komisch, dass nur eine davon ihrem Anwalt ausgehändigt wurde.«

»Überprüf Eingangsdatum und -zeit«, sagte René und rieb sich die Arme. »Es könnten noch weitere Dateien dazugekommen sein, nachdem ihr Anwalt die Akte erhalten hat.«

Sie ließ sich den jeweiligen Inhalt anzeigen. »Die wurden ein paar Stunden vor meinem Treffen mit Maître Delambre hinzugefügt. Was geht da vor sich?«

»Will die Polizei irgendwas verschleiern?«

Sie öffnete die Datei mit dem Ballistikbericht und überflog den Text. »Ein Geschoss wurde aus dem Leichnam entfernt. Es stammte aus Laures Manurhin«, fasste sie zusammen.

Toll.

Aber wenn Paul einen weiteren Lichtblitz gesehen hatte …

»Du bist dir sicher, dass er was gesehen hat, René?«

»Paul hat ein Auge für Details. Ich glaube nicht, dass er so etwas erfindet. Er hat keinen Grund dazu.«

»Gut, sagen wir also, es waren zwei Waffen im Spiel. Wenn Paul zwei Blitze gesehen …«

»Und nur einen Schuss gehört hat«, unterbrach René.

Sie starrte ihn an. »Dann würde ich sagen, hatte die andere Waffe einen Schalldämpfer.«

René kratzte sich an der Stirn. »Das soll das bedeuten?«

»Würde ich sagen!«

»Woher weiß der Täter, dass Laure irgendwo unten auf dem Gerüst war?«

»Gute Frage.« Sie sah in die Flammen und versuchte aus Pauls Beobachtungen schlau zu werden.

»Falls sie vorgehabt haben, Gagnard umzubringen, und er hat erwähnt, dass er jemanden zur Absicherung dabeihat …«

»Würde er das tun?«, schaltete sich René ein. »Würde er in so einer Situation wirklich gleich sein Ass aus dem Ärmel ziehen?«

»Da hast du recht.« Sie dachte nach. »Betrachten wir es aus ihrer Perspektive. Vielleicht haben sie vom Dach aus gesehen, dass Gagnard von Laure begleitet wurde, als er den Innenhof betreten hat. Dann haben sie vielleicht kurzentschlossen die Gelegenheit ergriffen und den Verdacht auf Laure gelenkt, indem sie ihre Waffe benutzt und an ihren Händen Schmauchspuren zurückgelassen haben.«

»Könnte sein. Klingt jedenfalls plausibel. Aber warum sollte Gagnard überhaupt umgebracht werden?«

»Daran arbeite ich noch. Erpressung? Bestechung?« Sie schüttelte den Kopf und starrte wieder ins Feuer. Hatten Zettes Spielautomaten irgendwas damit zu tun?

»Was ist mit den anderen Zeugen?«, fragte René.

»Die Partygäste haben nichts gesehen. Félix Conari, der Gastgeber, und Yann Marant, sein Systemanalytiker, haben einen Musiker erwähnt, einen Lucien Sarti. Den habe ich noch nicht finden können. Zoé Tardou, die Dame unterm Dach nebenan, tut geheimnisvoll, ist aber ein schräger Vogel.« Eine seltsame Frau. Sie verwarf den Gedanken, Madame Tardou erneut zu befragen.

»Hat Paul noch irgendwas gesehen?«

René schüttelte den Kopf.

Sie hatten nicht viel.

»Wir müssen Paul dazu bringen, dass er im Beisein von Laures Anwalt seine Aussage abgibt.«

»Seine Mutter trinkt, er klaut«, warf René ein.

Sie zuckte nur mit den Schultern.

»Gleich morgen in der Früh werde ich dem Anwalt diese Dateien übergeben und ihm erzählen, was Paul gesehen hat«, sagte sie. »Der Anwalt kann jede Hilfe gebrauchen.«

»Du wirst ihm erklären, dass du in die DTI marschiert bist und dich in ihr Netzwerk eingehackt hast?« René schüttelte den Kopf.

»Ich werde es ihm mit weniger Worten beschreiben. Aber wenn er die Informationen hat, was wollen sie dann dagegen machen? Ihn anklagen, weil er sich illegal Dokumente beschafft hat, die sie ihm von Gesetzes wegen sowieso hätten zukommen lassen müssen?«

Renés Handy in der Tasche piepte.

»*Oui?*«, meldete er sich. Ein Lächeln zauberte sich auf sein Gesicht. Er verzog sich in die Küche. Miles Davis knurrte.

»Wir können doch nicht eifersüchtig sein, Miles«, sagte Aimée und kraulte dem Hund den Kopf. René zeigte sämtliche klassischen Symptome eines *coup de foudre*, der Liebe auf den ersten Blick.

»Geht's auf einen Rave?«, fragte sie, als René zurückkehrte.

»Der Rave hat sich in Luft aufgelöst.« René zog seinen Mantel an und schlüpfte in Fleece-Handschuhe.

Sie wollte ihn nicht fragen, warum er ging, statt mit ihr über den Dateien zu brüten.

»Wir treffen uns auf einen Drink. Guy wird doch auch bald kommen, oder?«

Wenn sie ihm jetzt die Wahrheit erzählte und ihn bat, noch zu bleiben, dann würde er es ganz bestimmt tun. Aber das wäre egoistisch von ihr. René hatte es sich verdient, auch mal verliebt zu sein.

Sie nickte.

»Schick mir den Ballistikbericht per E-Mail. Ich würde gern was nachprüfen.«

»Was?« Sie stand auf.

»Sag ich dir später.«

Sie starrte ihn fragend an, aber mit mehr wollte er nicht herausrücken.

Sie zog den Samtvorhang an ihrem Fenster zurück, sah René aus den Schatten auf dem Quai kommen und in seinen Citroën steigen. Schwarz wie Tinte floss die Seine vor sich hin. Eine Barkasse glitt vorbei, die blau beleuchtete Kapitänskajüte und ein rotes Lichtband spiegelten sich auf dem Wasser.

Sie legte ein weiteres Scheit ins Feuer und dachte an Laures Vater, der Zettes Bar und die illegalen Spielautomaten überprüft hatte. Warum spielte diese alte Geschichte plötzlich eine Rolle? Ging es wirklich darum? Jacques Gagnard hatte damals mit ihm gearbeitet. Zette hatte Verbindungen zum Commissariat. War er wirklich ein Informant, wie sie mutmaßte? Morgen wollte sie da ein wenig weiterbohren.

Das fahle Mondlicht legte sich aufs Parkett. In Gedanken kehrte sie zu der Zeit zurück, als sie neun Jahre alt gewesen war, so alt wie Paul jetzt, und mit ihrem Vater am Polizeiball teilgenommen hatte. Er hatte in einem gemieteten Saal einer Fliesenmanufaktur am Canal Saint-Martin stattgefunden. Paare waren über den glänzenden Tanzboden geschwebt, entlang der Wände hatten die weiß gedeckten Tische gestanden, darauf versilberte Brotkörbe und schimmernde Kerzen.

»Papa, ich will tanzen.«

»*Ma princesse*, wir sind hier nicht in deinem Ballettunterricht«, sagte er. »Hier wird Walzer getanzt.«

»Ich weiß.« Sie strich ihr samtenes Partykleid glatt, das mehrere Zentimeter kürzer schien als im Jahr zuvor, als sie es bekommen hatte. »Tanz mit mir, Papa.«

War es Morbier oder jemand anderes am runden Tisch, der ihn angestupst hatte? »Na los, Jean-Claude. Zeugt doch von schlechten Manieren, wenn du mit deiner kleinen Prinzessin nicht tanzt.«

»Aber es ist doch Jahre her …«

»Bitte, Papa!«

Er sah sie seltsam an. Dann nahm er sie am Arm, begleitete sie zur Tanzfläche und sagte ganz ernst: »Wir schreiten ein kleines Rechteck ab, so etwa: zur Seite, zurück, zur Seite und vor. Mach es mir einfach nach!«

Sofort verhedderte sie sich mit seinen Füßen. Er hielt sie fester am Rücken.

»Versuch es noch mal!«

Als er ihr auf die Zehen stieg, waren sie beide noch mehr frustriert.

»Aimée, lassen wir es!«

Sie schämte sich und wurde rot.

»Papa, du hast gesagt, ich kann alles, wenn ich es nur richtig versuche. Warum kann ich nicht wie ein großes Mädchen tanzen?«

»Du weißt doch, ich hab mit niemandem mehr getanzt seit deiner Mutter.«

»Maman?«

Sie wusste seinen Gesichtsausdruck nicht zu deuten. Er sprach sonst nie von ihrer Mutter. Weigerte sich einfach.

»*Et alors*, stell dich auf meine Füße. Also, du weißt, wir machen ein kleines Rechteck, eins … zwei … drei … eins … zwei … drei.«

Sie erinnerte sich an die glänzenden schwarzen Schuhe ihres Vaters unter ihren Füßen, wie er sie gehalten und auf der Tanzfläche herumgewirbelt hatte. Und dieses Gefühl, sich geborgen in seinen Armen mit der Musik zu bewegen, hatte sie nie vergessen.

Sie würde ihn immer lieben … trotzdem musste sie erfahren, was sich damals abgespielt hatte, musste seine Akte lesen, so schwer ihr das auch fallen würde. Würde sie Hinweise finden, dass etwas verschleiert worden war, Beweise für Erpressungen, Schmiergeldzahlungen? Sie könnte die Akte vor dem Lesen löschen und müsste es dann nie erfahren.

Sie setzte sich neben Miles Davis auf den Läufer vor dem knackenden Feuer und atmete tief durch. Dann scrollte sie zu der mit Jean-Claude Leduc bezeichneten Datei und klickte darauf. Sie schloss die Augen, holte tief Luft, dann schlug sie die Augen auf.

Leer. Der Inhalt war gelöscht worden.

Lucien Sarti verbeugte sich zum Applaus der kleinen Menge. Er hatte Félix Conari gesehen, der sich mit einem weißhaarigen Mann unterhalten hatte. Von Marie-Dominique keine Spur. Er wusste, dass sie nicht kommen würde, aber ihr braungebrannter Rücken, ihre grünen Augen wollten ihm nicht aus dem Sinn.

Quetsch dich nicht zwischen Fingernagel und Haut, würde seine *grand-mère* sagen, wenn sie ihm klarmachen wollte, dass er sich um seine eigenen Angelegenheiten kümmern sollte. Marie-Dominique hatte ihm laut und deutlich zu verstehen gegeben, dass sein Auftauchen ihr äußerst ungelegen kam.

Er fächelte sich mit einem Programmheft etwas Luft zu und nahm seine *Cetera* und den Koffer zur Hand. Die nächste Nummer war ein Zauberer, der grinsend einen schwarzen, samtbezogenen Kasten auf die Bühne stellte.

»Wunderbar!« Félix Conari klopfte ihm auf den Rücken. »Diese Verbindung von mediterranem Gefühl mit Euro-Hop-Rhythmen. Ich habe ständig mit dem Fuß wippen müssen, und Monsieur Kouros ist es genauso gegangen.«

Kouros war der kleine weißhaarige Mann mit dicker Hornbrille und hatte eine gewisse Ähnlichkeit mit dem griechischen Millionär Ari Onassis. Kouros, der Chef von SOUNDWERX. Ein Gigant in der Musikbranche, trotz seines schlichten Auftretens. Einer, der Gerüchten zufolge alles selbst in die Hand nahm.

»*Bonsoir*, Monsieur Kouros, welche Ehre, Sie kennenzulernen.«

»Wir wollen einen Exklusivvertrag, junger Mann«, sagte Kouros. »Ihre Musik sprengt alle Schubladen. Alle, sogar Jazz-Fans, werden begeistert sein. Montreux, San Marino – ich buche Sie für alle Musikfestivals, ich schicke Sie überallhin.«

SOUNDWERX folgte nicht den Trends, sondern schuf sie. Kouros entdeckte Talente und begründete Karrieren.

»Wie großzügig, ich danke Ihnen, Monsieur.«

»Das ist genau das, was das Publikum will. Zeitlos und dennoch neu, hip und trotzdem klassisch. Ihre Musik gründet auf alten Traditionen, überschreitet aber sämtliche Grenzen.«

Er wusste nur, wenn er seine *Cetera* zur Hand nahm, im Einklang war mit seinen aufgenommenen Liedern und den richtigen Hip-Hop-Beat dazu fand, dann strömte alles aus ihm heraus, dann war kein Halten mehr. Seine Finger fanden die Wahrheit auf den Saiten.

»Félix, Sie schaffen ihn mir morgen ins Studio, ja? Arbeiten Sie an den Tracks, die Sie schon haben, und fügen Sie ein paar neue hinzu?«

Conari strahlte. »Sobald wir uns um den Vertrag gekümmert haben, was, Lucien? Nur Ihre Unterschrift noch, dann kann es auch schon losgehen, eine CD, so schnell wie möglich, *oui*, Monsieur Kouros?«

Conari legte den Arm um Lucien und drückte ihn, als wollte er ihm sagen, dass alles geritzt war. Lucien wünschte sich, er hätte nicht die ganze Nacht an die Frau dieses Mannes gedacht.

»Heutzutage ist jeder politisch«, sagte Kouros. Sein Lächeln passte kaum zum stählernen Schimmer in seinen Augen. Oder war das eine Spiegelung auf seiner Brille? »Das verleiht den Lyrics eine gewisse Schärfe, aber ich muss sichergehen können, dass Sie keinerlei Verbindungen zu diesen Separatisten, diesen extremistischen Gruppierungen haben. Diese Bombenanschläge, schrecklich!«

Lucien umklammerte fester die *Cetera*. »Mein Leben ist die Musik, Monsieur Kouros.«

»Wollte ich nur mal klarstellen, junger Mann.« Er ergriff Luciens andere Hand, schüttelte sie kräftig und umfasste sie mit beiden Händen. »So besiegle ich einen Vertrag.« Er verstärkte seinen Griff. »Wie man das früher gemacht hat. Das reicht mir.«

»Wir werden die Verträge in meinem Büro unterzeichnen«, sagte Conari.

»Für mich ist das schon geschehen. Schicken Sie sie einfach in mein Büro«, sagte Kouros noch, bevor er sich überraschend flink durch die Menge hinter den roten Plüschsesseln schob. »Ein wahres Vergnügen, Sie zu hören. Und jetzt entschuldigen Sie mich, ich habe andere Verpflichtungen.«

Später stand Lucien auf der nassen Straße und fühlte sich, als würde er von einem Wirbelwind davongetragen. Er umarmte Conari, wollte Luftsprünge machen und die erste Frau küssen, die ihm über den Weg lief. Er sah sich nach einer geeigneten Kandidatin um.

»Monsieur Conari, ich kann Ihnen gar nicht genug danken.«

»Lucien.« Conaris Ton hatte sich verändert. »Wir haben ein wenig recherchiert, das ist heute so üblich, Sie wissen schon.«

Lucien Sarti erstarrte.

»Das machen wir bei jedem.« Conari breitete die Arme aus, die typische Was-kann-man-dagegen-schon-machen-Geste. »Sogar bei unserem Reinigungspersonal, können Sie sich das vorstellen?«

Hatte er herausgefunden, dass er etwas mit Marie-Dominique gehabt hatte?«

»Diese FLNC-Sache.«

»Ich bin kein Separatist, Monsieur Conari«, unterbrach Sarti. Wenn überhaupt, dann war er ein Liebhaber, kein Kämpfer. »Politik interessiert mich nicht.«

»Wie erklären Sie dann Ihre Mitgliedschaft?«

Hatte Marie-Dominique ihm etwas erzählt? Oder stand das in irgendwelchen Akten?

»Sie wollen die Wahrheit hören? Vor Jahren sind meine Freunde und ich aus einer Laune heraus im volltrunkenen Zustand der FLNC beigetreten. Wir haben an genau einem Treffen teilgenommen. Das war alles.«

Conari trat von einem Fuß auf den anderen. Sein länglicher Schatten im Licht der *lampadaire* fiel über die Straße.

»Marie-Dominique sagt, Sie hätten keine Papiere gehabt«, fuhr Conari fort. »Warum haben Sie mir nichts gesagt? Sie sind einfach verschwunden, als die Polizei aufgetaucht ist.«

»Ich hab eine *carte d'identité*, ich hab sie bloß nicht dabeigehabt. Ich wollte es erklären, aber bei den Flics … Sie wissen doch, wie Korsen behandelt werden, Monsieur Conari.« Er atmete tief durch. »Jedes Mal, wenn Separatisten für Schlagzeilen sorgen, verschärft man die Sicherheitsvorkehrungen, und Typen wie ich werden von der Straße geholt, damit die Polizei zeigen kann, wie effizient sie vorgeht.« Er hielt inne. Conari lebte in einer anderen Welt. Hatte er überhaupt irgendeine Ahnung davon? »Das hat nichts mit mir zu tun. Die Bombenanschläge, die Vendetta, die Gewalt, deswegen habe ich Korsika doch verlassen.«

Das war einer der Gründe gewesen. Ein anderer das Bild von ihm, das an jedem Telefonmasten, an jeder Cafémauer der Insel angeschlagen gewesen war.

Conari runzelte die Stirn. »Eine Privatermittlerin hat sich nach Ihnen erkundigt.«

Sarti versuchte sich nichts anmerken zu lassen. Die Flics vor Conaris Tor, jetzt eine Privatermittlerin. Die gleiche, die im Gemüseladen neben dem Strago herumgeschnüffelt hatte?

»Das verstehe, wer will.«

»Wer nichts zu verbergen hat, läuft nicht einfach davon.«

»Sie führen ein behütetes Leben, Monsieur Conari«, sagte Sarti.

Conari schüttelte den Kopf, legte Sarti den Arm um die Schulter, und zusammen gingen sie die steile Straße hinunter. »Das ist nicht immer so gewesen, Lucien. Der Teufel hat meiner Mutter ein Ei in die Wirtschaft gelegt, Sie kennen den Ausdruck?«

Ein uneheliches Kind.

»Wir haben in einem Zimmer gewohnt. Alles, was ich jetzt habe, habe ich mir hart erarbeitet.«

»Meine Lieder sind alles, was ich habe«, sagte Sarti. »Sie haben mein Wort, glauben Sie mir.«

In Conaris Arbeitszimmer unterzeichnete er den Vertrag, trat die Rechte an seinen Liedern ab und hoffte, dass er das Richtige tat. Das korsische Sprichwort »Schlechtes kommt nie allein« wollte ihm nicht aus dem Kopf. Irgendwann im Leben würde er dafür bezahlen müssen. Man bezahlte immer.

Er spähte durch das Tor hinaus auf die Straße. Keine Flics. Wenigstens hatte er jetzt den Vertrag in der Tasche. Halb auf der dunklen Treppe hinauf zur Place des Abbesses hörte er einen Melodienfetzen, der leise von den Steinwänden widerhallte. Er blieb stehen und lauschte. Irgendwo sang eine Frau vom Duft der Macchie, der über der Wiege eines Kindes lag.

MITTWOCH

Mittwochmorgen

»Sie suchen Zette?«, sagte die Frau mit den blonden, toupierten Haaren in der Bar in der Rue Houdon zu Aimée. Sie schüttelte den Kopf. »Ist nicht da. Hat heute seinen freien Tag.«

Schade. Aimée hatte gehofft, dass sie ihm ein bisschen auf den Zahn fühlen könnte. Als Nächstes wollte sie die Dateien, die sie kopiert hatte, in Maître Delambres Büro abgeben und dann Laure besuchen.

»Wo kann ich ihn finden?«

»Der schläft seinen Rausch aus«, sagte die Blonde, band sich eine Schürze um und wollte schon den Staubsauger anstellen.

»Und wo schläft er seinen Rausch aus?«

Die Frau starrte sie an. »Sie waren doch schon mal hier!«

Aimée nickte. »Zette ist ein alter Kollege von meinem Taufpaten«, sagte sie in der Hoffnung, dass es einigermaßen plausibel klang. »Ich wollte ihm ein Foto zeigen.«

Die Frau kniff die Augen zusammen. Dann schaltete sie den Staubsauger an, der röhrend losheulte. »Kommen Sie morgen wieder.«

Aimée sah zum Tresen mit den noch nassen Glasringen und dem gefüllten Aschenbecher. Unter dem Tresen entdeckte sie einen Stapel Rechnungen, die an einen Z. Cavalotti adressiert waren. Den Rest konnte sie nicht entziffern.

»Arbeitet er von zu Hause aus?«

Die Frau verzog den Mund zu einem dünnen Lächeln.

»In gewisser Weise ja. Er macht die Abrechnungen zu Hause«, sagte sie und wandte sich wieder ihrem Staubsauger zu. »Wenn das alles ist …«

»Ich komme wieder, *merci*.«

Aimée ging. Draußen zog sie den Mantel enger und wich dem Schneematsch aus. Fünf Minuten später hatte sie in einem Telefonbuch einen Z. Cavalotti gefunden, wohnhaft in der Rue Ronsard. Es war an der Zeit, Zette einen Besuch abzustatten.

Sie stieg die Straße hoch, dann ging es rechts nach unten, bevor sie erneut rechts abbog und schließlich links auf die Place Charles-Dullin traf. *Camionettes*, die kleinen Lieferwagen, standen mit offenen Türen am Rand des baumbestandenen Platzes. Plakate warben für eine moderne Adaption von Racines *Phädra*, die im Theater aus dem neunzehnten Jahrhundert an der Rückseite des Platzes gegeben wurde. Das Stück wurde in Paris ständig gespielt, entweder als klassische Aufführung oder wie hier als Avantgarde-Inszenierung, die sich afrikanischer Stammesmotive bediente. Die zeitlose griechische Tragödie einer Frau, die sich in ihren Stiefsohn verliebte, lockte immer Zuschauer an.

Nach dem Marché Saint-Pierre schlängelte sich eine Mauer aus Steinen und Ziegeln den Hügel hinauf. Auf der steilen Treppe mit dem für den Montmartre typischen doppelten Geländer in der Mitte stieg sie nach oben und fand Zettes Adresse, ein weißes, in den Hang gebautes Steingebäude. Im Unterschied zu den anderen Häusern in der Gegend wucherten hier aber Gräser aus den Ritzen im Beton, die Stuckwände waren verwittert, von den hellblauen Holzläden blätterte die Farbe.

Die Holztür im Eingang führte zu einem efeubewachsenen Innenhof. Sie überflog die Briefkästen, entdeckte den Namen Zette Cavalotti und ging die kurze Treppe zum Erdgeschoss hinauf. Auf dem durchhängenden, knarrenden Treppenabsatz blieb sie stehen. Vor der Tür lag eine geflochtene Matte, dazu ein Schild CHAT LUNATIQUE!. Zette hatte also eine durchgeknallte Katze. Als sie anklopfte, ging von allein die Tür auf. Ihre Hand verharrte mitten in der Bewegung.

»Monsieur Cavalotti?«

Keine Antwort. Vorsichtig trat sie in die kühle Wohnung. Alles war ordentlich aufgeräumt. Sie schauderte im kalten Luftzug, der durch ein geöffnetes Fenster hereinstrich. An den Wänden waren gerahmte Zeitungsartikel und Fotos aufgehängt, die allesamt Zette zeigten, den »korsischen Kämpfer«, der Terrance, den mörderischen Marrokaner, besiegt hatte. Seine Karriere konnte sich sehen lassen. Joggingklamotten und Sweatshirts hingen an Nägeln in der Wand, ansonsten lag nichts herum. Hatte Zette noch nie etwas von Kleiderbügeln und Schränken gehört? Ein Teller stand auf einer dünnen Holztheke, daneben Mineralwasserflaschen.

»Allô?«

Keine Antwort. Wo war er?

Über dem Sofa, das er anscheinend auch als Bett benutzte, wie sie anhand der zusammengelegten Decken vermutete, hing ein Poster von »Korsika, Insel der Schönheit«.

Sie sah sich um. Nur die Überreste seiner glorreichen, längst vergangenen Boxerkarriere. Eine neue Moulinex-Waschmaschine summte vor sich hin. Ein Streichholz steckte im Programmknopf, mit dem der Waschgang eingestellt wurde. Funktionierte sie nur so? Nach der Wärme zu schließen, die die Maschine abstrahlte, musste sie seit Stunden laufen. Ein Plastikkorb mit Schmutzwäsche und ein leerer, nach Limonen riechender Ariel-Karton standen auf einem Tisch, dazu Flaschen, Vitamindöschen und Proteinpulver. War er fort, um Waschmittel zu kaufen, und hatte dabei die Tür offen gelassen?

Sie lehnte sich gegen die Maschine, um auf ihn zu warten. Tappte mit ihrem Stiefel auf die Holzdielen. Dann hörte sie ein schwaches Miauen und bemerkte die geschlossene Tür.

»Monsieur Cavalotti?«

Das Miauen wurde lauter. Sie klopfte an. Wartete, dann öffnete sie die Tür. Ein kleiner Raum mit Hanteln und Gewichten in einer Ecke. Sah aus, als würde er immer noch trainieren.

Sie spürte, wie sich etwas an ihrem Bein rieb. Eine schwarze Katze mit gelben Augen strich an ihr vorbei. Vielleicht war Zette auf ein Gläschen in einem Café eingekehrt? Sie sah auf die Uhr. Lieber wollte sie draußen auf ihn warten.

Die schwarze Katze setzte sich neben ihr auf die Treppe, dann lief sie hinaus in den Hof. Vielleicht hielt Zette auch nur ein Schwätzchen mit einem Nachbarn. Sie folgte der Katze, die vor einer nassen Holztür stand, einem alten Außenabort ganz hinten im Hof.

»Allô?«

Der süßliche, widerliche Geruch von billigem Waschmittel kam aus Zettes Fenster. Die Katze miaute lauter und kratzte an der Tür.

Neugierig betätigte Aimée die Klinke, die sich nur schwer bewegen ließ; die Tür ging einen Spaltbreit auf. Feuchter Schimmelgeruch vermischte sich mit dem Waschmittelgestank. Etwas berührte sie am Arm. Sie drehte sich zur Seite. Und dann sah sie ihn. Zette, der mit dem Kragen an einem Haken an der Tür aufgeknöpft war, Arme und Beine hingen schlaff herab. Sie stieß einen Schrei aus, fuhr zurück und trat der Katze auf den Schwanz. Kreischend stob sie davon. Zettes Hals war in voller Breite, von Ohr zu Ohr, aufgeschlitzt, die schwarz angelaufene Zunge war durch die klaffende Wunde herausgezogen. Eine sizilianische Krawatte.

Sie drückte sich den Unterarm vor Mund und Nase und zwang sich dazu, den Toten anzusehen. Das Weiß in Zettes Augen leuchtete im einfallenden Licht. Der Mörder hatte also dafür gesorgt, dass Zette nicht mehr redete. Wie bei einer Vendetta. Zette Cavalotti war vielleicht kein sehr freundlicher Mensch gewesen, aber diesen Tod hatte er nicht verdient, egal, was er getan hatte. Keiner hatte so einen Tod verdient.

Die Brust war von schwarz-rot geronnenem Blut bedeckt, die rote Joggingjacke war an der Stelle, wo sie am Haken aufgehängt war, aufgerissen. Der Täter hatte gewollt, dass die Leiche nicht so schnell gefunden würde.

Zitternd machte sie sich davon. Irgendwo über ihr gellte eine Mundharmonikamelodie aus dem Kinderprogramm im Fernsehen. Sie rannte aus dem Gebäude und versuchte den Geruch aus der Nase zu kriegen.

Um die Ecke fand sie eine Telefonzelle. Sie wollte nicht ihr Handy benutzen, das zurückverfolgt werden konnte, und wählte die 17 für die Polizei.

»Rue Ronsard 68«, sagte sie und holte tief Luft. »Der Außenabort im Hof, dort riecht es so komisch. Ein alter Mann ist da runtergegangen und nicht wieder rausgekommen, und jetzt machen wir uns Sorgen.«

»Ihr Name, bitte!«

Sie legte auf. Atmete durch. Versuchte das Zittern in den Händen loszuwerden.

Jacques Gagnard war ermordet worden, jetzt Zette Cavalotti, ebenfalls ein Korse, der mit illegalem Glücksspiel zu tun und Verbindungen zur Polizei gehabt hatte. Was hatte das zu bedeuten?

Sie schulterte ihren Rucksack, drehte sich um und wollte schon die Tür der Telefonzelle aufstoßen, als sie bemerkte, dass sie sich direkt gegenüber der Seitentreppe hinauf zu Sacré-Cœur befand.

Dann fiel ihr etwas ein.

Sie wühlte in ihrem Rucksack, fand das Foto, das sie sich aus Juberts Akte ausgedruckt und über das sie Zette hatte ausfragen wollen. Sie betrachtete es.

Die gleichen Stufen wie auf dem Foto. Mittlerweile von Efeu überwachsen, aber exakt die Stelle. Die Treppe, auf der ihr Vater, Morbier, Rousseau und Ludovic Jubert vor Jahren gestanden hatten. Mit Blick auf das Haus, in dem Zette Cavalotti wohnte. Wenn Zette ihren Vater gekannt hatte, warum hatte er nichts davon erwähnt?

Und dann sah sie die beiden breitschultrigen Männer in Daunenjacken und blauen Jeans, die vor der Telefonzelle standen. Es gefiel ihr nicht, wie sie sich vor die Tür drängten. Sie stieß die Tür auf.

»Warum die Eile?«, sprach der Größere der beiden sie an. Er trug eine Sonnenbrille und eine schwarze Wollmütze.

»Kennen wir uns?«

Er grinste und ließ seine gelben Zähne aufblitzen. »Noch nicht. Was hatten Sie da zu suchen?«

Er deutete mit dem Daumen zu Zettes Gebäude.

»Sie müssen mich mit jemandem verwechseln«, sagte sie und drängte sich an ihm vorbei.

Er wich nicht von ihrer Seite. Der andere rückte von der anderen Seite an sie heran. »Das ist nicht Ihre Liga, Mademoiselle.«

»Ich weiß nicht, was Sie meinen.« In ihrer Panik winkte sie einem Mann zu, der sich auf der sonst verlassenen Straße gegen den peitschenden Wind stemmte. »Pierre … warte!« Aber der Mann ging einfach weiter.

Mit einer schnellen Bewegung schob sie sich an den zwei Typen vorbei und eilte den Hügel hinunter, spürte die Blicke der beiden Männer, die ihr folgten, und hörte ihre Schritte auf dem nassen Pflaster. Warum ließ sich niemand auf der Straße blicken? Und wer waren diese Typen?

Sie beschleunigte ihre Schritte. Es dürfte ihnen nicht schwerfallen, sie einzuholen, in einen Hauseingang zu zerren und … als sie sich vorstellte, was dann alles geschehen konnte, sprintete sie los.

Die Straße gabelte sich am Marché Saint-Pierre, dem alten roten Backsteingebäude mit seinen Jugendstilpfeilern. Ein mattgrauer Himmel kündete von Regen, der dann auch nicht lange auf sich warten ließ. Sie rannte in eine Gasse mit kleinen Textilläden. Regentropfen platschten auf die Markisen. Die Stoffballen, die darunter ausgestellt waren, die bunten provenzalischen Muster, die hauchdünnen Chiffons erinnerten sie an einen Basar. Jeder Farbton, jeder Stoff war hier in allen erdenklichen Größen und Längen zu haben. Als sie sich umdrehte, sah sie die beiden *mecs*. Vor ihr lag das Ende der Sackgasse.

Verzweifelt schaute sie sich nach Leuten um, zwischen denen sie sich verstecken könnte. Normalerweise wimmelte es hier von Passanten. Wo waren sie nur? Von der unwirtlichen Witterung ins Ladeninnere getrieben?

Sie saß im Stoffmarkt in der Falle! Aber irgendwo musste es einen Ausweg geben.

Sie bog um eine Ecke. An einer Öffnung in der Hauswand lehnte die Schütte, auf der sonst Stoffe von der Straße in die Keller befördert wurden. Kurzentschlossen kauerte sie sich auf das kalte Eisenblech und hielt sich an den Seitenrändern fest.

»Mademoiselle, das ist für die Stoffe. Sie können da nicht runter!«, rief einer aus dem Schutz seines Lieferwagens.

Klar konnte sie, zum Teufel noch mal!

Sie schlitterte nach unten, bevor die *mecs* sie sahen, und landete in einem weiß getünchten Gewölbe auf Stoffballen. Der Geruch von Seidenfasern kribbelte ihr in der Nase. Sie musste niesen.

»He, Alphonse, bist du das?«, ertönte eine Männerstimme hinter hohen Garnrollen. »Bist du schon mit der letzten Bestellung fertig?«

Schnell. Sie musste raus, bevor er nachsehen kam, und sich durch das unterirdische Labyrinth schlagen. Sie drängte sich in die Schatten, lief los und folgte dem Weg durch die aufgestapelten Seidenballen.

»Alphonse?«

Weiter, blinzelnd, durch die Dunkelheit, ohne zu wissen, wohin der Weg führte. Dann kam sie um eine Ecke, sah Stufen und stieg eine eiserne Wendeltreppe hoch. Öffnete eine Tür und stand mit einem Mal hinter einem Verkaufstresen aus Glas, auf dem sich Stoffballen türmten. Was jetzt? Sie duckte sich, als ein Mann mit einem Maßband um den Hals auftauchte. Ihr Handy fiel zu Boden, sie hörte noch das unheilvolle Knacken, bevor sie sich das Gerät schnappte und durch mehrere Gänge kroch, bis sie zwei braune Slipper vor sich sah und eine magentafarbene Gazewolke sich über ihr bauschte. Sie musste erneut niesen.

»Mademoiselle?«

Sie stand auf. Der magentafarbene Stoff spannte sich um ihren Kopf.

»Mein Handy … mir ist mein Handy runtergefallen«, sagte sie der überraschten grauhaarigen Angestellten. »Entschuldigen Sie bitte.«

Sie befand sich in dem Geschäft neben dem mit der Schütte. Die einzelnen Keller mussten also miteinander verbunden sein. Durch das Fenster sah sie die Typen vor dem Laden nebenan warten. Irgendwie musste sie hier raus, ohne ihnen über den Weg zu laufen. Sie durchquerte den fast leeren Laden, tat so, als würde sie die Tische und die darauf ausgebreiteten Stoffe betrachten, und hatte ein Auge auf die *mecs* draußen. Dann wurde ihr der Weg in einem vollgestopften Gang durch einen Kinderwagen versperrt. Eine Mutter mit einer großen Einkaufstüte versuchte vergeblich, ihr rotwangiges Kleinkind in den Wagen zu bugsieren. Aimée kam eine Idee.

Sie lächelte. »Darf ich Ihnen helfen? Ich bin auch gerade am Gehen.«

»Warum nicht, *merci*«, antwortete die Frau.

Aimée beugte sich zum Kind neben dem Wagen hinunter. »Na, wollen wir dich da mal reinpacken?« Sie hob es in den Wagen. »*Voilà*. Ich schieb auch gleich den Wagen raus, wenn Sie nichts dagegen haben, das macht es für Sie doch leichter.«

»Gern«, entgegnete die Frau. »Ich hab hier doch ziemlich zu schleppen.«

Aimée schob den Kinderwagen nach draußen, zog den Kopf ein, während sie neben der Mutter durch die Gasse ging, und blieb schließlich vor einem Schaufenster stehen. Dann trat sie mit der Fußspitze auf die Bremse am Kinderwagen und rannte los.

Mittwochnachmittag

René beugte sich auf seinem orthopädischen Stuhl nach vorn und starrte auf die Computermonitore. Auf dem ersten aktualisierte und überprüfte er die Registrierungsdatenbank und Benutzerkonteneinstellungen, etwas, was er im Halbschlaf machte. Auf dem anderen Computer betrachtete er die vergrößerte Darstellung eines verformten Geschosses, das aus dem sechszügigen Lauf einer Manurhin PP 7,65 mm mit Rechtsdrall abgefeuert worden war. Er überflog den dazugehörigen, für ihn mehr oder minder verständlichen Text: Lauflänge 98 mm, Halbautomatik mit Abzugssystem nach dem SA/DA-Prinzip, feststehender Lauf und Masseverschluss, Stangenmagazin mit bis zu acht Patronen. Was um alles in der Welt hatte das zu bedeuten?, fragte sich René. Sein Telefon klingelte. Er fuhr zusammen und stieß einen Stapel Ausdrucke um, die auf den Boden flatterten.

»*Allô?*«

»Was Interessantes in der Ballistik gefunden, René?«, fragte Aimée.

Irgendetwas lag in ihrer Stimme; sie klang so gepresst.

»Ich bin ja nicht unbedingt ein Experte auf dem Gebiet«, sagte er. »Einen Moment.« Er setzte ein Headset auf, senkte seinen Stuhl ab, bückte sich und hob die Papiere auf. Vor Schmerzen in der Hüfte zuckte er zusammen.

»Hast du mir nicht gesagt, dass du was nachsehen wolltest?«

In der Leitung war das nervige Piepen eines Lastwagens im Rückwärtsgang zu hören.

»Ich hab dir die Datei gemailt«, sagte sie.

»Hab ich bekommen. Aber der Autopsiebericht findet sich nicht in Laures Akte«, sagte René und legte die Papiere auf den Schreibtisch. »Ich kann also nichts vergleichen.«

»Was vergleichen? Dir ist was aufgefallen, oder, René?«

Aufgefallen? Eher eine Frage, die sich aufdrängte. Vielleicht lag er ja falsch, aber … »Mich hat da nur was gestört.«

Er setzte sich wieder auf seinen Stuhl und passte die Höhe an.

»Schieß schon los, René!«

»Hast du dich nicht gefragt, warum die Täter Laures Waffe benutzt haben – davon gehen wir doch aus?« Er zog an seinem Ziegenbärtchen und sah auf den Bildschirm.

»Doch, darüber hab ich mir auch schon den Kopf zerbrochen.«

»Ist mir nicht anders gegangen, nach dem, was du gestern Abend erzählt hast. Wenn sie gesehen haben, dass Gagnard nicht allein war, und sie ihn aufs Dach gelockt haben …«

»Alors, René«, sagte sie voller Ungeduld.

»Ich hab's dir schon mal gesagt: Wenn, wie Paul behauptet, auf dem Dach zwei Lichtblitze zu sehen gewesen waren, wo ist dann das andere Projektil?« Eine ganz offensichtliche Frage. »Auf deiner Skizze des Daches scheint das Areal zumindest zum Teil umbaut zu sein. Die Kugel könnte also im Kamin stecken oder in den Wänden.«

»Gut möglich.«

»Und jetzt kümmere ich mich um unsere neuen Aufträge«, sagte er und hielt sich eine Wärmflasche gegen die Hüfte. Wärme tat seiner Hüftdysplasie gut. In feuchter Kälte waren die Schmerzen immer besonders schlimm. »Einer muss hier ja schließlich die Arbeit machen.«

Pause.

»René … Zette Cavalotti, der Barbesitzer.«

»Für den Gagnard hin und wieder gearbeitet hat?«

»Ich hab ihn gerade gefunden. Ihm wurde die Kehle aufgeschlitzt, wie bei einer Vendetta … mit einer sizilianischen Krawatte.«

Er holte tief Luft. Kein Wunder, dass sie so nervös klang. Der Fall wurde immer übler.

»Dann haben mich im Marché Saint-Pierre zwei Typen verfolgt.«

»Was? Wenn Zette Opfer einer Vendetta wurde, solltest du das besser den Flics überlassen, Aimée!«

»Oder jemand hat es so hingedreht, dass es danach aussieht«, sagte sie. »Zette hat irgendwas gewusst.«

Ihrem Ton konnte er entnehmen, dass sie nicht aufgeben würde. Noch nicht. Ihn schauderte. »Wenn die beiden nach dir Ausschau gehalten haben, bist du ihnen geradewegs in die Arme gelaufen.«

»Ich werde Maître Delambre Laures Akte zukommen lassen«, sagte sie.

»Aimée, sei vorsichtig. Pass auf dich auf!«

»Tu ich. Und sorg dafür, dass Paul beim Anwalt seine Aussage macht.«

Mittwochnachmittag

Aimée ging in Maître Delambres eichengetäfeltem Foyer auf und ab. Es roch nach modrigem Papier. Die junge Empfangsdame mit ihrer Perlenkette zum blauen Twinset war mit dem Computer beschäftigt und achtete nicht auf sie.

Aimée hatte auf dem Weg zum Anwalt zwei Taxis und die Métro genommen, um sicherzugehen, dass ihr niemand folgte. Seit dem Mord an Zette war sie überzeugt, dass es um etwas Größeres ging.

War René auf etwas gestoßen? René betrachtete Dinge oft aus einer anderen Perspektive, versuchte es mit ungewöhnlichen Methoden. Wie ein guter Hacker.

Dann rauschte Maître Delambre mit wehender schwarzer Robe herein. »Sie sagten, Sie haben Berichte für mich? Lassen Sie sie da, ich werde sie mir heute Abend ansehen, zu Hause.«

»Wir müssen darüber sprechen«, begann Aimée.

»Hören Sie, ich bin in Eile, ich hab jetzt keine Zeit für irgendwelche Besprechungen.« Er knöpfte die Robe auf und hängte sie an die Holzgarderobe. »Catherine«, wandte er sich an seine Empfangsdame, »sagen Sie bitte meine beiden nächsten Termine ab.«

»Maître Delambre!« Aimée war sehr bemüht, sich ihren Zorn nicht anmerken zu lassen. »Es ist wichtig. Es kann nicht warten.«

»Es muss!« Er war blasser als sonst. Sein Unterkiefer wies eine seltsame rote Schwellung auf. »Der Zahnarzt muss bei mir noch mal ran und die Zahnsplitter entfernen, die er letzte Woche bei der Extraktion ›übersehen‹ hat. Sonst bildet sich ein Abszess, und er muss den Kiefer aufschneiden.«

Aimée griff sich ihren Mantel. »Ich komme mit!«

Im überheizten Taxi wählte sie die Nummer des Hôtel-Dieu. »Bitte, erkundigen Sie sich nach Laures Zustand!«

Maître Delambre wischte das Handy weg.

»Mit mir will das Krankenhaus nicht reden«, sagte sie. »Aber irgendwas stimmt mit Laure nicht. Bitte! Mehr will ich von Ihnen jetzt nicht, dann können Sie sich zurücklehnen und …«

»Sie liegt im Koma.«

»Was?« Es lief ihr kalt über den Rücken. Laure, im Koma?

»Ich hab es heute Morgen im Gericht erfahren«, sagte er. »Ihr Zustand ist stabil, aber sie zeigt keinerlei Reaktionen.«

Das Taxi fuhr am Quai entlang. Aimée sah zur graugrünen Seine, deren weiße Wellen gegen die verwitterten Mauern schwappten.

»Zette Cavalotti, der Barbesitzer, für den Jacques Gagnard gearbeitet hat, ist in Montmartre ermordet worden.«

»Ermordet?«

Sie erzählte ihm, wie sie Zette gefunden hatte, und teilte ihm ihre Verdachtsmomente mit.

»Mademoiselle Leduc, Sie sind von Dingen überzeugt, von denen ich noch nicht einmal weiß, ob sie überhaupt irgendetwas miteinander zu tun haben.«

»Überzeugt? Ich befrage Zette, und am nächsten Tag ist er tot. Das nenne ich einen Zusammenhang. Einen ziemlich starken Zusammenhang.«

Maître Delambre hielt sich die Backe.

»Haben Sie den Autopsiebericht immer noch nicht bekommen?«, fragte sie.

»Irgendwo ... in meiner Aktentasche.«

Am liebsten hätte sie ihm die Tasche aus der Hand gerissen und selbst nachgesehen. Sie musste ihm die Dateien zeigen, die sie von ihrer DTI-Diskette ausgedruckt hatte. Wahrscheinlich war er jetzt klarer im Kopf als später, nach der Behandlung beim Zahnarzt. »Diese Berichte haben sich nicht in Laures Akte befunden. Ihnen sollte klar sein ...«

»Welche Berichte?« Er fuhr zusammen und griff sich wieder an die Backe.

»Der detaillierte Bericht der Spurensicherung, der ...«

»Woher haben Sie die?«

Sie reichte ihm eine Dolipran und fischte eine Flasche Vichy-Wasser aus ihrem Rucksack. Er zögerte, warf sich dann aber die Schmerztablette ein und schraubte die Wasserflasche auf.

»Laut Gesetz sollte das alles der Akte beiliegen, die Sie erhalten haben«, sagte sie. »Die Polizei und die Staatsanwaltschaft werden sich kaum weigern können, die Informationen anzuerkennen, oder?«

Er schüttelte den Kopf, wieder verzog sich sein Gesicht vor Schmerzen.

»Jetzt herrscht Waffengleichheit, zumindest im Moment.«

»Ich kann das nicht annehmen, es wäre moralisch verwerflich. Das kann ich mir nicht leisten.«

»Sie können es sich nicht leisten, sie *nicht* anzunehmen. Schließlich wären die Behörden verpflichtet gewesen, Ihnen diese Berichte auszuhändigen.«

Er lehnte sich zurück und schloss die Augen. »Wollen Sie damit sagen, dass diese Berichte absichtlich zurückgehalten wurden?«

»Sie sind der Anwalt. Ist es nicht Pflicht der Polizei, Sie mit allen sachdienlichen Informationen bezüglich ihres Mandanten zu versorgen?«

Das Taxi hielt in Nouvelle Athènes vor einem rußgeschwärzten *hôtel particulier*, in dem mittlerweile Büros untergebracht waren, gleich gegenüber dem Gebäude, in dem George Sand und ihr Geliebter Chopin gewohnt hatten. In den herrschaftlichen Häusern aus dem achtzehnten Jahrhundert residierten jetzt Ministerien, Unternehmen, die dort ihre Konzernzentralen eingerichtet hatten, oder Schauspieler, die reich genug waren, um alles nach ihren Wünschen umgestalten zu können. Oder die Gebäude verfielen einfach und warteten in ihrer vergangenen Pracht auf Immobilienspekulanten.

»Sie bringen mich damit in eine prekäre Position.«

Klar tat sie das. Trotzdem, seine Pflicht als Anwalt war es, im Interesse seiner Mandantin zu handeln. Er konnte die Berichte jetzt nicht mehr ignorieren, nachdem sie sie ihm mehr oder weniger ins Gesicht geschleudert hatte.

»Aber ich kann sie nicht annehmen, falls Sie sie unter Vorspiegelung falscher Tatsachen in Ihren Besitz gebracht haben. Ich will mir wegen eines so simplen Falls die Préfecture nicht zum Feind machen.«

»D'accord«, stimmte sie ihm zu. »Aber wer sagt denn, dass ich sie Ihnen gegeben habe? Sie könnten doch sozusagen einfach vor Ihrer Tür gelegen haben! Sie präsentieren diese Be-

richte. Die Polizei wird sie kaum bestreiten können. Die Dateien enthalten die Namen der jeweils mit der Sache befassten Beamten, das entsprechende Datum sowie die Aktennummer. Außerdem wissen die zuständigen Stellen eh schon, dass das alles kopiert wurde.« Sie biss sich auf die Zunge, damit sie ihm nicht auch noch sagte, dass er schon ein Dummkopf sein müsste, wenn er die Informationen nicht benutzte.

»Kopiert … von jemandem wie Ihnen?«

Sie schüttelte den Kopf.

»Wenn ich das richtig sehe, kommen diese Dateien aus dem polizeiinternen Computernetzwerk, oder?«, sagte er mit zusammengekniffenen Augen.

»Vom STIC, um genau zu sein.«

Er reichte dem Taxifahrer zwanzig Franc und öffnete die Tür. Kalte Luft schlug ihnen entgegen. »Ich muss mir das durch den Kopf gehen lassen.«

Im prasselnden Regen lief sie ihm hinterher.

Delambres Stöhnen drang aus dem angrenzenden Behandlungszimmer. Aimée lächelte der weiß gekleideten Zahnarzthelferin zu, die ein Tablett mit chirurgischen Instrumenten vor sich her trug.

»Valérie, die Klammern bitte!«, ertönte eine tiefe Stimme hinter der offen stehenden Tür.

Valérie, begleitet von Minzgeruch, verschwand im Behandlungszimmer und schloss hinter sich die Tür. Aimée hasste das Warten. Maître Delambres feuchter Mantel hing an der Garderobe neben der Rezeption, darunter stand sein Aktenkoffer.

Die Sprechstundenhilfe hatte sich abgewandt und telefonierte. Mit ihrem Freund, ihrem Gekichere nach zu urteilen.

Aimée griff sich eine Zeitschrift, schlug sie auf, schob das Bein zum Aktenkoffer und zog ihn zu sich heran.

Sie öffnete ihn, fand Laures Akte und legte sie zwischen die Seiten ihrer Zeitschrift.

Autopsien, wie ihr Freund, der Rechtsmediziner Serge, immer zu sagen pflegte, deckten auf, welchen Weg der Tod genommen hatte: Arteriosklerose, Bluthochdruck, ein überlastetes Herz, das Blut in durch Ablagerungen verstopfte Arterien pumpte. Und auch den Weg eines Geschosses durch Gewebe, Organe und Muskeln. Ein guter Rechtsmediziner wie Serge war wie ein Detektiv, der horchte, was der Körper ihm zu sagen hatte, der untersuchte, abwägte und dem Körper seine Geheimnisse zu entlocken versuchte.

Der Autopsiebericht zu Jacques Gagnard, auf Mittwochmorgen datiert, stellte fest: »Verblutet aufgrund Schussverletzung im linken Lungenflügel und Herzen. Eintrittswunde auf linker Brustkorbseite. Geschoss aus rechter Pleurahöhle entfernt.«

Wieder sah sie Gagnard auf dem schneebedeckten Dach vor sich. Sie mochte den Mann nicht, es hatte ihr nicht gefallen, wie er Laure bearbeitet hatte, trotzdem hatte sie ihn retten wollen. Hätte ihn retten können ... nein, nicht mit diesen Verletzungen in Lunge und Herzen. Seine Augen. Einen kurzen Moment hatten sie sich geweitet, seine Lippen hatten sich bewegt, als hätte er ihr etwas sagen wollen. Sie las den Bericht zu Ende und war enttäuscht über die spärlichen Ergebnisse.

Von einem zweiten Geschoss war keine Rede. Sie lehnte sich zurück und dachte nach. War es möglich, dass Gagnard verdeckt ermittelt hatte? War die Polizei bemüht, jemanden aus den eigenen Reihen zu schützen? Würde das, was sie eventuell herausfand, laufende Ermittlungen gefährden? Sie klammerte sich an Strohhalme, und selbst die bekam sie nicht richtig zu fassen.

Mittwochabend

»Und jetzt deinen Schmollmund, Marie-Dominique«, rief der langhaarige Fotograf und drückte den Auslöser der Hasselblad. »Zeig mir deine vollen Lippen!«

Nach zwei Stunden, in denen sie unablässig ihre Bardot'schen Schlauchbootlippen gespitzt hatte, tat ihr der Mund weh. Seine Gauloise qualmte im überquellenden Aschenbecher, Zigarettenrauch hing dick in der Luft. Das schrille Klirren der Kleiderbügel auf der Metallstange trieb ihr Gänsehaut auf die Arme.

»Genau … und mehr! Zeig mir deine Wangenknochen!«

Technorhythmen wummerten im klinisch weiß gestrichenen Fotostudio, einer ehemaligen, umgebauten und mit digitalen Geräten vollgestopften Molkerei.

»Mehr nach vorn beugen … gut!«

Marie-Dominique gab sich lässig und rieb sich das diamantbesetzte Nabelpiercing. Sie versuchte gelangweilt auszusehen. Was nicht schwer war, wenn sie in ihren Netzstrümpfen auf Stiletto-Sneakers herumstakste. Sie schwitzte unter den Scheinwerfern, trotz des bauchfreien schwarzen Rollkragenpullovers, aber darüber trug sie noch eine Jeansjacke und eine schwarze Biker-Lederjacke.

»*Nom de dieu* … sie glänzt ja … Puder!«

Der Visagist mit seinen kurzen blonden Strähnen eilte herbei und betupfte Marie-Dominiques Stirn mit mattem Puder.

»Seine Freundin hat ihn rausgeschmissen«, flüsterte er Marie-Dominique zu. »Er pennt jetzt hier unten. Ich würde ja nie im Erdgeschoss schlafen. Viel zu finster und zu laut, und viel zu viele Einbrecher.« Er zeichnete ihre Lippen mit einem schokoladenbraunen Stift nach.

»*Merde*, jetzt ist meine Inspiration weg. Wir können unmöglich weitermachen!« Der Fotograf trat mit dem Absatz eine Zigarette aus und steckte sich eine neue an. »Das war's für heute.«

»Aber was ist mit den Vénus-de-Vinyle-Aufnahmen?«, fragte jemand.

Als Antwort drehte der Fotograf den Techno nur noch lauter.

Marie-Dominique, froh, früher Schluss machen zu können, legte ihr Outfit ab, schminkte sich aber nicht ab. Félix würde das Make-up gefallen. Manchmal hatte sie das Gefühl, er nahm sie nur noch wahr, wenn sie sich mal wieder eine Pediküre gegönnt hatte.

Als sie in ihre Wohnung kam, fand sie neben dem schwachen Gardenienduft im dunklen Flur eine Notiz von Félix vor: »Eine Krise jagt die nächste. Bin in Ajaccio, komme morgen zurück.«

Er verbrachte mehr Zeit mit Bauarbeitern, Gewerkschaftsvertretern und Ministerialbeamten als mit ihr, ganz zu schweigen von den Festen, die er für seine Kunden ausrichtete. Private Abendessen mit Freunden gab es so gut wie keine mehr. Ihr gesellschaftlicher Umgang beschränkte sich auf Geschäftspartner und Kunden.

Wieder lag ein langer, einsamer Winterabend vor ihr. Sie musste an Lucien denken, seine Musik, wie sich seine Haare um die Ohren ringelten. Seine Halsstarrigkeit.

Sie seufzte, zog Schuhe und Strümpfe aus, genoss den weichen Aubusson-Teppich, in dem sie mit den Zehen versank. Bis zu ihrem sechsten Lebensjahr hatte sie noch nicht mal eigene Schuhe besessen. Hatte sie auch gar nicht gebraucht.

Félix verstand nicht ihren Widerwillen vor dem Laufsteg, der gefühlskalten Clubszene, wo über die Karrieren der Models entschieden wurde, je nachdem, wo und mit wem sie sich sehen ließen. Ihre Kolleginnen spritzten sich alles mögliche Zeug, sie zog Schwarzbrot mit harter Kruste und eingelegte Oliven allemal vor. Oliven aus dem Garten ihrer Familie. Sie dachte an den bitteren Olivenbrei, wenn die Früchte vom Granitstein zermahlen wurden, an das bernsteinfarbene Öl, das in der schattigen Stille vor sich hin tropfte, das langsame Knarren des Mühlsteins, den kreisrunden Pfad, der von unzähligen Maultiergenerationen ausgetreten worden war. Wo es, trotz der großen Hitze draußen, kühl war. Das Summen der Bienen im Rosmarinstrauch, der sich gegen die Wände der Mühle schmiegte. Wo Lucien ihrem Vater jeden Sommer geholfen hatte … bis zu jenem Tag.

Marie-Dominique verscheuchte das Bild. Wenigstens stand sie hier nicht unter ständiger Beobachtung wie dort in dem abgelegenen kleinen Kaff mit seinem archaischen Ehrenkodex, regiert von einem Dorfvorsteher, der auch den Lebensmittelladen führte. Paris mochte grau sein, die Menschen traten sich gegenseitig auf die Füße, doch der Besitzer des *café-tabac* an der Ecke kannte zwar ihren Namen, aber nicht ihre Vergangenheit. Hier war sie frei. Bis Lucien wieder in ihr Leben getreten war.

In der großen, exklusiv eingerichteten Küche, in der sie so gut wie nie kochte, brach sie sich ein Stück vom Baguette ab, schnitt dazu einen Kanten vom *Brébis* ab, korsischem Schafskäse, und stellte sich den erschreckten Gesichtsausdruck des Fotografen vor, wenn er sie jetzt sehen könnte. »Salz! Sorgt bloß dafür, dass du in die Breite gehst. Du musst sofort was dagegen tun, die Wirkung von Abführmitteln lässt da viel zu lange auf sich warten!« Das hatte sie ihn zu einem gertenschlanken Mädchen sagen gehört, das daraufhin gehorsam auf die Toilette gegangen war, um sich den Finger in den Hals zu stecken.

Sie hörte eine Stimme in Félix' Arbeitszimmer. Félix! Hatte er seine Pläne geändert? Sie öffnete einen Spaltbreit die Tür, wollte ihn überraschen, und blieb wie angewurzelt stehen.

Petru, Félix' Faktotum, fläzte sich im Armsessel am Fenster und murmelte in Félix' Telefon. Es irritierte sie, wie er in Abwesenheit seines Chefs alles an sich riss. »Der Leibwächter« hatte sie ihn genannt, als Félix ihn ein Jahr zuvor eingestellt hatte. Heute trug er seine Haare schwarz, gestern waren sie noch weißblond gewesen. Er ließ sie sich öfter färben als die Stylistinnen, mit denen sie zusammenarbeitete.

»... klar steckt Lucien Sarti da mit drin«, sagte Petru mit kehligem Lachen.

Steckte mit drin? Sie hielt den Atem an, lehnte die Tür an und lauschte am Spalt. Was sie hörte, erschreckte sie.

»Die Flics verhaften ihn im Studio«, sagte er.

Hatten sie ihn schon verhaftet, oder würden sie ihn verhaften? Und von wem war überhaupt die Rede? Von Lucien? Er hatte jegliche politische Aktivität abgestritten. Sagte er auch die Wahrheit?

»FLNC-Flugblätter, solche Sachen.«

Wie sie sich gedacht hatte. Lucien hatte nach wie vor mit der FLNC zu tun. Dieser Lügner!

»Alles ist arrangiert. Ich hab sie höchstpersönlich ausgelegt.«

Ihr Herz setzte aus. Darum also ging es. Petru hinterging Lucien.

»In weniger als einer Stunde«, sagte er. Dann drehte er sich dem Bücherregal zu.

Den Rest des Telefonats konnte sie nicht mehr verstehen. Sie wollte schon reinstürmen und Petru zur Rede stellen, aber damit würde sie Lucien nicht helfen, falls wirklich schon belastendes Material gegen ihn platziert worden war. Sie musste ihn warnen. Petrus Pläne zunichtemachen. Aber wie?

Korsen begingen ständig Verrat, verrieten sich aber nie gegenseitig an Außenstehende. Es sei denn … sie sah auf ihre Patek-Philippe, Félix' Hochzeitsgeschenk. Sie lief in den Flur und griff sich ihre Schuhe und den Mantel. Draußen auf der Straße rief sie Félix an. Besetzt.

Sie hinterließ eine Nachricht und beendete mit zitternden Händen das Telefonat. Alles begann wieder von vorn.

Mittwochabend

»Mademoiselle Rousseaus Zustand ist unverändert«, sagte ein gehetzter Dr. Huissard vom Hôtel-Dieu.

Aimée hatte zwanzig Minuten am Telefon gebraucht, bis sie in der Préfecture jemanden dazu hatte überreden können, ihr die entsprechende Genehmigung zu erteilen; fast genauso lang war sie dann im Krankenhaus von einer Station zur anderen weitervermittelt worden, bis sie endlich den Arzt in der Leitung hatte, der Laure behandelte.

»Sie ist jung, das kommt ihr zugute«, sagte Dr. Huissard. »Wir führen Untersuchungen durch, heute Abend wird noch ein CT gemacht. Mehr können wir im Moment nicht tun.«

»Ich will ja nicht taktlos erscheinen, und ich will Ihnen schon gar nicht sagen, wie Sie Ihre Arbeit zu machen haben, aber soweit ich weiß, liegt sie auf einer allgemeinmedizinischen Abteilung. Könnten Sie Laure nicht in eine Spezialabteilung verlegen?«

Sollte Sie Guy bitten, ein Wort für sie einzulegen? Sie könnte ihn anrufen, trotz allem. Vielleicht könnte er irgendwie helfen. Laure zuliebe würde sie ihn anbetteln.

»Doktor, ich kenne einen Augenchirurgen.«

»Keine fremden Spezialisten, das ist hier nicht gestattet. Sie wird im Haus behandelt.«

»Aber ihr Zustand verschlechtert sich doch oder kann sich verschlechtern. Warum also nicht …«

»Ich sollte Ihnen das gar nicht sagen.« Sie hörte ihn seufzen. »Ich habe bereits um ihre Verlegung in die Neurologie gebeten. Leider ist man dort überbelegt. Sobald ein Bett frei wird, wird sich ein Neurologe um sie kümmern. Vielleicht wird sie noch heute Abend dahin verlegt.«

»Kann ich sie sehen?«

»Keine Besucher. Ihr Zustand ist kritisch. Unsere Gefangenenabteilung ist auf solche Fälle nicht eingerichtet.«

»Wie bald kann sie …«

»Mademoiselle, ich verspreche Ihnen, sie ist die Nächste auf der Liste«, erwiderte Dr. Huissard. Er klang nicht unfreundlich. »Aber jetzt muss ich zurück an die Arbeit.«

»*Merci* und vielen Dank für Ihre Bemühungen, Doktor«, sagte Aimée.

Sie öffnete den schuhkartongroßen Kühlschrank unter ihrer Küchentheke. Auf dem Einlegeboden mit der Champagnerflasche und dem schon weit über dem Ablaufdatum liegenden Joghurt befanden sich in weißes Wachspapier geschlagene Metzgereiabfälle.

»Miles, à table«, sagte sie und gab die Abfälle in eine angeschlagene Limoges-Schüssel.

Miles kam, wie es auf den ersten Blick schien, mit einem Lumpen im Maul angetrottet.

»Na, was hast du denn diesmal gefunden?«

Er ließ den Lumpen auf den Boden fallen, schleckte ihr das Bein ab und beugte sich über die Schüssel.

Sie hob den Lumpen auf. Es war Guys Waschlappen. Schwacher Vetiver-Geruch haftete ihm noch an.

»Ich vermiss ihn ja auch.«

Miles Davis sah mit schiefgestelltem Kopf von der Schüssel auf. Manchmal hätte sie schwören können, dass er jedes Wort von ihr verstand.

Sie stellte das Radio an, ein aquamarinblaues Kofferradio aus den 1960ern mit einem JOHNNY HALLYDAY LIVE AT THE OLYMPIA!-Sticker, den sie auf der Straße gefunden hatte, und schaltete auf einen Talkradio-Sender. Aber auch die Anrufer, die sich über die Katze des Nachbarn oder die Steuererhöhungen für Zigaretten beschwerten, konnten sie nicht von Guy ablenken.

Der nächste Sender brachte ein Interview mit Madame Claude, der berühmt-berüchtigten Chefin eines exklusiven *maison close*, das in den Siebzigern beliebte Anlaufstelle zahlreicher Minister gewesen war. Statt erlesener Mädchen verscherbelte Madame Claude mit ihrer rauen, lasziven Stimme jetzt ihre Erinnerungen.

Sie schaltete zu Macha Meryls Sendung auf RTL um, der lauschigen Kummerkasten-Stunde für alle Liebeskranken und Untröstlichen. Seit Jahren präsentierte die knallharte Therapeutin Macha in der spätabendlichen Sendung den zurückgewiesenen und abservierten Anruferinnen Ratschläge der eher drakonischen Art.

»*C'est simple*«, sagte sie gerade, »ein Mann haut aus zwei Gründen ab: wegen einer anderen Frau oder weil die Frau, die er zu lieben glaubt, nicht die ist, für die er sie gehalten hat. *Et voilà*, und dazu muss man kein Wissenschaftler sein: Wenn ein Mann geht, gibt es nur einen Rat – knall hinter ihm die Tür zu!«

Das hatte die rauchige Zigarettenstimme ganz richtig erfasst. Das Leben ging weiter!

Aimée steckte Guys Waschlappen und den Ring mit dem Mondstein, den sie auch noch dazulegte, in einen Umschlag und adressierte ihn an das Krankenhaus. Und wünschte, sie würde sich nicht mehr nach seiner Stimme sehnen. Vielleicht ein Mal noch? Eine Ausnahme, und auch nur, um ihn zu bitten, sich für Laures Verlegung einzusetzen?

Non, Dummkopf. Du rufst ihn nicht an, ermahnte sie sich.

Gleich darauf atmete sie tief durch und wählte die Nummer seines Krankenhauses.

»Doktor Lambert?«, sagte die Rezeptionistin. »Wir leiten seine Patienten an den Chefarzt weiter.«

Seltsam. »Gibt es irgendeinen bestimmten Grund dafür?«

»Doktor Lambert hat eine Stelle bei Ärzte ohne Grenzen im Sudan angenommen.«

Im Sudan? Sie musste sich am Türrahmen festhalten.

»Einfach so?«

»Es hat sich etwas Unerwartetes ergeben. Nur wenige sind auf dem Gebiet der Augenchirurgie so qualifiziert wie Doktor Lambert. Solche Ärzte werden händeringend gesucht. Er hat sich von einem Tag auf den anderen entschieden.«

»*Merci*«, antwortete Aimée, legte auf und warf den Umschlag auf den Tisch. Tränen traten ihr in die Augen. Er war also fort.

»Flieh, flieh ...« Hatte nicht Mallarmé das geschrieben? Guy war also nach Afrika geflohen, um die Blinden und wohl auch sich selbst zu retten.

Laure lag im Koma, und was blieb ihr anderes übrig, als sich ihrem Selbstmitleid zu ergeben? Wie erbärmlich! Erbärmlicher als erbärmlich!

Das Programm wurde von Nachrichten unterbrochen. »Nach neuesten Polizeiinformationen scheinen die Bombendrohungen, die gegen mehrere Regierungseinrichtungen ausgesprochen wurden, auf korsische Separatisten zurückzugehen. Das Innenministerium weigert sich jedoch weiterhin, die Liste der betroffenen Gebäude bekannt zu geben. Mehr dazu jeweils zur vollen Stunde in den Top-Meldungen.«

Korsen. Statt sich selbst zu bedauern, sollte sie lieber etwas unternehmen – nicht Däumchen drehen und darauf warten, dass der Laborbericht auftauchte. Sie musste sich reinhängen, ermitteln, Indizien, Beweise, Zeugen finden. Laure von den Vorwürfen entlasten. Aber wo anfangen?

Sie erinnerte sich an die von Zoé Tardou erwähnte Prostituierte. Wenn sie heute Abend arbeitete, müsste sie jetzt auf der Straße sein.

Aimée strich ihre weiße Bluse glatt, zog den Knoten der schwarzen Krawatte straff und schlüpfte in ihr altes »Le Smoking«-Jackett von Saint Laurent, das sie auf dem Flohmarkt an der Porte de Vanves entdeckt hatte. Dazu noch ihren schwarzen Ledermantel, schließlich wickelte sie sich den Schal um den Hals und ging zur Métro.

Eine halbe Stunde später verließ sie unter dem mit Grünspan überzogenen Jugendstilbogen die Métro-Station. In der Ferne zogen sich die Stufen den *butte* hinauf, daneben lagen kleine Cafés und winzige Theater mit vielleicht fünfzehn Plätzen. Der Wind pfiff durch einen zerbrochenen Dachziegel in der Passage. Der Rauch von verbranntem Holz aus einem Kamin wehte an ihr vorbei.

Auf der steilen Straße schloss ein weißhaariger Mann sein Rad an eine Straßenlaterne. »*Ba waoui*«, sagte er in seinem verschliffenen Dialekt zu einem Mann, der sich in der Kälte die Arme rieb. »Muss morgen nach Paris runter.«

Da war noch der Geist des alten Montmartre, wo man Paris als »unten« ansah.

Grinsend ging sie an ihm vorüber. Er tippte sich an die Mütze. »*Bonsoir, Mademoiselle.*«

»*Et vous aussi, Monsieur!*«

Sie folgte der Pflasterstraße, die an mehreren kleinen Hotels und einer Prostituiertenbar vorbeiführte, wo eine Frau mit Minirock im Schaufenster saß und ihr Hündchen liebkoste. Ein handgeschriebenes Schild verkündete RECHERCHÉ HOSTESSES – Hostessen gesucht. Ansonsten war das rotbeleuchtete Etablissement leer.

Nach der nächsten Ecke machte die enge Straße eine Kurve, und eine Treppe führte hinauf zur Place des Abbesses. Die Stufen schimmerten im Schein einer einsamen Straßenlampe. Gegenüber von dem Haus, auf dessen Dach Gagnard ermordet worden war, entdeckte sie eine grell geschminkte Nutte, genau dort, wo sie laut Zoé Tardou zu finden sein sollte.

»*Bonsoir*«, begrüßte Aimée sie und stieß dabei Atemwölkchen aus.

»Frauen bedien ich nicht, *chérie*«, entgegnete die Prostituierte und verlagerte das Gewicht aufs andere Bein. »Versuch es in der Rue Joubert, da arbeiten sie ohne Zuhälter und ziehen ihre eigene Nummer ab.«

Die Rue Joubert in der Nähe des Kaufhauses Printemps war die Straße der *traditionelles*, der Prostituierten, die Standardpreise verlangten und Kondome benutzten. Dabei gab es unterschiedliche Kategorien: die *marcheuses*, die man auf dem Straßenstrich fand, die *entraîneuses*, die in den Bars arbeiteten, die *caravelles* am Flughafen, die *michetonneuses* auf den Caféterrassen und schließlich, die Exklusivsten der Exklusiven, *les call-girls*.

»Danke für die Info«, sagte Aimée. Wie konnte sie die mindestens vierzig Jahre alte Frau zum Reden bringen? »Vorgestern ist hier ein Flic ermordet worden, haben Sie davon gehört?«

Die Frau ließ den Blick über das Straßengewirr und die geschlossene Front eines Klempnerladens schweifen. Der dunkle Himmel warf seinen grauen Schatten auf die stummen Gestalten, die vor den hellen vierstöckigen Häusern mit eingezogenem Kopf gegen den Wind anmarschierten. Die Szene hätte aus einem impressionistischen Gemälde stammen können.

»Ich weiß, Sie waren bei der Arbeit, aber vielleicht haben Sie ja in der Nacht etwas gehört oder gesehen.«

»Mit Flics hab ich nichts zu schaffen.«

»Ich auch nicht. Aber meiner Freundin, einer Polizistin, wird vorgeworfen, ihren Partner erschossen zu haben.«

»Und sie war's nicht?« Kurz starrte sie Aimée an. Natürlich hatte die Prostituierte alles darüber gehört.

»Man will es ihr anhängen, und ich schulde ihr einen Gefallen«, sagte Aimée. »Waren Sie am Montagabend hier?«

»Ich bin jede Nacht hier.« Die Frau lachte.

»Dann haben Sie so gegen elf Uhr, mitten im dichtesten Schneetreiben, den Schuss gehört?«

»Was ist dir die Sache denn wert?«

Aimée zog einen Hundert-Franc-Schein aus der Tasche.

In diesem Moment kam ein Mann mittleren Alters im Wollmantel vorbei, blieb stehen und sah zu Aimée. »Die Nacht ist kalt, na, wie wär's, willst du mich nicht etwas wärmen?«

Aimée schüttelte nur den Kopf.

»*Alors*, das ist meine Ecke«, kam es sofort zornig von der Frau.

»Ist doch schön, mal neues Blut zu sehen, Cloclo. Wir wär's mit einem flotten Dreier? Mit deiner neuen Freundin?«

Cloclo – Jargonausdruck für Flitter und billigen Modeschmuck – trat aus dem Schatten und hakte sich an seinem

Arm ein. »*Du* bist mein Freund, *chéri.*« Sie zog mit ihm ab. »Ich mach dir auch einen Sonderpreis, weil du der Letzte für heute bist.«

»Cloclo!«, rief Aimée hinterher.

Cloclo drehte sich um und lachte nur.

Aimée hielt mehrere Hundert-Franc-Scheine hoch und deutete zum beleuchteten Café-Bar-Schild neben dem kleinen Hotel in der Rue Véron. Cloclo nickte, bevor sie um die nächste Ecke verschwand.

Chez Ammad, so hieß die Bar. Dort konnte sie sich bei einem Glas Rotwein aufwärmen, bis Cloclo auftauchte – falls sie es tat. Angesichts der Krähenfüße, die auch das starke Make-up der Prostituierten nicht verbergen konnte, ging Aimée aber davon aus, dass die von ihr in Aussicht gestellten Francscheine ihre Wirkung nicht verfehlen würden.

Der junge Mann hinter der Theke lächelte ihr zu. Er hatte kurzgeschnittene Haare, im Mund nur noch kaputte Zahnstummel. Entweder ein Straßenkämpfer oder zu viele Süßigkeiten. Aimée ging von Letzterem aus.

Es war ein Café für die Anwohner. Eine gute Gelegenheit, sich umzuhören. Vielleicht war ja jemandem am Montagabend etwas aufgefallen. Allerdings sollte sie es langsam angehen lassen, sonst machten die Leute hier dicht.

Der Wirt schob eine Kassette in einen Kassettenrecorder, kurz darauf übertönte Dalidas Stimme die Gespräche im Lokal. Der lange holzgetäfelte Raum erinnerte an einen Bus – an einen Bus, bei dem sie sich wünschte, sie wäre nicht zugestiegen. Dicker Zigarrenqualm hing über einem Tisch mit Backgammon-Spielern mittleren Alters, gutsituierten Bürgern oder Beamten, nach ihren teuren Lederschuhen zu schließen.

Sie sehnte sich nach einer Zigarette. Am nächsten Tag um 9.37 Uhr würde es genau vier Tage her sein, dass sie aufgehört hatte. Es wäre ihr lieber gewesen, sie würde nicht die Minuten zählen. Sie sah sich um, versuchte einzuschätzen, wen sie ausfragen könnte, und deutete auf das Getränk, das der Mann neben ihr vor sich stehen hatte.

»Das Gleiche«, sagte sie.

Ihr Thekennachbar blickte auf. »Sie sind eher der aktive Typ.« Mit seinen zusammengekniffenen Augen und breiten, schwieligen Händen hätte er der Bruder des Barkeepers sein können. »Ich bin Theo.«

»Ich kann immer noch einen Handstand und ein Rad schlagen, ohne mir die Hosen aufzureißen«, antwortete sie.

Ihm gingen die Augen über, und er grinste. »Hast du das gehört, Marcus?«, sagte er zum Barkeeper. »Wir haben hier eine Akrobatin!«

»Den Zirkus hab ich an den Nagel gehängt«, sagte sie und legte drei Franc auf den Tresen. »Ganz schlechte Sozialleistungen.«

Hoffentlich kreuzte die Nutte bald auf, damit sie nicht so lange warten musste. Der Geruch nach nasser Wolle und der dicke Zigarrenqualm bekamen ihr nicht.

»Siehst du, Marcus? Die Maurergewerkschaft ist nicht die Einzige. Die Gerüstbauer sind auch dabei.«

Hatte das zufällig etwas mit dem Gerüst am Haus zu tun, auf dem Gagnard getötet wurde?

»Sie arbeiten auf der Baustelle dort drüben?« Sie deutete zum Fenster.

Einer der Zigarrenraucher sah auf. »Theo ist doch schuld an dem ganzen Krach. Geht jetzt schon ein halbes Jahr so. Und dabei war die Genehmigung des Bauausschusses nur für zwei Monate ausgelegt.«

»Hat euch jemand zufällig um eure Meinung gefragt?« Theo runzelte die Stirn.

Ölschwaden vom Kerosinofen lagen in der Luft. Aimées Nase juckte, sie musste niesen. Theo, stellte sie fest, war in den Anblick ihrer Beine vertieft.

Der Burgunder, samtig und mit vollem Körper, hinterließ einen herben Nachgeschmack.

»Sollen wir vielleicht schneller arbeiten, damit dann alles in sich zusammenkracht?« Theo warf die Arme in die Luft.

»Alles Gewerkschaftsgeschwätz, typisch«, sagte der Zigarrenraucher. »Rumjammern, mehr können die nicht.«

»Die Fundamente stehen auf Kalkstein, der ganze Hügel ist durchlöchert. Da muss man mit Samthandschuhen ran, wenn man nur ein paar Zentimeter Erde umpflügen will.«

»Da hat er recht«, sagte Marcus und wischte über den Tresen. »Wir haben uns hier eine Sondergenehmigung besorgen müssen, weil wir eine Wasserleitung neu legen wollten!«

Eine lebhafte Diskussion setzte ein, die sie an das Dorf ihrer Großmutter in der Auvergne erinnerte, wo an den Winterabenden das Café ebenfalls der gesellschaftliche Treffpunkt gewesen war.

Das war ihr alles vertraut, so vertraut wie eine alte Wolldecke. Nur trafen sich hier keine Bauern, sondern ein Querschnitt durch die Einwohnerschaft des *butte*: Maurer, Intellektuelle, ein Reporter der Satirezeitung *Le Canard Enchaîné* sowie pensionierte Beamte.

Der Barkeeper Marcus schenkte ihr zwinkernd nach. »Geht auf Theo.«

»Santé«, sagte sie, hob ihr Glas und hatte das Gefühl, dass der ideale Zeitpunkt für ihre Fragen gekommen war. »Auf der Baustelle hat es doch eine Schießerei gegeben, oder?«

»Hat bloß zu einer weiteren Verzögerung geführt«, antwortete er.

»Wie?«

»Eine Polizistin soll einen Polizisten umgelegt haben.«

»Ach? Da hab ich was anderes gehört«, sagte sie. Es wurde ruhig. »Meine Nachbarin hat irgendwelche Typen gesehen, die auf dem Dach rumgeballert haben, keine Polizisten.«

»Was will Ihre Nachbarin in dem Schneetreiben schon gesehen haben? So viel Schnee wie in der Nacht ist noch nie gefallen.«

»Aber gleich nach den Schüssen soll das Schneetreiben nachgelassen haben«, sagte Aimée.

»Wenn man in so einem Wetter überhaupt was sehen will, braucht man schon ein Infrarotgerät.«

Bevor sie weitermachen konnte, kam Cloclo herein und nickte den Stammgästen zu. Dann entdeckte sie Aimée. Cloclo deutete auf einen Tisch ganz hinten unter dem schrägen, rußgeschwärzten Glasdach. Sie musste an ihren Großvater denken, der gesagt hatte: »Prostituierte sind tausendmal ehrenwerter als Schauspielerinnen. Erstere verkaufen nur ihren Körper, Letztere ihre Seele und mehr.«

»Du kannst für mich schon mal einen Pastis bestellen«, sagte Cloclo, als sie an Aimée vorbeiging.

Bis Aimée mit den Getränken an den Tisch kam, hatte Cloclo schon ihren langen schwarzen Mantel ausgezogen. Funkelnder Modeschmuck klimperte in ihrem tiefen Ausschnitt, an den Handgelenken trug sie pastell- und pinkfarbene Diamonique-Armreifen.

»Kein Wunder, dass Sie sich Cloclo nennen«, sagte Aimée.

»Ich bin den ganzen Tag auf den Beinen. Da hab ich gern was, was mich aufheitert.«

Nicht nur auf den Beinen, auch auf den Knien, dachte sich Aimée, als sie die gezogenen Fäden und die Laufmasche in ihren schwarzen Strümpfen bemerkte. Aimée schob Cloclo die versprochenen Francs unter dem Tisch in die ausgestreckte Hand. Cloclos billiges süßes Parfüm vermischte sich mit dem Anisgeruch des Getränks.

»Wir können uns schon unterhalten, aber ich hab nicht viel zu sagen.«

Toll. Sie hatte ihr gerade ihr letztes Bares gegeben. Keine Taxifahrt nach Hause, und das in einer Nacht, in der das Wasser im Rinnstein zu gefrieren drohte.

»Hören Sie, Cloclo, wenn Sie mir helfen, helfen Sie auch meiner Freundin. Sie liegt im Koma, sie hat einen Schlag gegen den Kopf bekommen. Recht viel schlimmer kann es für sie nicht mehr werden.«

»Diese Freundin … deine Freundin, sie ist ein Flic, oder?«

Aimée nickte. »Wir sind miteinander befreundet, seitdem wir zehn waren. Unsere Väter waren Polizisten hier. Laure hat immer unter ihrem Minderwertigkeitskomplex gelitten. Ihre Hasenscharte …«

»Die kenne ich. Noch jung«, unterbrach Cloclo.

»Sie hat Sie anständig behandelt?«

»Sie hat mich in Ruhe gelassen.« Cloclo goss Wasser in ihren Pastis und rührte die milchige Flüssigkeit um, nahm einen langen Schluck und ließ dabei Aimée nicht aus den Augen. Aimée versuchte den Anisgeruch auszublenden.

»Laure hätte nie ihren Partner umgebracht. Ganz egal, was passiert.«

»*Ihn* habe ich nicht gemocht.«

Aimée horchte auf. »Ihren Partner, Jacques Gagnard?«

Cloclo schüttelte den Kopf und strich sich über die mit schwarzem Stift nachgezogene Augenbraue.

»Wissen Sie, was Gagnard auf dem Dach gemacht hat?«

»Gagnard meine ich nicht«, sagte sie und sah auf ihre Diamonique-Uhr.

Erstaunt beugte sich Aimée vor. »Wenn meinen Sie dann?«

Cloclos Blick verfinsterte sich.

»Es ist schon spät«, sagte sie.

Hatte sie Angst? »Tut mir leid. Ich dachte, Sie meinen ihren Partner Gagnard.« Aimée spürte, wie Cloclo mit ihren schwarzen Stilettos auf den Holzboden klopfte.

»Nein, den anderen. Der meint, die Straße gehört ihm, Sie kennen die Typen!«

Aimée musste an den Musiker denken, den sie im Hauseingang gesehen und den Conari als Lucien Sarti identifiziert hatte.

»Dunkler Teint, dunkle Augen, dunkle Haare, Musiker. Meinen Sie den?«, fragte Aimée

»Nicht den Gutaussehenden.«

»Dann weiß ich nicht, wen Sie meinen.«

»Den Typ, der mir immer das Leben schwermacht – ein ungehobelter Typ. Nicht der mit seinem Musikkoffer.«

Ganz in ihrer Nähe kratzte ein Stuhl über den Boden, eine Stimme ertönte. *»Adieu, mes amis.«*

Cloclo winkte einem Alten hinterher, der zum Ausgang schlurfte.

»Kennt dieser andere Laure und ihren Partner?«, fragte Aimée

»Keine Ahnung«, antwortete Cloclo. »Aber er reitet immer auf seinen Beziehungen rum, du weißt schon, und will immer eine Freinummer.«

In Aimées Kopf machte es »Klick«. Wenn sie die einzelnen Details zusammenfügen könnte, würde so einiges passen.

»Haben Sie diesen Typen mit dem Partner meiner Freundin gesehen?«

»Ich hab gesehen, wie sie sich in dieser Bar in der Rue Houdon unterhalten haben.« Cloclos Blick huschte durch das Lokal.

Eine Verbindung, endlich. »Bei Zette? Hat dieser Typ auch einen Namen?«

Sie zuckte mit den Schultern. »Diese Korsen bleiben doch immer unter sich, nicht wahr?«

»Ein Korse, Sie sind sicher?«

Cloclo nickte. Ihr Schmuck klimperte auf ihrem ausladenden Dekolleté.

Gagnard hatte also Zette gekannt und war mit diesem anderen Typen gesehen worden. Der beide umgebracht hatte? Warum?

»Wo kann ich diesen Korsen finden?«

»Den willst du nicht kennenlernen, glaub mir. Aber er geht in so einem Chichi-Haus ein und aus, von meinem Platz aus nur ein paar Hausnummern weiter.«

»Sie meinen das schicke Stadthaus gleich neben Nummer 18?«

»*Oui.*«

»Irgendeine Idee, wo er dort wohnt?«

Sie zuckte erneut mit den Schultern und kippte ihren Pastis.

»Wie sieht er aus?«

»Wie jeder mit Kohle. Gold um den Hals, schicker Haarschnitt, teure Klamotten.«

Jetzt zum Wichtigen.

»Haben Sie einen Schuss gehört, Cloclo?«

Sie schüttelte den Kopf. »Ich war bei der Arbeit, *chérie.*«

»Irgendwas gesehen?«

»Wie gesagt.« Sie verdrehte die geschminkten Augen. »Bei der Arbeit. Der Gutaussehende ist von der Pigalle heraufgekommen und hat im Hauseingang gestanden, du weißt schon, dort, wo sich die Straße teilt.«

Aimée versuchte sich den Blick von Cloclos Platz aus zu vergegenwärtigen und dann die Stelle, an der Sarti gestanden hatte. Wenn er von der Pigalle kam, hätte er dann Zeit gehabt, Gagnard umzubringen und anschließend Laure anzugreifen? Was war mit diesem anderen Typen?

»Hier, meine Nummer«, sagte Aimée und reichte Cloclo ihre Visitenkarte. »Rufen Sie mich an, wenn Sie diesen Korsen wiedersehen. Egal, ob am Tag oder in der Nacht. Dann springen noch mal ein paar Francs für Sie heraus.«

Mittwochabend

Lucien Sarti stieg von der Avenue Junot die ausgetretenen Stufen hinauf. Die Kälte stach in den Lungen. Die steile Treppe wurde in unregelmäßigen Abständen von altmodischen grünen Straßenlampen gesäumt, wie es sie auch in seinem Dorf gegeben hatte. Wären die Kälte und der Wind nicht gewesen, hätte er sich fast wie zu Hause fühlen können. Sein Puls raste, trotz der Enttäuschung. Der Tonmeister hatte ihn im Studio mit einem langen Gesicht empfangen und ihm mitgeteilt, dass die Session abgeblasen sei, anschließend hatte er ihn in die Rue Lepic 63 geschickt, die Treppe hoch.

Lucien vermutete, dass Félix Conari zu irgendeinem Meeting unterwegs war und sich dort mit ihm treffen wollte, um ihm mitzuteilen, dass SOUNDWERX vom Vertrag zurückgetreten war.

Na, großartig! Er hatte keinen vernünftigen Wintermantel. Die Flics hielten wahrscheinlich nach ihm Ausschau. Und auch sonst wusste er nicht, wie es weitergehen sollte.

Wildkräuter wuchsen in den Ritzen der alten Mauern, aber von ihrem Duft war in der feuchten Kälte nichts zu riechen. Oben auf dem Hügel wurde der Pfad flacher, Holunderbüsche, Eschen und Platanen ragten neben ihm auf. Ein Gipsbrocken, größer als er selbst, blockierte den Weg. Farnähnliche Götterbaumzweige breiteten sich über den bröckeligen Stein, auf den regennassen Blättern schimmerte das Licht des Halbmonds. Er stolperte über einen herausstehenden Pflasterstein. In den Sträuchern ein Rascheln, dann stoben Amseln und schwarzweiße Elstern auf. Hinter ihnen schwirrte es im braunen Laub.

Nahezu unberührte Natur im Herzen von Paris. Er hatte bislang überhaupt nicht gewusst, dass es hier so etwas gab.

Vor sich sah er eine Frau unter einer Straßenlaterne. Sie trug einen dunklen Mantel, ihre Augen unter der malvenfarbenen Strickmütze schimmerten. Er hätte sie überall erkannt.

»Marie-Dominique!«

War sie von Conari dazu überredet worden, hier auf ihn zu warten, um ihm die bitteren Neuigkeiten zu versüßen?

»Hierher, Lucien.« Sie winkte ihn zu einer Stelle, wo sich die Zweige einer Feige mit denen einer Zypresse verwoben.

»Was für ein Treffpunkt, Marie-Dominique.«

»Das ist die Macchie von Montmartre. Sie erinnert mich an zu Hause.« Sie deutete mit ihrem schwarzen Lederhandschuh auf irgendwelche Stängel. »Ich hab es entdeckt. Wunderbar, *non*? Eine alte Frau hat mir erzählt, dass hier der Bauernhof ihrer Großmutter gestanden hat. Dort drüben war die Tränke für die Tiere.«

Lucien sah nur dunkle Steine und Gestrüpp.

»Die alten Mauern haben zu einer Mühle gehört, in der Weizen gemahlen wurde.«

Lucien trat über einen Strauch und sah hinter einer Steinmauer die schattenhaften Flügel einer Windmühle.

»Früher hat es hier Dutzende von Mühlen gegeben«, sagte sie. »Jetzt gibt es nur noch zwei.«

Die nadelspitzenfeinen Lichter von Paris leuchteten wie Glühwürmchen, die in einem Netz aus Farnen gefangen waren. In der stillen Dunkelheit nahm er Marie-Dominiques Duft wahr. Er hätte sie gern in den Arm genommen.

»Du bist in Gefahr, Lucien.« Ihr Ton hatte sich verändert.

»Ich weiß. Anscheinend ist die Polizei an mir interessiert.« Sehnsucht erfüllte ihn. Allein schon ihr Anblick machte ihm Gänsehaut.

»Die auch? Ich hab erfahren, dass Petru im Studio FLNC-Material versteckt und die Polizei informiert hat, damit sie dich verhaftet.«

»Petru?«

»Er arbeitet für uns, ist aber in andere Dinge verwickelt. Ich hab Félix eine Nachricht hinterlassen und ihn gewarnt, dass Petru dich zu hintergehen versucht.«

»Ich kapier das alles nicht.«

Marie-Dominique trat einen Schritt zurück. »Täusche ich mich? Diese Gruppe, der du und deine Freunde angehört habt …?«

Félix. Jetzt Marie-Dominique. Er war das alles leid. »Ich hab mich angemeldet und bin mit meinem Bruder und meinen Freunden zu genau *einem* Treffen gegangen. Das hab ich dir erzählt. Wie kannst du annehmen, dass ich zu einer Gruppe gehöre, die noch nicht mal mehr politische Ziele verfolgt? Sie sind Banditen! Sie treiben Schutzgelder ein und sprühen überall den Maurenkopf an die Wand, damit es aussieht, als ginge es bei ihren Bombenanschlägen um etwas Politisches.« Er trat gegen einen losen Pflasterstein, der polternd im Gebüsch verschwand. »Die wahren Separatisten wollen Freiheit für Korsika, aber doch nicht so!«

Sie sah weg. Er packte sie am Arm. »Ich hätte es mir denken können. Luca, mein kleiner Bruder, hat auf dem Kasernengelände gearbeitet, bis die Gewerkschaft zum Streik aufgerufen und die Baustelle geschlossen hat.«

»Hör auf mit den alten Geschichten, Lucien. Es ist doch immer das Gleiche!«

»Das Gleiche?« Sie sollte es endlich begreifen! »Luca hat sein Werkzeug vergessen, also ist er zurück, um es zu holen. Die Banditen, die sogenannten ›Gewerkschaftler‹, haben ihn für einen Streikbrecher gehalten. Am nächsten Tag haben sie meiner Mutter seinen Leichnam gebracht. Oder was davon noch übrig war.«

Er zitterte. Lucas blutiger, geschundener Körper mit dem auf die Brust gemalten Maurenkopf stand ihm deutlich vor Augen.

»Das tut mir leid, das hab ich nicht gewusst«, sagte sie.

»Ich hab mich gemeldet, weil ich benebelt war vom Alkohol und Idealismus. Ein großer Fehler!« Wieder trat er gegen den Boden. »Nichts wird sie aufhalten, sie und diese Immobilienunternehmen, die die Küste verschandeln und das Land ruinieren …«

»Du gibst jetzt also Félix die Schuld?« Ihre Augen funkelten.

»Ich hab von den Immobilienunternehmen gesprochen, die das Land kaputt machen. Was hat er damit zu schaffen?«

»Als ob du das nicht wüsstest! Seine Verträge mit dem Militär, die Bauprojekte, an denen er beteiligt ist … er ist im Moment sogar dort. Irgendwelche Probleme mit einem Projekt für das Ministerium. Er will nur das Beste für die Insel.«

Das Beste?

»Das hab ich nicht gewusst. Du hast dich verändert, Marie-Dominique. Ich hab gedacht …« Er hielt inne und zerbrach einen Holunderzweig. Er konnte sich nicht mehr zurückhalten. »Ich hab es nie verstanden. Jetzt weiß ich es. Dein Cousin Giano, er hat uns in der Höhle gesehen und dann dafür gesorgt, dass wir uns nicht mehr treffen konnten. Also hat deine Familie dich nach Paris geschickt, um dich mit Félix Conari zu verheiraten.«

»Ich hab eine Vendetta verhindert.«

»Vendetta?« Sie klang wie seine Mutter. »Es hat sich vieles verändert. Den Jungen ist das egal, sie hassen die Auseinandersetzungen, die Morde. Ich hätte den Mund aufmachen und deinem Vater alles erklären sollen. Vielleicht war die Vendetta auch nur eine Ausrede. Du hast dich bereit erklärt, einen reichen Mann zu heiraten. Vielleicht hast du es auf ein gutes Leben abgesehen. Aber Conari? Ein alter Gauner.« Am liebsten hätte er sich auf die Zunge gebissen. Das hatte er nicht sagen wollen.

»Wie kannst du so über Félix reden?« Ihr Blick war schmerzerfüllt. »Er versucht dir nur zu helfen … deiner Karriere. Aber du, du schlägst wie immer blind um dich, ohne Rücksicht auf die Gefühle anderer.«

Scham und Zorn erfüllten ihn. Hatte er alles falsch gemacht? Hin und her gerissen sah er auf den Boden. Er sollte gehen, fühlte sich aber wie gelähmt.

»Das ist es, was ich hier vermisse, den Geruch der Macchie«, sagte er.

»›Die Macchie hat keine Augen, sieht aber alles‹«, erinnerte Marie-Dominique ihn.

Sah sie auch, wie es in ihm gärte? Sah Marie-Dominique es?

»Ich bin spät dran, ich muss noch wohin«, sagte Lucien. Seine Beine gehorchten ihm wieder.

Ihr Gesicht lag im Schatten.

»Du bist immer noch ein schrecklicher Lügner, Lucien.«

Sie schob sich an ihm vorbei, blieb stehen, stand auf der Treppe, während im Licht der Straßenlampe die Regentropfen auf ihrem Wollmantel glänzten. Sie stand mit dem Rücken zu ihm. »Du verstehst es nicht.«

Und dann endlich kapierte er es. Er war für sie nie etwas Ernstes gewesen. Ein Flirt nur, den man leicht vergessen konnte.

»Du hast keine Ohren, um zu hören, was ich dir sage«, sagte Marie-Dominique.

Sie hatte sich verändert. War härter geworden. Wo war seine Marie-Dominique mit den sandigen Füßen und den Händen voller Olivenölflecken geblieben?

Ihre Absätze klackerten auf den Steinstufen, und als er in ihre Richtung sah, war sie bereits um die Ecke verschwunden.

Lucien zog den Kragen höher und sah zu den Nebelschwaden, die über die Gebäude trieben. Ihm war kalt, er war allein, unter ihm lag das Murmeln von Paris. Er hätte jetzt eigentlich seine Lieder aufnehmen sollen, aber Conari war auf Korsika, die Flics und dieser Petru hatten es auf ihn abgesehen, und Marie-Dominique hatte ihn erneut verlassen. Von einer Sekunde auf die andere stand er vor den Trümmern seines Lebens – so sagte man doch. Auf ihn traf das jedenfalls zu.

Das Pech klebte an ihm. Seine *grand-mère* hätte es auf den »bösen Blick« geschoben. Aberglaube, alles Aberglaube. Er glaubte an die Wissenschaften, die Empirie. Trotzdem musste er an die alte *mazzera* denken, die »Hexe«, wie sie im Dorf genannt wurde. Sie wusste angeblich, wie man den bösen Blick bannen konnte.

Er sah ihren stechenden Blick vor sich, die blassen Augen, ihre Runzeln, den schwarzen Schal, in dem der Duft der von ihr verwendeten Kräuter steckte, das angelaufene Silberkreuz und die Amulette, die sie um den Hals trug. Er hatte noch kurze Hosen getragen, hatte auf dem Dachboden unter der Luke geschlafen, als er sie besuchte. Ein Ausschlag hatte seine Hände bedeckt, er hatte ihn unter der Schulbank zu verbergen versucht, aber ein älterer Junge, den er gebeten hatte, ihm eine Zwille zu schnitzen, hatte es gesehen und sich über ihn lustig gemacht: »Du hast ja Lepra!«

In seiner Verzweiflung, seinem Wunsch, den Ausschlag wieder loszuwerden, war er zur *mazzera* gegangen. Das Steinhaus mit dem einzigen Raum roch nach Rauch und Schweineschmalz. Rauchwürste und Schinken hingen der Reihe nach an den Dachbalken. Die Alte neben dem Holzofen, auf dem der angeschlagene Emaille-Kaffeetopf stand, blickte auf.

»*Petit*, du bist gekommen, um mir meine *sangliers* abzukaufen?«, fragte sie mit ihrer seltsam hohen Stimme.

Sie räucherte die besten Wildschweinwürste des Dorfes.

»N-nicht unbedingt«, stammelte er.

Ihr Blick durchbohrte den rauchigen Dunst.

»*Non*, natürlich nicht. Du brauchst meine Hilfe«, sagte sie. »Zeig mir deine Hände.«

Überrascht trat er vor, vorbei an dem schlafenden, zu ihren Füßen zusammengerollten Hund.

Mit gesenktem Blick zeigte er ihr seine Handflächen. »Maman hat es mit Salben probiert, mit Olivenölseife, aber es hat nichts genützt.«

»Du willst, dass es weggeht und deine Freunde sich nicht mehr über dich lustig machen.«

Woher wusste sie das? Er nickte und tappte unruhig auf dem unebenen Holzboden hin und her.

»Das ist ein Zeichen, *petit*. Frag dich selbst, warum.«

Erstaunt machte er einen Schritt nach hinten. »Sie sollen doch …«

»Ich sehe Dinge«, krächzte sie. Der Hund schlug mit seinem Schwanz. »Du hast ein Versprechen vergessen, nicht wahr?«

Ein Versprechen? Hatte er am Morgen die Hühner nicht gefüttert?

»Ich meine, du hast vergessen, was du ganz tief in dir eigentlich weißt. Also haben dir die Geister eine Erinnerung geschickt.«

Sie schlug dreimal das Kreuzzeichen auf seiner Stirn und Brust, murmelte Worte in einer Sprache, der er nicht verstand. Es klang irgendwie nach Latein. »In den nächsten drei Nächten siehst du in den Himmel und bittest deine Vorfahren um Hilfe.« Sie gab Kräuter und Eberschmalz in einen kleinen Mörser und zerrieb das Ganze mit einem Stößel zu einer übelriechenden braunen Paste.

»Und danach schmierst du dir das auf die Hände«, sagte sie. »Jede Nacht, in den nächsten drei Nächten. Vergiss das nicht.«

Er langte in seine Tasche und zog ein getrocknetes Bündel mit von ihm gesammeltem Salbei heraus. Er reichte es ihr.

»*Merci*, mein guter Junge. Du achtest die alten Bräuche.«

In den folgenden drei Nächten starrte er zu den funkelnden Sternen und bekreuzigte sich. Und dachte nach. Das Versprechen, das er seinem Großvater gegeben hatte, fiel ihm wieder ein – das Versprechen, die musikalische Tradition der Familie fortzuführen. Er trug die schreckliche Paste auf, und vor sich sah er das Gesicht seines toten Großvaters.

Am vierten Tag, als er auf der Schulbank Platz nahm, bemerkte er, dass der Ausschlag fort war. Ebenso der ältere Junge. »Ist nach Bonifacio gezogen«, sagte der Lehrer. Mitsamt seinen Zwillen.

Er erfuhr nie, ob die abscheuliche Paste oder seine Ermahnungen oder beides gewirkt hatten.

Jetzt hatte er keine *mazzera*, die den Fluch von ihm nehmen könnte. Er verstreute eine Handvoll Brösel für die Amseln, die auf einer kahlen Platane hockten, und machte sich auf den Weg nach unten.

»*Bonsoir*«, sagte Aimée. »Ich würde gern Lucien Sarti sprechen, *s'il vous plaît.*«

»Wer ist am Apparat?«, fragte die Frau.

»Aimée Leduc.«

»Er ist nicht mehr da. Ist vor ein paar Tagen gegangen.«

Was sollte sie jetzt sagen? Sie musste sich etwas einfallen lassen!

»Arbeitet er nicht in einem Club? Ich bin eine Mitarbeiterin von Félix Conari. Es gibt ein paar Probleme mit seinem Musikvertrag. Ich müsste unbedingt mit ihm reden.«

Pause. Ein zischendes Geräusch war zu hören. Hantierte die Frau mit einer Pfanne?

»Geben Sie mir Ihre Nummer. Wenn er sich meldet ...«

»06 57 89 42. Bitte, er soll mich so schnell wie möglich anrufen.«

Sie legte auf. Ein hungriger Musiker sollte darauf anbeißen. Hoffte sie. Kurz darauf vibrierte ihr Handy. Na, wer sagte es denn? Er war hungrig.

»*Allô?*«

»Entschuldigen Sie den späten Anruf. Hier ist Yann Marant.« Im Hintergrund waren laute Stimmen zu hören. »Ich bin gerade mit der Arbeit fertig. Ich hab was, was vielleicht mit Ihren Ermittlungen zu tun haben könnte. Vielleicht auch nicht.«

Der Durchbruch? Endlich?

»Können wir uns treffen? Mein Handy spinnt irgendwie«, sagte sie.

»Café Noctambule. Es ist laut, aber ich kenn mich in der Gegend kaum aus.«

»Kein Problem.«

Yann Marant stand im Café Noctambule, einer Kneipe mit Rauchglasspiegeln aus den Siebzigern an den Wänden. Auf der kleinen Bühne schmachtete ein Mann mit hochtoupierten Haaren Chansons. Das Lokal war gesteckt voll, Paare tanzten zur Musik eines Akkordeons und dem Rhythmus einer Schnarrtrommel.

Marant winkte ihr zu. »Hier!«

Neben ihm stritten sich zwei Frauen und fauchten sich wie Katzen in einer Gasse an. Ein kleiner, sanftmütig wirkender Mann beobachtete alles mit breitem Grinsen.

Marant hielt sich die Ohren zu. »Tut mir leid, zum Reden ist das hier nichts. Haben Sie Hunger?«

Aimée nickte. Sie konnte sich nicht erinnern, wann sie zum letzten Mal etwas gegessen hatte.

Ein paar Türen weiter fanden sie ein winziges Bistro, fünf Tische, die sich in einem dunklen Raum um einen Kohleofen drängten. Überheizt und voll. Aimée, die nicht schon wieder wegwollte, schlug vor, sich kurzerhand an den Zinktresen zu stellen und ein *jambon-beurre* zu bestellen.

»Ich danke Ihnen für den Anruf. Alles kann mir weiterhelfen.«

»Ich komm mir ein bisschen blöd vor. Vielleicht lese ich zu viele Krimis«, sagte er und rang die Hände. »Wahrscheinlich hat es auch gar nichts zu bedeuten, aber Sie haben doch gesagt …«

»Jetzt fangen Sie doch einfach mal an!« Sie hoffte, sie war nicht umsonst gekommen. Geduld, sie musste mehr Geduld haben.

Trotz Marants verknitterter schwarzer Hose und seiner langen, offen getragenen Haaren verfügte er über mehr Ausstrahlung als die meisten Computerfreaks, die sie kannte. Und er sah besser aus. War ihm wirklich etwas Wichtiges eingefallen, oder war das alles bloß eine Ausrede, um sich mit ihr zu treffen? Jedenfalls war das warme Bistro einladender als ihre kalte Wohnung.

»Nachdem Félix heute Abend gegangen war, hab ich eine Wasserflasche auf den Baucontainer vor dem Gebäude geworfen, das gerade renoviert wird. Der Container war schon ziemlich voll, die Flasche ist mir also wieder entgegengekommen. Und dann, na ja, hab ich einfach die Flasche gepackt und mich auf die Zehenspitzen gestellt … ich weiß, das ist verboten …« Er hielt inne. »Ich will Sie ja nicht langweilen, Sie müssen glatt meinen, dass ich nachts immer die Müllcontainer durchwühle. Aber glauben Sie mir, das mach ich nicht.«

»*Bon appétit*«, sagte der Wirt mit seiner weißen Schürze und stellte ihnen jeweils einen Teller mit einem gebutterten Schinken-Baguette hin.

»Erzählen Sie bitte weiter«, sagte sie, biss ab und fing die Baguettebrösel mit der Hand auf.

»Ich wollte also die Flasche weiter in den Container stopfen, und da bin ich auf das hier gestoßen.« Er zog mehrere zerknüllte, teilweise verschmierte und nach Gips riechende Schwarz-Weiß-Fotokopien aus der Tasche und strich sie glatt. Zu sehen waren handgezeichnete Grundrisse einzelner Stockwerke, manche Stellen waren mit dicken Pfeilen oder einem X markiert. »Ich hab sie erst für Baupläne gehalten und wollte sie schon wieder wegwerfen, aber dann ist mir das aufgefallen.«

Neugierig beugte sie sich vor und folgte seinem Finger. Eine Zeichnung war mit einem Kommentar versehen: *Rue du Mont-Cenis* und *Rue Ordener*.

»An der Ecke dieser beiden Straßen steht also ein Gebäude«, sagte sie. »Aber es sind keine Baupläne. Was sind die Kopien dann?«

»Das hab ich mich auch gefragt. Nach den Bombenanschlägen der Separatisten … na ja, vielleicht sehe ich schon Gespenster.« Er blies laut die Luft aus. »Tut mir leid, wenigstens geht es mir jetzt besser. Auch wenn ich mir blöd vorkomme. Sie verzeihen mir? Vielleicht war alles auch nur ein Vorwand, um Sie wiederzusehen.« Seine Mundwinkel verzogen sich zu einem verhaltenen Lächeln. »Ich kenne hier nicht viele.«

Sie erwiderte das Lächeln, war in Gedanken aber beim Grundriss.

Er faltete die Blätter zusammen. »Jetzt halten Sie mich für einen Nerd, der sich überhaupt nicht von seinem Computer trennen kann. Und Sie haben recht damit.«

»Warten Sie«, sagte sie, zog ihren Stadtplan heraus und schlug ihn im 18. Arrondissement auf.

»An dieser Ecke steht die Mairie«, sagte sie. Das Rathaus für das Arrondissement war das einzige Gebäude an dieser Stelle. »Darf ich noch mal den Grundriss sehen?« Ihr Herzschlag beschleunigte sich.

Am Rand des Blatts stand in kleinerer Schrift geschrieben: (2) 18.00 Wechsel (1) 23.00 Wechsel. Pfeile zeigten auf die Piktogramme für die Eingänge. Sie dachte an die Zeitung und den Artikel über die gegen Regierungseinrichtungen ausgesprochenen Bombendrohungen.

Sie überlegte. »Könnte bedeuten, dass bis sechs Uhr zwei Mann den Haupteingang bewachen, dann nach dem Schichtwechsel nur noch einer.«

Marant blinzelte. »Wer würde so verräterische Papiere einfach in einen Schuttcontainer werfen?«

»Exactement«, sagte sie. »Vielleicht sind die Pläne veraltet, und den Tätern war gar nicht mehr klar, was sie da weggeworfen haben.«

Sie nahm einen Bissen von ihrem Baguette.

»Hat also wahrscheinlich gar nichts mit dem Mord an diesem Flic zu tun«, sagte Marant. Er wurde rot. »Das wirkliche Leben ist nicht wie in einem Thriller, wo immer alles zusammenpasst.«

Hatte er damit recht?

Sie betrachtete den Grundriss eingehender. Entdeckte das Wort »Atlas«, der Name einer Firma für Alarmanlagen, ein X an der Stelle, die anscheinend den Lieferanteneingang bezeichnete. Weitere Kreuzchen an der Rue du Mont-Cenis. Die Stellen, an denen eine Autobombe hochgehen sollte?

Sie sollte Marant empfehlen, die Zeichnungen der Polizei zu übergeben. Und selbst die Finger davon lassen, damit sie keinesfalls der Terrorabwehr in die Quere kam. Die würde vermutlich sofort zuschlagen. Wenn sie nur daran dachte, dass sie darin verwickelt werden könnte, brach ihr der Schweiß aus. Sie sollte … aber tat sie denn jemals, was sie sollte?

Informationen weiterzuleiten war überhaupt nicht ihre Sache. Aber wenn man etwas weitergab, bekam man auch etwas dafür. So funktionierte das.

»Wenn diese Pläne echt sind, würde man sich strafbar machen, wenn man sie nicht den Behörden übergibt«, sagte sie und beschloss, es darauf ankommen zu lassen. »Was dagegen, wenn ich das einem Kontakt bei der DST zeige?«

»Dem Inlandsnachrichtendienst? Natürlich nicht«, sagte er. »Sie glauben doch nicht …«

»Ist Ihnen an Lucien Sarti irgendwas aufgefallen?«

Marant lächelte. »Mein erster Eindruck? Wenn Sie mich so fragen … na ja, er mimt so den umherziehenden Troubadour, führt ein einfaches Leben, aber seine Musik treibt ihn an.«

»Was meinen Sie damit?«, fragte sie überrascht.

»Er ist mit Korsika verheiratet, mit dem Land und den Leuten, ein Idealist, der durch seine Musik Geschichten erzählt. Irgendwie ist er auf Félix gestoßen und hat ihm ein Band mit seinem faszinierenden Mix aus traditionellen mehrstimmigen Gesängen und Techno geschickt.«

»Würden Sie seine Musik als politisch bezeichnen?«

Marant runzelte die Stirn. »Ich würde sagen, es geht ihm um die Befreiung Korsikas *und* um die Rückkehr zur Natur. Félix kriegt sich gar nicht mehr ein, wenn er von seiner Musik spricht, aber …«

Sie nickte. Wartete. Ein Pärchen ging an ihnen vorbei, mit ihnen kam eine kalte Windbö ins Lokal.

»Félix kann sich sehr begeistern, er hat ein großes Herz«, fuhr Marant fort. »Dann hat er herausgefunden, dass Sarti der FLNC angehört. Das hat es für ihn schwierig gemacht, den Vertrag durchzusetzen.«

Der Grundriss, Lucien Sartis Verbindung zu den korsischen Separatisten. Und am Ende stand Gagnards Ermordung? Hatte sie Gagnard falsch verstanden? Hatte er sich mit Sarti getroffen, um die Terrorpläne aufzudecken, um einen Bombenanschlag zu verhindern? War der Musiker sein Informant?

Sie musste Lucien Sarti finden. Eine lange Nacht stand ihr bevor.

Auf dem öffentlichen Münzfernsprecher im Lokal rief sie Bordereau an, ihren Kontakt bei der DST. Dort wurden Anrufe innerhalb von drei Minuten zurückverfolgt.

Bordereau meldete sich beim ersten Klingeln. »Einheit 813.«

»Aimée Leduc«, sagte sie nur. »Ich hab was, was Sie interessieren könnte.«

»Bin immer an kleinen Geschenken interessiert«, sagte Bordereau. »An meinem Lieblingsort, in zwanzig Minuten.«

Sie sah auf ihre Tintin-Uhr: Sie würde sich sputen müssen. »Sagen wir fünfundzwanzig.« Sie legte auf.

Fünfundzwanzig Minuten später nickte sie Bordereau zu, der vor dem Tor der Erzdiözese von Paris wartete, einem Gebäude aus dem siebzehnten Jahrhundert und einen Straßenzug vom Innenministerium entfernt, wo er sein Büro hatte. Eines Tages, wenn sie ihn besser kannte, würde sie ihn fragen, warum er nicht in der DST in der Rue Nélaton arbeitete. Er wirkte kaum älter als dreißig, war aber weit über vierzig. In seinen Haarstoppeln glitzerten Regentropfen. Sie hatte ihn im Schwimmbad Reuilly kennengelernt, als sich sein wasserdichter Pager im Filter verfangen und sie ihn ihm zurückgebracht hatte. Auf dem Display war die Nummer eines Ministeriums zu sehen gewesen. Ihr war sofort klar, dass er für den Geheimdienst arbeitete, noch dazu ziemlich weit oben, wenn er selbst bei seinen Bahnen im Schwimmbecken einen Pager trug. Konnte also ganz nützlich sein, wenn man ihn kannte. Außerdem sah er in seiner Badehose gar nicht schlecht aus.

Ein Lichtstreifen fiel über die Wand, als der Pförtner, ein angegrauter, gebeugter Mann, die hohe Holztür öffnete.

»*Entréz, Monsieur*«, sagte er.

Bordereau nickte. Zusammen traten sie in die von Flachreliefs geschmückte Vorhalle, in der es genauso roch, wie es ihr aus der katholischen Schule, die sie zwei Jahre lang besucht hatte, noch in Erinnerung war. Eine Atmosphäre, die sie mit Wandteppichen in hohen Fluren, dem Getrampel der Schülerinnen auf Holztreppen und Nonnen in vollem Habit verband.

Der Pförtner verschwand. Sie zog den Grundriss aus ihrer Tasche, kniete sich hin, faltete das Blatt auseinander und breitete es auf dem gewachsten Parkett aus.

»Das ist in einem Baucontainer gefunden worden«, sagte sie. »Für die Echtheit kann ich mich nicht verbürgen. Auf dem Dach des angrenzenden Gebäudes wurde am Montagabend ein Flic ermordet.«

»Das Papier ist trocken«, sagte Bordereau und besah sich das Blatt. »Hat es auf dem Boden des Containers gelegen?«

»Nein, es wurde oben reingestopft. Laut Stadtplan handelt es sich um die Mairie im 18. Arrondissement.«

Er stieß keinen Pfiff aus, aber sie glaubte zu erkennen, dass er es gern getan hätte.

»Ich denke, es hat mit dem Mord an dem Polizisten und der Ermordung von Zette Cavalotti in der Rue Ronsard zu tun, einem korsischen Barbesitzer. Es sollte zwar wie ein Vendetta-Mord aussehen, aber ich glaube, es besteht eine Verbindung.«

Bordereau sagte nichts und ließ sich auch sonst kaum etwas anmerken.

»Das ist Ihre Schlussfolgerung?«

»Der tote Flic hat Zette hin und wieder einen Gefallen getan«, sagte sie. »Das ist meines Erachtens zu viel der Zufälle. Jetzt hab ich ein paar Fragen an Sie, okay?«

Er nickte, den Blick noch immer auf den Plan gerichtet.

»Hat dort ein Anschlag stattgefunden?«

»Fast. Am Sonntagabend. Er konnte aber aufgedeckt werden, und die Sprengsätze wurden entschärft.«

Die Nacht vor Gagnards Ermordung, ein gescheiterter Sprengstoffanschlag.

»Hatte es mit der FLNC zu tun?«

»Gerüchten zufolge ja«, sagte er und stand auf, faltete den Plan zusammen und steckte ihn in seine Manteltasche. »Aber wir haben dafür keine Beweise. Ihre Quelle?«

»Yann Marant, ein Programmierer, wollte eine Flasche in einen schon überquellenden Baucontainer in der Rue André Antoine 18 werfen. Als seine Flasche wieder runterrollte, wollte er sie reinstopfen und ist auf den Plan hier gestoßen.«

»*Merci.*«

Obwohl die Pläne veraltet waren, mussten sie doch von einigem Wert sein.

»Gibt es irgendwelche interessanten Neuigkeiten über Korsika, die ich wissen sollte?«

Seine blonden Augenbrauen schossen nach oben. »Außer dass Mafiosi unter dem Deckmantel der FLNC mit osteuropäischen Waffen gepanzerte Fahrzeuge mit sensiblen Dokumenten überfallen? Und dass das staatliche Lauschprogramm mit einem Sicherheitsleck zu kämpfen hat?« Er grinste. »Nein, ich glaube nicht.«

Sie erwiderte das Grinsen. »Sicherheitsleck – was meinen Sie damit?«

»Da lässt sich noch nichts dazu sagen. Vergessen Sie es. Hab Sie diese Woche gar nicht beim Schwimmen gesehen!«

»Hab zu tun.«

In der Métro versuchte sie sich einen Reim auf das alles zu machen: sensible Dokumente, ein Sicherheitsleck, ein missglückter Bombenanschlag, hinter dem laut Gerüchten Korsen standen. Ein Mord im Schneetreiben auf einem Dach, Laure, die verdächtigt wurde und im Koma lag. Die ganze Angelegenheit wuchs ihr allmählich über den Kopf.

DONNERSTAG

Donnerstagmorgen

Die Strahlen der Morgensonne drangen durch den Dunst auf der Pont Marie. Aimée zog Miles Davis den karierten Winterpulli über die Hinterbeine, setzte ihn in den Fahrradkorb und radelte durch den frühmorgendlichen Nebel zu Leduc Détective. Nicht ohne schlechtes Gewissen hatte sie Marcel, den einarmigen Algerien-Veteranen, der den Kiosk in der Rue du Louvre führte, wieder mal gebeten, für ein paar Tage auf ihren Hund aufzupassen.

Nachdem sie den Hund bei ihm abgegeben hatte, machte sie sich im Büro als Erstes einen doppelten Espresso. Sie hoffte, irgendetwas von den drei Clubs zu erfahren, in denen sie Nachrichten für Lucien Sarti hinterlassen hatte. Mit ein bisschen Glück könnte sie herausfinden, ob er wirklich Verbindungen zur FLNC hatte und warum er von Conaris Party verschwunden war, bevor er von der Polizei hatte befragt werden können. Ihrem Gefühl nach war er Zeuge des Mordes an Gagnard geworden, schien irgendwie darin verwickelt zu sein oder hatte etwas mit dem von Marant gefundenen Grundriss zu tun.

Sie öffnete die Fensterläden, ließ die feuchte graue Luft aus der Rue du Louvre und mit ihr den Buttergeruch von der nahegelegenen Boulangerie herein, dann legte sie eine Trance-Techno-Kassette ein, die sie vergangene Nacht von einem DJ gekauft hatte: ein düsterer, stampfender Rhythmus. Sie fuhr ihren Computer hoch, suchte im Netz nach Informationen über das von Bordereau erwähnte Sicherheitsleck und versuchte alles über staatliche Lauschprogramme zu erfahren.

Dabei stieß sie auf Echelon, das Lauschprogramm und weltweite Spionagenetz der USA und Großbritanniens, und seinen Spitznamen Big Brother.

Was in ihren Ohren irgendwie altmodisch klang, nach Kaltem Krieg und längst vergangenen Zeiten.

Au contraire, wie sie dann aber feststellen musste, als sie weitersuchte. Nach Angaben der National Security Agency, der NSA, war Echelon zuständig für das Abfangen des internationalen Datenverkehrs, von Telefongesprächen, E-Mails, Faxnachrichten, auf Festnetzleitungen und im Funknetz.

Sie war beeindruckt.

Echelon basierte auf einem Filtersystem. Leistungsstarke Computer in Rechenzentren waren auf das Erkennen von Schlüsselbegriffen in unterschiedlichen Sprachen programmiert; Nachrichten, die die Begriffe enthielten, wurden abgefangen, gespeichert und analysiert. Das alles lief über den Helios-1A-Satelliten, der Datenaustausch erfolgte über Draht- und Parabolantennen.

Helios-1A war ein Spionagesatellit und erstellte hochaufgelöste Auflärungsfotos. Wie funktionierte das? Bei ihren weiteren Recherchen stieß sie auf eine französische Militär-Site, und was sie dort sah, ließ sie hochfahren. Frankreich besaß eine eigene Version von Echelon, scherzhaft »Frenchelon« genannt. Nach zwanzigminütiger Suche fand sie einen kurzen Artikel im linksorientierten *Le Nouvel Observateur*, in dem ausgeführt wurde, dass Frenchelon pro Monat zwei Millionen Telefonate, Faxe und E-Mails verarbeiten konnte. Oder noch mehr. Nach manchen Gerüchten wurden sogar einzelne Bankverbindungen und Transaktionen nachverfolgt.

Ihr Telefon klingelte. »Leduc Détective!«

»*Bonjour*, hier Varnet, ich rufe an, weil wir an Ihrem Angebot interessiert sind. Ich hätte da nur noch ein paar Fragen.«

Sie durchwühlte den Angebotsstapel auf ihrem Schreibtisch. »Natürlich, ich hab Ihre Anfrage vor mir liegen, es freut mich, dass Sie Interesse haben.«

Die nächste halbe Stunde ging sie mit dem Varnet-Manager das Angebot durch und erklärte, mit welchen Dienstleistungen auf dem Gebiet der Computersicherheit ihre Kunden rechnen durften. Die folgenden beiden Stunden arbeitete sie dann die Programme auf ihrem Laptop ab. Bis René auftauchte, saß sie bereits seit drei Stunden an der Arbeit und hatte alle Konten in ihrem Datenbestand aktualisiert.

»Wir sind aus den Miesen raus, René«, begrüßte sie ihn. »Die Miete ist bezahlt, und auf dem Konto sind dreiundzwanzig Franc! Na, wie fühlt es sich an, wenn man in den schwarzen Zahlen ist?«

»Na, Saj würde doch auch fürs Essen arbeiten«, sagte René und hängte seinen Kamelhaarmantel auf.

Saj von der Hacktaviste-Akademie, wo René unterrichtete, übernahm hin und wieder einen Job für sie.

»Und das hier sollte uns auch helfen«, sagte er und legte ihr einen Scheck von Cereus vor.

Wunderbar. Damit war auch Renés Lohn gesichert. Und wenn dann auch noch die restlichen Kunden rechtzeitig zahlen würden, könnten sie den dreiundzwanzig Franc noch eine fünfstellige Summe hinzufügen. Aber das würde dann schon an ein Wunder grenzen.

Statt sich darüber zu freuen, wirkte René allerdings eher besorgt.

»Was ist los, René?«

»Ich hab Paul oder seine Mutter nicht mehr in ihrer Wohnung angetroffen. Ich hab zweimal nachgesehen, gestern und noch mal letzte Nacht.«

Das hörte sich gar nicht gut an.

»Sie sind abgehauen?«

»Schwer zu sagen.«

»Wir brauchen Pauls Aussage. Im Polizeibericht wird nur ein Geschoss erwähnt, laut deinem kleinen Freund sind aber zwei abgefeuert worden. Wenn er die Schule sausen lässt …«

»Paul ist neun Jahre, er ist einsam, seine Mutter ist Alkoholikerin! Wo sollen sie denn hin?«

»Wir werden so lange nach ihnen suchen, bis wir sie gefunden haben. Kram schon mal dein Toulouse-Lautrec-Outfit raus!«

»Er weiß, dass ich nicht Toulouse-Lautrec bin, Aimée!«

»Nicht aufgeben! Wir müssen die beiden finden und seine Mutter davon überzeugen, dass er mit Maître Delambre reden muss.«

»Dazu brauch ich deine Hilfe, Aimée.«

»Oberste Priorität hat im Moment aber die Überprüfung des Laborbefunds zu den Schmauchspuren an Laures Hand. Ich muss Maître Delambre weiter auf die Nerven fallen, ich will wissen, warum der Laborbericht nicht freigegeben wird.«

René verdrehte nur die Augen.

»Ich mach es für Laure. Bist du dabei, Partner?«

»Wenn wir es gemeinsam angehen«, antwortete er.

Ihr Blick fiel auf die an die Bürowand geheftete geologische Karte von Paris. Orange- und rosarote Flächen markierten die Schiefer- und Kalksteinformationen im 14. und 18. Arrondissement. Sie zog ihr Handy heraus und steckte die abgebrochene Antenne dran.

Erneut verdrehte René die Augen. »Das ist das dritte Handy in ...«

»Es hat aber einen Spiegel.«

»Immer die Fashionista.«

»Hör zu, ich hab letzten Abend mit einer der Prostituierten in der Gegend gesprochen. Sie hat einen Korsen erwähnt, der in dem Haus ein und aus geht.« Sie deutete auf die von ihr angefertigte Skizze. »Ein ungehobelter Typ, wie sie sagt, sie mag ihn nicht. Sie hat ihn auch in Zettes Bar gesehen, wo er mit Gagnard geredet hat. Es gibt da irgendeine Verbindung.«

»Verbindung? Höchstwahrscheinlich hat sie dir nur erzählt, was du ihrer Meinung nach von ihr hören wolltest.«

Aimée zuckte mit den Schultern. »Und ich denke auch, dass Sarti, dieser Musiker auf Conaris Party, irgendetwas weiß.«

»Alles nur Mutmaßungen, mehr hast du nicht.«

Aimée starrte auf die Karte an der Wand und die orangerot eingezeichneten, nierenförmigen Kalksteinformationen von Montmartre. »Sarti war da, ich hab ihn gesehen.« Gedankenverloren deutete sie aufs Geratewohl in den Raum. »Und dann der Grundriss, den Yann Marant gefunden hat …«

»Marant, der Systemanalytiker auf Conaris Party?«, unterbrach René sie.

Aimée nickte. »Gutes Gedächtnis, René. Er arbeitet als Berater für Conaris Baufirma. Er hat in einem Baucontainer eine Art Grundriss gefunden.«

»Seit wann arbeiten Systemanalytiker bei Baufirmen?« René zog ein mit seinen Initialen RF besticktes Leinentaschentuch heraus und putzte sich die Nase. »Man muss sich ja eine Erkältung einfangen, wenn man aus der eiskalten Métro in ein überheiztes Büro kommt.« Erneut trötete er ins Taschentuch. »Außer Conaris Firma hat Kontakte zu Ministerien.«

»Wie kommst du drauf?«

»Die Beschäftigung eines Systemanalytikers gehört zu den Anforderungen, wenn du für die Regierung arbeiten willst. Schau dir die Richtlinien an. Wir bräuchten ebenfalls einen, falls wir ein Ministerium als Kunden hätten.«

»René! Du willst damit doch nicht etwa sagen, dass wir uns um Regierungsaufträge bemühen sollen?«

Bevor er irgendetwas darauf erwidern konnte, deutete sie auf den Papierstapel auf ihrem Schreibtisch. »Schau, wir *haben* Arbeit, und wir werden noch *mehr* Arbeit haben, wenn sich neue Kunden auf unsere Angebote melden. Du weißt, unser Problem sind vor allem die säumigen Zahler, die sich mit der Begleichung ihrer Rechnungen ewig Zeit lassen.« Großunternehmen waren bekannt dafür, dass sie Zahlungen an Freiberufler und Selbstständige so lange wie möglich hinauszögerten.

»Entweder kümmern wir uns darum, unsere Außenstände einzutreiben, oder wir lassen uns auf eine *créance* ein«, sagte René. »Was ganz eigene Probleme mit sich bringt.«

Ihr war nur allzu klar, dass eine *créance*, die mit einer bestimmten Gebühr belegte Abtretung der Forderungen an die Bank, unweigerlich Schwierigkeiten nach sich zog. Denn gab sich die Bank als neuer Gläubiger zu erkennen, erfuhren die Unternehmen natürlich, dass Leduc Détective finanziell in der Klemme steckte.

»Ja, René, aber so weit sind wir noch nicht.«

Noch nicht. Sie holte tief Luft und zählte bis fünf. Sie mussten weitermachen. Sie zeichnete auf die Schnelle den Grundriss nach, den sie Bordereau ausgehändigt hatte.

»Schau dir Marants Skizze an. Angeblich waren hier in der Mairie an den mit einem X markierten Stellen von korsischen Separatisten Sprengsätze gelegt worden.«

René klappte die Kinnlade nach unten. »Sprengsätze?«

»Sie wurden entschärft. Mein DST-Kontakt hat das bestätigt. Was, wenn Gagnard einen Informanten hatte, der von dem Plan gewusst hat …«

»Wann entschärft?«

»Sonntagnacht.«

»Gagnard ist am Montagabend ermordet worden«, sagte René. »Vergiss es!«

Enttäuscht starrte Aimée auf die Karte. Sie dachte angestrengt nach.

»Richtig.« Aber so schnell gab sie sich nicht geschlagen. »Angenommen, Gagnard hat von einem Ersatzplan der Terroristen gewusst und sich mit seinem Informanten getroffen, um von ihm das nächste Zielobjekt zu erfahren. Mein DST-Kontakt hat auch von einem Sicherheitsleck bei einem Lauschprogramm gesprochen. Angenommen, es gibt da eine Verbindung.«

»Mit Vermutungen kommst du bei den Flics nicht weit.«

Aimée nickte.

»Ich habe ein bisschen recherchiert und bin auf Frenchelon gestoßen. Willst du mir dabei helfen?«

»Frag Saj«, sagte René. »Saj hat letztes Jahr einen ganz ›fiesen Verschlüsselungscode‹ entworfen, so hat ihn jedenfalls das Ministerium genannt, um den Schweizerischen Bankverein endlich mit vernünftigen Sicherheitsvorkehrungen auszustatten, nachdem er nach Strich und Faden ausgenommen worden ist. Du erinnerst dich?«

Der Schweizerische Bankverein hatte Millionen Francs durch Hacker verloren, es aber nicht an die große Glocke gehängt, um eine Panik unter den Kunden zu vermeiden. Und die Verluste durch die eigenen Reserven ausgeglichen. Eine kleine Delle im immensen Bankvermögen, so die Finanzexperten.

Sie würde Saj später anrufen.

René nahm den Varnet-Ordner zur Hand. »Soll ich mich bei denen mal persönlich vorstellen?«

»Bevor sie ihre Meinung wieder ändern? Gute Idee. Nimm am besten auch Vertragsformulare mit und dräng sie, gleich zu unterschreiben.« Sie hielt inne. »Wie ist dein Rendezvous gelaufen?«

Er sah weg. »Das werde ich kaum verraten. Aber ich hab hier noch was: Die Mitteilung über die Rückerstattung vom Finanzamt ist endlich gekommen.«

»Bravo, René!«

Er überraschte sie doch immer wieder. Ein ganzes Jahr hatte sich René mit zäher Entschlossenheit durch den Papierkram gewühlt und sich mit unzähligen Stellen im Finanzamt herumgeschlagen, um eine Rückerstattung herauszuschlagen.

»Zum Feiern ist es noch zu früh. Erst muss ich noch den Beamten erreichen, der die Zahlung veranlasst. Der ist momentan wegen einer Gallensache krankgeschrieben. Aber dann werden wir uns endlich die neuen Laptops leisten können, die wir unbedingt brauchen.«

Sie stand auf und umarmte ihn, sah den Stolz in seinen Augen und die leichte Rötung auf den Wangen, bevor er sich abwandte. René, der rot wurde?

»Kümmere dich um die Rückerstattung, Partner, und die Kohle gehört dir. Damit kannst du dann deine Freundin beeindrucken.«

»Dann mach ich mich mal auf die Socken«, sagte René und griff nach seinem Mantel.

»Ich auch.«

Sie war schon draußen im Flur, als ihr einfiel, dass sie noch das Schreiben abholen musste, das laut einem Zettel bei der Buchhaltungsfirma nebenan abgegeben worden war.

»Geh schon vor, René«, rief sie ihm nach.

Sie trat ein. »Wie geht's, Diza?«, fragte sie die Empfangsdame. »Ihr habt was für mich angenommen?«

Diza trug einen hautengen grünen Wollrock, eine Seidenbluse mit Fuchsienmuster und eine fabelhafte agnès-b.-Jacke, während sie gerade ein Tablett mit Espressi vom Café unten an der Straße durch das Vorzimmer balancierte. Obwohl schon in den Vierzigern, kleidete sie sich jung und gab sich auch so. Meistens jedenfalls.

»Liegt auf meinem Tisch, Mademoiselle Aimée«, sagte sie mit einem Grinsen. »Kaffeepause für die Jungs.«

Von den »Jungs« war keiner unter sechzig.

Aimée schlitzte den Manila-Umschlag auf, auf dem in Blockbuchstaben ihr Name stand. Mehrere grobkörnige Schwarz-Weiß-Fotos fielen heraus. Fotos, die abends mit einem Teleobjektiv aufgenommen worden sein mussten. Sie zeigten zwei Frauen auf einer Straße. Bei näherem Hinsehen erkannte sie Cloclo und sich selbst. Ihr Magen zog sich zusammen. Auf zwei weiteren Fotos waren René und eine Frau mit Stachelhaaren zu sehen. Sie selbst oder …?

»Was für ein hübsches Foto von dir und Monsieur René«, sagte Diza, als sie ihr über die Schulter spähte. »Da habt ihr aber euren Spaß gehabt, was? Wie schön. Wie schön, Monsieur René mal lächeln zu sehen.«

»*Alors*, Diza, das bin ich nicht.«

»Sieht aber so aus, Mademoiselle Aimée!«

»Stimmt, Diza«, stimmte Aimée zu. Stachelhaare, hohe Absätze: Renés neue Freundin Magali sah ihr verdammt ähnlich!

»Diza, wie ist dieser Umschlag eingetroffen?«

»Ein Kurier hat ihn gebracht. Du weißt schon, die wie Verrückte auf Rädern durch die Stadt rasen. Einer von denen hätte mich gestern fast auf die Hörner genommen.«

»Kannst du ihn beschreiben?«

Diza grinste. »Mal sehen. Schwarze Mütze, so eine aufgeplusterte Daunenjacke, Jeans. Wie alle.«

»Gelbe Zähne?«

»Jetzt, wo du es sagst.« Sie warf einen Würfelzucker in eine der Tassen. »Ja.«

Der *mec* von der Telefonzelle, der sie im Marché Saint-Pierre verfolgt hatte. Die Fotos sollten kundtun: Wir wissen, wer du bist, und wir behalten dich im Auge!

Aimée lief die Treppe zur regennassen Rue du Louvre hinunter und erwischte gerade noch René, bevor er in ein am Straßenrand wartendes Taxi steigen konnte.

»René, schau dir diese Fotos an. Wir werden überwacht.«

René legte seinen Aktenkoffer auf den Taxisitz und ging die Fotos durch.

»Wusste gar nicht, dass Stalker es auch auf Männer abgesehen haben.«

Aimées Absätze klackerten auf dem Marmorboden im Gerichtsgebäude. Anwälte in wehenden schwarzen Roben eilten hin und her oder standen mit ihren Mandanten in kleinen Gruppen zusammen und besprachen sich. In den Ecken roch es nach kaltem Stein und nasser Wolle. Sie schaute durch die ovale Öffnung in der Eichentür zum Gerichtssaal. Vier Richter in Roben saßen auf der Richterbank – auch die war aus Eiche –, unter ihnen eine Richterin, die sich zurückgelehnt und die Augen geschlossen hatte.

Eine Minute darauf kam Maître Delambre, mit Unterlagen beladen, durch die Tür. Seine Backe war geschwollen. Er hatte den Zahnarzt also überlebt.

Als er sie sah, spitzte er die Lippen.

»Ich werde beschattet«, sagte sie und versuchte so ruhig wie möglich zu klingen.

»Mademoiselle Leduc, kümmern Sie sich doch lieber um Ihre eigene Angelegenheiten. Auch wenn Ihnen das schwerfällt, ich weiß.« Er verlagerte den Unterlagenstapel auf den anderen Arm. »Laures Fall ist ganz eindeutig. Sie ist schuldig.«

»Was soll das heißen? Sie haben ja noch nicht mal den Laborbericht.«

»Er ist heute Morgen gekommen«, unterbrach er und zog ein Blatt heraus. »Der Bericht bestätigt das vorläufige Ergebnis: Schmauchspuren an ihrer Hand. Während an Ihren Händen« – dabei sah er sie an – »nichts gefunden wurde.«

Das konnte einfach nicht sein. Sie wollte es nicht glauben.

»Warum die Verzögerung?« Ihre Gedanken rasten. »Lässt das nicht darauf schließen, dass Unklarheiten vorlagen? Dass es Probleme gab? Bezüglich der Funde und der Untersuchung? Darf ich den Bericht sehen?«

Er reichte ihn ihr. »Laut Labor war eine ungewöhnlich hohe Zahl von Fällen zu bearbeiten. Deshalb die Verzögerung. Die Schmauchspurenanalyse aber ist eindeutig.«

Kopfschüttelnd überflog sie den Bericht.

»Das ist alles?«

»Steht doch alles da, schwarz auf weiß. Was wollen Sie mehr?«

»Hier steht, die detaillierten Laborergebnisse werden nachgereicht. Wo sind sie?«

Maître Delambre stieß genervt einen Seufzer aus und wühlte in seinem Aktenkoffer. »Hmm … Prozentangaben, chemischer Nachweis der Schmauchelemente. *Voilà.*«

Aimée studierte das Blatt und betrachtete die Zahlen. »Schmauchelemente: Blei, Barium, Antimon.«

»Sie sind also auch auf diesem Gebiet Expertin«, entgegnete Maître Delambre. »Die talentierte Mademoiselle Leduc!«

»Ich habe selbst eine Waffe – mit Lizenz natürlich«, sagte sie. »Alle Geschosse enthalten Blei, Barium und Antimon.« Sie deutete auf eine Zahlenreihe. »Aber nur wenige Geschosse enthalten das hier!«

Er beugte sich über ihre Schulter. »Die Expertin ist auf ein Problem gestoßen?«

Sie ging auf seinen Sarkasmus nicht ein.

»Das ist ein sehr hoher Anteil an Zinn. 98 Prozent. Sehr ungewöhnlich. Haben Sie eine Kopie des Berichts?«

Er reichte ihr eine.

»Verlangen Sie eine Überprüfung der Testergebnisse. Die Laborbefunde sind entscheidend!«

Maître Delambre strich sich durch seine spärlichen Haare. »Hören Sie zu, es tut mir leid. Das Labor hat seine Arbeit gemacht und das Vorhandensein oder Nichtvorhandensein von Schmauchrückständen nachgewiesen. Und anhand der Ergebnisse lassen sich ganz eindeutig Schmauchspuren feststellen. In den Augen der Polizei, und ich kann dem nicht widersprechen, wird dadurch bestätigt, dass sie die Waffe abgefeuert und ihren Partner ermordet hat. Für die Interne Ermittlung ist der Fall daher so gut wie abgeschlossen. Ich kann ihr nicht helfen.«

Aber irgendetwas stimmte nicht. »Das reicht nicht. Das alles passt überhaupt nicht zusammen – außer man nimmt an, dass ihr der Mord in die Schuhe geschoben werden soll«, sagte Aimée. »Die Schmauchspuren müssen von einer anderen Waffe stammen, einer mit einem hohen Zinnanteil in der Munition.«

»Sie sprechen da einen interessanten Punkt an. Aber der ist gänzlich theoretisch.«

»Überlegen Sie doch: Hätte sie es wirklich gewollt, hätte sie ihren Partner doch sehr viel leichter umbringen und es so hindrehen können, dass es wie ein Unfall aussah. Wer also will ihr den Mord anhängen, und warum?«

»Soweit ich das sehe, ist der Fall abgeschlossen. Laure und ihr Partner haben sich in einer Kneipe in Anwesenheit unzähliger Zeugen gestritten. Die Interne Ermittlung hat ihr die Möglichkeit geboten, sich von mir vertreten zu lassen, einem Anwalt von außen, was ein großes Entgegenkommen ist. Aber angesichts der jetzt vorliegenden Beweise wird die Interne Ermittlung den Fall übernehmen. Was sie von Anfang an hätte machen sollen. Jemand hat sich für Laure eingesetzt, damit sie eine unabhängige juristische Vertretung bekam, aber jetzt ist es eine reine Polizeiangelegenheit. Die mit mir nichts mehr zu tun hat.«

Morbier hatte also versucht, Laure zu helfen.

»Bitte bestehen Sie auf einem weiteren Labortest. Erkundigen Sie sich nach dem hohen Zinnanteil. Ich bezweifle, dass jemals ein Angeklagter einzig aufgrund von Schmauchspuren verurteilt wurde. Finden Sie es heraus. Sie wollen doch nicht einen Ihrer ersten Fälle verlieren, oder?«

Er wippte auf den Absätzen seiner glänzenden schwarzen Schuhe vor und zurück.

Aimée ließ nicht locker. »Die Munition aus einer Polizeiwaffe besteht aus den erstgenannten drei Elementen. *Ohne* Zinn. Das wird Ihnen jeder Polizist bestätigen. Sie müssen einen weiteren Test verlangen und die Ergebnisse mit den Rückständen eines Geschosses vergleichen, das aus einer Manurhin abgegeben wurde.«

»Ich weiß, sie ist Ihre Freundin, aber ich fürchte …«

»Delambre, für Sie wäre das doch ein Wahnsinnscoup. Ein scheinbar glasklarer, aussichtsloser Fall, der von einem Anwalt, der auf einer weiteren forensischen Untersuchung besteht, entgegen jeder Vorhersage doch noch gewonnen wird. Damit könnten Sie sich einen hervorragenden Ruf schaffen!«

Er zwinkerte. Es war ihm anzusehen, dass er daran noch keinen Gedanken verschwendet hatte.

»Sie würden es diesen verknöcherten Typen so richtig zeigen. Und glauben Sie mir, die Staatsanwältin ist für ihr Team immer auf der Suche nach Anwälten, die was draufhaben.«

Sie wusste nicht genau, ob dem wirklich so war, aber es klang gut.

Er schien unschlüssig zu sein.

»Boris Viard leitet das Labor. Er ist gut. Reden Sie mit ihm.« Sie hatte ihn fast so weit, sie spürte es. »Sie haben doch nichts zu verlieren. Ein Fall, von dem sowieso keiner mehr glaubt, dass Sie ihn gewinnen? Reden Sie mit Viard!«

»Ich muss darüber nachdenken.«

»Haben Sie die Polizeiberichte vorgelegt, die ich Ihnen gegeben habe?«

»Laut Code civil gehören sie zur Akte meiner Mandantin«, begann er. »Artikel … nun, lassen wir das. Sie haben recht. Aber ihr Auftauchen hat bei mehreren Stellen für einige Überraschung gesorgt.«

Sie ballte die Hände in den Taschen und spürte dabei, dass sie nicht mehr Guys Ring trug. »Bei welchen Stellen?«

»Reden wir dort drüben weiter.« Er zeigte zu einer Säule.

Ein kalter Luftzug strich ihr um die schwarzen Strümpfe. Sie fröstelte.

Maître Delambre neigte den Kopf. »Die Interne Ermittlung hat halbherzig ihren Unmut zum Ausdruck gebracht, dann aber schnell den Mund gehalten.«

»Weil sie überrascht oder entsetzt waren?«

Er grinste. »Na ja, ich habe eben kurzerhand den Inspektor angerufen und mich lobend über sein Büro geäußert, das mich so vorbildlich auf dem Laufenden hält.«

Der Kerl war doch nicht so grün hinter den Ohren.

»Ist nicht Ludovic Jubert Leiter der Internen Ermittlung?«, fragte sie, einer Eingebung folgend.

Maître Delambre hielt kurz inne, schüttelte dann aber den Kopf. »Nein, aber irgendwie kommt mir der Name bekannt vor.«

Sie hatte die Verzeichnisse mehrerer Abteilungen im RG und im Ministerium überprüft, aber nirgends waren die Namen der Beamten aufgeführt. Jedes Mal war sie in einer Sackgasse gelandet.

»Ich bin davon überzeugt, dass in jener Nacht ein zweiter Schuss abgefeuert wurde.«

Ein schwarzgewandeter Richter ging vorbei und klopfte Delambre auf die Schulter.

»Wir haben einen Zeugen«, sagte sie.

»Dann muss der Zeuge sich melden und seine Aussage abgeben.« Er schüttelte den Kopf. »Aufgrund der Schmauchspuren an ihren Händen weiß ich nicht, wie wirksam so eine Zeugenaussage bei der Internen Ermittlung noch ist.«

»Der Zeuge ist ein Junge. Er geht noch zur Schule.«

»Auch Minderjährige können per Gesetz vorgeladen werden.«

»Warten Sie noch. Er wird sich freiwillig bei Ihnen melden.«

»Hilfreich wäre auch, wenn die zweite Waffe gefunden würde«, sagte Delambre.

Klar. Und wenn man wüsste, wer die Männer auf dem Dach gewesen waren.

»Ich arbeite daran.«

Er legte seine Papiere in den Aktenkoffer. »Meine nächste Verhandlung steht an, Sie entschuldigen mich.«

»Bitte rufen Sie das Labor an und verlangen Sie einen weiteren Test. Ein Telefonanruf, mehr ist nicht nötig.«

Er rieb sich die Wange und zuckte zusammen. »Ich hab mich schon weit genug aus dem Fenster gelehnt.« Er sah auf die Uhr. »Mein nächster Mandant wartet. Tut mir leid.«

Enttäuscht legte sie die Finger um die Büroschlüssel in ihrer Tasche und schüttelte den Kopf. »Mir auch.«

Es würde ihr also nichts anderes übrig bleiben, als sich selbst darum zu kümmern.

Donnerstag, Spätnachmittag

Sie musste das zweite Projektil finden, falls es existierte. Im Büro durchwühlte sie den Schrank nach ihrem Overall und stopfte ihn mitsamt der Werkzeugtasche in den Rucksack. Als sie das Gebäude in der Rue André Antoine erreichte, hatte sie sich eine Geschichte zurechtgelegt. Das Foto von ihr und Cloclo war direkt vor dem Haus aufgenommen worden. Sie durfte nicht daran denken, dass man sie eventuell beschattete. Von Cloclo war nichts zu sehen.

»Sie schon wieder!«, herrschte die Concierge sie an, die den kalten Flur fegte. Sie trug ein Hauskleid, darüber einen blauen Arbeitskittel, dazu aber immer noch die Gummistiefel. »Die Wohnung ist von der Polizei versiegelt worden. Keiner darf rein.«

»Genau«, erwiderte Aimée. Sie zeigte ihr einen selbst verfassten Arbeitsauftrag. »Diesmal geht's um die Dachluke. Was dagegen, wenn ich mir die mal anschaue? Mein Kollege ist nämlich krank, und ich hab noch drei Termine vor mir.«

In der Concierge-Loge bellte ein Hund. »Lassen Sie mal sehen.« Sie las die Auftragsbeschreibung. »Da sind gestern schon welche da gewesen. Ich hab noch mal den Flur saugen müssen, alles doppelte Arbeit. Sie hätten sich die Fahrt sparen können. Muss ein Fehler sein.«

Die Mörder, die nach dem Geschoss gesucht haben? Oder echte Schlosser? »Louis und Antoine?«, fragte sie die Concierge.

»Was? Hören Sie, ich kenn doch nicht all die Handwerker, die hier ständig ein und aus gehen, Mademoiselle.«

»Einer mit gefärbten blonden Haaren?«

Die Concierge runzelte die Stirn, dann schüttelte sie den Kopf.

»Also Antoine. Schwarze Mütze, Daunenjacke, schlechte Zähne?«

»Weiß nicht genau«, sagte sie. »Fragen Sie mal lieber bei sich in Ihrer Firma nach, aber ich sag Ihnen, es ist alles schon erledigt.«

Das Bellen wurde lauter, der Hund kratzte mit den Pfoten an der geschlossenen Tür. »Wenn Sie mich jetzt entschuldigen …«

»Madame, Sie müssen das doch gehört haben, in der Nacht ist die Dachluke gesplittert.«

»Es reicht jetzt! Ich hab es schon den Flics gesagt, es war sehr stürmisch.«

Für eine neugierige Concierge bekam sie nicht viel mit.

»Hier steht, ich soll im hinteren Treppenhaus die Luke im dritten Stock richten«, sagte Aimée und hielt ihr den Zettel hin. »Sie können mich doch wenigstens mal nachschauen lassen.«

Die Concierge beruhigte den Hund, lehnte ihren Besen an die Wand und stemmte die Hände in die ausladenden Hüften. »Immer mit der Ruhe, Mademoiselle, ich mache nur meine Arbeit!«

»Ich auch«, sagte Aimée. »Ich nehme an, Sie haben kein Problem damit, wenn ich mal nach oben gehe und mir ansehe, ob die hintere Luke repariert ist? Sie können ja derweil Ihren Hund füttern, der kriegt sich vor Hunger ja kaum mehr ein.« Gewissensbisse wegen des Hundes, könnte vielleicht funktionieren.

Die Concierge schien sich ertappt zu fühlen. »Wenn Sie darauf bestehen.«

Aimée schob sich an ihr vorbei. »Sie entschuldigen!«

Sie musste sich beeilen. Im dritten Stock legte sie ihren Rucksack ab. Was, wenn die Typen das Projektil schon gefunden hatten? Wenn sie selbst die Täter gewesen waren und den Schuss abgegeben hatten, dürften sie das Geschoss wahrscheinlich geborgen haben. Aber wenn sie, wie sie hoffte, nur für diese Aufgabe angeheuert worden waren, hatte sie noch eine Chance. Sie hatten genau das gleiche Areal abgesucht. Vielleicht hatten sie ja nichts gefunden. Vielleicht würde ja sie etwas finden.

Es gab nur eine Möglichkeit, das festzustellen.

Die Rosetten und Blätter des Stuckfrieses an der Decke waren unter den unzähligen, seit Jahrzehnten aufgetragenen Farbschichten nur noch grob zu erkennen. Eine Tischkreissäge stand an der Wand, daneben lehnten Holzplanken. Alle Wohnungen auf dem Stockwerk wurden renoviert. Die Tür zur leerstehenden Wohnung war durch das rote Wachssiegel der Polizei versperrt. Ein perfekter Treffpunkt. Trotzdem war Gagnard aufs Dach gelockt worden.

Mühsam zerrte sie die Kreissäge unter die Luke, stieg hinauf und tastete nach der Haspe.

Das Bellen des Hundes unten wurde noch lauter. Sie hörte die Stimme der Concierge, die zu telefonieren schien, dann ihre Schritte auf der Treppe.

Aimée betätigte die Verriegelung und drückte mit beiden Händen gegen die schwere Luke. Sie öffnete sich nur wenige Zentimeter. Kalter Wind blies ihr ins Gesicht. Sie drückte fester dagegen, bis sie die Luke nach hinten klappen und öffnen konnte.

Sie streckte die Arme durch, hakte sich mit den Ellbogen im Rahmen ein, zog sich hoch und schob sich mit den Hüften durch die Öffnung.

Im Licht des Spätnachmittags wirkte der flache Dachabschnitt sehr viel kleiner. Vor ihr führten die Schieferplatten nach oben. Von hier aus hatte man einen Blick über die Straße und zu dem Haus, in dem Paul wohnen musste. Er hatte perfekte Sicht auf den Tatort, während das hohe Kirchendach den Blick aus nahezu alle anderen Richtungen blockierte. Kein Wunder, dass sich sonst kein Zeuge gemeldet hatte.

Hier war sie also, stieg wieder auf ein Dach, obwohl sie sich geschworen hatte, so was nie mehr zu tun. Aber sie *musste* das zweite Projektil finden. Also, einen Schritt nach dem anderen, den Blick immer auf die Füße und nicht nach unten in die Tiefe gerichtet.

Dann rutschte sie weg, griff instinktiv nach einem Rohr, hielt sich daran fest und schloss die Augen, atmete ein und aus. Ihre Finger krallten sich an das kalte Metall, ihr Herz raste. Langsam atmete sie ein, atmete aus, konzentrierte sich auf ihren Atem und visualisierte ein weißes Licht, wie sie es bei den Sitzungen im Caodai-Tempel gelernt hatte. Den kalten Wind versuchte sie zu ignorieren.

Zehnmal wiederholte sie die Atemübung, bis ihr die Nase vor Kälte kribbelte. Sie öffnete die Augen, war jetzt ruhiger und versuchte alles so vor sich zu sehen, wie es am Montagabend gewesen war: das Schneetreiben, den Wind, die flache Stelle, wo Gagnard gelegen hatte.

Vorsichtig tastete sie sich über die Schieferschindeln zum hohen Kamin, über den sie und Sébastien gestiegen waren, und fand die Stelle, an die sie sich noch erinnerte. Sie fuhr mit der Hand über den rauen, zwischen ihren Fingern zerbröselnden Verputz. Falsch, die Stelle, an die sie sich erinnerte, war glatt gewesen. An den Kamin gedrängt, schob sie sich zur rückwärtigen Seite, hielt sich mit einer Hand am Rand fest und tastete mit der anderen die glatte Wand ab.

Dann fand sie die Einkerbung. Rund, so groß wie die Spitze ihres kleinen Fingers. Schwer atmend tastete sie sich um den Kamin herum. Unter ihr lag die mit Laub gefüllte Dachrinne und mehrere Stockwerke tiefer die Straße. Trotz der Kälte stand ihr der Schweiß auf der Stirn. Sie zog ihre Stabtaschenlampe heraus und entdeckte mitten in der grau-weißen Taubenkacke eine schwarz verfärbte, herausgeplatzte Stelle.

»Mademoiselle, kommen Sie bitte runter!« Der Wind trug die Stimme der Concierge zu ihr herauf.

War die Concierge hochgestiegen und hatte den Kopf durch die Luke gesteckt? Hatte sie nichts Besseres zu tun?

»*Un moment*, mir ist meine Werkzeugtasche runtergefallen«, schrie Aimée zurück.

Im Licht der Taschenlampe erkannte sie das golden-kupferfarbene Stummelende des eingedrungenen Geschosses.

»Sie haben sich geirrt, Mademoiselle«, rief die Concierge. »Was treiben Sie dort oben?«

Aimée stieß genervt die Luft aus und spürte, wie sich ein Schweißtropfen von der Stirn löste.

»Madame, gehen Sie runter. Ich komme gleich!«

»Ihre Firma hat gesagt …«

»Madame, *attention*, es ist gefährlich hier oben. Kommen Sie nicht rauf!«

Aimée hörte, wie die Dachluke geschlossen wurde. Es war keine Zeit mehr zu verlieren. Sie musste das Projektil herausholen, bevor die Concierge mit der Polizei anrückte. Erneut rutschte sie mit dem Fuß weg, griff nach der Wand und hielt sich daran fest. Von der Straße waren Hupen und Rufe zu hören. Sie sah nach unten.

Ein großer Fehler. Ihr wurde übel.

Konzentration! Sie musste das alles ausblenden und sich konzentrieren.

Sie zog den kleinen Schraubenzieher aus der Werkzeugtasche, stocherte im Stein und hebelte anschließend mit einer schnellen Bewegung das Geschoss heraus. Sie fing es auf, ließ es in einen Beutel fallen und verstaute diesen in ihrer Tasche. Zitternd lehnte sie sich gegen die Wand, bevor sie mit vorsichtigen Schritten zurückging.

Als sie die Luke erreichte, sie aufklappte und sich ins Treppenhaus hinunterließ, hatte sie sich wieder einigermaßen beruhigt.

Sie packte ihren Rucksack, schob die Säge zurück an ihren Platz und begegnete auf der Treppe der Concierge. »Madame, alles in Ordnung«, sagte sie. »Ich gehe jetzt.«

»Ich hab in Ihrer Firma angerufen. Die Frau dort weiß von nichts!«

»Die Neue hat sie nicht mehr alle. Die ist völlig neben der Spur!« Aimée eilte an ihr vorbei. »Wahrscheinlich kann ich mir jetzt den Nachmittag freinehmen.«

In der Métro-Station rief sie Viard im Laboratoire Central de la Préfecture de Police an und vereinbarte mit ihm ein Treffen. In ihrer Aufregung lief sie die gesamte Strecke von der Métro bis zum Polizeilabor in der Nähe des Parks Georges-Brassens. Vor dem rotbraunen Klinkerbau atmete sie durch, bevor sie ihren Polizeiausweis vorzeigte, eine aktualisierte Version, die sie aus dem Ausweis ihres Vaters erstellt hatte.

Sie fand Viard auf dem Schießstand im Keller. An einem Draht hingen die Zielscheiben, durchlöcherte schwarze Silhouetten auf weißem Papier. Nach den Einschusslöchern im Brust- und Herzbereich zu schließen trainierte er jeden Tag.

»Nicht schlecht«, sagte sie. »Sie wissen, was die Zollbeamten sagen?«

»Wir haben schwarze Zielscheiben, sie weiße, das zeigt, mit welcher Einstellung wir an die Sache rangehen.«

Sie grinste. »Das haben jetzt Sie gesagt. Ich hab ein Rätsel für Sie.«

»Hoffentlich was Kniffliges«, sagte er, legte seine SIG Sauer in eine Schublade und nahm die Schutzbrille und die Ohrschützer ab. Er leitete das Ballistiklabor und schuldete Aimée noch einen Gefallen. Sie hatte ihn Michou vorgestellt, Renés Wohnungsnachbar, der in einem Club in Les Halles als Drag Queen arbeitete. Vergangenen Monat hatten die beiden ihr halbjähriges Jubiläum gefeiert, ein Rekord für Viard, und Aimée und René waren von den beiden zum Essen eingeladen worden.

»Können Sie mir sagen, ob dieses Geschoss für die Schmauchspuren in diesem Bericht verantwortlich ist?«

Sie reichte ihm die Kopie des Laborberichts, den sie von Maître Delambre erhalten hatte. »Viard, Sie sehen die 98 Prozent Zinn, die hier aufgeführt sind? Jeder, der schon mal eine Manurhin in der Hand hatte, weiß, dass diese Waffe keine Patronen mit einem so hohen Zinnanteil verschießt.«

»Klar. Ich sehe auch, dass diese Rückstände auch an der Hand der betreffenden Person festgestellt wurden.«

»Reden wir in Ihrem Büro weiter«, schlug Aimée vor.

Sein Büro im ersten Stock war mit einem für Behörden üblichen Metallschreibtisch ausgestattet, dazu kamen mit Ballistik- und Waffenhandbüchern vollgestopfte Regale, der Boden war mit einem faden rehbraunen Teppich bedeckt. Vor dem Fenster mit zugezogenem Vorhang stand allerdings ein Regal mit Orchideen, zarten, exquisiten Pflanzen, die zwischen Rindenstücken, Torf, Moos und Kalk wuchsen. Die Blütenblätter wiesen sämtliche Purpurschattierungen auf, von Hellviolett bis fast Indigo. Einige wenige waren gelb, manche weiß. Sie sahen aus wie Schmetterlinge im Flug.

»Sie haben sich weitere Orchideen angeschafft?«

Er nickte. »Mexikanische und südamerikanische Arten wie diese Phragmipedien gedeihen auch im direkten Sonnenlicht«, sagte er, nahm eine Sprühflasche zur Hand und hüllte die Pflanzen in feinen Wasserdunst.

Fand Viard in seinen Orchideen eine Schönheit, die ihm in seiner Arbeit abging? Sie glaubte zu sehen, dass die Falten um seine Mundwinkel tiefer geworden und auch auf der Stirn stärker ausgeprägt waren als früher. Machte es ihm so sehr zu schaffen, dass er sich in der Arbeit zu seinem Schwulsein nicht bekennen konnte?

Hinter seinem Schreibtisch hingen Plakate von Waffenschauen, dazu ein Farbspektrum, das die Bahn eines vergrößerten Geschosses nachzeichnete.

Sie holte den Beweisbeutel aus ihrem Rucksack und ließ ihn vor seinen Augen hin- und herbaumeln. »Ich hab's ja nicht so mit Glücksspielen, aber jede Wette, dass die Schmauchspuren, die im Bericht analysiert wurden, von diesem Geschoss stammen.«

»Eine Wette?«

»Ich setze eine Flasche Château Margaux.«

Er stieß einen Pfiff aus. »Ist Ihnen klar, was so ein Test kostet, Aimée?«

Sie schüttelte den Kopf. »Als Steuerzahlerin komme ich dafür auf.«

»Sie und noch ein paar andere. Hören Sie, das Budget meiner Abteilung gibt das nicht her. Noch nicht mal die Interne Ermittlung würde die Kosten dafür übernehmen.«

Hatte Delambre den Vorschlag deshalb zurückgewiesen? Weil er wusste, dass sie für besondere Tests nicht aufkommen würden? Und die Richtlinien sie nicht verlangten?

»Die Interne Ermittlung trägt also die Kosten?«

»Den Großteil, aber nur den Basistest. Alles nach Vorschrift, mehr nicht.« Kopfschüttelnd wässerte er wieder seine Orchideen. »Sie wissen, wenn ich könnte, würde ich Ihnen helfen. Aber mir sind die Hände gebunden. Tut mir leid.«

Ihr kam eine Idee. Die vielleicht funktionierte.

»Aber das Ministerium ist doch involviert. Im Verbund mit der Internen Ermittlung. Hab ich das noch nicht gesagt?« Irgendwo musste es hier eine Verbindung geben, sie war sich sicher. Sie wusste nur noch nicht, wo. Aber das konnte warten. »Ich dachte, das wüssten Sie.«

»Das Innenministerium?« Er zuckte mit den Schultern, stellte die Sprühflasche ab und sah auf seinen Schreibtisch. »Ich habe keinerlei Anfragen oder andere Dokumente erhalten.«

»Mal sehen, wie heißt er gleich noch … der dafür verantwortlich ist?« Sie fuhr sich durch die Stachelhaare und sah zu den SIG-Sauer-Handbüchern. »Fängt mit einem J an. Jubert, genau. Ludovic Jubert.«

Er nickte. »Wenn das so ist. Gut ...«

Sie versuchte sich ihre Überraschung nicht anmerken zu lassen.

»Ich hab nur vergessen, wo genau er sitzt.«

Viard starrte auf den Laborbericht. »Also eine Inkompatibilität zwischen den Rückständen einer Manurhin-Patrone und den Schmauchspuren an den Händen der Beamtin?«

»Inkompatibilität, ja. Und überprüfen Sie bitte auch, ob der Zinngehalt der Patrone zu den Schmauchspuren an den Händen passt.«

»Gut, wenn das Ministerium zahlt ...« Er zog ein Antragsformular heraus. »Da also noch kein offizieller Antrag vorliegt, kann ich bis dahin *Antrag ist unterwegs* eintragen, oder?«

»Eine wunderbare Idee!«

Obwohl sie vor Neugier fast platzte, für welche Abteilung Jubert arbeitete, wollte sie Viard keinesfalls vom Test ablenken oder gar seinen Argwohn wecken, indem sie jetzt zu sehr auf Jubert herumritt und fragte, wo sie ihn finden konnte.

Viard streifte Latexhandschuhe über und nahm ihren Beweisbeutel entgegen. Er hatte angebissen.

»Was ist das weiße Zeugs?«

»Ein Geschenk der Taubengötter.«

»Ahh, *merci* ... faszinierend«, sagte er und griff sich eine Brille aus seiner Schreibtischschublade. Seine Stimme hatte sich verändert, sie war jetzt höher, aufgeregter. »Hoher Zinnanteil, meistens ein Anzeichen für osteuropäische Modelle, die vermehrt auf den Markt kommen.«

So was hatte sie doch schon irgendwo gehört. Bordereau. Was hatte er gesagt? »Sie meinen osteuropäische Waffen, wie sie unter anderem von der FLNC benutzt werden?«

Sie hätte schwören können, dass er sich vor Freude am liebsten seine Latexhände gerieben hätte. »Nach der Konferenz in Bukarest im vergangenen Jahr hab ich immer geträumt, so was mal machen zu dürfen.« Er starrte auf das matte, knubbeligverformte Geschoss. »Ich würde sagen, es stammt aus Bulgarien, vorher will ich aber noch einen Test durchführen, den ich mal an einer Sellier & Bellot gesehen habe.«

Wenigstens würde Juberts Abteilung für den Test aufkommen, der schon mal an einer Sellier & Bellot durchgeführt worden war – was immer das auch sein mochte. Es gefiel ihr, dass er viel kostete und Viard ganz scharf darauf war. Sie war überzeugt, dass Laure damit entlastet werden würde. Und sie den Täter finden würde.

Aber das alles dauerte seine Zeit. Stunden, möglicherweise ein ganzer Tag konnten vergehen, bevor Viard ihr Ergebnisse lieferte. Bis dahin musste sie sich um die Fragen kümmern, die sie bislang zurückgestellt hatte.

Sie stieg an der Station Les Halles aus und fand ein Internet-Café mit Rohrstühlen und Plakaten an der Wand, die für das Ethno-Musikfestival in Châtelet warben. Der gleichmäßige Rhythmus der Trance-Musik vermischte sich mit dem Dröhnen und Zischen des Milchaufschäumers. Sie schob einer rehäugigen Bedienung in ausgestellten Paisley-Hosen zehn Franc rüber, suchte sich einen freien Computer und loggte sich ein. Zunächst suchte sie auf der Website des Innenministeriums nach einem Ludovic Jubert. Erneut war dort nichts zu finden.

Also war es allmählich an der Zeit, sich Zoé Tardou zuzuwenden, ihren zögerlichen Antworten, ihrem ängstlichen Verhalten. Eigentlich hatte sie die Mittelalterforscherin in ihrer eleganten Jugendstilwohnung gleich neben dem Haus, auf dessen Dach Gagnard ermordet worden war, schon viel früher aufsuchen wollen.

Der Geranienstängel. Hatte Madame Tardou den Mord beobachtet, als sie die Blumen in ihrem Fenster gegossen hatte, und dann aus Angst geschwiegen? Sie hatte erwähnt, die Männer belauscht und die Namen von Planeten gehört zu haben – allerdings hatten sie sich in einer anderen Sprache unterhalten. Korsisch? Und sie hatte erwähnt, in einem Waisenhaus aufgewachsen zu sein. Was Aimée seltsam vorkam. Wenn sie die Stieftochter des Surrealisten Max Tardou war, warum hatte sie dann in einem Waisenhaus leben müssen? Wie passte das zusammen?

Wenn es dich juckt, dann kratz dich, hatte ihr Vater immer gesagt. Sie musste nachbohren. Am besten also gleich mal online damit anfangen.

Sie suchte unter den Stichwörtern Surrealismus und Max Tardou und fand eine Reihe von Websites. Sie ackerte sie durch. Tardou, ein bekannter Maler, war vor der deutschen Besatzung im Zweiten Weltkrieg nach Portugal geflohen. So viel also zu seinen späteren Behauptungen, in der Résistance gekämpft zu haben. Laut einer Site über den Surrealismus hatte Zoes Mutter Elise ihn nach dem Krieg kennengelernt.

Sie suchte weiter. Fand Fotos von Elise; eines im Profil, aufgenommen auf einem Dadaisten-Ball in Montmartre. Zu sehen war eine Menschenmenge mit Turbanen und Melonen, auf die Gesichter hatten sie sich den griechischen Buchstaben ϖ gemalt. Ein anderes zeigte Elise im Gegenlicht, eingehüllt in einen selbst entworfenen Mantel, das blonde Haar wie ein Heiligenschein hoch aufgetürmt, die Augen mit Kajal nachgezogen. Eine eindrucksvolle Frau, die berühmt war für ihre dadaistischen Gedichte.

Nachdem sie keine aktuelleren Informationen fand, wollte sie schon aufbrechen, aber dann fiel ihr ein Querverweis auf. Dabei wurde der Name Elise Tardou im Zusammenhang mit einem Dokumentarfilm aus den Achtzigern über den Lebensborn erwähnt. Seltsam! Handelte es sich um dieselbe Elise Tardou? Lebensborn, so hieß das Nazi-Programm zur gezielten Zeugung arischer Kinder. Lebensborn-Einrichtungen hatte es in Deutschland, Norwegen und den besetzten Ländern Europas gegeben. Selbst ein Mitglied der Popgruppe ABBA wurde in dem Film als Lebensborn-Kind aufgeführt. Wie hing das alles miteinander zusammen? Gab es überhaupt einen Zusammenhang?

Sie trank ihren Espresso aus und las weiter. Château Menier in Lamorlaye außerhalb von Paris war das einzige französische Heim gewesen. Aimée hatte bis dahin nicht gewusst, dass es so etwas in Frankreich überhaupt gegeben hatte. Schockiert las sie weiter. Der Artikel brachte ein Zitat aus einem Bericht der dadaistischen Dichterin Elise Tardou, die 1944 hier zwangsweise untergebracht gewesen war. Was Aimée zu lesen bekam, erstaunte sie.

»Es gab französische Frauen im Château, wenngleich nicht sehr viele. Wenige nur geben es zu. Die Schande. Es war ja nicht unsere Entscheidung, wir hatten ja keine andere Wahl. Die meisten Frauen waren Gefangene aus Polen, daneben blauäugige Ungarinnen. Es gab ein Kinderheim, das wie eine Zuchtstation geführt wurde.«

1944. Zoé schien um die fünfzig zu sein. Ein schrecklicher Verdacht kam Aimée. Sie druckte sich die Seite aus. Und dann stieß sie auf einen Artikel über eine Künstlerkolonie, in der sich die alten großen Surrealisten in den Sechzigern getroffen hatten. Auf Korsika.

Korsika! Nach dem Artikel, den sie davor gelesen hatte, hatten die Tardous ihre Ferien jeden August auf Korsika verbracht. Jahrelang.

Sie hatte Zoé Tardou bei einer Lüge ertappt, sie glaubte auch zu wissen, warum die Frau gelogen hatte. Jetzt musste sie ihre Theorie nur noch auf die Probe stellen.

»Madame Tardou!« Sie klopfte an die Wohnungstür.

Keine Antwort.

Nach fünf Minuten, als ihr schon die Knöchel wehtaten, ging die Tür einen schmalen Spaltbreit auf.

»Ich habe vorgestern mit Ihnen gesprochen, Sie erinnern sich? Sie waren furchtbar erkältet. Ich hoffe, es geht Ihnen besser. Ich habe Ihnen ein paar Ricola-Hustenbonbons mitgebracht.«

»Das ist sehr nett.«

Aimée drückte Zoé die Bonbondose in die Hand und musterte ihre blond-grauen, zu einem Knoten gebundenen Haare, ihre schlanke Figur unter dem Wollpullover, die auffallend wasserblauen Augen.

»Darf ich reinkommen?«

»Ich habe Ihre Fragen beantwortet«, sagte Madame Tardou. »Ich werde nicht zur Polizei gehen.«

Wieder die Angst, die Wohnung zu verlassen. Agoraphobie?

Aimée stellte ihren Fuß in die Tür. »Ich will nur eine Sache klarstellen, damit ich sie von meiner Fragenliste streichen kann. Das ist alles.«

Zögernd machte Zoé die Tür ein Stück weiter auf. »Sie sind aufdringlich, Mademoiselle. Aber ich habe nichts mehr zu sagen.«

»Bitte, es wird wirklich nicht lange dauern. Sie werden sehen.« Aimée schob sich an ihr vorbei und marschierte in das große Zimmer mit den Jugendstilmöbeln. Das Zimmer mit den schwarzen Decken vor den Fenstern. Sie tastete im Rucksack nach ihrer Haarbürste.

Zoé Tardou, die Lesebrille auf der Nase, stand mit einem roten Stift in der Hand vor ihr. »Sie sehen, ich bin beim Fahnenlesen meines Aufsatzes, ich habe nicht viel Zeit.«

Aimée blieb stehen und betrachtete die Fotos auf dem Flügel.

»Sie haben die Sommer auf Korsika verbracht, Madame Tardou, nicht wahr?«

»Ist das ein Verbrechen?«

»Korsika, L'Île de Beauté. Sie haben mir erzählt, Sie wären im Sommer immer nach Italien gefahren.«

»Wir waren auch in Italien.«

Aimée nickte. »Ihr Stiefvater Max Tardou hat in Bonifacio eine Künstlerkolonie gegründet, damit wollte er den Surrealismus wiederbeleben. Sie sind da jahrelang hingefahren.«

Aimée wischte mit der flachen Hand über die glatte Oberfläche des Flügels und zeigte dann auf ein Foto. Eine Schwarz-Weiß-Aufnahme von Sonnenbadenden, im Hintergrund die Markise eines Cafés.

»Café Bonifacio. Das gibt es immer noch.«

»Was hat das alles damit zu tun?«

»Sie verstehen Korsisch. Sie sprechen es sogar, nicht wahr?«

Zoé Tardou knetete ihren Rotstift.

»Ich war noch ein Kind.«

»Sie müssen auch noch als Heranwachsende die Sommer auf Korsika verbracht haben«, sagte Aimée. »Sie sind vielleicht sogar dort zur Schule gegangen.«

»Ja, bin ich. Was spielt das alles für eine Rolle?«

Sie hatte es zugegeben!

Aimée näherte sich der Frau.

Der Stift zwischen deren Fingern zerbrach.

»Die Stimmen auf dem Dach, die Sie gehört haben, die haben Korsisch gesprochen, nicht wahr? Sie haben alles verstanden und die Namen der Planeten und Sternbilder erkannt.«

Angst zeigte sich in den unwiderstehlich blauen Augen. Mit zitternden Fingern schob sie die Brille höher.

»Vielleicht … ja … ich weiß es nicht.«

»Denken Sie nach. Die Männer haben Korsisch gesprochen. Was genau haben sie gesagt?«

Zoé legte die Hände an die Brille, dann sah sie auf und nickte. »Ja. Aber es ist so lange her, dass ich die Sprache gehört habe. Das war in einem anderen Leben.«

»Warum können Sie es mir nicht sagen?«

»Es war so seltsam, wieder Korsisch zu hören, ich dachte, ich träume, ich war mir nicht sicher …«

»Sie haben aus dem Fenster geschaut, haben so getan, als würden Sie Ihre Geranien gießen«, unterbrach Aimée. »Das ist ganz natürlich. Sie haben verstanden, was die Männer gesagt haben. Es war still, das Schneetreiben und der Wind hatten noch nicht richtig eingesetzt.«

Aimée hielt inne. Wartete. »Schon gut, erzählen Sie mir die Wahrheit«, sagte sie besänftigend, drängend. »Klären wir alle Details. Bei Ermittlungen dreht es sich meistens um solche Details, man muss sie ständig in mühevoller Kleinarbeit gegenprüfen.«

Zoé Tardou beobachtete sie. Reglos. Aus der Küche kam Bratenduft, dazu der Geruch von *herbes de Provence*. Köstlich. Aimées Magen knurrte.

Sie seufzte. »Das ist nicht besonders aufregend, glauben Sie mir.« Sie bemühte sich um einen sachlichen Ton. »Haben Sie gehört, wie die Dachluke eingeschlagen wurde?«

Tardou schüttelte den Kopf.

»Aber Sie haben die Männer auf dem Dach erkannt?«

»Aber ich …« Sie hielt sich die Hand vor den Mund, wieder diese Kleinmädchengeste, als hätte man sie bei einem Vergehen ertappt.

»Sie haben es mit der Angst zu tun bekommen?«, beendete Aimée den Satz für sie.

Zoé Tardou nickte.

»Wen haben Sie erkannt?«

»Ich will keine Probleme, keine Probleme«, sagte sie, hob abwehrend die Hände und trat einen Schritt zurück. »Ich will da nicht mit hineingezogen werden. Ich hab was auf dem Herd …«

Der Thymiangeruch wurde stärker.

»Ich brauche nur einen Namen.« Aimée lächelte und griff zu ihrem Notizblock im Lederrucksack.

»Ich weiß nicht, wie er heißt. Den, den ich erkannt habe – aber das muss ja nicht heißen, dass er jemanden erschossen hat.«

»Natürlich nicht, da haben Sie recht. Aber es kann uns dabei helfen, den wahren Täter zu finden, verstehen Sie? Wir brauchen Ihre Hilfe.«

Zoé Tardou zögerte.

»Wohnt er hier?«

»Ich hab ihn auf der Treppe gesehen, aber ich kenne ihn nicht.«

»Wie sieht er aus?«

»Beim letzten Mal hat er sich seine Haare blond gefärbt. Aber das ändert sich ständig. Ich weiß es nicht genau, ich glaube aber nicht, dass er hier wohnt.«

Aimée notierte es sich.

»Aber er könnte im Haus arbeiten? Oder für jemanden arbeiten, der hier wohnt?«

Zoé zuckte mit den Schultern. »Dafür ist er zu ungehobelt.«

War das der Typ, von dem Cloclo gesprochen hatte? Oder einfach nur ein Arbeiter wie Theo, der eine Beleidigung für ihr Feingefühl darstellte?

»Ungehobelt? Sie meinen einen Bauarbeiter? Einer von denen, die mit der Renovierung beschäftigt sind?«

»Er ist kein Arbeiter. Er hat einen rüden Umgangston. Und er war ganz in Schwarz gekleidet, Designerkleidung. Modisch.«

»Ein junger Mann?«

»Darauf habe ich nicht geachtet.«

»Und der andere Mann?«

»Ich habe nur seinen Rücken gesehen.«

»Haben Sie den Schuss gehört oder das Mündungsfeuer gesehen?«

Madame Tardou schüttelte den Kopf. »Ich habe gehört, wie sie gesprochen haben, von Konstellationen … aber dazwischen waren Abschnitte, die überhaupt nicht reingepasst haben.«

»Was haben Sie gehört?«

»Ich habe es Ihnen nicht gesagt, weil es doch völlig unsinnig war.« Sie hielt inne, rieb sich die Wange.

»Erzählen Sie«, sagte Aimée und versuchte ihre Ungeduld zu bezähmen.

»Sie haben von *turrente* gesprochen, einem ›wilden Bach, Strom‹; von *parolle*, was ›Wort‹ bedeutet, aber das hat keinen Sinn ergeben, oder es hat irgendwas anderes bedeutet. Sie haben von Planeten und einem Strom gesprochen. Nein, da war noch was … ja, richtig … *cincá*, ›suchen‹. Sie haben ›Suche in einem Strom‹ gesagt.«

Planeten und Strom und eine Suche, wenn sie von Korsika sprachen, und dann ein Mord? » Sind Sie sicher?«

»Korsen sprechen sehr undeutlich, sie verschlucken die Konsonanten am Wortende.« Ihr Blick fiel auf ihren mit Papieren übersäten Schreibtisch. »Sie haben das alte Sprichwort erwähnt, an das ich mich noch erinnern kann.«

»Das lautet?«

»*Corsica audra di male in peglyu.*« Sie schüttelte den Kopf. »›Mit Korsika wird es immer schlimmer.‹ Das ist typisch für sie, sie sind auch noch stolz auf ihren Pessimismus.« Sie zuckte mit den Schultern. Sie wirkte müde, als gäbe es nichts mehr, was sie noch sagen könnte. »Ich hatte Kopfschmerzen, es ging mir nicht gut. Ich habe mich hingelegt und muss beim Fernsehen eingeschlafen sein. Das ist alles.«

Aimée glaubte ihr, wollte das aber trotzdem nachprüfen.

»Was haben Sie sich angesehen?«

»Angesehen? Einen alten Sherlock-Holmes-Film. Das Ende hab ich leider verpasst. Und jetzt muss ich wieder arbeiten.« Sie konnte es kaum erwarten, Aimée loszuwerden. »Mehr kann ich Ihnen nicht sagen.«

»Es gibt da noch etwas«, sagte Aimée. Wie sollte sie es ansprechen? »Ich bewundere Ihre Mutter. Es gehört viel Mut dazu, sich zu Lamorlaye und dem Lebensborn zu bekennen. Warum hat sie …«

»Von ihrer Gefangenschaft gesprochen? Wie Frauen dort missbraucht wurden?«, kam es von Zoé atemlos. Kurz bemerkte Aimée den gleichen wehmütigen Blick, der ihr auf dem Foto an Elise aufgefallen war.

Aimée nickte.

»Die Vergangenheit lastete zu schwer auf ihr, sie hat sie nicht mehr länger ertragen können, hat Maman gesagt. Als der Filmemacher auf sie zukam, hat sie gespürt, dass es an der Zeit war. Etwas so Schreckliches sei die Mühe nicht wert, es für immer zu verbergen, hat meine Mutter gesagt.«

»Das hat großen Mut erfordert.«

»Und das Seltsame war: Danach hat sie wieder Gedichte geschrieben. Es war, als wäre die Last der Geschichte von ihr abgefallen.«

»Ich bewundere sie für ihre Offenheit«, sagte Aimée.

Zornesfalten legten sich auf Zoé Tardous Stirn. »Mein Stiefvater hat das anders gesehen. Er hat sie rausgeworfen und wollte mich enterben. Aber er ist gestorben, bevor er dazu kam.«

»Sie enterben, weil Sie von einem Deutschen gezeugt wurden?«, fragte Aimée.

»Die, die kurz vor Schluss meinten, im Widerstand kämpfen zu müssen, ansonsten aber die Besatzungszeit im Ausland verbracht haben, waren später die Heldenhaftesten überhaupt!«

»Es tut mir leid.« Aimée wusste nicht, was sie sonst sagen sollte.

»Ihnen tut es leid?« Sie lachte kurz auf. »Den Frauen hat es auch leidgetan. Und uns, den Kindern, auch. Kinder des Feindes. Mit Schuldgefühlen aufgewachsen für das, was wir waren. Dass wir überhaupt am Leben waren, war schon Grund genug für unsere Schande. Ich werde nie erfahren, warum ich nicht nach Deutschland abtransportiert wurde wie die anderen – vielleicht war ich zu jung, vielleicht ist in den Wirren des deutschen Abzugs 1944 einiges durcheinandergeraten. Meine Mutter hat mich in einem Raum mit Teleskopen gefunden, ein Observatorium gleich neben dem Château, das in ein Waisenhaus umgewandelt worden war. Ich hatte Glück. Andere verschleppte Kinder wurden nach Kriegsende in Heimen untergebracht, hatten kaum etwas zu essen, waren aus ihrer vertrauten Umgebung herausgerissen und sind auf die schiefe Bahn geraten. Ohne Eltern, die nach ihnen gesucht hätten, weil sie entweder tot waren oder alles vergessen wollten, deshalb landeten viele in psychiatrischen Einrichtungen. Ich habe wenigstens meinen biologischen Vater gefunden, der immer noch am Leben ist.«

Aimée starrte sie ungläubig an. »Haben Sie sich mit ihm getroffen?«

»Ein trauriger alter Herr in Osnabrück. Er hat sich an meine Mutter erinnert. Nach dem Krieg hatte er eine Apotheke«, sagte sie und lächelte verhalten. »Er hat an der Universität Geschichte des Mittelalters studiert.«

Donnerstag, Spätnachmittag

Aimée zog den Gürtel ihres Ledermantels enger. Zoé Tardous Worte verfolgten sie. Kein Wunder, dass sie die Behörden mied. Die Geschichte der Frau schien ihr kaum weiterzuhelfen, aber wenigstens hatte sie bestätigt, dass sie korsische Stimmen gehört hatte. Aimée ließ den Blick durch die schmale Straße schweifen. Keine Cloclo. Kein *mec* mit Daunenjacke.

Wie konnte sie Cloclo warnen, dass sie überwacht wurde?

Aimée stieg die Treppe zur Place des Abbesses hoch. Dort patrouillierten CRS-Teams in blauen Kampfanzügen mit Uzis in den Straßen. Das ließ definitiv auf eine Terrorwarnung schließen. Ihr wurde unbehaglich zumute. Was ging hier vor sich?

Sie trat in ein warmes Café, holte sich eine Zeitung und setzte sich ans Fenster, von dem sie einen Blick auf die Straße hatte; der perfekte Platz, um nach Cloclo Ausschau zu halten.

Sie wischte über das beschlagene Glas und dachte nach. Cloclo mochte den »ungehobelten« *mec* nicht, den Zoé Tardou beschrieben hatte. Vielleicht ließ sie ihn schnöde abblitzen, wenn er sich an sie ranmachen sollte. Aber wenn es dazu kam, wäre Aimée in wenigen Sekunden bei ihr.

Mehrere junge Männer standen am Kickertisch. Aimée bestellte bei einer Bedienung mit einer tätowierten roten Rose auf dem Arm einen *Croque Monsieur*.

Draußen eilten Passanten durch das graue Abendlicht. Über der Treppe hing nebliger Dunst. Aimée versuchte sich dem Raubtierblick eines Mannes in schwarzer Jeans und blauem Rollkragenpullover neben dem Kicker zu entziehen. Sie tippte mit dem Fuß im Takt zum Techno aus dem Radio und betrachtete die Schlagzeile der Zeitung: POLIZEI ENTDECKT WEITERE SPRENGSÄTZE. SPUREN FÜHREN ZUR FLNC.

Unwillkürlich verkrampfte sie sich. Das erklärte die CRS-Präsenz auf dem Platz. Und einen Augenblick lang hatte sie Angst. Ein weiteres Gebäude, in dem Sprengsätze gelegt worden waren?

Sie las den Artikel: »Aufgrund von Hinweisen, die aus nicht genannten Quellen eingegangen sind, hat eine Anti-Terror-Einheit der Pariser Polizei in einem Regierungsgebäude ein Versteck mit Sprengstoff und Zündvorrichtungen gefunden.«

Ein unscharfes Foto zeigte einen zerlegten Sprengsatz.

Sie las weiter:

Seit 1975 wird Korsika von Anschlägen einer kleinen, aber sehr aktiven nationalistischen Bewegung erschüttert. Schauplatz ihrer Aktionen ist meistens die Insel selbst und eher selten das französische Festland. Durch die Sprengstoffanschläge soll in der Regel nur Sachschaden verursacht, die Gefahr für Menschen aber so gering wie möglich gehalten werden. Die Anschläge erfolgen daher oft in den frühen Morgenstunden, wenn die Angestellten noch nicht in der Arbeit sind. Ziele sind Polizeidienststellen, französische Verwaltungseinrichtungen und Immobilien von Nicht-Korsen auf der Insel. Die Finanzierung der Bewegung erfolgt durch Zwangserhebung einer sogenannten »Revolutionssteuer«, wobei jeder mit Repressionen zu rechnen hat, der die Zahlung verweigert. Bislang wurde nicht bekanntgegeben, welche Pariser Regierungsgebäude Ziel möglicher Anschläge sein könnten. Man hat lediglich verlauten lassen, dass der Maurenkopf – das Symbol der Separatisten – entdeckt worden sei. Die Polizei geht Hinweisen nach, wonach die im 18. Arrondissement operierende FLNC-Zelle für die Anschläge verantwortlich ist. Laut eines Sprechers des Ministeriums ist zu vermuten, dass die französische Regierung durch die Anschläge eingeschüchtert und zu Verhandlungen mit mafiösen Gruppierungen gezwungen werden soll, die die separatistischen Bestrebungen für eigene Ziele missbrauchen.

Irgendwo hatte sie den Maurenkopf schon gesehen. Und Yann Marant hatte gesagt, dass Lucien Mitglied der FLNC sei.

Soweit sie wusste, war Korsika für Frankreich auch aus strategischen Gründen von Interesse. Auf der Mittelmeerinsel waren Mirage IV stationiert, die Bomber der französischen Luftwaffe, die für Atombombeneinsätze vorgesehen waren.

Um Ordnung in ihre wirren Gedanken zu bringen, griff sie zu ihrem Notizblock und schrieb auf, was sie bislang wusste. Zoé Tardou hatte auf dem Dach einen Korsisch sprechenden Mann erkannt, der angeblich von Planeten und einem Strom geredet hatte, bevor Jacques Gagnard, ein Halb-Korse, ermordet wurde. Gagnard hatte mit Zette Cavalotti zu tun, einem ebenfalls ermordeten korsischen Barbesitzer. An Laures Händen waren Schmauchspuren mit hohem Zinnanteil festgestellt worden. Und sie selbst hatte ein Projektil geborgen, das hoffentlich zum hohen Zinnanteil an Laures Händen passte. Und gleich neben dem Gebäude, auf dem Gagnard ermordet wurde, hatte man Pläne für einen letztlich vereitelten Sprengstoffanschlag auf die Mairie des 18. Arrondissements gefunden.

Nichts passte zusammen! Trotzdem hing dem allen ein Geruch an, der schlimmer war als der von saurer Milch. Hatte

Gagnard seine unwissende Partnerin Laure in eine Sache mit hineingezogen, in die korsische Separatisten verstrickt waren? Wenn doch Laure nur wieder zu Bewusstsein kommen würde. Aber was würde sie dann von ihr zu hören bekommen?

Der Zeitungsartikel verwies auf eine korsische Separatistengruppe, die in Montmartre aktiv war. Aimée zog ihre Haarbürste aus dem Rucksack, in deren Handgriff sich ein Minirecorder versteckte. Eines von Renés Spielzeugen; er liebte so was.

Hatte das Gerät alles aufgezeichnet?

Sie nahm sich einen Zahnstocher aus dem Porzellanhalter auf der weißen Papiertischdecke und steckte ihn in das Rückspulloch: Ein tiefes Summen war zu vernehmen. Dann steckte sie den Zahnstocher in die Play-Öffnung. Zoé Tardous Stimme vermischte sich mit den Rufen der Typen am Kickertisch. Aimée spulte noch weiter zurück und hörte sich die Unterhaltung an: »Strom … suchen … Namen von Planeten.« Was hatte das alles zu bedeuten?

Sie hatte sich alles in ihrem Block notiert, bis ihr *Croque Monsieur* kam, eine herrliche Bistro-Erfindung: Toastbrotscheiben wurden in verquirltes Ei getaucht, mit Schinken und Schmelzkäsescheiben belegt, dazu wurde Bechamelsauce aufgetragen, das zusammengeklappte Sandwich mit Käse bestreut und gebacken; eine wunderbare Mahlzeit an einem kalten Wintertag. Sie breitete auf dem Tisch ihre Skizze von Zoé Tardous Haus, dem Innenhof und dem Gerüst sowie dem Dach von Pauls Haus aus und zeichnete noch den Baucontainer ein, in dem Yann Marant den Plan gefunden hatte.

Ihr Handy klingelte.

»Allô?«

»Der *mec* ist an mir vorbei«, kam es von Cloclo. »Vor zwanzig Minuten.«

Zu spät. Aimée hatte sie nicht kommen sehen.

»Wo sind Sie, Cloclo? Ich sehe Sie nicht auf der Straße.«

»Hausbesuch bei einem alten Kunden. Ich bin in der Goutte d'Or. An der Kreuzung Rue Custine und Rue Doudeauville.«

Oder, wie ein Politiker gesagt hatte, »wo die *Bobos* der bürgerlichen Bohème auf die bunten *Boubous* der afrikanischen Immigranten treffen.«

»Dann ist er jetzt fort!«

»Nicht, wenn sein Kebab noch gegrillt wird. Er ist im Kabob Afrique. Da ist eine lange Schlange, die sich bis zur Straße rauszieht.«

»Cloclo, man hat ein Auge auf Sie«, sagte Aimée.

»Männer zahlen dafür, weißt du?«

»Ich meine es ernst. Sie werden beschattet. Seien sie vorsichtig. Suchen Sie sich in den nächsten Tagen einen anderen Standort.«

»*Vraiment?*« Aimée hörte ein kehliges Lachen. »Ich könnte ein bisschen Sonne vertragen. Cannes, Menton, oder würdest du eher zu Cap Ferrat raten?«

»Können Sie den Typen beschreiben?« Sie warf ein paar Francs auf den Tisch.

In diesem Moment kam der Typ zu ihr, der sie schon die ganze Zeit beäugt hatte, und berührte sie am Ellbogen.

»Lust auf einen Drink?«, fragte er. »Ich steh auf große Augen und lange Beine.«

Sie kannte solche Typen. Nur ein Wort der Aufmunterung, und er kam über sie wie ein Ausschlag.

»*Desolée*, mir geht's genauso.« Sie lächelte ihn an. »Aber ich steh auch auf etwas Gehirn zwischen den Ohren.«

Sie packte sich ihren Mantel.

»Oooh, er lässt sie entwischen?«, rief einer seiner Kumpel lachend, als sie das Café verließ.

Mit dem Handy am Ohr lief sie auf die Straße.

» … wie ein …« Cloclo war nur noch bruchstückhaft zu verstehen. »Diese Echse, die immer ihre Farbe wechselt.«

Ein Chamäleon, das sich seiner Umgebung anpasste, dachte sie.

»Warum ist er ein Chamäleon, Cloclo?«

»… heute schwarze Haare und Koteletten, Lederjacke …«

»Im Ernst, Cloclo …«

Die Leitung war tot.

Wenigstens war Cloclo jetzt woanders, und sie hatte Aimée eine Beschreibung geliefert. Sie eilte die Stufen zur Métro hinunter, schob ihre *carte orange* in den Automaten und stellte sich neben eine ältere Frau, die den *Figaro* las, während sie auf den Zug wartete. Wenn es gut lief, käme sie vielleicht noch rechtzeitig zum Kebab-Laden.

Sie musste einmal umsteigen, sieben Minuten später verließ sie die Station Château Rouge.

Unter dem blassen Licht der untergehenden Sonne, die durch eine Lücke in der Wolkendecke brach, entdeckte sie die von Markisen überspannten Stände, an denen alle möglichen Bananenarten verkauft wurden: kurze, dicke, grüne, gelbe, rote und stummelige. Männer in langen *Djellabas* standen neben Pappkartonschachteln, auf denen sie Videokassetten und »gebrauchte« Videorecorder zum Kauf anboten. Am Geländer der Balkone darüber wehte die zum Trocknen aufgehängte Wäsche. Frauen in bunten *Boubous* stopften unter lauten »*Iso, iso*«-Rufen geröstete Maiskolben in Plastiktüten. Mehrere Reiseläden priesen auf handgeschriebenen Schildern Billigflüge an: Paris–Mali für 2000 Franc.

Das *Quartier* erinnerte sie mit seinem Gassengewirr, dem Orangenduft und den Marktschreiern an eine arabische Medina. Sie befand sich in der Goutte d'Or, dem »goldenen Tropfen«, auf der anderen Seite des Montmartre, benannt nach den Weinbergen, die sich hier über den Hügel gezogen hatten. Nach 1918 hatten hier die für den Ersten Weltkrieg angeworbenen Soldaten aus Nordafrika billige Unterkünfte mit Blick auf die Gleise der Gare du Nord gefunden. Und so war es geblieben. Die Miete war immer noch billig, die Häuser noch heruntergekommener, überall wimmelte es vor Afrikanern und Arabern und anderen Migranten aus der »Dritten Welt«.

Aimée ließ den Blick schweifen. In halber Höhe der Straße entdeckte sie das Kabob Afrique.

Donnerstagabend

Lucien Sarti drückte gegen das Wellblech, das auf die Lagerhaustür genagelt war, zwängte sich nach draußen und nahm den Musikkoffer auf den Rücken.

Drei Jahre in Paris, und nichts erreicht.

Kouros, vermutete er, hatte sich aus dem Vertrag zurückgezogen, weil ihm jemand gesteckt hatte, dass er Verbindungen zu Terroristen hatte. Statt einen SOUNDWERX-Vertrag in der Tasche zu haben, war jetzt die Polizei hinter ihm her, und, was fast noch schlimmer war, ein Landsmann hatte versucht, ihn als Terroristen hinzustellen.

Die Kundenschlange des Kebab-Ladens zog sich bis zur nassen Straße hinaus. Ihm fiel eine stachelhaarige Frau in einem Ledermantel auf, die mit dem Rücken zu ihm in ein Schaufenster sah. Ihre langen Beine in schwarzen Strümpfen endeten in Stiletto-Absätzen.

Er könnte den Veranstalter des Ethno-Musikfestivals in Châtelet anrufen und ein Treffen vereinbaren. Und da er als DJ in alternativen Clubs auftrat, die von den Flics nicht überwacht wurden, könnte er so einigermaßen über die Runden kommen.

Er ging am Kabob Afrique vorbei, vor dem die ausgebleichten grünen Fensterläden hochgezogen waren. Canestrelli wären ihm jetzt lieber gewesen, das traditionelle Gebäck, das auf Korsika am Spätnachmittag zum Wein gegessen wurde. Und als Umgebung rosarot-gelbe Steinhäuser, die in die letzten kupferfarbenen Strahlen der Sonne getaucht wären. Stattdessen stand er im fahlen Winterlicht einer grauen Straße mit Gebäuden aus dem neunzehnten Jahrhundert.

Die Frau im Ledermantel sprach ihn an.

»Pardon, Monsieur …« Ihr Rucksack fiel vor ihm auf das Kopfsteinpflaster.

Gleichzeitig mit ihr beugte er sich nach unten, wollte ihn aufheben, und dabei stießen sie mit dem Kopf zusammen. Ihre Hände berührten sich. »Meine Schuld, tut mir leid«, sagte sie.

Und plötzlich war er hin und weg. Ihre geröteten Wangen, ihre großen Augen, ihr bemerkenswertes Gesicht brachten ihn kurz aus der Fassung. Er hatte ganz vergessen, dass es auch noch andere Frauen gab, fantastische Frauen.

Und dann sah er die Angst in ihrem Blick. Sie umklammerte ihren Rucksack, erhob sich und ging. Bog um die nächste Ecke in eine schmale Gasse und verschwand.

Frauen! Er schulterte seinen *Cetera*-Koffer und warf einen Blick in die Gasse. Und mit Entsetzen bemerkte er das blitzende Messer, das ein Mann in der Hand hielt, der die Frau gegen die auf dem Bürgersteig gestapelten kaputten Möbel drängte.

Donnerstag

Laure hörte die Stimmen. Weit entfernte Stimme, unterbrochen von Piepen und schlurfenden Schritten. Ihr war kalt, so kalt, und ihr Kopf war so schwer, als wäre er mit Wolle ausgestopft. Sie wollte etwas sagen, aber die trockene, geschwollene Zunge war ihr im Weg.

»Was sagen Sie?«, hörte sie eine junge Stimme ganz nah. »Gut. Ich weiß ja, Sie strengen sich an.«

Was war das für ein Lärm? Die Geräusche, das Stöhnen? Kam das von ihr? Sie spürte einen sengenden Schmerz in der Seite, etwas Weißes blitzte auf. Dann ein lächelndes Gesicht, ein warmer Waschlappen, der ihr über das Gesicht strich. Neben ihr das Summen eines Monitors.

»Hallo, Laure, na, wieder unter den Lebenden?«

Sie nickte und spürte ein dumpfes Pochen hinter den Augen.

»Probieren Sie es damit.«

Auf ihren Lippen Eiswürfel, die ihre pelzige Zunge gierig ableckte.

»Langsam, Laure. Sie haben Durst, *non*? Entspannen Sie sich, immer mit der Ruhe.«

Angewärmte Decken wurden ihr über die Füße gebreitet, Wärmflaschen lagen an ihrer Seite. Das Eis war kalt und belebend, Tropfen rannen ihr langsam in die ausgedörrte Kehle.

Sie bemerkte die Schatten entlang der Bettreihen, die Schwestern, das tiefe monotone Surren der Lautsprecher irgendwo im Hintergrund.

»Sie haben Besuch, Laure«, war die Stimme zu hören. »Ein alter Freund, sagt er. Ein Freund der Familie.«

Augen über schweren Tränensäcken blickten sie an; ein Mann saß auf dem Stuhl neben ihr. Er nickte. »Wir haben uns Sorgen gemacht, Laure. Aber jetzt siehst du schon wieder viel besser aus. Erinnerst du dich noch an mich, Laure?«

Die Party, die Verabschiedung in den Ruhestand, das Café und Jacques. Alles kam zurück. Morbier war hier, der alte Kollege ihres Vaters.

»Du musst jetzt nichts sagen. Drück meine Hand, wenn du mich verstehst.«

Sie *musste* reden, ihm vom Dach erzählen, dem Gerüst ... sie musste reden. Über die Männer, den Schnee in ihrem Gesicht. Und wie sie gelacht hatten. Diese Männer. Und die Waffe, die andere Waffe. Jemand hatte ihr die Pistole abgenommen. Sie hatten sie getreten, als sie sie wiederhaben wollte. Das metallische Glitzern in seiner Tasche. Und dann war von Neuem alles schwarz geworden.

Sie sagte etwas, aber es kam kein Ton heraus.

Aimée hätte sich verfluchen können. Der Typ, der sie auch schon auf dem Markt verfolgt hatte, drückte ihr ein Messer ans Gesicht.

»Du bist sehr unachtsam«, sagte er. Er schob sie gegen die in der Gasse gestapelten, zerbrochenen Stühle und alten Tische, Überreste einer Zwangsräumung. Die Gasse lag weitab vom Schuss, niemand sonst war zu sehen.

»Ich weiß nicht, was Sie meinen. Sie müssen mich mit jemandem verwechseln.«

Sie wollte wissen, für wen er arbeitete. Warum er sie bedrohte … hier? Aber eins nach dem anderen.

Sie grinste. »Jetzt kapier ich's! Wenn Sie mich haben wollen, dann sagen Sie es doch einfach!« Sie zeigte zum Hôtel Luxe, einem heruntergekommenen Gebäude mit rußgeschwärzter Fassade gleich gegenüber. »Fünfhundert Francs, weil Sie es sind, inklusive Spezialbehandlung.«

Ihm schienen tatsächlich Zweifel zu kommen. Sie gehörte sicherlich nicht zu den Nutten, mit denen er sonst zu tun hatte.

»Ich muss dafür nicht zahlen«, prahlte er und kam näher. »Du bist zu neugierig.« Sein Blick wanderte über ihre Beine. »Und steckst überall deine Nase rein.«

Auf seiner Lederhose glitzerten Regentropfen. Lass ihn noch einen Schritt näher kommen.

»Respekt beruht auf Gegenseitigkeit.« Lächelnd fuhr sie sich mit der Zunge über die Lippen. »Steck das Messer weg und komm her.«

Und in der Millisekunde der Unentschlossenheit trat sie ihm mit aller Kraft gegen die Kniescheibe. Er klappte vornüber, griff sich ans Knie und heulte vor Schmerz auf. Klappernd fiel das Messer auf das Pflaster. Dem Himmel sei dank für spitze Stiletto-Absätze. Sie schnappte sich das Messer und wollte flüchten, blieb noch kurz an einem Stuhlbein hängen, dann rannte sie los. Und schlitterte gleich an der Ecke wieder in den Typen von vorhin, mit dem sie mit dem Kopf zusammengeprallt war. Durchdringende schwarze Augen, Gesichtszüge wie aus Stein gemeißelt, schwarze Locken, Koteletten: ein Gutaussehender, wie Cloclo gesagt hatte.

»Na, Sie scheinen ja ganz gut allein zurechtzukommen«, sagte er.

Sie hatte Glück gehabt.

»Sie sind Lucien Sarti, oder?«

Argwohn mischte sich in seinen besorgten Blick. »Wer sind Sie?«

Ihr Angreifer allerdings gab noch nicht auf. Humpelnd kam er auf sie zu und drückte sich ein Handy ans Ohr. Rief er Verstärkung? Dazu schwang er ein massives Stuhlbein.

»Verschwinden wir!«, sagte sie.

Vom Regen in die Traufe. Was hatte Lucien Sarti hier verloren? Und der *mec*? Hatte Cloclo sie in einen Hinterhalt gelockt?

»Schnell«, sagte sie und deutete zu einem halb geöffneten Tor, das hoffentlich zu einer anderen Straße führte, wo sie entkommen konnten.

»Hören Sie, ich weiß nicht, wer Sie sind oder warum Sie meinen Namen kennen«, sagte er.

»Ich erklär's Ihnen später. Beeilen Sie sich!«

Er zögerte. Sie zog ihn am Arm, und zusammen liefen sie an Müllcontainern vorbei, hinter denen sich Rosensträucher reihten, die mit transparenten Plastikplanen vor dem Frost geschützt waren. Einstöckige Häuser lagen an der ruhigen *impasse*. Eine Sackgasse. Aimées Puls beschleunigte sich. Wohin jetzt?

Hinter sich hörten sie laute Schritte. Sie wandte sich nach links, hinein in eine Passage, und zog ihn mit sich hinter eine nasse Hecke. Nebeneinander kauerten sie auf dem Boden, seine Jeans streifte an ihrem Oberschenkel. Sein Blick war eindringlich, sein warmer Atem strich ihr übers Ohr.

»Warum verfolgt dieser Typ Sie?«

Sie legte nur den Finger an die Lippen. Auf dem Rücken hatte er einen Instrumentenkoffer. Rechts von ihnen befand sich ein Stadthaus im Stil von Louis-Philippe; *œil-de-bœuf*-Fenster glotzten sie an. Sie konnte keinerlei Türen ausmachen, die aus dem Hof in eine andere Straße führen würden.

Ängstlich hielt sie die Luft an. Die Schritte wurden leiser und verstummten, dann war es still.

Er starrte sie an. »Er ist fort«, sagte er. »Gehen wir.«

Seine langen schwarzen Wimpern waren ganz nah vor ihr.

Sie erhob sich und wischte sich das nasse Laub von den Beinen. Dreckschlieren zogen sich über ihre Strümpfe.

»Was wollen Sie von mir?«, fragte er.

»Ich hab Sie an dem Abend, als der Flic erschossen wurde, am Montmartre gesehen.«

»Einen Moment!« Er kniff die Augen zusammen. »Wie haben Sie mich gefunden? Ich mag Polizisten nicht. Polizisten wie Sie.«

»Haben Sie ihn erschossen?«

Wie vom Donner gerührt sah er sie an. »Was sind Sie für eine Polizistin?«

Warum musste er so verletzlich und gleichzeitig so wütend aussehen?

»Man versucht, meiner Freundin den Mord anzuhängen. Und ich bin keine Polizistin. Ich bin Privatermittlerin.«

Bevor sie weitere Fragen stellen konnte, ging ein automatisches Garagentor auf. Dahinter wurde ein Mercedes sichtbar, an dessen Steuer ein streng dreinblickender Mann mit Oberlippenbart saß. »*Allez-y!* Das hier ist Privateigentum«, rief er ihnen zu.

Mit schnellen Schritten gingen sie den Weg zurück, den sie gekommen waren. Aimée spähte in die Straße. Alles klar. Sie atmete durch. Und erstarrte.

Der Mann, der auf sie losgegangen war, tauchte grinsend aus einem Hauseingang auf. Begleitet wurde er von zwei anderen mit schwarzen Mützen. Die Verstärkung war also eingetroffen.

»Du stehst also auch auf Ausländer«, sagte der Typ, dem sie den Tritt gegen das Knie verpasst hatte. »Sieht aus wie ein Korse, meine Spezialität.«

Sie sah sich in der Passage um. Es war einer der Plätze, an dem die Straßenhändler nachts ihre Karren abstellten. An der Steinmauer hing ein Feuermelder. Für anderes war jetzt keine Zeit mehr. Kurzentschlossen rammte sie den Ellbogen dagegen, Glas splitterte, und sie zog am Griff. Nur ein lautes Surren war zu hören. Sollten diese Dinger nicht losplärren wie eine Sirene?

In einem Hauseingang entdeckte sie noch einen Typen in Lederjacke und Stiefeln. Ihr stellten sich die Härchen im Nacken auf. Mit seinen schwarzen Locken hätte er der Bruder des Musikers sein können. Sein Zwillingsbruder. Ihr Herz raste. Wenn Cloclo ihn gemeint hatte, steckten sie dann alle unter einer Decke?

Lucien nahm ihr das Messer ab, das sie immer noch in der Hand hielt, und schob sich vor sie.

Er spuckte aus, dann sagte er etwas auf Korsisch. Sie spannte die Schultern an.

»Hören Sie, die sind zu viert …«, flüsterte sie ihm zu. Ihre Handflächen waren feucht. Wo sollten sie bloß hin?

Und plötzlich ertönte ganz in der Nähe eine gellende Sirene. So viel zur schnellen Reaktion der Feuerwehr. Oder hatte der Mercedesfahrer die Polizei gerufen?

Die Sirenen kamen näher und wurden lauter. Die Typen stoben auseinander, das Double des Musikers eingeschlossen.

Aimées Hände zitterten. Sie wollte auf keinen Fall noch da sein, wenn die Feuerwehr die Straße absperrte und sich auf die Suche nach dem Feuer machte. Oder wenn die Flics auftauchten.

»Gehen wir! Wir müssen uns unterhalten, irgendwo, wo wir sicher sind«, sagte Lucien Sarti, der immer noch das Messer in der Hand hielt. »Wer immer Sie auch sind.«

René ging auf dem abgetretenen Holzboden vor Pauls Wohnung auf und ab. Von der Wand bröckelte der Putz, unter der Dachluke roch es nach Schimmel. Wenigstens musste er nicht wieder als Toulouse-Lautrec auftreten. Trotzdem sehnte er sich nach einem heißen Rum, nicht nur, um sich Mut zu machen.

Er hatte Aimée eine weitere Nachricht auf dem Handy hinterlassen. Die Stufen knarrten, eine Frau um die dreißig kam die Treppe herauf. Sie hatte ihre rot gefärbten Haare zu einem Knoten gebunden, der mit einem grünen Clip zusammengehalten wurde. Ihre Augen erinnerten ihn an die von Paul. Sie trug einen langen schwarzen Rock und einen Regenumhang und hatte ein Einkaufsnetz voller Weinflaschen dabei.

»Kann ich Ihnen behilflich sein?«, fragte sie brüsk.

»Madame, ich kenne Paul …«

»Ach, Sie sind der Schauspieler. Paul hat mir von Ihnen erzählt«, fiel sie ihm ins Wort. »Er hat einen wunderbaren Aufsatz geschrieben, das war Ihr Verdienst.«

René zögerte. Er wünschte, Aimée wäre hier.

»Eigentlich wollte ich mit Ihnen und Paul reden.«

»Vielleicht ein anderes Mal.«

Was sollte er machen? Sie hatte mit dem Schlüssel und dem schweren Einkaufsnetz zu kämpfen.

»Lassen Sie mich Ihnen helfen.«

»*Non, merci*, es geht schon.«

»Haben Sie was dagegen, wenn ich auf Paul warte?«

»Warum?« Sie sah ihn argwöhnisch an.

René machte einen Schritt zurück. »Es geht um eine wichtige Sache …«

Plötzlich lag Panik in ihrem Gesicht. »Sie wollen bei uns nachsehen, was? Sie sind vom Sozialamt!«

»Nein, ganz und gar nicht«, entgegnete René verdattert.

»Ich kenne euch doch. Erst schmeichelt ihr euch ein, dann wollt ihr mir Paul wegnehmen.«

»Entspannen Sie sich, Madame«, sagte er ganz verzweifelt. »Schauen Sie mich doch an! Vom Sozialamt weiß ich nichts. Aber ich weiß, dass Paul ein helles Köpfchen ist. Er ist intelligent und talentiert, nur etwas schüchtern.«

Es schien ihr tatsächlich peinlich zu sein. »Schüchtern, *oui*. Meine Schuld, was? Das wollen Sie mir doch sagen!«

»Es gibt etwas, das wir erörtern müssen. Aber bitte drinnen, nicht hier im Treppenhaus.«

»Erörtern? Die Wohnung ist ein einziger Saustall.« Sie zögerte.

»Sie sollten erst mal meine sehen.«

Nach weiterem Drängen konnte er sie schließlich dazu überreden, ihn in die Wohnung zu lassen. Bis er ihr geholfen hatte, das Geschirr wegzuräumen, zwei Gläser zu spülen und sie auf den Tisch zu stellen – wobei er sich gehörig strecken musste –, pochte seine Hüfte vor Kälte. Die Einzimmerwohnung mit den Dachschrägen war nicht geheizt. Trotz der Enge, die zwischen Bettsofa, Tisch und den zusammengewürfelten Stühlen herrschte, machte alles einen ordentlichen und sauberen Eindruck.

»Kalt, was?«, sagte er.

Sie deutete nur auf den Gasofen und packte ihr Netz aus.

Auf Zehenspitzen drehte er am Knauf des kleinen Gasofens. Das blaue Licht flackerte, zischte und wurde dann größer. Er öffnete die Klappe, die daraufhin ein wenig Wärme abstrahlte.

»Persönliche Beziehungen aufbauen, nicht einschüchternd wirken« – so lautete das letzte Kapitel in seinem Detektiv-Handbuch. Also machte er Konversation, um sie aus der Reserve zu locken. »Diese Treppe ist ganz schön anstrengend, ich meine, für jemanden wie mich.« Er sah zu, wie sie aus der etikettlosen Flasche einschenkte. Der Wein sah aus wie irgendein Fusel mit dickflüssigem Depot. »In meiner alten Wohnung hab ich auch immer ganz schön klettern müssen. Wohnen Sie schon lange hier, Madame?«

»Isabelle«, sagte sie. »Den Smalltalk können Sie sich sparen.«

Einfach in der Theorie, schwierig im echten Leben. Die Ratschläge aus dem Handbuch hatten so ihre Grenzen.

»Pauls Vater ist nach der Geburt abgehauen.« Sie leerte ihr Glas. »Wir sind viel umgezogen. Immer in Montmartre.«

»Aber hier haben Sie Glück gehabt. Die Aussicht ist großartig.« Er deutete zum großen Fenster mit den Stores.

Sie setzte die Ellbogen auf den abgewetzten Tisch und schien sich zu entspannen. »Ich weiß nicht, was Sie ›erörtern‹ wollen, ich schlage vor, Sie sagen es mir einfach.«

»Es wäre besser, wenn auch noch Paul hier wäre«, versuchte er Zeit zu schinden.

»Worum geht es?«

Gut, dann kam er eben zur Sache. »Paul hat mir erzählt, dass er die Schießerei auf dem Dach beobachtet hat.«

»Sie sind ja verrückt! Paul erfindet Geschichten. Er hat eine blühende Fantasie.«

»Finden wir es heraus. Ich werde ihn in Ihrer Gegenwart noch mal dazu befragen. Das alles bleibt streng vertraulich.«

Sie schenkte sich noch mal das Glas voll und bemerkte, dass René seines noch gar nicht angerührt hatte. »Sind Sie sich zu schade, um mit mir an meinem Tisch Wein zu trinken?«

Er trank Wein gern zum Essen, nicht auf leeren Magen. Aber er wusste, was sich gehörte.

»Überhaupt nicht, Isabelle.« Er nahm einen kleinen Schluck. Er schmeckte nach gerösteten Walnüssen. Keine schlechte Art, sich aufzuwärmen. »Ein alter Merlot?«

Sie nickte.

»Isabelle, ich verstehe ja, dass Sie sich Sorgen machen.« Er reichte ihr eine Visitenkarte. Gott sei Dank hatte er eine dabei. »Paul sagt, er hat zweimal das Mündungsfeuer gesehen. Er kann damit eine unschuldige Polizistin entlasten, wenn er das gegenüber ihrem Anwalt zu Protokoll gibt.«

»Einen unschuldigen Polizisten? Sie machen Witze.«

Er wollte sie schon zu »Polizistin« verbessern, stutzte dann aber. »Was meinen Sie?«

»Der hat Schutzgeld verlangt.«

»Jacques Gagnard, der Mann, der auf dem Dach ermordet wurde?«

»Hören Sie, das alles geht mich nichts an. Vergessen Sie es einfach.«

»Woher wissen Sie, dass der Flic korrupt war?«, fragte René und hakte, um die Schmerzen in der Hüfte zu lindern, das baumelnde Bein auf einer Sprosse am Stuhl ein.

Sie zuckte mit den Schultern. »Ist kein großes Geheimnis, wenn man auf der Straße arbeitet oder am Spielautomaten mal einen Kaffee trinkt.«

Zum Beispiel in Zettes Bar in der Rue Houdon, dachte René. Vielleicht hatte Aimée ja wirklich ins Schwarze getroffen.

»Ich brauche aber mehr als das. Es ist wichtig. Eine Polizistin wird verdächtigt, ihren Partner erschossen zu haben.«

Ihr kurzes Auflachen verdutzte ihn. »Und das soll mich überraschen?«

Sie wirkte jetzt, nach den ersten Gläsern Wein, klarer im Kopf und in ihrer Artikulation. Bei manchen Trinkern war das so. Bis sie umfielen.

»Ihr Sohn hat gesehen, wie ein Mensch ermordet wurde. Das ist *direkt vor Ihrer* Wohnung geschehen.«

Sie leerte ihr Glas.

»Ihr Sohn hat echte Schüsse gehört, keine aus dem Fernsehen. Ist Ihnen klar, wie leicht Ihr Sohn von einem Querschläger hätte getroffen werden können?«

Sie sah weg.

Wie kam er an sie ran? Er nahm einen weiteren Schluck vom Wein und wünschte sich, seine Hüfte würde weniger schmerzen. Er schenkte ihr nach. »Isabelle, gut, gehen wir also davon aus, dass dieser Flic korrupt war und ein wütender Informant ihn erschossen hat. Aber wir brauchen Ihre Hilfe, um den Täter zu finden.«

»Sie arbeiten verdeckt, richtig? Sie gehören irgend so einer Spezialeinheit an?«

René nahm einen großen Schluck. Konnte vielleicht nicht schaden, sie in dem Glauben zu lassen. Er nickte.

Isabelle starrte vor sich hin, dann sah sie ihm in die Augen, schob sich eine ihrer roten Haarsträhnen hinters Ohr und atmete tief durch. »Es hat *drei* Schüsse gegeben. Ich hab sie alle gesehen.«

»Drei?« Renés Magen machte einen Satz. Ob vom Wein oder von ihren Worten, wusste er nicht. Spielte auch keine Rolle. »Paul hat gesagt …«

Sie schüttelte den Kopf. »Paul hat den dritten nicht gesehen. Den letzten Schuss.«

»Haben Sie gesehen, wer geschossen hat?«

»Ich will nicht, dass Paul mit hineingezogen wird, Sie verstehen?«

Auf den Handel einlassen, wie in Kapitel 8, Seite 87 ausgeführt? Widerstrebende Zeugen versuchen oft, zu verhandeln. Lass dich darauf ein, verlier aber dein Ziel nicht aus den Augen.

René nickte. »Wenn Sie sich bereit erklären, sich mit dem Anwalt zu treffen und eine Aussage abzugeben, können wir Paul aus der Sache heraushalten.«

»Gut, dann ist das abgemacht, Kleiner?«

Keiner hatte ihn jemals ungestraft so genannt.

»Darauf können Sie Gift nehmen. Und ich heiße René.«

Sie schob ihr halbvolles Weinglas weg. »*Et donc*, René. Ich habe hier gesessen, genau hier, und habe meinem Onkel geschrieben, einen Bittbrief. Paul hat im Alkoven hinter dem Vorhang geschlafen. Hab ich zumindest gedacht. Deswegen ist es mir ja überhaupt erst aufgefallen. Draußen war es pechschwarz, ein Unwetter hat sich zusammengebraut. Und plötzlich hat es auf dem Dach aufgeblitzt, genau vor mir. Und dazu ein Knall wie von einem Schuss.« Sie verstummte.

»Erzählen Sie weiter!«

»Auf dem Dach waren dunkle Gestalten zu sehen. Ich hab das Radio leiser gestellt, und fünf Minuten danach, vielleicht auch später, habe ich den nächsten Blitz gesehen.«

Konnte hinkommen. Sie hatten Laure aufgelauert, ihr die Waffe abgenommen, damit Gagnard erschossen, ihr dann eine andere Waffe in die Hand gelegt und noch mal abgedrückt.

»Wie viel von dem Zeugs hatten Sie intus, Isabelle?« Er deutete auf die leeren Weinflaschen, die neben dem Kühlschrank standen.

»Ich hab mein Geld erst am Dienstag bekommen.«

»Was hat das damit zu tun …«

»Ich hatte am Montag kein Geld. Paul muss was zum Essen haben. Also kauf ich, wenn das Geld kommt, als Erstes immer die Lebensmittel. Immer. Dann kann ich es nicht für meine Freunde ausgeben.«

Er sah zu den Flaschen. Wein, der Freund der einsamen Frau?

»Mein Junge ist wie ein Affe. Ständig klettert er auf dem Dach herum. Schuld daran ist der alte Trottel da unten, der sich von ihm helfen lässt. Ich hab die Tür knarren hören, und in dem Augenblick blitzt es zum dritten Mal. Paul hat seinen Schulranzen auf den Tisch gelegt und ist in seinen Alkoven gekrochen. Sie können sicher sein, dass ich ihn ins Gebet genommen habe. Ich hab ihm gesagt, dass wir Ärger kriegen, wenn er was erzählt. Er hat mir versprochen, alles für sich zu behalten, nachdem ich ihm gehörig Angst eingejagt habe.«

Etwas störte René.

»Wenn Sie da in die Nacht hinausgestarrt haben, wie haben Sie da überhaupt etwas erkennen können?«

»Ich hab die Gestalten gesehen, bevor das Schneetreiben so richtig eingesetzt hat. Zwei dunkle Silhouetten.«

»Isabelle, wenn Sie das Licht anhaben, dann hätten die Männer doch auch Sie sehen müssen, oder?«

»Ich lass nur das Licht über der Spüle brennen, um Paul nicht zu stören. Dann ist es ziemlich dunkel, so ungefähr.«

Sie stand auf und schaltete die Deckenlampe aus. Die Ecke wurde in ein weiches rötliches Licht getaucht. »Ich kann von meinem Platz aus nach draußen sehen, aber sie sehen mich nicht.«

René sah auf seine Uhr. »Es ist spät, sollte Paul nicht allmählich im Bett sein? Wo ist er überhaupt?«

»Er versteckt sich, wie immer. Früher oder später kommt er schon.«

»Isabelle, er könnte in Gefahr sein. Haben Sie schon mal daran gedacht? Hat das Licht gebrannt, als er seinen Schulranzen auf den Tisch gelegt hat?«

In ihrem Blick tat sich etwas. Ihr war etwas eingefallen.

»Was, Isabelle?«

Vielleicht lag es am Wein, vielleicht an der vom Ofen verströmten Wärme oder an beidem, jedenfalls rieb sie sich die Wange und rückte mit weiteren Informationen heraus.

»Dieser Typ, der hat den Nachbarn nach Paul gefragt. Ein grobschlächtiger Typ, arrogant, ständig poltert er durchs *Quartier*. Was wollte der von Paul?«

René bekam es mit der Angst zu tun. »Vielleicht versteckt sich Paul vor jemandem. Vielleicht hat er sich deswegen verspätet.«

Oder er war geschnappt worden. Wo zum Teufel steckte Aimée?

Isabelle griff zum Weinglas. Ihre Hand zitterte, rote Tropfen landeten auf dem Tisch.

»Wir müssen von hier weg, wir müssen ausziehen«, sagte sie.

»Sie können nicht weglaufen. Rufen Sie die Polizei!«

»Polizei? Nein.«

»Sie müssen die Polizei verständigen, wenn er in Gefahr ist.

Wenn man ihn findet und Sie dem Anwalt erzählen, was Sie wissen, können wir dafür sorgen, dass Sie beide in Sicherheit gebracht werden. Ich verspreche es.« Hoffte er zumindest.

Sie zögerte. »Ich will mit den Flics nichts zu tun haben. Ich bin vorbestraft.«

»Was in der Vergangenheit war, ist jetzt nicht wichtig«, sagte er. »Denken Sie an Paul.«

Er sah, wie es in ihr arbeitete.

»Er muss jeden Moment kommen.«

Das hoffte René auch. Ansonsten müsste er sich auf die Suche nach ihn machen.

»Also, erzählen Sie mir, wo er sich überall verstecken könnte.«

Donnerstagabend

»Gut, Musiker, warum folgt Ihnen dieser Typ – oder ist es umgekehrt?«, fragte Aimée. Ihr Atemhauch zerstob im Licht der Kunsteisbahn auf der Rotonde de la Villette. »Ich muss es wissen.«

»Ich würde es auch gern wissen«, erwiderte Lucien Sarti und lehnte sich ans Geländer.

Nur wenige Schlittschuhläufer, meistens Pärchen, kurvten zu dieser Zeit noch übers Eis. Die Musik übertönte fast das ferne Kreischen der Bremsen auf der Métro-Hochbahn an der Station Stalingrad.

»Er ist der Typ, der mir das alles anhängen will.«

»Die Terrorsache?«, fragte sie. »Gehört er zu Ihrer Separatistengruppe, läuft er gerade Amok?«

Er schüttelte den Kopf.

Hinter ihnen erhob sich die Rotunde von La Villette. Der von dorischen Säulen gestützte Rundbau war ursprünglich als Zollhaus errichtet worden und hatte zwischen 1830 und 1865 als Kaserne, später als Salzlager gedient. Vor ihnen lag das dunkle Wasser des Bassin de la Villette, das sich weiter unten zum Canal Saint-Martin verengte.

Wenigstens waren sie im Freien, auf einem öffentlichen Platz. Andere Passanten waren kaum zu sehen, nur einige wenige drängten sich in der Kälte vor einen Crêpe-Stand.

Und immer noch spürte sie die Berührung seines Beins an ihrer Hüfte. Cloclo, redete sie sich ein, musste den anderen gemeint haben. Lucien Sarti war ihr schließlich zu Hilfe gekommen, oder? Aber wie hatte ihr Vater immer gesagt? Hüte dich vor voreiligen Schlüssen!

Er zog das Messer aus der Tasche und hielt es verdeckt vor sich. Abgenutzter Holzgriff, gezahnte Schneide. »Ein Schuppmesser«, sagte er. »Die bevorzugte Waffe im Hafen von Bastia.«

Messer wie diese wurden auch in Restaurantküchen benutzt, wusste sie. Dann klingelte ihr Handy. René? Sie ging ran.

»Aimée, entschuldige den Überfall.« Die raue Stimme von Martine war zu hören, ihrer besten Freundin seit dem *lycée*. »Gilles hat mehr Fasane geschossen, als wir in diesem Leben essen können. Alles schon gerupft und im Backrohr. Und zum Nachtisch gibt es einen perfekten Brillat-Savarin. Sagen wir, du und Guy kommt kurzerhand zu uns!«

Dieser Tage hatte Martine das gesamte 16. Arrondissement bei sich zu Gast. Soiréen, dazu am Wochenende Châteaux-Aufenthalte. Ermöglicht durch ihren Freund Gilles. Aber Aimée konnte nicht mit den steifen, leblosen Leuten.

»Martine, ich kann jetzt nicht reden«, flüsterte sie und drehte sich zum Kanal hin.

»Hast du dich wieder mit Guy gestritten?«

»Was sagst du da?«

»Du hast mich verstanden, Aimée.«

Es hatte keinen Sinn, ihr was vorzumachen. Also raus mit der Sprache. Sie konnte Martine nie lange etwas verheimlichen.

Sie hielt sich die Hand vor den Mund. »Guy ist ausgezogen. Aber das ist jetzt kein guter Zeitpunkt zum Reden.« Sie wand sich und wollte nicht, dass Lucien Sarti sie hörte.

»Ein Grund mehr, dass du kommst!«, entgegnete Martine, lauter jetzt. »Gilles' Kollege von *Le Point* ist auch da. Der wird dir gefallen.«

Das konservative Wochenblatt, das für seine nostalgischen Artikel über die De-Gaulle-Ära bekannt war. Kaum anzunehmen.

»Hör zu, ich bin gerade vor einem Typen auf der Flucht …«

»Du lässt aber auch nichts anbrennen, was?«, kam es von Martine. »Ein böser Junge?«

»Ein ganz böser Junge.«

»*Tiens!* Du meinst … *nom de dieu*! Nicht schon wieder … *du lässt dich doch nicht auf ihn ein!*«

»Später, Martine.« Sie beendete das Gespräch und wandte sich Sarti zu.

»Ihr Freund ist ausgezogen?«, sagte er.

Sie wünschte sich, der Gullydeckel, auf dem sie stand, würde aufklappen und sie verschlucken.

Sarti lehnte sich gegen das Geländer der Eisbahn. In seinen Augen spiegelten sich die funkelnden Lichter am Kanal. Er schien in Gedanken versunken. »Meine Geliebte … jedenfalls war sie mal meine Geliebte … ist jetzt mit einem anderen zusammen.«

»Das tut mir leid.« Sie war ganz durcheinander und wusste nicht, was sie sonst sagen sollte. Solche Dinge passierten. Keiner wusste das besser als sie.

»Das Leben ist wie ein Zug«, sagte er leise. »Nur bin ich zu früh ausgestiegen.«

Was vielleicht auch auf sie zutraf. Hatte sie sich bei Guy nicht genug Mühe gegeben? Jedenfalls hatte sie jetzt das Gefühl, mit Sarti etwas gemeinsam zu haben – als würden sie beide im gleichen Boot sitzen.

»Reden wir über den Typen, der Sie hintergehen will. Ihren Doppelgänger? Woher kennen Sie ihn?«, sagte sie.

»Petru?«

»Wenn das der ist, der Ihnen so ähnlich sieht.«

»Es ist von einem anderen Clan. Er ist anders als ich.«

Clan? Klang, als wäre er nicht ganz von dieser Welt.

»Was wollen Sie damit sagen?«, fragte sie und behielt die Menschen, die sich vor dem Crêpe-Stand unter der Arkade drängten, im Auge. Am Stand hing eine Kerosinlampe. Sie hörte die Schlittschuhkufen auf dem Eis, das gelegentliche Lachen der Pärchen, das alles übertönt von dem Strauss-Walzer, den der Wind zu ihnen herübertrug.

Man hätte annehmen können, dass Sarti Angst hatte, aber er wirkte nur traurig und wehmütig. Er machte nicht unbedingt den Eindruck, als wäre er ein Killer.

»Ich vermisse das Dorfleben«, sagte er. »Hier wird vor einer roten Ampel gehupt, man rennt von einer Métro-Station zur nächsten. Immer ist man in Eile, immer muss es schnell gehen. Auf Korsika geht es menschlicher zu.«

»Petru scheint sich sehr gut angepasst zu haben«, sagte sie. »Für wen arbeitet er?«

»Das sollten Sie doch wissen.«

Natürlich! Yann Marant hatte erzählt, Lucien Sarti sei später zur Party erschienen. »Sie waren auf Monsieur Conaris Fest. Was hatten Petru und seine Schläger da verloren?«

»Schläger? Ich weiß nur, dass sie … dass jemand mich gewarnt hat, Petru hätte terroristische Flugblätter im Aufnahmestudio platziert und die Flics verständigt, damit sie mich festnehmen.«

»Sie glauben … dieser Frau?«

Er zog die Augenbrauen hoch. »Warum sollte ich ihr nicht glauben?«

Warum ihn als Terroristen hinstellen? Was hatte er mit dem Mord an Gagnard zu tun? Das waren zu viele Teile, die nicht zusammenpassten.

»Warum sollte Petru Sie mit hineinziehen und Sie dann verfolgen?«

»Ich sagte doch schon, er stammt nicht aus meinem Dorf.« Er lächelte verhalten. »Wer weiß? Vielleicht hat mein Großonkel seinem Vater ein Maultier gestohlen. So sehen die Pariser uns doch, oder?«

»Interessante Sichtweise. Aber eben auch nur ein Klischee.«

»Gut, Sie sind also bereit, sich auf einen korsischen Separatisten einzulassen?« Er sah sie herausfordernd an.

Lass den Sarkasmus, wollte sie sagen.

»Nur, wenn es unbedingt nötig ist.« Sie musste ihm ja nicht auf die Nase binden, dass sie eine Schwäche für böse Jungs hatte – einmal war sie sogar auf einen Neonazi hereingefallen, der sich aber als ein verdeckt arbeitender guter Junge herausgestellt hatte. »Überzeugen Sie mich davon, dass Sie keiner sind.«

»Für Sie sind wir doch alle Ziegenhirten mit einem Schießgewehr in der Hand, wir pflegen unsere Vendetta und sind ansonsten so wild und ungezähmt wie die Insel.«

»Kommen wir zurück zum Eigentlichen. Was haben Sie in der Nacht gesehen, in der Jacques Gagnard umgebracht wurde?«

»Sie, wie Sie in Handschellen in einen Kastenwagen der Polizei verfrachtet wurden«, gab er postwendend zurück.

Da war noch mehr, sie spürte es.

»Haben Sie Schüsse gehört?«

Er strich mit der Hand über das Geländer.

»Ich denke, Sie haben etwas gesehen.«

»Sie sind kein Flic.«

»Sagte ich doch schon, in bin Privatdetektivin. Jemand will meiner Freundin den Mord in die Schuhe schieben, aber das werde ich nicht zulassen.«

»Darum geht es also?«

Sie nickte. »Ich habe Jacques Gagnard auf dem Dach gefunden, kurz vor seinem Tod. Sein Herz hat noch geschlagen, er hat geblinzelt.« Sie sah zu Boden. »Er hat mir was sagen wollen. Er hat Blickkontakt mit mir gesucht. Es ist schwer zu beschreiben.«

Die Flics hatten es abgetan – die bedeutungslose Reaktion eines Sterbenden. Warum erzählte sie ihm das alles? Sie sollte ihm lieber ihre Fragen stellen.

Sarti verschränkte die Arme. »Mein Großvater ist im Dorf erschossen worden. Er ist unter einer Kastanie verblutet«, sagte er leise. »Es hat lange gedauert. Ich hab bei ihm gesessen, während die Schatten immer länger wurden. Das Blut auf seiner Brust lockte eine Libelle an. Drei Finger an seiner Hand haben sich bewegt … sich ständig bewegt … mein Bruder hat gesagt, das hätte ich mir eingebildet. Ich war noch jung.« Er rieb sich die Bartstoppel auf der Wange. »Eine Woche später hat mein Onkel die Mörder gefunden, es waren drei, sie haben sich in einem Zitronenhain versteckt.«

Er zuckte mit den Schultern. »Ich sehe noch die Zweige vor mir, voller Früchte, dazu die Zitronen, die runtergefallen und aufgeplatzt waren, und ihr Zitrusgeruch, vermischt mit dem metallischen Geschmack von Blut. Rache, das wäre meine Aufgabe gewesen, eine Verpflichtung gegenüber meinem Großvater …«

Er schien weit weg zu sein. Zögernd offenbarte er ihr seine innersten Gefühle. So hatte noch nie ein Fremder mit ihr gesprochen – erst sehr persönlich, dann sarkastisch, dann traurig.

Sie war davon überzeugt, dass er mehr über Jacques Gagnard wusste, als er bislang preisgegeben hatte.

»Noch mal! Erzählen Sie mir, was geschehen ist. Warum wurden Sie auf der Party nicht von der Polizei befragt?«

Er wandte sich ab, sein Gesicht lag nun im Schatten.

»Sie brauchen meine Hilfe, Musiker. Nehmen wir also mal an, Sie haben mir die Wahrheit erzählt.«

»Rache, das ist ein wichtiger Teil meiner Kultur. Ich habe Ihnen geholfen, oder? Lassen Sie es gut sein. Ich komme schon allein zurecht.«

»Während es hier überall von CRS-Leuten wimmelt? Wahrscheinlich sind Sie schon zur Fahndung ausgeschrieben – falls Sie wirklich der FLNC angehören.«

»Ich bin kein Mitglied der FLNC. Nicht mehr. Da sind Sie falsch informiert. Ich mache Musik. Sonst nichts.«

»Woher soll ich wissen, dass Sie nicht mit Petru zusammenarbeiten? Sie könnten Jacques Gagnard umgebracht und es so hingedreht haben, als wäre die andere Polizistin die Täterin, und dann haben Sie Petru hintergangen. Deswegen ist er jetzt hinter Ihnen her.«

Lag Schmerz in seinen Augen?

»Ich bin das alles leid«, sagte er. »Ich habe noch nie in meinem Leben eine Waffe abgefeuert. Sie sind auf dem Holzweg.«

»Überzeugen Sie mich davon.«

»Nur wenige halten sich etwas auf ihre Ehre zugute.« Er beugte sich zu ihr, sein Atem berührte ihr Gesicht. »Soll ich Ihnen trauen?«

»Warum nicht? Wem können Sie sonst trauen? Ihre politischen oder unpolitischen Ansichten interessieren mich nicht. Meine Freundin liegt im Koma, und sie hat ihren Partner nicht erschossen. Um sie geht es mir, um sonst nichts.«

Er musterte sie. Versuchte sie einzuschätzen.

Bon, es also mit seinen Worten sagen, damit er verstand. »Das halte ich mir zugute – es ist *mir* eine Ehre, ihr zu helfen.«

Also erzählte er, was vorgefallen war: von Félix Conari, der Party, der Frau, dass er seinen Ausweis vergessen hatte und verschwinden musste. Sie erinnerte sich an die Liste mit den Partygästen. Ihr war kein korsischer Name aufgefallen.

Sie nickte. »Und jetzt noch mal. Erzählen Sie mir alles, was Sie gesehen haben. Auch das, was Sie vorhin ausgelassen haben.«

»Ausgelassen?« Er schloss die Augen. »Ein alter Mann ist rausgekommen, um mit seinem Hund Gassi zu gehen. Und mir ist ein Licht aufgefallen. Ein flackerndes Licht zwischen den Ritzen der Bretter.«

»Sie meinen die Baustelle? Hier?«, fragte sie aufgeregt, zog ihre Skizze heraus und deutete auf eine Stelle. Er nickte.

»Und nach dem Schuss hab ich Glas splittern gehört.«

Die Dachluke. Durch die sie geflüchtet waren.

»Der Zaun um die Baustelle ist dort nicht sehr hoch. Mir sind Lichter aufgefallen.«

Klang plausibel. Sie erinnerte sich, eine glühende Zigarette gesehen zu haben. Und sie hatte sich gefragt, wohin die Fußspuren führen mochten. Jetzt wusste sie es. Die Täter waren nicht auf die Straße geflüchtet, sondern zurück in die Baustelle.

»Was haben Sie da in diesem Kasten?«

Überrascht blinzelte er, dann lächelte er und lehnte sich mit den Ellbogen aufs Geländer. »Durchsuchen Sie ihn! Nur zu, ich habe nichts zu verbergen.«

Sie beachtete weder sein spöttisches Grinsen noch seine langen Beine. »Warum zeigen Sie es mir nicht einfach?«

Er ließ den Holzkasten aufschnappen.

»Meine *Cetera*«, sagte er und nahm das Instrument in die Hand. Der gewölbte, aus Holz gefertigte Körper war vom langen Gebrauch abgeschliffen, nur die Saiten waren neu. »Ein altes, traditionelles Instrument, unsere Version der Laute.«

Aus dem Kasten stieg der Duft von Bergamotte und … Korinthen? *Nein*, der Geruch war dunkler, intensiver, wie von dunklen Feigen.

Sie hatte eines Abends aus der Kirche nahe ihrer Wohnung einen mehrstimmigen Chor aus Korsika gehört. Fasziniert von der zeitlosen Musik, die etwas in ihr zum Schwingen gebracht hatte, war sie stehengeblieben und hatte gelauscht.

Er schlug seine *Cetera* an. Die hohen melodischen Töne wurden von der kalten Luft fortgetragen und riefen eine andere Welt, eine andere Zeit wach.

Ein Pärchen, das Arm in Arm übers Eis fuhr, hielt an und lauschte.

Vorsichtig legte er das Instrument wieder in den Koffer.

»Sie trauen mir nicht«, sagte er. »Weil ich Korse bin.«

»Solange wir uns gegenseitig helfen, traue ich Ihnen«, sagte Aimée.

»In Frankreich leben mehr Korsen als auf Korsika. Die Insel ist zur Diaspora geworden. Es gibt Dörfer, in denen nur noch zwanzig Prozent der ursprünglichen Bewohner geblieben sind. Die Alten. Gebirge machen fünfundachtzig Prozent der Insel aus. Reiche Pariser verbringen ihren Urlaub dort und wollen die Natur, den Wein und den unverfälschten Honig genießen.« Seine Stimme troff vor Sarkasmus. »Aber haben Sie schon gehört, wir sind mittlerweile voll integriert? Pasqua ist Innenminister, der Quai bei der Préfecture ist nach Korsika benannt, und vielleicht wird irgendwann sogar eine Korsin für die Marianne Modell stehen.«

»Hat Petru Jacques Gagnard gekannt? Haben Sie ihn gekannt?«, fragte sie betont sachlich.

Er schüttelte den Kopf und wandte sich ab, so dass sie sein Gesicht nicht mehr sehen konnte. In der hinteren Tasche seines Rucksacks steckte eine dicke Papierrolle.

Pläne, Blaupausen von ihren Anschlagszielen?

»Was ist das?«, fragte sie nervös.

»Meine tolle Karriere«, sagte er. »Von den Separatisten zerstört.«

Er faltete das Papierbündel auseinander. SOUNDWERX stand ganz oben auf den Blättern.

»Meinen zweiten Vornamen Isadore haben sie vergessen. Aber es hätte auch so gereicht: Lucien Sarti. Ein Vertrag, der nie unterschrieben wird.«

Ihr rutschte die Stabtaschenlampe aus den kalten Händen, der Inhalt ihres Rucksack ergoss sich auf den nassen Boden: Sand vom Strand in der Bretagne, ihr Kajalstift, Nicorette-Kaugummistreifen, eine abgewetzte Vuitton-Brieftasche, ein Hôtel-Dieu-Ausweis für Laures Krankenstation, ein abgegriffenes Handbuch über Computer-Verschlüsselung, das Sterbebild von der Beerdigung ihres Vaters, ein schwarzes Lederhalsband mit einem silbernen tropfenförmigen Anhänger, die Speisekarte eines indischen Take-away und ihr Handy. Sie trocknete die Sachen so gut es ging mit ihren Handschuhen und warf alles wieder hinein.

Lucien hatte die Taschenlampe aufgehoben. »Sie sind eine von diesen Karrierefrauen, was? Sie leben nur für Ihre Arbeit. Putzen nicht das Haus, ich wette, Sie kochen noch nicht mal.«

Aimée wurde rot. War das so offensichtlich? Ihre kulinarischen Fertigkeiten, hatte Guy mal gesagt, beschränkten sich aufs Espressomachen.

»Restaurants wurden dazu erfunden, dass man in ihnen isst, oder?«, sagte sie, nahm die Taschenlampe entgegen und beleuchtete damit das dicke Dokument.

»›Produktbündelung‹, ›Kassette und Vinyl‹, ›Werbematerial‹, SOUNDWERX-Label‹, ›Gerichtsstand‹«, las sie. »Beeindruckend. Die wollten da ganz groß einsteigen?«

»Damit hat es sich jetzt wohl. Petru hat mir da einen Strich durch die Rechnung gemacht.«

»Warum?«

»Wer weiß? Ich bin ihm einmal begegnet, das zweite Mal dann mit Ihnen.«

»Das ergibt keinen Sinn. Irgendwas müssen Sie verbergen.«

Er starrte sie an.

»Die Flics wollen mit Ihnen reden. Es geht um den Sprengsatz in der Mairie des 18. Arrondissements«, sagte sie aufs Geratewohl.

Er zuckte zusammen. Ihr Kommentar hatte also gesessen. Sie trat zurück und warf sich ihren feuchten Rucksack über die Schulter.

»Wollen Sie mich den Behörden melden?«

»Ich hab eine bessere Idee, Musiker. Wir werden Petru finden.«

Der feuchte Pullover klebte Nathalie Gagnard am Körper. Ihre Hand war nass, als sie sich damit über die Wange fuhr. Sie weinte und wusste es noch nicht einmal.

Licht von der Straßenlaterne fiel durch die halb geschlossenen Fensterläden und zeichnete ein Schachbrettmuster auf die Sisalmatte unter ihren nackten Füßen. In ihrer Wohnung – in einem ehemaligen Ballsaal, der zu insgesamt vier Wohnungen umgebaut worden war – hing der durchdringende Geruch der weißen Chrysanthemen, die sie für Gagnards Beerdigung gekauft hatte. Sie lagen im Ausguss, waren noch in grünes Papier gewickelt und brauchten Wasser. Die Leiche des Mannes, nach dem sie sich sehnte, lag immer noch in einer Stahlkammer im Leichenschauhaus. Der Leichnam war noch nicht zur Beerdigung freigegeben. Die Blumen mussten warten.

Das Telefon neben ihr klingelte.

»Madame Gagnard, hier ist Gardien Rassac«, meldete sich eine ihr bekannte Stimme. »Wir möchten Ihnen unser herzlichstes Beileid aussprechen. Wir haben für die Beerdigung gesammelt, so, wie wir meinen, dass es Jacques gewollt hätte.« Pause. »Wir hoffen, Sie haben nichts dagegen.«

Hatten sie Vorkehrungen für Jacques' Beerdigung getroffen, ohne sie vorher zu informieren? Als seine Ex-Frau war sie noch nicht mal eine richtige Witwe und hatte auch keinen Anspruch auf seine Pension. Sie tastete nach ihren Zigaretten, fand die Packung und zündete sich eine an.

»Madame Gagnard?«

Sie atmete aus. Ein grauer Rauchfaden stieg im Zimmer auf.

»Sie haben sich also um alles gekümmert?« Den Rest sparte sie sich.

Wieder eine Pause. »Wir wollen es Ihnen so leicht wie möglich machen, verstehen Sie. Die Männer …« Er räusperte sich. »Wir wollen Ihnen so viel wie möglich abnehmen.«

Die Tränen liefen ihr über das Gesicht, und sie konnte ein Schluchzen nicht unterdrücken.

»Tun Sie, was Sie wollen.« Beschämt legte sie auf. Sie wussten, dass sie kein Geld hatte.

Hätte Jacques nur die Finger von den Automaten lassen können. Die Spielsucht war ein Fluch gewesen. Ihre Schulden waren unaufhörlich gestiegen, er hatte den einen Kredithai bezahlt, um erneut spielen und beim nächsten neue Schulden aufnehmen zu können.

Sie drückte die Zigarette im vollen Aschenbecher aus. Einige Monate zuvor hatte er sich zu einem Programm angemeldet, hatte davon loskommen, sie überraschen wollen. Er hatte ihr gesagt, er werde aufhören, er wolle es für sich tun. Sie hatte ihn nicht nach dem Grund gefragt, nur dem Himmel gedankt. Und dann, vergangene Woche, wieder dieser verräterische Blick, die glänzenden, fiebrigen Augen. Ihr war es sofort klar gewesen. Er hing wieder am Spielautomaten. Wachsender Stress, Tabletten, großartige Pläne, ein Coup, hatte er gesagt, dann wären sie ihre Schulden los. Wie bei jeder tollen Idee von ihm ging der Schuss nach hinten los. Und diesmal hatte es auch ihn selbst getroffen.

Sie seufzte. Seine Strubbelhaare, wie er sie in den Kniekehlen kitzelte, sie unter der Bettdecke zum Schnurren brachte. Das Leben mit ihm hatte Spaß gemacht – an den guten Tagen.

Sie griff zum halb leeren Tablettenfläschchen und setzte sich im Schneidersitz auf die Couch. Sie sehnte sich danach, alles zu vergessen. Sie schlug die Horoskopseite in *Marie Claire* auf, wie sie es jeden Monat tat, und überflog, was zu ihrem Sternzeichen Skorpion geschrieben stand – der immer so abgebildet wurde, als würde er sich in seinen tödlichen Schwanz beißen.

Jacques hatte gesagt, sie verkörpere die dunkle, eifersüchtige, geheimniskrämerische Seite des Skorpions. Er hatte immer seine Freiheit und Unabhängigkeit gebraucht, aber in den fünf Jahren ihrer Ehe schien ihm das durchaus gefallen zu haben. Gegensätze ziehen sich an, sagte man nicht so?

Unter der Rubrik *Gefühle* las sie: *Mit Skorpion im Zeichen der Venus ist die Zeit zum Nachdenken gekommen. Das gilt auch für Träume. Nehmen Sie sich Zeit, denken Sie nach, die Antworten kommen dann von ganz allein. Eine warme Sonne scheint auf Ihren Wegen.*

Antworten kommen von ganz allein? Sie hatte dem Reporter schon erzählt, dass die Schlampe in Haft war. Die Hexe mit der Hasenscharte – das Zeichen wurde in ihrem bretonischen Dorf immer noch als die böswillige Tat einer Fee oder einer Elfe angesehen. Auf dem Land hielt man sich noch an die alten Sprichwörter und Anschauungen. Hatte ihre Mutter ihrer schwangeren Schwester nicht verboten, an einem Hasen vorbeizugehen, aus Angst vor einer Fehlgeburt?

Diese Laure war verflucht und übertrug den Fluch auch auf andere in ihrer Umgebung. Nathalie hatte es gewusst, seitdem sie sie zum ersten Mal gesehen hatte.

Sie ballte die Fäuste und warf das Tablettenfläschchen um. Die Tabletten kullerten über den Boden. Wie viele hatte sie heute schon genommen? Der Arzt hatte gesagt, zwei würden reichen, um ihre Ängste zu lindern. Zwei?

Sie hatte Jacques geschworen, sie würde nie mehr auf die Straße zurückkehren. Sie hatte ihm ihr Wort gegeben. Spielte das noch eine Rolle?

Jacques hatte sie aufgegabelt, damals, kurz nach seiner Militärzeit auf Korsika, als er noch neu war bei der Polizei. Den Februarabend würde sie nie vergessen. Die Flics führten eine Routinerazzia in der Rue Joubert durch. Sie war damals erst ein paar Monate in *The Life* gewesen. Im Commissariat hatte er sie angegrinst, ihr heißen Kaffee gebracht und einen Platz in seinem warmen abgeteilten Raum angeboten. Er hatte sie wie einen Menschen behandelt, hatte ihr zugeblinzelt und sie gefragt, ob sie sich vorstellen könne, als »Cousine« zu arbeiten; so wurden Informanten genannt. Er hatte ihr noch Besseres versprochen und hatte aus ihr, das musste sie ihm lassen, später eine ehrbare Frau gemacht. Das Leben, das sie jetzt führte, verdankte sie ihm.

Es hatte ihr gutgetan, vor allem die letzten Tage. Jeden Tag hatten sie miteinander geredet, manchmal sogar zweimal, er hatte ihr gesagt, wie sehr er sie brauche, dass nur sie ihm helfen könne und dass sich alles zum Guten wenden würde. Er würde den Polizeidienst quittieren, sie würden sich in Saint-Raphaël niederlassen, das kleine Bistro kaufen. Jetzt war alles vorbei, und schuld daran war bloß diese eifersüchtige Schlampe.

Beweise? Was brauchten sie noch Beweise? Laure war doch so gut wie überführt. Aber die *juges d'instruction* wurden von Tag zu Tag pingeliger. Würde nicht mehr lange dauern, hatte Jacques immer gesagt, und man brauchte ein Video vom Verbrechen, um überhaupt noch jemanden verurteilen zu können.

Was hatte Jacques in der Nacht, als sie früher nach Hause kam, weggeräumt? Leicht benebelt kniete sie sich auf den Boden, sammelte die einzelnen Tabletten auf, warf einige davon ins Fläschchen und nahm zwei weitere. Oder waren es drei?

An Trost war ihr nicht viel geblieben. Ihre einzigen Kontakte waren die Leute bei der Arbeit oder die Casino-Kassiererin, die ein Stockwerk unter ihr wohnte. Seit Jacques sie verlassen hatte, war ihr Leben zu einer mechanischen, seelenlosen Angelegenheit geworden. Und jetzt war er tot.

Die *Marie Claire* fiel zu Boden. Ihre Muskeln entspannten sich. Die Wände verschwammen vor ihren Augen, ein dunstiger, vanillefarbener Lichtschleier fiel vom Fenster zur Straße herein. Hatte ihr das Horoskop nicht einen warmen Lichtschein versprochen …?

Donnerstagabend

»Tut mir leid, außer mir ist keiner da«, sagte Félix Conaris Haushälterin. »Petru? Den habe ich nicht gesehen. Madame und Monsieur sind aus.«

»Bitte«, sagte Aimée, »ich muss unbedingt Monsieur Conari sprechen.«

»Monsieur Conari?«, sagte die nervöse Haushälterin. »Er ist vom Flughafen direkt zum Gottesdienst in die Église Saint-Pierre de Montmartre gefahren. Das ist alles, was ich weiß.«

»*Merci*«, sagte Aimée und beendete das Handygespräch.

»Ich hab einen Auftritt«, sagte Lucien.

»Ja, aber davor gehen wir in die Kirche.«

Das Taxi hielt in der Rue Saint-Rustique, der ältesten Straße von Montmartre, die gerade breit genug war, damit ein Karren aus dem zwölften Jahrhundert durchpasste. Aimée reichte dem Fahrer dreißig Franc. »Behalten Sie das Wechselgeld«, sagte sie und hoffte, damit ihre Chancen, nachts ein Taxi zu erwischen, zu erhöhen. Er grinste.

In der Mitte der Straße verlief eine Abwasserrinne, die zur Église Saint-Pierre führte, einer Kirche, die auf den Fundamenten eines römischen Mars- und Merkurtempels errichtet war. Im fünften Jahrhundert hatte hier vermutlich bereits eine Kapelle gestanden, später ein Benediktinerinnenkloster, und im sechzehnten Jahrhundert traf sich Ignatius von Loyola hier mit Gleichgesinnten, und daraus sollte der Jesuitenorden hervorgehen.

1794 wurde auf dem Dach des Chores ein Turm für eine Telegrafenstation errichtet. Nach dem Deutsch-Französischen Krieg von 1870/71 befand sich kurzzeitig ein deutsches Munitionsdepot hier, in der Zeit der Kommune eine Festung gegen die Kommunarden und die hungernden Massen, die gezwungen waren, auf Ratten Jagd zu machen.

Die Bronzetüren des Eingangsportals standen offen und gaben den Blick frei auf die von Kerzen beleuchtete mittelalterliche Basilika. Eine kleine Schar Gottesdienstbesucher verließ die Kirche. Der Vorplatz, sonst von Touristen bevölkert, war an diesem Winterabend so gut wie leer.

Der Weihrauchgeruch brannte ihr in der Nase. Ihre Schritte hallten in dem hohen Raum, als sie und Lucien zu den römischen Granitsäulen gingen, deren Kapitelle mit Blattwerk verziert waren.

Félix Conari schüttelte dem Pfarrer die Hand. Neben ihnen stand ein grauhaariger Mann in dunklem Anzug, mit blauem Hemd und roter Krawatte – der Uniform von Ministerialbeamten. Ein Gesicht, das sie in den Zeitungen häufig neben dem des Innenministers gesehen hatte.

Kirche und Staat. Ein übles Gespann. Das gefiel ihr nicht sonderlich.

Sie fing Conaris Blick auf. Er zeigte nicht die geringste Überraschung. Kurz darauf entschuldigte er sich und kam zu ihnen.

»Verzeihen Sie, Monsieur Conari, Ihre Haushälterin …«

»Meine Frau hat Ihnen nichts gesagt? Ach, das hab ich ja ganz vergessen, sie ist auf einem Empfang, aber es ist gut, dass Sie mich gefunden haben.« Conari legte Lucien Sarti den Arm um die Schulter. »*Ça va*, Lucien?«

Sarti nickte zögerlich.

»Wir haben eben die jährliche Gedenkmesse für meine Schwester begangen, reden wir draußen weiter«, sagte er. Seine Seidenkrawatte war zerknittert, die Augen waren rot unterlaufen, er wirkte müde. Er griff sich seinen Mantel, der neben der Säule auf einer zusammengelegten Kleidertasche mit Air-France-Anhänger lag.

Vor der von Sacré-Cœur überragten Kirche knöpfte er seinen Mantel zu und führte sie durch das Tor in den angrenzenden Friedhof. Nebel lag über der Rue du Mont-Cenis, die Straße, die einst der alte Pilgerweg gewesen war.

»Wir müssen dieses Missverständnis aus der Welt schaffen, Lucien«, sagte Conari.

Auf dem dunklen, laut einem Schild einmal im Jahr geöffneten Friedhof waren schiefstehende, halb im Erdreich versunkene Grabplatten zu erkennen: Druiden, Römer, Franzosen des Mittelalters, sie alle lagen hier begraben.

»Wie können wir Petru erreichen?«, fragte Aimée.

»Er hätte mich am Flughafen abholen sollen.«

»Vor zwei Stunden hat er uns noch bedroht.«

»Ich hab ihn seit Montag nicht mehr gesehen«, sagte Conari. »Ich verstehe das nicht.«

Er wirkte so hilflos, wie sie sich fühlte. Dabei hatte sie gedacht, Conari hätte Antworten. Sie klammerte sich an Strohhalme, versuchte ihrem Bauchgefühl zu vertrauen, doch dem allen lag kaum mehr als ein belauschtes, auf Korsisch geführtes Gespräch zugrunde, dazu der an einer Toilettentür aufgehängte Leichnam von Zette Cavalotti, die Beobachtungen eines Neunjährigen, nächtliche Lichter auf einer Baustelle und das ungute Gefühl, das Ludovic Jubert stets in ihr hervorrief.

»Monsieur Conari, was geht hier vor sich?«, fragte Sarti.

Conari stieß einen tiefen Seufzer aus. »Ich mache mir ebenfalls Sorgen. Petru hat sich auf meine Anrufe nicht gemeldet.«

»Petru hat versucht, mir belastendes Material unterzuschieben. Er ist hinter mir her.«

»Wirklich? Er hat Sie wirklich bedroht?« Conari schüttelte den Kopf. »Petru ist ein Hitzkopf, manchmal schlägt er über die Stränge. Aber das geht eindeutig zu weit.«

»Er schlägt über die Stränge?«, sagte Sarti. »Er hat im Aufnahmestudio Dokumente platziert, die beweisen sollen, dass ich mit den Terroristen unter einer Decke stecke, und dann die Polizei informiert.«

»Das hat mir Marie-Dominique auch erzählt«, erwiderte Conari.

Unter den schwarzen Locken an Sartis Schläfe pochte eine Ader. Sarti war also von Conaris Frau gewarnt worden.

»Warum, Monsieur Conari?«

»Da müssen Sie schon ihn fragen«, sagte er. »Seitdem Marie-Dominique mich angerufen hat, habe ich versucht, ihn zu kontaktieren. Da muss ein Missverständnis vorliegen. Aber keine Sorge, das mit dem Vertrag mit SOUNDWERX werde ich regeln.«

»Ich dachte, Kouros hätte einen Rückzieher gemacht.«

»Lucien, mein Junge, der Vertrag ist unterzeichnet! Denken Sie positiv!«

Sarti schüttelte den Kopf. »Kouros hat ihn nicht unterschrieben!«

»Er hat mit seinem Handschlag sein Wort gegeben, vergessen Sie das nicht, Lucien!«

»Aber sein Wort gilt nur, solange die FLNC nicht ins Spiel kommt. Das hat er klipp und klar gesagt.«

»*Wir* haben einen Vertrag, Lucien«, sagte Conari. »Ich werde Sie so schnell wie möglich ins Aufnahmestudio schaffen. Erst muss ich mich aber um meine Bauaufträge kümmern.«

»Wie lange arbeitet Petru schon für Sie?«, fragte Aimée.

»Seit etwa einem halben Jahr. Er macht so dies und das. Sein Cousin ist mit meiner Schwester verheiratet. Er stammt aus einem anderen Clan als Marie-Dominique.«

»Könnte das erklären, warum er Sarti und seinen Plattenvertrag sabotiert?«

»Mademoiselle, ich werde aus den korsischen Hitzköpfen nicht recht schlau. Ich habe in eine Familie hineingeheiratet und versuche Leuten wie Lucien so weit wie möglich zu helfen. Aber es interessiert mich nicht, ob irgendwann in grauer Vorzeit irgendwem Unrecht widerfahren ist.«

»Gehört es auch zu Petrus Aufgaben, die Erschießung eines Polizisten zu vertuschen?«

Conari riss die Augen auf. »Petru? Sie glauben, er hat jemanden erschossen? Nein, er hat das Abendessen serviert. Am Tisch. Sie haben ihn gesehen, Lucien. Wir alle haben ihn gesehen.«

»Ein Zeuge hat gehört, wie sich auf dem Dach Männer auf Korsisch unterhalten haben.«

Félix Conari schüttelte den Kopf. »Bei dem Wind und dem Schneetreiben?«

»Ich denke, die Polizei dürfte sich dafür interessieren, Monsieur Conari. Vor allem, wenn sie erfährt, dass Sie einen mutmaßlichen korsischen Terroristen beschäftigen.«

»Terroristen? Petru? Das muss ein Irrtum sein. Vielleicht ist es seine Macho-Art ...« Conari zog mit dem Zeigefinger das untere Augenlid nach unten, eine Geste, mit der er zum Ausdruck brachte, dass er sich nicht für dumm verkaufen ließ. »Ich möchte helfen, aber ich habe nicht die geringste Ahnung, warum er Lucien falsche Dokumente unterschieben wollte. Vielleicht hat sich meine Frau getäuscht.«

»Trotzdem ist er abgetaucht, wie Sie selbst gesagt haben.«

»Wir werden das klären.« Conari zückte sein Handy und drückte auf eine Kurzwahltaste. »Petru, ich bin zurück, wir müssen miteinander reden.« Dann klappte er das Handy zu. »Ich hatte nur seine Mailbox dran. Sobald er sich meldet, gebe ich Ihnen Bescheid.«

»Seine Nummer?«, verlangte sie. Conari zeigte sie ihr auf seinem Handy. Aimée speicherte sie in ihrem Gerät.

»Wohnt er bei Ihnen?«

Conari schüttelte den Kopf. »Petru wohnt irgendwo im *Quartier*.«

»Sie wissen nicht, wo?«

»Er ist gerade umgezogen, aber er lässt sich nicht in die Karten schauen. Wenn ich allerdings darüber nachdenke – es ist schon etwas seltsam.«

»Wo hat er davor gewohnt?«

»Richtung Place Jacques-Froment, direkt über einem türkischen Lebensmittelladen«, antwortete Conari.

»Geht es etwas genauer, Monsieur Conari?«

»Wir haben ihn dort einmal abgeholt. Ich habe im Wagen gewartet, gleich an der Mauer vom Friedhof Montmartre. Lassen Sie mich überlegen, mein Chauffeur ist ausgestiegen und hat ihn geholt. Im Laden hat es alles gegeben – Lebensmittel, Shishas, sogar türkische Videos.«

Lucien Sarti schulterte seinen Rucksack. »Ich muss los. Ich hab noch einen Auftritt, Monsieur Conari.«

»Lucien, vertrauen Sie mir. Mademoiselle Leduc, ich bedaure, was vorgefallen ist. Petru hat ein hitziges Temperament. Aber gleich so durchzudrehen? Ich verstehe das nicht.«

»Wo waren Sie, Monsieur Conari?«

»Bei Verhandlungen mit dem Ministerium. Die Sache ist schwierig, und die Anschläge der Separatisten machen es nicht leichter.«

»Wo waren Sie, Monsieur Conari?«

»Auf der Insel der Schönheit«, sagte er. »Auf Korsika.« Er seufzte.

Der Geistliche winkte Conari zu. »Sie entschuldigen mich, ich muss mich noch beim Pfarrer bedanken.«

»Lucien, wo genau haben Sie diese Lichter gesehen?«

Zitternd stand Aimée vor dem Gebäude, auf dessen Dach Gagnard erschossen worden war.

Sarti streckte den Arm und zeigte zum Nachbarhaus. »Die Lichter waren dort drüben, über dem Bretterzaun. Man kann die Öffnung von hier aus sehen.«

»Wo?«

Er fasste sie mit den Händen – starken Händen – an der Hüfte und hob sie hoch.

Vor ihr klaffte ein tiefschwarzes Loch.

»Lichter, die sich bewegt haben«, sagte er.

Eine Öffnung? Er ließ sie runter. Seine Hände blieben länger als nötig an ihren Hüften.

»Morgen werde ich mich mal an Petrus alter Adresse umsehen, vielleicht finde ich ihn ja. Und wenn er bis dahin wieder auftauchen sollte, dann rufen Sie mich an.« Sie gab ihm ihre Nummer. »Haben Sie kein Handy?«

»Ist gegen meine Prinzipien.«

Ärgerlich. Damit war er schwer zu erreichen.

»Wenn mir Petru in die Quere kommt, kümmere ich mich um ihn.« Er nahm den Rucksack auf die Schulter. »Ich bin wirklich spät dran für meinen Auftritt.«

»Hören Sie …«

»Hinterlassen Sie Nachrichten bei Anna im Strago.«

»Hab ich schon.«

»Noch einen Rat.« Sein Gesicht lag im Schatten. »Eine Frau wie Sie sollte sich wirklich von Typen wie denen fernhalten.«

Verärgert trat sie zurück.

»Der Typ mit dem Messer? Glauben Sie, ich habe ihn dazu aufgefordert? Er hat mich verfolgt. Und mich bedroht, nachdem ich Zette gefunden habe, den Barbesitzer. Dem wurde die Kehle aufgeschlitzt. *Auch* ein Korse.«

Hinter dem Bauzaun waren eine klappernde Blechdose und eine kreischende Katze zu hören. »Wenn ich mich vor jemandem in Acht nehmen sollte, dann eher vor so Typen wie Ihnen.«

Ehe sie sich's versah, lagen seine Hände auf ihren Hüften, und er küsste sie auf beide Wangen. Weiche, warme Küsse. Sie atmete tief durch, eingehüllt in seine Wärme und den nassen Geruch seiner Lederjacke. In der Luft lag das kalte Versprechen von Schnee.

»*Vor allem* vor so Typen wie mir, Ermittlerin«, hauchte er ihr ins Ohr.

Sie fühlte noch seine Wärme im Gesicht und sah ihm nach, bis die Schatten ihn verschluckt hatten und das Echo seiner Schritte verklungen war.

Donnerstagnacht

Laure wollte schreien, aber aus ihrem Mund kamen nur unverständliche Laute. Die grünen Wände sahen anders aus. Man hatte sie verlegt.

»Schwester, die Patientin ist erregt, behalten Sie das EKG im Auge, schnell!«

Ein Arzt in weißem Kittel stand über sie gebeugt, auf seiner großen Nase und dem in Plastik eingeschweißten Namensschild spiegelte sich das Licht der blinkenden Geräte. »Laure, entspannen Sie sich. Bleiben Sie ganz ruhig. Spüren Sie das?«

Ein Nadelstich. Kalt.

Sie schüttelte den Kopf. Glaubte den Kopf zu schütteln. Nur ihr Daumen und Zeigefinger bewegten sich. Sie konzentrierte sich.

»Zwinkern Sie, Laure«, sagte er. »Einmal für ja, zweimal für nein. Können Sie das?«

Laure zwinkerte zweimal.

»Wie? Wollen Sie damit sagen, dass Sie nichts spüren?«

Wieder zwinkerte sie zweimal. Spürte, wie ihre Augen hervortraten. Sah er denn nicht ihre Finger auf der weißen Bettdecke? Sehen Sie, wollte sie schreien, meine *Finger*. Der Arzt beugte sich vor, sein Stethoskop schwang über ihrer Decke.

Mach es! Fass es an! Zeig es ihm!

Aber ihre Hand gehorchte nicht. Ihre Augen folgten dem Weg, den ihre Finger hätten zurücklegen sollen. Fast konnte sie spüren, wie glatt sich das runde Metall anfühlte. Wie kalt. Aber ihr Körper gehorchte nicht.

»Geben Sie ihr zwei Milligramm Valium«, sagte der Arzt. »Damit wir den Tremor unter Kontrolle bringen, sonst lösen sich noch die Schläuche.«

Schauen Sie mir in die Augen … in die Augen! Sie zwinkerte zweimal kurz hintereinander. Keine Medikamente mehr, die sie betäubten und dafür sorgten, dass sie ihre Gedanken, ihre Worte verschliff. Sie musste reden. Es ihnen sagen.

Findet Aimée.

»Doktor, sie will Ihnen was mitteilen«, sagte die Schwester. »Die Dosis wird sie völlig lahmlegen.«

»Machen Sie ruhig, Schwester.«

Laure riss so heftig an seinem Stethoskop, dass es ihm vom Hals flog.

Donnerstagnacht

Aimée konnte auf Lucien Sartis Probleme gut und gern verzichten. Aber warum wollten ihr seine langen Wimpern nicht aus dem Kopf?

Im Buchladen auf der Place des Abbesses, der wegen einer Lyriklesung länger geöffnet hatte, war sie auf eine aktuelle Ausgabe der korsischen Tageszeitung *Corse-Matin* gestoßen.

Wenigstens hatte der Laden eine Heizung, so dass sie die Kälte aus den Knochen bekam. Auf der dritten Seite fand sie zwei Artikel über Bastia. Der eine berichtete von einer Bombendrohung gegen das Hauptpostamt in Bastia, die sich als übler Scherz herausgestellt hatte. Ein kürzerer Artikel handelte von Schäden an einem auf einem Militärflugplatz abgestellten Jagdbomber. Verantwortlich für den Vandalismus waren angeblich Arbeiter einer nahegelegenen Baustelle. Die Baufirma, Conari S.à.r.l., lehnte jede Stellungnahme dazu ab.

Flüge waren daraufhin gestrichen, der Flugraum über der Insel war gesperrt worden. Eine überzogene Reaktion? Vorsichtsmaßnahmen wie diese wurden vom Militär durchgesetzt, wenn die nationale Sicherheit als bedroht angesehen wurde. Und trotzdem war Conari zurückgeflogen.

Ihr Blick fiel auf einen weiteren Zeitungsstapel.

VON EIGENER KOLLEGIN KALTBLÜTIG ERMORDET! So lautete die Schlagzeile von *Le Parisien*. Daneben ein Foto von Jacques Gagnard in Uniform, dazu die Zeile: »Witwe Nathalie Gagnard berichtet.«

Aimée wurde übel. Wutentbrannt steckte sie die Nagelfeile in den Antennenschlitz ihres Handys und wählte die 12 für die Auskunft, bat um Nathalie Gagnards Nummer und wurde gleich verbunden.

»*Allô*, Madame Gagnard?«

»Was wollen Sie? Sie haben doch schon alles geplant für Jacques' Beerdigung!« Nathalie Gagnard sprach undeutlich.

Betrunken?

»Madame Gagnard, Sie werden die Lügen, die Sie der Zeitung aufgetischt haben, zurücknehmen«, sagte sie und bemühte sich, ruhig zu klingen. »Sie können sich an Laure rächen, so sehr Sie wollen, Ihr Mann wird davon auch nicht mehr lebendig.«

»Was? Ihr *salauds*. Ich hab k-k-kein Geld, ich kann nicht zahlen … Jacques … hat alles verspielt.«

Aimée hielt den Atem an.

»Verspielt?«

Als Antwort erhielt sie ein Schluchzen. »Schulden. Ich kann noch nicht mal seine Beerdigung bezahlen.«

Allmählich fügte sich einiges zusammen. Gagnard war ein Zocker gewesen, er hatte Schulden, aber er fuhr trotzdem einen nagelneuen Wagen. Und bei dem Treffen auf dem schneebedeckten Dach hatte er sich möglicherweise etwas erhofft, das ihn zu einem reichen Mann gemacht hätte.

»Madame Gagnard, ich bin's, Aimée Leduc. Ich komme Sie besuchen.«

Die Leitung war tot.

Die nächste Métro-Station war laut ihres Stadtplans Lamarck-Caulaincourt – eine der tiefstgelegenen Stationen, die in einer alten Gipsmine angelegt worden war.

Zehn Minuten später trat sie unter dem geschwungenen Jugendstilbogen in den nieselnden Nebel. Aus dem Bistro an der Treppe fiel einladendes gelbes Licht. Dunkle Treppen zogen sich zu beiden Seiten den Hügel hinauf, dann weitere Stufen, eine Straße, wieder Stufen, die durchhängenden Akkordeontasten glichen. Gekrönt wurde das alles von der weißen Kuppel von Sacré-Cœur.

Plastiktüten wirbelten im Wind und verfingen sich in einem Metallgitter. Bei ihrem Anblick fühlte sie sich an ihre Ermittlungen erinnert – sie wurde ebenso hin und her geweht, ziel- und planlos, ohne dass es zu irgendwas führen würde. Laures Unschuld wurde immer noch angezweifelt. Sie würde Nathalie Gagnard zwingen, den Behörden gegenüber Gagnards Spielsucht einzugestehen. Vorher würde sie nicht gehen.

Insgeheim spürte sie aber, dass etwas anderes, Größeres dahinterstand. Und Laure hatte sich darin verfangen wie eine Fliege in einem Spinnennetz. Wenn sich Laures Zustand nur so weit bessern würde, dass sie wieder reden könnte!

Grüne Straßenlaternen beleuchteten die eher ruhige Montmartre-Seite, wo in den spärlichen Cafés immer noch Kohlestifte verkauft wurden. Es war der Tummelplatz der Intellektuellen, der Bourgeoisie, dazwischen gab es linke Buchhandlungen, in deren Regalen nach wie vor trotzkistische Pamphlete auslagen. Hier hatten die Surrealisten das »Kissogram« erfunden. Für die meisten Bewohner allerdings bestand der Reiz lediglich darin, dass sie am Feierabend ihre Lebensmittel steile Stufen hochschleppen durften, um dann aber mit einem atemberaubenden Ausblick belohnt zu werden.

Völlig außer Atem blieb sie stehen. Da war der Eingang zum Friedhof Saint-Vincent. Auf Tafeln an der Friedhofsmauer waren die unterschiedlichen Bestattungsarten illustriert, wobei die Anordnung von drei Särgen übereinander die wohl ökonomischste war. Sie bog links in die Rue Saint-Vincent und kam an den rosa Mauern des Cabaret Lapin Agile und dem letzten Weinberg von Paris vorbei, dessen kahle Rebstöcke sich in der Dunkelheit abzeichneten.

Das Haus, in dem Nathalie Gagnard wohnte, lag an den Stufen der Rue du Mont-Cenis. Keine halbe Stunde zuvor hatte sie mit Félix Conari und Lucien Sarti noch oben auf dem Hügel gestanden und auf einen anderen Friedhof hinuntergeblickt.

Im Kreis … sie war den ganzen Abend im Kreis gelaufen. Sie versuchte Lucien aus ihren Gedanken zu verbannen.

Das Gebäude, früher einmal ein *hôtel particulier*, war in ein Wohnhaus umgebaut worden. Aimée sah die abgegriffenen Digicode-Ziffern und Buchstaben. Zu schade, dass sie ihr Plastilin im Büro gelassen hatte. Frustriert holte sie ihren kleinen Schraubenzieher heraus, löste die Abdeckplatte, verband den roten mit dem blauen Draht, und mit einem Klicken ging die Tür auf. Sie stellte den Fuß in die Tür, schraubte die Abdeckplatte wieder fest und trat ins dunkle Treppenhaus.

Nachdem sie den Lichtschalter gefunden hatte, überflog sie die Briefkästen, fand »Gagnard« und eilte die Stufen hinauf, bevor der Zeitschalter die Treppe wieder in Dunkelheit tauchte.

»Madame Gagnard?« Sie klopfte an. »Madame Gagnard! Hier ist Aimée Leduc!«

Stille. Nur das gleichmäßige Ticken der Zeitschaltuhr war zu hören.

Sie hämmerte gegen die Tür. »Sind Sie da, Madame Gagnard?«

Nebenan steckte ein Mann in klobigen Motorradstiefeln den Kopf aus seiner Wohnung.

»Können Sie nicht etwas ruhiger sein?«, blaffte er. »Wir sind gerade mitten in einer Séance.«

»Tut mir leid, ich mach mir Sorgen um Madame Gagnard …«

»Ich füttere ihren Papagei. Als ich sie das letzte Mal gesehen habe, war sie noch ganz kregel.«

»Sie hat am Telefon ganz verschliffen gesprochen. Haben Sie zufällig ihren Wohnungsschlüssel? Könnten Sie mir die Tür aufmachen?« Sie hielt ihm ihren Ausweis hin.

Er betrachtete ihn interessiert. »Eine Detektivin in Tussentretern?«

»Den Modekommentar vergessen wir jetzt mal lieber!«

»Ich wette, Sie fahren auch Roller.«

Sah sie seiner Meinung nach nicht professionell genug aus? Wie sollte eine Detektivin denn aussehen?

»Soll ich vielleicht eine Uniform tragen, damit ich in jeder Menschenmenge sofort auffalle?«

Wäre René da gewesen, hätte er ihr einen warnenden Blick zugeworfen. Aus der Nachbarwohnung kam nun Glöckchengebimmel.

»*Desolé*«, sagte er und knallte die Tür zu.

Die Füße taten ihr weh, ihre Beine waren kalt, und mit ihrer Geduld war sie jetzt auch am Ende. Wutentbrannt trommelte sie so lange gegen die Nachbartür, bis sie wieder geöffnet wurde.

»Hören Sie, das sind offizielle Ermittlungen, Sie müssen mir helfen.«

Er sah sie erschrocken an, dann trat er zurück. »Sie sind ganz schön herrisch, was?«

»Madame Gagnard ist in Schwierigkeiten«, sagte sie. In großen Schwierigkeiten, ihrer Stimme nach zu schließen.

»Den Geistern wird das gar nicht gefallen.«

»Den Geistern? Meinen Sie, das interessiert mich?« Leider hatte sie das Schuppmesser nicht mehr bei sich. Sie trat näher und stierte ihn finster an.

Endlich schien die Botschaft bei ihm angekommen zu sein.

Kurz darauf hielt er ihr einen Schlüsselbund entgegen. Sie nahm ihn, probierte die Schlüssel durch, bis einer passte, und öffnete die Tür.

»*Merci*«, sagte sie und gab ihm die Schlüssel zurück. Dann rief sie: »*Allô?*«

Sie fand Madame Gagnard auf dem Parkettboden im eigenen Erbrochenen liegen. Ihr Atem ging schwer. Neben ihr lagen das Telefon und eine Tablettenfläschchen.

Nach einer Schrecksekunde packte Aimée Madame Gagnard unter den Schultern, schleifte sie zum kleinen Badezimmer und hielt ihr den Kopf über die Kloschüssel.

»Los, es muss alles raus!«

Madame Gagnards Kopf schwankte hin und her, die schwarzen Haare klebten ihr an den Wangen.

Aimée holte sich die Gummihandschuhe, die beim Putzmittel neben der Dusche lagen, streifte sie über und steckte der Frau einen Finger in den Mund. Lautem Würgen folgte Erbrechen – das sich über Aimées Leopardenmuster-Schuhe und den Boden ergoss, aber nicht in die Kloschüssel.

Fünfzehn Franc mehr, und sie hätte ihre Schuhe imprägnieren lassen können.

Dann übergab sich Madame Gagnard erneut, diesmal traf sie ins Ziel.

»Madame Gagnard, Madame Gagnard, können Sie mich hören?«

Deren Kopf lag auf der Toilettenschüssel.

Damit hatte es sich also mit der schonungslosen Befragung zu Gagnards Spielschulden.

Aimée zog ihre Schuhe aus, spülte sie im Waschbecken ab und wischte sie mit einem Handtuch sauber. Im anderen Zimmer griff sie zum Telefon, wählte die 17 für den Notruf und gab die Adresse durch.

»Nathalie Gagnard, sie ist bewusstlos und hat eine Menge schwere Schlaftabletten intus. Ich hab dafür gesorgt, dass sie sich übergibt …«

Klicken, im Hintergrund ein Geräusch wie von Wellen.

»Sie müssen sich beeilen!«

»Wir schicken eine Ambulanz, die sowieso schon in der Gegend ist«, kam die ruhige Stimme von der Leitstelle. »Sollte in drei bis fünf Minuten da sein.«

»Ihre Leute müssen mehrere Treppen hoch«, sagte Aimée.

»Ach, Montmartre. Also nichts für Ballerinen. Danke für den Hinweis.«

»Soll ich noch irgendwas tun?«

»Suchen Sie nach weiteren Tabletten.«

Aimée kroch auf allen vieren über den Boden und fand weitere Pillen in den Ritzen zwischen den Dielen.

»Und achten Sie darauf, dass ihr Mund frei bleibt und sie ungehindert atmen kann«, kam es nüchtern von der Leitstelle.

Die Bahre mit Nathalie Gagnard stieß gegen die Wand. Der stämmige Sanitäter, um dessen Oberarm sich ein Band mit der Aufschrift »Hôpital Bichat« spannte, fluchte. Aimée schloss hinter ihnen die Wohnungstür, wischte mit dem restlichen Putzmittel die Sauerei auf dem Boden auf und stellte ihre Schuhe zum Trocknen vor die Heizung. Daraufhin durchwühlte sie den riesigen Kühlschrank, bis sie im Gefrierfach endlich Kaffeebohnen fand. Sie mahlte sie, gab das Pulver in die verbeulte Alessi-Espressokanne und zündete auf dem Gasherd eine Kochstelle an.

Sie würde die Wohnung erst verlassen, wenn sie Beweise für Gagnards Spielsucht gefunden hatte. Die beiden Räume hatten immer noch die hohe und mit Stuck verzierte ursprüngliche Decke. Erst jetzt wurde ihr klar, dass es sich um einen Teil des ehemaligen Ballsaals handeln musste. Trotz der lieblosen Umwandlung in einen Wohnraum mit Schlafecke war vom verblichenen einstigen Charme doch einiges erhalten geblieben.

Während die Espressokanne zischte und fauchte, durchsuchte sie die Wohnung. Kein Schreibtisch, keine Regale, keine Bücher. Nichts. Nur ein Stoß abgegriffener Exemplare von *Marie Claire* und ein Papagei, der in seinem abgedeckten Käfig schlief, darunter eine Schachtel mit Vogelfutter. Wo bewahrte sie ihre Rechnungen, Kontoauszüge, Unterlagen auf?

Sie sah in den Küchenschränken nach, unter dem Sisalläufer, zog den Reißverschluss des Sofabezugs auf, sah unter die Lampenschirme. Nichts. Im Kleiderschrank fanden sich einige Röcke, weiße Blusen, mehrere Jacken und ein schwarzes Kleid. Und eine Sammlung von bunten Schals, die sie mit ihrer Garderobe kombinieren konnte. Trug sie nie Jeans?

Aimée ließ sich auf die Knie nieder, und dann entdeckte sie den Goldschatz. Unter dem Bett stand ein gedrungener, flacher olivgrüner Safe. Angestoßen, alt – und abgesperrt. Sie zog ihn heraus und schob ihn in die Küche, wo sie mit ihrer Nagelfeile im Schloss herumstocherte. Statt aufzuspringen, verklemmte sich das Schloss, und die Feile brach ab. Klar, was sonst! Die perfekte Fortsetzung des denkwürdigen Abends: Man hatte ihr ein Messer an die Kehle gehalten; sie war einem launischen und sarkastischen Musiker begegnet, an dessen Berührungen sie lieber nicht denken wollte; Félix Conari hatte sie an seine guten Beziehungen zu Staat und Kirche erinnert; und eine mit Tabletten zugedröhnte Madame Gagnard hatte etwas von der Spielsucht ihres Ex-Manns gefaselt. Und dann war ihr auch noch auf die guten Schuhe gekotzt worden!

Entschlossen, irgendein Werkzeug zu finden, wühlte sie sich durch die Küchenschubladen, fand einen Fleischklopfer und drosch mit aller Kraft auf das Schloss ein, so lange, bis es krachte.

Dann ging es ihr besser. Sie versuchte die oberste Schublade des Safes zu öffnen und musste schließlich einen Dosenöffner zu Hilfe nehmen, um sie zu knacken. In der Schublade lagen Kontoauszüge, die einige Jahre zurückreichten. In der zweiten Schublade Briefe und in der dritten Quittungen und Zeitungsausschnitte.

Gähnend rührte sie zwei Zuckerwürfel in die Espressotasse, nahm einen Schluck und ging die Papiere durch. Kontoauszüge der letzten fünf Jahre, die sie alle penibel prüfen müsste. Sie öffnete einen Spaltbreit das Fenster und ließ frische Luft herein. Unter ihr lag der dunkle Weinberg, der jeden Herbst eine Ernte lieferte. Der Stolz von Montmartre. Ein Wein, der sich durch viel Säure auszeichnete. Sie fand eine blaue Häkeldecke und wickelte sie sich um die Beine.

Insolvenzpapiere, die Scheidungsurkunde. Sie beugte sich nach vorn und machte sich an die Arbeit. Die kläglichen Töne eines Cello-Übenden begleiteten die Wassertropfen, die mit schöner Regelmäßigkeit auf das Fensterbrett schlugen.

Langweilige Routine, die Durchsicht von handgeschriebenen Rechnungen und Kontoauszügen. Nach einer halben Stunde fielen ihr Unstimmigkeiten auf. Erhebliche Unstimmigkeiten. Und unübersehbar, nachdem ihr das Muster einmal klargeworden war.

Die großen Einzahlungen hatten drei Monate zuvor begonnen und fielen mit der Scheidung der Gagnards und der Privatinsolvenz zusammen. Kein Flic, der hin und wieder nebenher arbeitete, verdiente damit 50000 Franc im Monat! Kein Wunder, dass Gagnard seine Frau dazu überredet hatte, die Fahrschule weiter zu betreiben. Damit hatte er die großen Summen, die über ein Vierteljahr hinweg monatlich eingegangen waren, perfekt kaschieren können. Erpressergeld?

Wenn sie sich in der sauberen, zweckmäßig eingerichteten Küche und zwischen den Ikea-Möbeln im Rest der Wohnung umsah, bezweifelte sie, dass seine Frau von dem Geldsegen irgendetwas abbekommen hatte. Die simple Gier ... hatte sie ihn zu Fall gebracht?

Sie bezweifelte allerdings, dass er mit den paar manipulierten Automaten, die sie bei Zette gesehen hatte, im Monat 50000 Franc abzweigen konnte. Vielleicht hatte Gagnard noch von anderen kleinen Kneipenwirten kassiert und die ganze Gegend ausgenommen. Ein Muster?

Der Mord an Zette könnte eine Warnung für andere gewesen sein, um ihnen klarzumachen, was ihnen blühte, falls sie ihre Zahlungen versäumten. Allerdings war Gagnard schon zwei Tage tot gewesen, als Zette ermordet wurde.

Sie schlug einen weiteren Ordner auf und hielt einen zusammengefalteten wasserfleckigen Flyer von Monoprix in der Hand, der Herrenmäntel zu Sonderpreisen anpries. Dazu einen Computerausdruck, eine abgerissene halbe Seite. Warum hob man so etwas auf? Sie legte sie zurück zu den anderen Papieren.

Sie nippte am Espresso und zog die Decke bis über die Oberschenkel. Hatte Gagnard mit anderen zusammengearbeitet? Sie hatte mehrere Belege gefunden, auf denen J. Gagnard sowohl als Einzahler wie auch als Empfänger ausgewiesen war.

Bislang hatte sie bloß Antworten gefunden, die nur noch mehr Fragen aufwarfen. Eine verzwickte Sache. Gagnard hätte von jedem seiner zahlungsunwilligen »Kunden« getötet worden sein können. Damit hätte sie eine ganze Reihe möglicher Verdächtiger. Sie bezweifelte, dass die Behörden solche Korruptionsvorwürfe gegen einen ehrbaren Beamten mit allzu großem Nachdruck verfolgen würden. Schließlich hatten sie ja Laure und die Schmauchspuren an ihren Fingern.

Sie betrachtete die von ihr demolierten Schubladen und wollte ihnen schon einen Tritt verpassen, als ihr ein anderer Gedanke kam. Vorsichtig tastete sie mit der Hand die Unterseiten der Schubladen ab und sah nach, ob etwas daruntergeklebt war. Nichts.

Sie hatte Hinweise darauf, dass Gagnard korrupt war, und sie wusste von seiner Glücksspielsucht. Aber ihr Gefühl sagte Aimée, dass da noch mehr war.

Seine Mörder hätten längst die Wohnung seiner Ex-Frau zerlegt, falls sie angenommen hätten, dass hier irgendetwas Wertvolles versteckt war. Das Ehepaar war geschieden; Nathalie hätte jeden, der sie dazu befragen wollte, mit der Bemerkung abwimmeln können, dass sie mit ihrem Ex-Mann nichts mehr zu schaffen hatte. Der Zeitungsartikel in der aktuellen Ausgabe von *Le Parisien* stellte allerdings wieder eine Verbindung zwischen den beiden her. Wenn die Täter davon bislang nichts gewusst hatten, dann wussten sie es möglicherweise jetzt.

Irgendetwas aber störte Aimée. Was? Sie starrte zum Mondlicht, das auf das Fenster fiel, dann ließ sie wieder den Blick durch die Wohnung wandern. Kein Computer. Noch einmal ein Blick durchs Zimmer. Kein Drucker.

Sie holte den Monoprix-Flyer heraus und mit ihm das abgerissene, bedruckte Blatt, eine halbe Seite mit seltsamen Zahlenkürzeln: //_e738:Ñ, gefolgt von weiteren Sonderzeichen, Ziffern und Buchstabenfolgen. Sie starrte darauf. Hatte nicht Oscar Wilde gesagt, das wahre Rätsel der Welt verbirgt sich nicht in dem, was man nicht sieht, sondern in dem, was man sieht.

Ein regelmäßiges Muster. Klar, Teil eines Verschlüsselungscodes! Sie musste an Bordereaus Worte denken: ein Sicherheitsleck. Passte das zusammen? Hatte sie endlich die Verbindung gefunden?

Um die Einzelteile zusammensetzen zu können, brauchte sie einen Computer. Aufgeregt steckte sie die halbe Seite in die Tasche, legte alles andere zurück in den Safe, schob ihn unters Bett, zog ihre getrockneten Schuhe an, machte das Licht aus und wollte gerade die Wohnungstür hinter sich zumachen, als sie Schritte die Treppe hochkommen hörte.

Lautlos schloss sie die Tür, streifte die Schuhe ab, tappte barfuß ins nächste Stockwerk hoch, kauerte sich ans Geländer und lauschte. Aus der Nachbarwohnung dröhnte eine Wagner-Oper und übertönte das Pochen an Nathalie Gagnards Tür. Was war das für eine Séance, die dort abgehalten wurde?

Sie spähte nach unten und sah zwei Männer mit Wollmützen und Daunenjacken. Dann blickte einer von ihnen nach oben.

Ihr Herz raste. Sie hatte sein Profil erkannt. Es war der mit den schlechten Zähnen und dem Messer. Ihre Hände zitterten.

In diesem Moment ging das von der Zeitschaltuhr gesteuerte Licht im Treppenhaus aus. In der Dunkelheit zog sie sich noch weiter nach oben zurück und hoffte, dass sie ihr nicht folgten. Dann wurden die Stufen und Treppenabsätze wieder in helles Licht getaucht, sie hörte Bewegungen, ein Ächzen, dann splitterndes Holz. Einer der Typen hebelte mit einem Brecheisen die Tür auf.

»Schnell«, sagte einer der beiden, »ich warte draußen.«

Sie würde sich beeilen und leise an der aufgebrochenen Tür vorbei nach unten huschen müssen. Sie streifte sich ihre Wollmütze über und lief auf Zehenspitzen hinunter.

Unten im Erdgeschoss sah eine ältere Frau mit weißem Wollcape in ihrem Briefkasten nach. »Kalt, was? Sind Sie die neue Mieterin ganz oben?«

Aimée war nicht nach einem Plausch zumute, sie wollte so schnell wie möglich weg. Sie legte den Finger an die Lippen und flüsterte nur: »Die Tür zu einer Wohnung im zweiten Stock ist aufgebrochen worden, ich hab da drin Geräusche gehört.«

Von oben erklang ein Knall. Die Frau zuckte zusammen.

Aimée nickte. »Gehen Sie auf keinen Fall hoch. Ich hab mein Handy vergessen. Haben Sie zufällig eines?«

Die Frau nickte.

»Rufen Sie die Polizei!«, sagte Aimée.

Während die Frau noch mit ihrem Handy beschäftigt war, zog Aimée ihre Schuhe an und ging.

Draußen auf den schimmernden Stufen zögerte sie. Rauf oder runter? Sie hörte das Dröhnen eines Motors im Leerlauf, hinter dem Steuer erkannte sie den rötlichen Schimmer einer Zigarette. Also blieb sie im Schatten der Häuser, stieg schnell die Treppe hinauf und hatte fast die Spitze des Hügels erreicht, als eine Gestalt aus einem Hauseingang trat und ihr den Weg versperrte.

Donnerstagnacht

Von oben fiel das Licht auf den Tisch. René sah zur sichtlich beunruhigten Isabelle.

»Das ist alles Ihre Schuld«, sagte Isabelle. »Sie! Uns ist es gut gegangen, und dann sind Sie aufgetaucht und haben Ihre Fragen gestellt und so getan, als wären Sie …«

»Es hilft nicht, mir die Schuld zuzuschieben, wenn Sie Paul finden wollen«, sagte René.

Natürlich hatte er ein schlechtes Gewissen. Wenn der Mörder es auf Paul abgesehen hatte, war dieser nirgends sicher, egal, wo er sich versteckte.

René verließ die Wohnung, wo Isabelle weiter auf Paul warten wollte. Über ihm führte ein einsames braunes Platanenblatt seinen torkelnden Tanz im Wind auf. Er sah ihm nach und fühlte sich ebenso verloren. Er hatte bereits auf dem Dach nach dem Jungen gesucht und in der Höhle, wo sich Paul laut Isabelle manchmal verkroch. Aber keine Spur von ihm. Wo würde sich ein verängstigter Junge verstecken? Er versuchte sich in Pauls Lage zu versetzen.

Die Straße war zu dieser Nachtzeit leer und verlassen. René marschierte los, die Kälte verschlimmerte noch die Schmerzen in der Hüfte. Nach der nächsten Ecke, nach dem Haus, auf dem Gagnard ermordet wurde, sah er die mit einem Bretterzaun abgesperrte Baustelle.

Konnte sich Paul da versteckt haben? Er suchte nach Löchern oder einem Durchschlupf im Zaun. Nichts.

Erneut versuchte er, Aimée auf ihrem Handy zu erreichen. Sie meldete sich nicht. Er hinterließ ihr eine Nachricht, wurde dabei aber wegen einer Funkstörung unterbrochen. Warum schrottete sie ständig ihr Handy?

Einige Schritte weiter stieß er auf einen Maschendrahtzaun, der mit einem Vorhängeschloss gesichert war. Dünne Holzlatten versperrten die Sicht von der Straße. Er ging zurück, fuhr mit der Hand den Zaun entlang, aber auch hier war nirgends eine Lücke zu entdecken.

Irgendeine schreckliche Stimme versuchte ihm einzuflüstern, Paul wäre entführt worden, bevor er sich hatte verstecken können. Er versuchte sie auszublenden.

Als er schon aufgeben wollte, hörte er Kratzgeräusche aus einem der Hauseingänge. Ihm stellten sich die Härchen im Nacken auf. Er dachte an die Fotos, die in ihrem Büro abgegeben worden waren. War ihm auch hier jemand gefolgt?

Schweiß stand ihm auf der Stirn. Es roch nach Schimmel, Erde und Gips. Dann hörte er ein Knarren, gefolgt von einem lauteren Krachen. Vandalen, streunende Katzen oder …?

»Du hast gelogen«, hörte er eine Jungenstimme.

»Paul?«, entfuhr es René erleichtert.

Im Licht der Straßenlaterne entdeckte er Pauls blasses Gesicht. Das leise Miauen einer Katze war zu hören, weiter unten an der Straße schnelle Schritte.

»Deine Mutter macht sich schreckliche Sorgen«, sagte René. »Es ist kalt, wo hast du deinen Mantel?«

»Wieder gelogen! Maman weiß, dass ich auf uns aufpasse«, sagte er trotzig. Aber seine Lippen bebten. »Ich bin doch der Mann im Haus.«

René wusste nicht, was er dem zitternden »Mann im Haus« mit seinem dreckverschmierten Gesicht und den unterschiedlichen Space-Invader-Socken – die eine blau, die andere gelb – erwidern sollte.

»Komm mit hoch, Paul«, sagte er schließlich. »Wenn du meinst, dass ich dich wegen Toulouse-Lautrec angelogen …«

»Du bist kein Detektiv«, sagte Paul.

»Ich bin ein Computerdetektiv«, sagte René.

»Beweis es!«

Schritte hallten in der Ferne.

»Hier ist meine Karte«, sagte René, sah sich nervös um und wollte Paul so schnell wie möglich wegbringen. »Du kannst von Glück reden, dass ich deiner Mutter nichts von den Modellflugzeugen erzählt habe! Und jetzt rein mit dir, bevor du uns noch erfrierst.«

Donnerstagnacht

Aimée konnte gerade noch der alten Dame und ihrem Schnauzer ausweichen. Sie lief die Treppe hinauf und steckte wieder die Nagelfeile in ihr Handy. Eine Nachricht. Warum hatte es nicht geklingelt? Schlechter Empfang? Oder wegen der fehlenden Antenne? Wenn Varnets Geld auf der Bank eintraf, würde sie sich ein neues Gerät besorgen.

Sie hörte die Nachricht ab.

Rauschen, dann Renés Stimme. »Aimée.« Hechelnde Geräusche. »Die Baustelle an der Rue André…«

Wieder Rauschen, dann brach die Nachricht ab. Hatte René versucht, auf eigene Faust zu ermitteln, war er dabei in Schwierigkeiten geraten?

Sie wickelte sich ihren langen Schal zweimal um den Hals und verknotete ihn, während sie durch die kalte Nacht lief. Die Métro konnte sie vergessen, zu dieser Zeit fuhr sie nur noch selten. Zu Fuß würde sie schneller sein.

Besorgt rannte sie die steile Rue des Saules hinauf, vorbei an der über den dunklen Dächern aufragenden Kuppel von Sacré-Cœur, und sprintete die gewundene Rue Lepic hinunter. Aus Le Jungle, dem senegalesischen Club in der Rue Gabrielle, wummerte Musik, eine Menschenmenge drängte heraus. »Wohin so eilig?«, rief ihr ein Mann lachend hinterher. »Wir haben einen Tisch, bleib doch!«

»*Non, merci*«, winkte sie nur ab und war auch schon an ihm vorbei. Ihre Schritte hallten auf dem holprigen Pflaster.

Auf der Place Émile-Goudeau rutschte sie beinahe auf den nassen Pflastersteinen aus. Sie passierte das Bateau-Lavoir, ein niedriges Haus, in dem Picasso und Modigliani einst ihre Ateliers gehabt hatten und das mittlerweile in eine Kunstgalerie umgewandelt worden war. Am grünen Wallace-Brunnen verschnaufte sie und wünschte sich, ihre Füße würden weniger schmerzen und ihre Bluse wäre nicht völlig durchgeschwitzt. Dann weiter, die Stufen hinunter. Es war jetzt nicht mehr weit, nur noch einige Straßen.

Sie überquerte die windige Place des Abbesses, hielt sich links, über die Treppe, auf der sie sich am Geländer festhielt, nach unten und vorbei an Cloclos Platz, dem Hauseingang zu einem mit Steinmedaillons verzierten Gebäude. Keine Cloclo, nur Dunkelheit.

Die Rue André Antoine war leer, hier pfiff nur der Wind. Dann entdeckte sie in einem Hauseingang zwei Gestalten, zwei kleinwüchsige Gestalten.

»René?«

Als sie näher kam, sah sie, dass sein Gefährte ein kleiner Junge war. Er zitterte und sah sie herausfordernd an. Sie zog ihren Mantel aus.

»Du musst Paul sein«, sagte sie und legte ihm den Mantel über die Schultern.

»Wo ist dein Computer?«

Sie musste grinsen. »Im Büro.«

»Du bist gerade noch rechtzeitig gekommen, Aimée«, sagte René.

»Ich hab Nathalie Gagnard gefunden, sie hat eine Überdosis Tabletten geschluckt. Der Armen wird der Magen ausgepumpt. Aber ich hab Gagnards Kontoauszüge entdeckt. Und noch was, was eine ganz interessante Lektüre abgeben könnte.«

Er atmete tief durch. »Tut mir leid, vielleicht habe ich überreagiert …« Er hielt inne.

Wahrscheinlich überlegte er, was er in Anwesenheit von Paul alles sagen konnte.

Paul drückte ihr den Mantel in die Hände, rannte ohne ein weiteres Wort zu einer Tür und knallte sie hinter sich zu.

»Was war das denn?«, fragte sie. »Hast du seine Mutter nicht dazu überreden können, dass er seine Aussage abgibt?«

»Seine Mutter ist unsere Zeugin. Sie hat *drei* Mündungsfeuer gesehen.«

»Drei? Aber sie trinkt doch, oder? Ich dachte, Paul …«

»Ich erkläre dir alles auf dem Rückweg.«

FREITAG

Freitagmorgen

Aimée drehte am weißen Porzellanknauf über ihrer klauenfüßigen Badewanne. Gott sei Dank war der Heißwasserboiler angesprungen. Sie goss Lavendelessenz ins heiße, dampfende Wasser, bevor sie ihre schmerzenden Füße und kalten Beine eintauchte.

Tief atmete sie den leicht zitronigen Lavendelgeruch ein und ließ ihre Gedanken schweifen. Die Geschichte von Pauls Mutter, die René ihr erzählt hatte, die Namen von Planeten, die »Suche in einem Strom«, Bordereaus Erwähnung eines Sicherheitslecks, der Computerausdruck zwischen Nathalie Gagnards Dokumenten, das alles ging ihr durch den Kopf. Fünf Minuten später, das Wasser reichte ihr gerade mal zur Hüfte, flackerte die Gasflamme und erlosch. Na toll!

Sie trocknete sich ab und schlüpfte in Wollsocken und den abgetragenen Flanellbademantel ihres Vaters. Mit dem Computerausdruck und ihrem Laptop ließ sie sich auf dem Bett nieder und suchte verschiedene Verschlüsselungs-Sites auf. Ohne Erfolg. Sie brauchte Saj.

Als die orangefarbene Morgendämmerung am Himmel aufzog, kuschelte sie sich unter der Decke zusammen und schlief erschöpft ein. Geweckt wurde sie vom Telefon, das ihr ins Ohr klingelte. Sie schlug die Augen auf und hatte den blinkenden Cursor ihres Laptops direkt vor sich.

»Allô?«

»Aimée, es gibt Probleme«, sagte René. »Maître Delambre ist zu einer Anhörung nach Fontainebleau gefahren. Und Isabelle hat es sich anders überlegt. Sie will jetzt nicht mehr aussagen. Was soll ich machen?«

Sie durften ihre Zeugin nicht verlieren.

»Wir treffen uns am Quai des Orfèvres 36«, sagte sie. »Und bring sie mit, egal wie.«

Sie füllte den Ausguss mit kaltem Wasser und Eiswürfeln und steckte das Gesicht hinein, hielt den Atem an und blieb so lange untergetaucht, bis ihre Wangen taub wurden. Dann schlüpfte sie in eine schwarze Strumpfhose, zog Wollrock und einen schwarzen Kaschmirpullover an und schloss den Reißverschluss ihrer kniehohen Stiefel. An der Tür griff sie sich ihren Mantel, rannte die ausgetretene Marmortreppe hinunter und trug im Laufen noch knallroten Stop-Traffic-Lippenstift auf.

Unterwegs rief sie die Staatsanwältin an. Sie war ihre einzige Hoffnung. Acht Minuten später fand sie René und Isabelle vor dem Wachhäuschen.

Dunkelgraue Schneewolken hingen dräuend am Himmel. Windböen trieben nasses Laub über die Straße.

»*Bonjour*, wir haben einen Termin«, begrüßte sie die beiden blau uniformierten Wachleute und legte ihren Ausweis vor.

Sie scheuchte René und die zögerliche Isabelle in den Innenhof der Préfecture, wo sie unter den Arkaden links zu einer breiten braunen Holztür abbogen.

»Wo ist Paul?«, fragte Aimée.

»In der Schule.« Isabelle sah zu René. »Wo ist ihr Computer? Sie haben gesagt, sie arbeitet mit Computern.«

»Manchmal müssen wir auch Dinge auf die altmodische Art und Weise erledigen«, antwortete René.

Im braun gekachelten Treppenhaus ging es mehrere Stockwerke hoch. Aimée erinnerte sich, als kleines Mädchen immer die Stufen gezählt zu haben. 532, so viele waren es immer noch. Und ihr Vater hatte ihr ein Carambar geschenkt, wenn sie, oben angekommen, richtig gezählt hatte. Als sie die Abteilung der Staatsanwaltschaft erreichten, zeigte sie erneut ihren Ausweis vor.

Ängstlich starrte Isabelle zu einer Gruppe von Polizisten an der Treppe.

Ein uniformierter Flic führte sie durch einen hohen Gang, vorbei an Büros, deren Türen offen standen. Ihre Schritte hallten auf dem gebohnerten Holzboden. Mehrere Beamte sahen auf, als sie in den langen Gang des *procureur général* traten. Aimée hörte Lachen, einige Gesprächsfetzen – »wenn kein Wunder geschieht, dann hat sich der Typ aufgrund dieser Aussage zum Zeitpunkt des Mordes wirklich in der Boulangerie aufgehalten« – und atmete den Geruch von Kaffee ein.

Aimée hielt an. Isabelle war stehengeblieben und knöpfte sich den Mantel zu. »Ich verschwinde.«

»Was ist los, Isabelle?«

Isabelle schüttelte den Kopf. »Vergessen Sie's.«

Dafür, wollte sie sagen, war es jetzt zu spät. So vieles hing von ihrer Aussage ab. Sie nickte nur. »Ich werde hier auch immer ganz nervös.«

»*Stupide*, ich verschwinde. Ich will da nicht mit reingezogen werden.«

»Ich weiß, wir verlangen viel von Ihnen«, sagte Aimée. Sie spürte die ersten Schweißtropfen am Rücken. »Aber wir würden das nicht von Ihnen fordern, René wäre nicht so hartnäckig, wenn es nicht unbedingt notwendig wäre. Und vergessen Sie nicht, es geht doch gar nicht um Sie oder Paul.«

»Sie haben leicht reden!« Isabelle wandte sich ab.

Sie hatte Angst, wahrscheinlich war sie nervös, wahrscheinlich brauchte sie was zu trinken. Aimée musste an sie rankommen, sie musste sie überzeugen. Sie legte den Arm um Isabelles schmächtige Schultern. »Sie haben recht, Isabelle, ich habe leicht reden. Wenn Sie wollen, dann gehen Sie. Sie können jederzeit verschwinden, gehen Sie die Treppe runter und verschwinden Sie. Aber leider wurde ein Mensch umgebracht, und Sie waren die Unglückliche, die Zeugin der Schüsse wurde. Und wenn Sie nichts sagen, werden die Mörder ungeschoren davonkommen. Wahrscheinlich werden sie wieder töten. Und dann wird einer von ihnen nach Paul suchen …«

Sie hielt inne. Isabelle wich ihrem Blick aus. Sie war so dicht davor, trotzdem …

»Ich werde Paul abholen«, sagte Isabelle. »Ich werde ihn zu meiner Schwester nach Belleville bringen.«

»Wollen Sie mir wirklich erzählen, dass Ihnen nicht ständig die Sicherheit Ihres Sohns durch den Kopf gehen wird, wenn Sie auf dem Quai sind oder Paul zu seiner neuen Schule bringen? Dass Sie sich keine Gedanken machen, ob der Typ, der nach Paul sucht, eines Tages vor Ihrer Tür stehen wird? Dass er ihn diesmal vielleicht findet? Wollen Sie mir das wirklich erzählen?«

Isabelles Blick trübte sich. »Ich war mal im Gefängnis. Es ist Jahre her, trotzdem, sie werden mir nicht glauben.«

»Das ist vorbei. Sie wissen, wie es hinter Gittern ist. Meine Freundin wird ins Gefängnis kommen, wenn Sie uns nicht helfen. René hat sich um eine Unterkunft gekümmert, wo Sie und Paul hinkönnen. Eine sichere Unterkunft. Bitte!«

»Mademoiselle Leduc.« Der Flic räusperte sich. »Darf ich Sie daran erinnern, die Frau Staatsanwältin hat einen engen Terminplan.«

Die Falten um Isabelles Mundwinkel hatten sich etwas entspannt. »Heute?«, fragte sie Aimée. »Wir können noch heute da hin?«

»Sofort, wenn Sie mit der Staatsanwältin gesprochen haben. Alles wird gut, erzählen Sie ihr einfach die Wahrheit. Die Staatsanwältin ist kein Unmensch. Vergessen Sie das nicht.«

Dann klopfte der Flic kurz an die Tür, und eine Frau rief: *»Entrez.«*

Der Flic öffnete und wies sie in den Raum. Hohe Decke, Fenster mit Blick auf die Seine, ein gerahmtes Bild von Mitterrand mit dem blau-weiß-roten Band des französischen Präsidenten. Eines der begehrten Eckbüros, wie es Edith Mésards hoher Stellung entsprach.

Die Staatsanwältin hatte die blonden Haare glatt nach hinten frisiert. In ihrem maßgeschneiderten dunkelgrünen Rodier-Kostüm sah sie »ganz beachtlich« aus. So hatte Morbier Mésards staatsanwältliche Befähigung beschrieben. Ein weißhaariger Mann saß neben ihrem Schreibtisch.

»*Bon*, strengen Sie sich an, Mademoiselle Leduc. Sie haben fünfzehn Minuten«, sagte die Staatsanwältin.

»Danke, dass Sie sich die Zeit nehmen, Madame«, begann Aimée.

»Sie haben sicherlich nichts dagegen, wenn ein Berater der Internen Ermittlung mit dabei ist, oder?«, fragte Edith Mésard. »Er ist an Ihren Ausführungen sehr interessiert.«

Der rotgesichtige, weißhaarige und sehr stämmige Mann in einem doppelreihigen marineblauen Anzug musterte sie. Wer war er?

Aimée räusperte sich. »Umso besser. Das hier ist mein Partner René Friant. Isabelle Moinier, und Sie, Monsieur …?«

»Ludovic Jubert.« Er sah ihr in die Augen.

Aimée spürte, wie sie blass wurde, dazu kam ein bleiernes Gefühl in den Beinen. Endlich hatte sie ihn aus der Deckung gelockt. Trotzdem hatte sie Angst.

»Monsieur Jubert, Sie haben mit meinem Vater zusammengearbeitet, nicht wahr?« Sie suchte nach Worten. »Ich habe mit Ihnen reden wollen.«

»Das denke ich mir, Mademoiselle Leduc.«

Sie musste sich konzentrieren. Ihr durfte keine seiner Reaktionen entgehen, und gleichzeitig musste sie die Staatsanwältin im Auge behalten.

»Das können Sie sicherlich später klären«, kam es ruhig und bestimmt von Edith Mésard. »Es sei dringend, haben Sie angedeutet, Mademoiselle Leduc! Ich höre!«

»Mademoiselle Moinier wohnt in der Rue André Antoine im Haus neben dem, auf dem Jacques Gagnard ermordet wurde. In der Nacht des Mordes hat sie dreimal ein Mündungsfeuer aufblitzen sehen. Das würde also bedeuten, dass drei Schüsse abgegeben wurden. Weiterhin nehme ich an, dass das Geschoss mit dem hohen Zinnanteil, das im Moment im Polizeilabor untersucht wird, für die Schmauchspuren verantwortlich ist, die man an Laure Rousseaus Händen nachgewiesen hat – aber keineswegs das Geschoss, das aus ihrer Manurhin stammt.«

»Sie wollen damit was sagen?«

»Laure hat ihren Partner nicht erschossen.«

»Das verstehe ich nicht«, sagte die Staatsanwältin. »Wo kommt dieses ›Geschoss‹ denn her, das gerade untersucht wird?«

»Vom Dach. Ich habe es in der Kaminwand entdeckt.«

Ludovic Jubert hatte bislang kein Wort gesagt und kein einziges Mal geblinzelt. Hinter ihm schwebten schwere Schneeflocken am Fenster vorbei, trieben über den Verkehr hinweg, der sich im Schneckentempo über den Quai bewegte, und verschwanden in der blaugrauen Seine.

»Wer hat Ihrer Meinung nach Jacques Gagnard dann ermordet?«

»Eine andere Anwohnerin hat auf dem Dach Männer gehört, die sich auf Korsisch unterhalten haben.«

Edith Mésard sah zu Ludovic Jubert, der kaum merklich mit den Schultern zuckte.

»Wenn Sie und Ihr Partner bitte draußen warten wollen«, sagte Edith Mésard.

»Du siehst aus, als hättest du ein Gespenst gesehen«, sagte René.

Sie nickte und setzte sich neben ihm auf die Holzbank. Der Heizkörper im Flur gluckerte und verströmte mäßige Wärme.

»Hab ich auch. Ein leibhaftiges.«

Neben einer Palme in einem Pflanzkübel stand ein Metallwagen mit mehreren Kaffeekannen.

»Erzähl's mir bei einem Kaffee.«

Sie nickte.

Er glitt von der hohen Bank, warf ein paar Francs in eine Dose mit der Aufschrift »Zwei Franc, *s'il vous plaît*«, schenkte zwei Plastikbecher mit Espresso voll und reichte ihr einen.

»Es geht um meinen Vater. Und um Jubert.«

»Deinen Vater?«

»Und um eine Sache, die totgeschwiegen wurde.« Sie seufzte, lehnte sich zurück und erzählte ihm von Laures Vermutung, dass ihr Vater mit irgendwelchen krummen Dingen zu tun gehabt hatte, die vertuscht wurden, und von Juberts angeblicher Beteiligung an der Explosion auf der Place Vendôme, bei der Aimées Vater getötet worden war.

»Das hättest du mir schon längst mal erzählen können.« Renés große grüne Augen funkelten vor Zorn. »Aber Laures unzusammenhängendes Gerede beweist noch gar nichts.«

Sie rieb sich die Augen. »Jubert weiß, dass ich mich ins STIC eingeklinkt habe. Deswegen ist er hier. Wahrscheinlich hat er herausgefunden, dass ich in seinem Namen die kostspielige ballistische Untersuchung angefordert habe. Jetzt will er hören, was ich herausgefunden habe.«

René schüttelte den Kopf. »Aber er kann doch nichts beweisen, oder? Du hast deine Spuren doch verwischt?«

»Jubert ist einer, mit dem man sich besser nicht anlegen sollte. Aber wenn er mich über die Klinge springen lässt, geht er mit unter.«

René nahm ihre Hand. »Du hast die Zeugin aufgetan, die du brauchst, um Laure zu entlasten, dazu hast du den Laborbericht. Zum Teufel, du hast sogar das zweite Projektil gefunden.«

»Falls es als Beweismittel zugelassen und Isabelles Aussage als glaubwürdig anerkannt wird.«

»Warum sollte das nicht so sein?«

»Ich hoffe es.« Den Blick auf ihre nassen Stiefel gerichtet, sagte sie: »Es wird dir nicht gefallen, aber es ist besser, wenn du in nächster Zeit von zu Hause aus arbeitest. Geh in den nächsten paar Tagen lieber nicht ins Büro.«

Er verdrehte die Augen. »Ich bekomm hier immer alles nur häppchenweise serviert, was? Also, was hast du mir noch verschwiegen?«

»Irgendwie ist auch noch ein ziemlich übler Typ namens Petru in die ganze Sache verwickelt, wie, weiß ich nicht genau. Er ist Korse, passt aber irgendwie nicht in die Separatistenbewegung. Er – oder seine Freunde – haben mich verfolgt.«

René zog ein Päckchen aus seiner Aktentasche und reichte es ihr. »Das ist heute Morgen gekommen.«

Die Absenderadresse lautete Dr. Guy Lambert, Abteilung Augenheilkunde, Hôpital Quinze-Vingts.«

Etwas, was sie in seinem Büro vergessen hatte? Sie schlitzte mit ihrem Schlüssel das Klebeband auf.

Drinnen lag ein sechsmonatiger Vorrat ihrer Augentropfen, dazu eine Überweisung an einen Spezialisten und einige Zeilen aus Samuel Taylor Coleridges Gedicht »Christabel«:

Und das Leben ist dornig, eitel die Jugend,
Und zürnen dem, den man liebt,
Ist wie Tollheit im Gehirn.

Sie zerknüllte das Blatt.

René starrte sie an.

»Guys Abschiedsgeschenk. Gewissenhaft, wie immer.«

»Was meinst du?«

»Er ist in den Sudan gegangen, um dort für Ärzte ohne Grenzen zu arbeiten.«

»Sudan?«

»Um den Blinden in Afrika zu helfen. Damit er so weit wie möglich von mir fort ist und trotzdem medizinische Wunder wirken kann.«

René starrte sie immer noch an. »Er hat dir das Augenlicht gerettet, Aimée!«

Ihre Lippen zitterten. Wenn René nicht bald den Mund hielt, würde sie noch in Tränen ausbrechen. Sie senkte den Blick.

»Als ob ich das nicht wüsste, René.«

»Auch das hast du mir nicht erzählt«, sagte René. Er klang aufrichtig verletzt.

»Reicht es nicht schon, dass ich dir mit meinem Liebesleben … oder meinem meist nicht vorhandenen Liebesleben auf den Keks gehe? Es wäre egoistisch. Du hast jemanden gefunden und scheinst glücklich zu sein. Es ist nicht fair, dich damit zu belasten.«

Statt ihr zuzustimmen, wie sie erwartet hatte, schien er nur noch wütender zu werden. »Ich dachte, wir würden uns näher stehen, Aimée.«

»Du bist mein bester Freund! Aber muss ich dich deswegen mit den schmutzigen Details meiner Beziehung nerven?«

Stolz, ja, ihr Stolz hatte ihr verboten, ihm zu sagen, dass Guy sie verlassen hatte. Sie verlassen hatte, weil sie nicht die gewesen war, die sie hätte sein sollen.

René schüttelte verärgert den Kopf.

Alles falsch, egal wie sie es anstellte, sie machte mit René immer alles falsch.

»Und dann hast du dich auf die Ermittlungen gestürzt, um die Leere in dir zu füllen, oder? Wie immer!«

Sie sackte auf der Bank zusammen. Hatte er recht?

Er stand auf, staubte seine schwarze Wolljacke ab und reichte ihr eine Karte mit der Adresse des Convent des Récollets. »Pauls und Isabelles Unterkunft. Dort hilft man Familien, die für eine gewisse Zeit eine Bleibe brauchen.«

Er nahm seinen Aktenkoffer und marschierte davon.

Was hatte sie getan?

»René«, rief sie ihm hinterher, »du bist so glücklich, da wollte ich nicht …«

Er drehte sich um. »Dachte ich mir schon.«

Warum lief gerade alles so schief, noch dazu in so kurzer Zeit? René eingeschnappt, Laure im Koma, Guy auf einem anderen Kontinent, und zum Trost schickte er ihr Coleridge-Verse: drei dürre Zeilen. Und Jubert mit seinen grauen Schlangenaugen ein hohes Tier bei der Internen Ermittlung. Die Liste wurde immer länger. Dazu die immer mehr zur Gewissheit werdende Befürchtung, dass der Mord an Gagnard Teil von etwas Größerem war. Und ihr wollte Lucien Sarti nicht aus dem Kopf, die Berührung seines Oberschenkels, seine warmen Lippen auf ihrer Wange.

Die Tür ging auf, und der Boden knarrte unter Isabelles Füßen.

»*Ça va?*« Aimée gelang ein müdes Lächeln. Sie reichte ihr die Klosteradresse. »Man erwartet Sie dort. Bitten Sie einen Freund, Ihre Sachen hinzubringen, und bleiben Sie so lange, bis alles geklärt ist.«

»*Merci*«, sagte Isabelle.

»Mademoiselle Leduc, einen Moment bitte«, kam es von Edith Mésard aus dem Büro.

Aimée zerknüllte den Plastik-Espressobecher und warf ihn in den Mülleimer.

Edith Mésard und Jubert standen neben einer Gruppe von Ohrensesseln. In einem ansonsten sauberen Aschenbecher auf dem Fensterbrett glomm eine Zigarettenkippe vor sich hin.

»Es ist nicht nötig, dass wir Platz nehmen, Mademoiselle. Ich werde es kurz machen und gleich auf den Punkt kommen«, sagte Edith Mésard. Sie knöpfte ihre Jacke zu. »Neben Verstößen gegen die Kommunalordnung könnte ich Ihnen zur Last legen, dass Sie sich an Beweismittel vergriffen und sich im internen Computernetzwerk der Polizei zu schaffen gemacht haben …« Sie hielt inne. »Sie gefährden eine gemeinsame verdeckte Operation der *Renseignements Généraux* und der *Direction de la Surveillance du Territoire*.«

Aimée war völlig perplex. Das hatte sie nicht erwartet.

»Was meinen Sie?«

»Monsieur Jubert hat klargemacht, dass es schon zu spät ist. Die verdeckte Operation ist so weit fortgeschritten, dass keinerlei Interventionen mehr möglich sind.«

»Ich soll nicht mehr versuchen, Laure Rousseau zu entlasten? Das werde ich nicht tun. Ich habe Ihnen dazu eine Menge Beweise geliefert. Die können Sie nicht einfach ignorieren.«

»Ich würde vorschlagen, Mademoiselle, dass Sie zur Abwechslung einfach mal zuhören.«

Aimée kam sich wie ein Schulmädchen vor, das man beim Schwatzen erwischt hatte. Jubert beobachtete sie stumm.

»Ich bin ganz Ohr, aber nur, falls die Anklage gegen Laure fallengelassen wird«, sagte sie.

»Mademoiselle, haben Sie vergessen, dass wir uns in der wirklichen Welt befinden und uns an gewisse Vorschriften, den Code civil und an das Rechtssystem zu halten haben?«

»Sie sagen also, dass sie nicht ...«

Jubert mischte sich ein, ruhig und kühl. »Mademoiselle, sie sagt, dass alle sachdienlichen und auf legale Weise erworbenen Beweise bei der Anklageerhebung gegen Gardien Rousseau vorgelegt werden.«

Richtig. Sie traute ihm nicht weiter, als sie spucken konnte.

»Sichern Sie mir zu, dass das Geschoss, das ich gefunden habe, als Beweis akzeptiert wird?«

Jubert zupfte sich mit Daumen und Zeigefinger am Kinn.

»Mademoiselle, ich sehe, Sie nehmen kein Blatt vor den Mund. Wie erfrischend ... in Ihrem Gewerbe.«

Ihrem Gewerbe? Während er das altehrwürdige Jungens-Netzwerk betrieb, wo man um Gefallen bat und diese gewährt wurden, wo man Schmiergelder zahlte und alles klammheimlich und hinter den Kulissen ablief.

»Wir hätten gern Ihre Hilfe«, fuhr er fort.

»Meine Hilfe?« Sie sah ihn erstaunt an.

»Ihre Hartnäckigkeit ist nicht unbemerkt geblieben. Statt unsere Operation zu gefährden, wie Sie gewillt zu sein scheinen, möchten wir, dass Sie mit uns zusammenarbeiten.«

Genau. Ihr Vater hatte für die RG gearbeitet und war dabei ums Leben gekommen. Sie hasste diese Welt aus Lügen, Irreführung und Vertuschung.

»In meinem Zeugnis heißt es: ›Ihre Mitarbeit lässt zu wünschen übrig.‹ Daran hat sich nichts geändert.«

Aber sie hatte das Gefühl, dass die Zusammenarbeit mit »ihnen« der Preis für Laures Freispruch war. Eine heikle, vom Innenministerium orchestrierte RG- und DST-Operation war das Letzte, womit sie irgendwas zu tun haben wollte. Nach dem Vorfall auf der Place Vendôme, bei dem ihr Vater ums Leben gekommen war, hatte sie eigentlich genug von der Arbeit mit dem Geheimdienst.

»Sie denken an Ihren Vater. Eine Tragödie, ja«, sagte Jubert. »Aber das hat nichts mit dieser Operation oder dieser Abteilung zu tun. Die Umstände waren ganz andere.«

»Ich würde gern wissen, wer dafür verantwortlich war«, sagte Aimée. Sie starrte Jubert an.

»Die Abteilung ist mittlerweile geschlossen. Wenn es noch Akten dazu gibt, unterliegen sie der Geheimhaltung«, sagte Jubert. »Lassen Sie die Vergangenheit ruhen. Sehen Sie es als Ihren Beitrag zur Sicherheit dieses Landes.«

Er appellierte tatsächlich an einen von hohlen chauvinistischen Untertönen begleiteten Patriotismus? Vergessen Sie es, wollte sie sagen.

Das Angebot stank zum Himmel. Aber viele andere Optionen blieben ihr nicht.

»Nach den geltenden Vorschriften sind Beamte, gegen die intern ermittelt wird, so lange vom Dienst suspendiert, bis ein Urteil gesprochen wurde.«

Sie würden nichts für Laure tun.

»Sie können doch nicht ignorieren, dass eine Zeugin Männer auf dem Dach gesehen hat, Sie können die drei Mündungsfeuer und den hohen Zinnanteil in den Schmauchspuren nicht ignorieren.«

»Das ist alles gebührend zur Kenntnis genommen worden, Mademoiselle«, sagte Jubert. »Natürlich haben Sie unter Missbrauch meines Namens einen Test in Auftrag gegeben – einen ungewöhnlich kostspieligen Test, wenn ich es recht verstanden habe –, aber ich werde ihn autorisieren, vorausgesetzt, Sie kooperieren mit uns.«

Aimée starrte Edith Mésard an. Ihr Make-up war einfach perfekt, das leichte Rouge war genau in der richtigen Stärke aufgetragen.

»Mehr können Sie dazu nicht sagen?«

Edith Mésard erwiderte den Blick und griff zu ihrem Mantel. »Ich werde dafür sorgen, dass jedem Gerechtigkeit widerfährt, Mademoiselle. Verlassen Sie sich darauf. Mein Ruf spricht für mich. Deswegen bin ich hier.«

Edith Mésard griff sich ihren Lancel-Aktenkoffer. »Der Sentier-Fall hat das doch zur Genüge bewiesen, oder?«

In diesem Fall hatte Mésard für Stefan, einen deutschen Extremisten und Bekannten von Aimées Mutter, eine Bewährungsstrafe erwirkt.

»Also, muss ich Sie jetzt wegen Verstoßes gegen die Kommunalordnung und anderer schwerwiegender Delikte anklagen? Unter dem Gesetz zum Schutz der Sicherheitsdienste ist ein an laufenden Ermittlungen beteiligter Informant von einer Anklage ausgenommen.« Sie hielt inne und steckte ihr Handy an die Seitentasche. »Aber das ist natürlich allein Ihre Entscheidung.«

Mésard war gut. Aber hatte sie damit gerade offenbart, wie sehr Aimée hier gebraucht wurde? So sehr gebraucht wurde, dass Mésard sogar bereit war, zu ihren Gunsten auf das Gesetz zum Schutz der Sicherheitsdienste zurückzugreifen?

Konnte sie mit Leuten zusammenarbeiten, die an der Operation beteiligt waren, bei der ihr Vater ums Leben gekommen war? Wenn sie sich erst einmal auf sie einließ, würde es kein Zurück mehr geben. Andererseits waren die damit einhergehenden Verbindungen auch nicht zu verachten. Je weiter sie in die Welt der Geheimdienste eintauchte, umso mehr konnte sie über den Vertrag ihres Vaters mit der RG erfahren und warum er sterben musste.

Und vielleicht würde damit auch erklärt werden, warum Gagnard ermordet wurde.

Also, besser Geschäfte mit dem Teufel als mit jemandem, den sie nicht kannte. Außerdem war es die einzige Möglichkeit, Laure aus der Schusslinie zu bekommen. Sie nickte.

»Gut«, sagte Edith Mésard, als wäre es das Ergebnis eines arbeitsreichen Morgens. »Monsieur Jubert wird Sie in die Einzelheiten einweisen.«

Ihre Absätze klackten auf dem Boden, dann schloss sich hinter ihr mit einem kalten Luftzug die Tür.

»Setzen Sie sich, Mademoiselle«, sagte Ludovic Jubert. »Ich weiß um Ihre schnelle Auffassungsgabe, es wird also nicht lange dauern.«

Sie nahm in einem der Ohrensessel Platz, schlug die Beine übereinander und hoffte, dass sie der Aufgabe wirklich gewachsen war.

»Bevor wir anfangen, möchte ich einiges zu dem Bericht erfahren«, sagte sie.

»Bericht, Mademoiselle?« Jubert zog die buschigen weißen Brauen hoch.

Sie holte das Foto von den vieren heraus – Morbier, Georges Rousseau, ihr Vater und Jubert auf der Treppe bei Zettes Bar – und legte es auf das Fensterbrett. Draußen schwebten noch immer die Schneeflocken wie zerrupfte Federn vom Himmel.

»Aah, was war ich damals noch schlank«, sagte Jubert.

»Sie wissen schon, was ich meine.«

»Ich habe nicht die geringste Ahnung, Mademoiselle. Was dagegen, wenn ich rauche?«, fragte er, als befänden sie sich in einem Café und nicht im Büro der Staatsanwältin.

Sie zog einen Nicorette-Streifen aus ihrem Rucksack und warf ihn wieder hinein. »Nein, solange Sie mir auch eine anbieten.«

Er reichte ihr die Packung Muratti Ambassador mit weißem Filter. Sie zog eine heraus, und er gab ihr mit einem silbernen Feuerzeug Feuer. Sie inhalierte und spürte sofort, wie ihr das Nikotin in den Kopf stieg.

»Also, Mademoiselle, betrachten Sie diesen Sessel nicht als Zahnarztstuhl, sondern genießen Sie das kleine heimliche Vergnügen und lassen Sie uns anfangen.«

»Sie haben meine volle Kooperation«, sagte sie, lehnte sich zurück und sog an der Muratti. »Erst möchte ich wissen, ob Sie oder Sie alle inklusive meines Vaters mit einer Glücksspielsache in Montmartre zu tun hatten. Georges Rousseau hielt sich zugute, damit aufgeräumt zu haben. In Zettes Bar aber wurden immer noch manipulierte Automaten betrieben. Wie wahrscheinlich überall im *Quartier*.«

»Das bereitet Ihnen Sorgen? Diese Sache?« Er schien aufrichtig überrascht.

»Sagen Sie es mir, und es wird keiner von mir erfahren.«

Seine grauen Augen funkelten, während er seine Antwort abzuwägen schien.

»Korruption ist ein ernsthafter Vorwurf«, sagte er.

»Ich glaube nicht, dass mein Vater in eine Korruptionsaffäre verwickelt war, die totgeschwiegen werden sollte. Ich glaube eher, dass Sie darin involviert waren und es ihm dann in die Schuhe geschoben haben. Und das hing ihm dann für den Rest seines Lebens nach.«

»Dafür hat schon Ihre Mutter gesorgt, Mademoiselle«, entgegnete Ludovic Jubert. »Seine Karriere hat dadurch einen Knacks bekommen.«

Ihre amerikanische Mutter, die sie in den Siebzigern verlassen und sich einer Extremistengruppe angeschlossen hatte. »Das meinen aber auch nur *Sie*.« Sie nahm einen Zug und versuchte damit zu überspielen, wie sehr seine Worte sie verletzten.

»Jean-Claude hatte schwer dran zu knabbern«, sagte er und sah aus dem Fenster. »Ein guter Flic. Er hatte ein Näschen, wie man so schön sagt, ein Näschen für den Duft des Verbrechens. Das verliert man nie. Und ich sehe, Sie haben es auch.« Er seufzte. »Georges Rousseau hat den Geruch gemocht. Er hatte nichts gegen Informanten, hat ihnen aber zu viel Spielraum gelassen.«

»Wollen Sie sagen, Georges Rousseau war der korrupte Beamte? Er ist als hochdekorierter ...«

»... und heldenhafter Commissaire gestorben«, unterbrach Ludovic Jubert sie. »Wir mussten ihn decken. Er hat in Montmartre viel aufs Spiel gesetzt.«

War es das, womit Morbier nicht herausrückte? Warum glaubte Laure, dass Aimées Vater darin verwickelt gewesen war?

»Einige von Rousseaus Informanten haben sich durchaus an die Spielregeln gehalten«, fuhr Jubert fort. »Tun das noch immer. Wir drücken bei ihren kleinen Geschäften eine Auge zu, dafür liefern sie uns Informationen über wichtigere Dinge. Dinge, die die nationale Sicherheit betreffen. Alle Flics sind auf Informanten angewiesen. Ohne sie würden wir nicht weit kommen.« Ungeduldig drückte er seine Zigarette aus. »Aber das wissen Sie ja. Sie wissen, wie das System funktioniert.«

Sie war damit aufgewachsen. Ihr Vater hatte es gehasst, deswegen hatte er auch den Dienst quittiert und später für Leduc Détective gearbeitet, der Detektei, die bis dahin von ihrem Großvater geführt worden war. Wer mit dem Teufel spielt, hatte er gesagt, kriegt schwarze Finger.

»Georges Rousseau hat also Schmiergelder angenommen«, sagte sie. »Aber er wurde ausgezeichnet und befördert, weil man seine Informanten gebraucht hat? Warum glaubt Laure dann, dass *mein* Vater korrupt gewesen wäre und der Beweis dafür in irgendeinem Bericht steht?«

»Lassen Sie Ihrer Fantasie doch mal ein wenig freien Lauf!«

»Sie meinen, Laures Vater hat meinen Vater angeschwärzt und den Verdacht auf ihn gelenkt?«

»Nah dran.«

»Wo ist die Polizeiakte?«

»Die RG hält das meiste davon unter Verschluss.«

Sie schüttelte den Kopf. »Ich glaube Ihnen nicht.«

»Mademoiselle, es ist in Ihrem Interesse, das zu glauben.« Er stand auf. »Immer noch die kleine Unruhestifterin, wie ich sehe. Papis kleines Mädchen. Ihr Vater wollte einen Jungen, wissen Sie das?«

Scheißkerl! Das saß! Woher wollte er das wissen?

Sie umklammerte die Stuhllehnen, bis ihre Knöchel weiß wurden. Sie würde ihm nicht zeigen, wie sehr seine Kommentare ihr zusetzten. Sie dachte an Laures Worte und Morbiers Anmerkungen, die er an den Rand der Zeitung gekritzelt hatte.

»Das alles läuft auf die Ermittlungen gegen die korsischen Separatisten vor sechs Jahren hinaus, oder? Auf die Frage, woher sie ihre Waffen hatten. *Das* ist der Geheimbericht. Mein Vater hat daran gearbeitet, nicht wahr? Mit Ihnen!«

Ludovic Jubert nickte nur.

»Ihr Vater hat immer gesagt, Sie seien ein schlauer Kopf«, sagte er.

»Hat damit auch die Explosion auf der Place Vendôme zu tun?«

»Ganz und gar nicht. Es ist so, wie ich Ihnen gesagt habe. Konzentrieren wir uns auf die Gegenwart.« Er zog eine Schublade im Schreibtisch auf und holte einen dünnen Ordner heraus.

»Wir glauben, dass dieser Mann ein Separatistennetzwerk in Montmartre leitet. Wir verlassen uns auf Sie, dass Sie ihn finden.«

Er reichte ihr den Ordner. »Schauen Sie rein. Er ist ein korsischer Terrorist, Mitglied der FLNC, verantwortlich für die

Bombendrohungen in der Mairie und für Überfälle, bei denen die sechs Jahre zuvor gestohlenen Waffen eingesetzt wurden.«

»Osteuropäische Waffen …?«

»Aus Kroatien, von unserem Militär in Solenzara gelagert, bis sie vor sechs Jahren verschwunden sind. Und seit letztem Jahr tauchen sie mit beunruhigender Regelmäßigkeit in Paris auf.«

»Woher wissen Sie das?«

»Wir belauschen alles und jeden, Mademoiselle.«

Belauschen … Frenchelon?

Sie schlug den Ordner auf. Lucien Sartis Bild starrte sie an.

Freitagmorgen

Laure setzte sich im Krankenhausbett auf, die Computertastatur lag auf dem Bett-Tisch. Ein Telefon stand auf dem Nachttisch, gleich neben den Veilchen, die Aimée gebracht hatte.

»*Très bon*, wundervolle Fortschritte, der Commissaire freut sich sehr, dass Sie das alles benutzen können«, sagte die junge Therapeutin mit strahlendem Lächeln. »Nur zu, drücken Sie die nächste Taste, ich notiere mir den Buchstaben. Bislang haben Sie also gesagt: ›Ich erinnere mich‹, dazu so was wie einen Namen und eine Telefonnummer, *oui*?«

Laure zwinkerte. Wenn die Frau doch endlich mit ihrem albernen Gerede aufhören und sich beeilen könnte. Warum rief sie nicht endlich Aimée an?

»Ich sag dem diensthabenden Beamten Bescheid, dann sehen wir weiter.« Sie patschte Laure auf den Arm. »Er will immer sofort alles erfahren, was bei den Ermittlungen helfen könnte.« Laure zwinkerte zweimal für Nein.

Sie ließ ihre Finger über die Buchstaben auf der Tastatur gleiten: j … e … t … z … t.

»Jetzt?«

Laure zwinkerte. Speichel lief ihr übers Kinn.

»Tut mir leid, Laure«, sagte die Therapeutin, »ich muss erst den Beamten fragen.«

Die Therapeutin verließ das Zimmer. Laure ließ sich aufs Kissen fallen, dann sah sie den Stift. Sie packte ihn zwischen Daumen und Zeigefinger. Wenn sie den Telefonhörer bloß aus seiner Halterung bringen könnte. Mit aller Kraft schlug sie mit dem Stift gegen den Hörer, der daraufhin wackelte, aber blieb, wo er war.

Sie versuchte es noch einmal, klemmte diesmal den Stift unter den Hörer und hebelte ihn heraus. Der Hörer fiel zu ihr hin, sie hörte den Wählton. Schnell, jetzt musste es schnell gehen, bevor die Therapeutin zurückkehrte oder sich die aufgezeichnete Ansage einschaltete: »Wenn Sie telefonieren wollen …«

Sie gab die acht Ziffern von Aimées Handynummer ein. Wo war die Verbindungstaste?

Sie hörte Schritte, sah die blaue Uniform.

»Was treibt sie da?«

Freitagmorgen

Pascalou, Aimées Metzger, wischte sich die Hände an der blutverschmierten Schürze ab, die sich um seinen korpulenten Leib spannte. Sie reichte ihm die Francscheine.

»Ich hab was dazu gegeben«, sagte er und grinste. »Das wird Miles Davis freuen.«

»Du verwöhnst ihn, Pascalou.«

»Schadet nicht, wenn sich mal einer seiner annimmt, Aimée«, erwiderte er und drohte ihr launig mit dem Finger.

Und wer nimmt sich meiner an? Sie lächelte nur.

»*Merci.*« Sie packte das Wechselgeld ein und nahm das weiße Wachspapier mit Miles Davis' Lammhaxen entgegen. Die Glocke bimmelte, als sie die Metzgerei verließ.

Keine halbe Stunde zuvor hatte sie sich Juberts Ausführungen über die Terrorzelle angehört, die irgendwo in Montmartre Waffen versteckte. Zu Lucien Sarti hatte sie geschwiegen. Sie konnte ihn nicht einschätzen. Und immer noch begegnete sie Jubert mit Argwohn. Würde er seinen Teil der Abmachung hinsichtlich Laure halten?

Sie musste Petru finden. Er und nicht Sarti war der Schlüssel, davon war sie mehr und mehr überzeugt. Allerdings gab es nicht den geringsten Grund, Jubert darüber in Kenntnis zu setzen. Sie würde ihm einen Terroristen liefern, aber nicht den, den er erwartet hatte.

Als Erstes musste sie sich mit Frenchelon beschäftigen und herausfinden, wie sie Lucien Sarti mit dem Terrornetzwerk in Verbindung gebracht hatten.

Sie rief Saj an, gab im indischen Take-away in der Passage Brady ihre Bestellung auf und fuhr dann zu Hause ihren Laptop hoch. Bis Saj in seinem bestickten afghanischen Lammfellmantel eintraf, standen die Pakora und vegetarischen Thali bereits dampfend auf dem Kaminsims, über dem der Spiegel beschlug. Kreuzkümmel und der Duft eines Kokoscurry erfüllten das gleichzeitig als Büro dienende Wohnzimmer.

»Riecht ja köstlich«, sagte er.

»Bereit für ein paar Überstunden?«, fragte sie. »Ich glaube, das Projekt wird dir gefallen.«

Saj musterte den Laptop. »Frenchelon, hmmm. Es geht also um Netzspionage per Satellit?«

»Netzspionage? Gefällt mir.« Sie hackte auf die Tastatur ein. »Schon mal was von einem digitalen toten Briefkasten gehört?«

Er nickte, hängte den Mantel über den Stuhl und streifte seine Sandalen ab. »Verwende ich ständig. Wo steckt René?«

»Ist zu Hause«, sagte sie und lehnte sich zurück. »Bei der Arbeit.«

»Euer Büro wird also mal wieder überwacht?«

Saj war nicht auf den Kopf gefallen.

»Worum geht's diesmal?«

»Angeblich um korsische Separatisten, vielleicht auch um die lokale Mafia, die die FLNC als Tarnung benutzt. Jedenfalls um ganz charmante Zeitgenossen.«

Saj hielt inne, das Knoblauch-Naan, das er sich genommen hatte, schwebte vor ihm. »Ihr zieht die bösen Buben wie die Fliegen an. Ich kapier's einfach nicht! Du und René macht Computersicherheit. Warum habt ihr ständig mit den schweren Jungs zu tun?«

»Es hängt eben immer alles mit allem zusammen«, sagte sie. »Und irgendwas stinkt hier ganz gewaltig. Deshalb hab ich auch dich angerufen.«

»Ich muss mich erst zentrieren, Aimée«, sagte Saj, wischte sich die Hände ab und ließ sich im Schneidersitz auf ihrem fadenscheinigen Savonnerie-Teppich nieder.

Sie stöhnte insgeheim auf. Hätte er sich nicht zentrieren können, bevor er zu ihr kam?

»Mach doch mit! Du hast das bestimmt schon eine ganze Weile nicht mehr gemacht, oder?«

Sie hatte es im November mit der Meditation im Caodai-Tempel probiert und war kläglich an der achtsamen Atmung gescheitert. Ihre Beine hatten sich verkrampft, ihre Gedanken waren Amok gelaufen, trotzdem hatte sie einen kurzen, leuchtenden Augenblick erfahren, während die Welt von ihr abgefallen und sie in ihrem Atem eins mit dem Universum geworden war.

»Im Moment mach ich alles, was mir weiterhelfen könnte.«

Sie setzte sich im Schneidersitz neben ihn, legte Daumen und Zeigefinger aneinander und versuchte den Kopf freizubekommen.

»Tiefes Asana«, sagte Saj. »Atme tief durch die Nase ein, halte den Atem an, gut, und jetzt atmest du ganz langsam aus.«

Sie nahm den Zweig wahr, der gegen das Fenster schlug, das Knacken der Scheite im Kamin, den harten Holzfußboden und wartete. Der andere »Zustand« entzog sich ihr. Aber nach zehn Minuten war ihr Kopf frei.

Saj stand auf und machte sich über das indische Essen her.

Bordereau von der DST hatte im Zusammenhang mit den korsischen Separatisten von einem Sicherheitsleck gesprochen. »Schau dir das mal an«, sagte sie. »Ein Sicherheitsleck bei der Datenverschlüsselung, und dazu eine Verbindung zu Frenchelon. Was weißt du über den Satelliten Helios-1A?«

»Der Satellit hat einen blinden Passagier an Bord, Eurocom, damit kann man Inmarsat- und Intelsat-Signale empfangen und Kommunikation über Mikrowelle und Mobilfunknetze auslesen. Mein Freund bei Dassault Systèmes hat an Eurocom mitgearbeitet.«

»Beeindruckend. Tolles Werkzeug, um Terroristen zu schnappen.«

»Man spricht in diesem Zusammenhang von einem Bitstrom, der durchsucht wird. So, als würde man Sand sieben, um eine Münze zu finden.«

»Sag das noch mal«, sagte sie und klopfte mit ihren abgebrochenen Fingernägeln auf die Leertaste.

»Äh, Durchsuchen des Bitstroms ...«

»Das ist es!« Hatte Zoé Tardou nicht von der »Suche im Strom« gesprochen – was die Männer auf dem Dach auf Korsisch gesagt haben sollten? War das die so lange gesuchte Verbindung?

Saj grinste und schüttelte seine dunkelblonden Dreadlocks. »Nichts bleibt verborgen, jeder hat Anspruch auf alles, würde ich mal sagen. Zu den pikanten Mitschnitten gehört ein Telefongespräch von Breschnew mit seiner Geliebten in seiner Limousine. Ein anderer war der *Rainbow-Warrior*-Skandal mit Greenpeace, der lief über ARABSAT, sowie Gaddafis Konflikt mit dem Tschad. Aber das primäre Ziel von Echelon ist die NATO, da wird richtig zugegriffen. Und natürlich wird das auch alles für Wirtschaftsspionage eingesetzt.«

Sie horchte auf und beugte sich vor. »Kannst du das cracken?«

»Warum sollte ich das tun?«

»Um zu zeigen, dass du es draufhast«, sagte sie. »Wie schwierig ist das für dich oder für irgendeinen anderen?«

»Komm runter, Aimée. Es geht hier um die Big Boys mit den richtig großen Sachen.«

»Nehmen wir an, jemand heuert dich an, um eine Satellitenübertragung abzufangen.«

Er zuckte mit den Schultern. »So funktioniert das nicht. Ich bräuchte besondere Ausrüstung.«

»Zum Beispiel?«

Es war ihm anzusehen, dass er Feuer gefangen hatte. Er rief bereits einige Sites auf.

»Zum Beispiel einen Satelliten. Und sagen wir, ich hätte einen Satelliten, dann wäre der faradaysche Käfig ein Problem.«

»Ein Käfig? Wie für Tiger?«

»Könnte man so sagen.«

»Wo befindet sich dieser faradaysche Käfig?«

Saj band sich die Dreadlocks mit einem Gummiband zusammen. »Soweit ich weiß, sind die Anlagen mit den Parabolantennen für die Satelliten damit gesichert.« Er deutete auf den Bildschirm. »Schau, E-Mails, Festnetz- und Handygespräche, Faxe, alles in einem Datenstrom. Satelliten auf geostationären oder polaren Umlaufbahnen empfangen diese Daten und senden sie als eine kontinuierliche Sequenz aus Bits an die Satellitenschüsseln oder Antennen auf der Erde. Dieser Datenstrom wird von der Antenne zur weiteren Verarbeitung in ein Gebäude geleitet, das von einem faradayschen Käfig umgeben ist. Innerhalb dieses abgeschirmten Bereichs werden die Daten nach bestimmten Schlüsselbegriffen durchsucht, die dazugehörige Meldung wird dann, sollte was gefunden werden, verschlüsselt über Glasfaser, ein geschütztes Funknetzwerk oder per CD weitergeleitet.«

»Warum nicht einfach per E-Mail?«

»Viel zu unsicher, außer du verschlüsselst die Mail mit einem öffentlichen Schlüssel und gibst deinem Empfänger den entsprechenden geheimen Schlüssel.«

Worte aus dem Äther abgreifen, sie nach bestimmten Begriffen ordnen und dann auswerten. Sie erhob sich und ging im Zimmer auf und ab. Der Birnbaum unten im Hof war in fahles Winterlicht getaucht.

»Gerüchten zufolge durchforstet Frenchelon jeden Monat zwei Millionen Telefongespräche, Faxe und E-Mails weltweit«, sagte sie. »Vielleicht sogar noch mehr. Es können sogar einzelne Banktransaktionen nachverfolgt werden. Heißt es jedenfalls.«

Saj nickte. »Entscheidend sind die Computer im faradayschen Käfig, die darauf programmiert sind, die entsprechenden Schlüsselbegriffe herauszufischen.« Er ließ genüsslich den Kopf kreisen.

»Wie zum Beispiel die Adressen und Telefonnummern, die von der *Direction Générale de la Sécurité Extérieure* überwacht werden: die Adressen der Botschaften, Außenministerien, multinationalen Konzerne und Agenten?«

Saj nickte. »Das System zeichnet alles auf und überträgt es für die Auswertung. *La routine*, so nennen sie das. Und was sich als irrelevant herausstellt, wird in den Info-Mülleimer geworfen.«

»Frenchelon überträgt also die verschlüsselten Daten der gefilterten und nach Schlüsselwörtern sortierten E-Mails, Faxe und Telefonate – wohin?«

Er zuckte mit den Schultern. »Das Rechenzentrum für die Auswertung kann überall stehen.«

Das alles gab ihr zu denken und bestärkte sie in ihrem Entschluss, sich ein Inmarsat-Satellitenhandy zu besorgen, dessen Kommunikationssystem eigene Satelliten benutzte und nur schwer abzuhören war. Sie hatte von der *Central d'Écoute Téléphonique* gewusst, der zentralen Lauschstation unter Les Invalides, wo die Staatsanwaltschaft und das Militär angezapfte

Telefone abhörten. Allerdings war dazu die Erlaubnis des französischen Premierministers notwendig. Sagte man. Aber das hier ging sehr viel weiter.

»Wie würde sich jemand mit kriminellen Absichten Zugang zu diesem System verschaffen können?«, fragte sie.

Er überlegte. »Am einfachsten wäre es, wenn man irgendwie den Schlüssel hätte. Kommt natürlich darauf an, wie oft der geändert wird – einmal am Tag, einmal die Woche jeweils am Donnerstag –, dann könnte man sich in den Datenverkehr einklinken und ...«

»Die abgegriffenen Daten und den Schlüssel meistbietend verkaufen«, sagte sie mit leuchtenden Augen. »Zum Beispiel an eine separatistische Terrorgruppe.«

Was, wenn Gagnard zufällig über den Schlüssel gestolpert war und die korsischen Separatisten mit ins Spiel gebracht hatte? Aber wie stieß Gagnard, ein Flic im 18. Arrondissement, auf ein Leck in einer Hochsicherheitsbehörde?

Gedanken schwirrten ihr durch den Kopf: Gagnard war Glücksspieler, er arbeitete gelegentlich für Zette – der in seiner Bar illegale Spielautomaten betrieb – und begleitete für ihn »VIPs« durch die Stadt. Vielleicht mischten sich diese »VIPs« bei Zette gern unters gemeine Volk? Vielleicht hatte Zette ihr auch die Wahrheit erzählt und Gagnard hatte irgendeinen Schwachkopf vom Geheimdienst begleitet, der sich solche Informationen hatte abluchsen lassen? Aber warum sollte er ausgerechnet Gagnard, einem Flic, sein Herz ausschütten? Falsch, einem korrupten Flic. Der Verkauf von geheimen Daten an korsische Separatisten war allerdings eine ganz andere Liga. Die Verbindung zu Gagnard war im besten Fall dubios.

Sie öffnete die Datei auf ihrem Laptop, die sie vom STIC kopiert hatte, und ging die Informationen über Jacques Gagnard durch. Zwei Minuten später hatte sie es. Wie dumm von ihr! Das hätte sie längst überprüfen müssen. Er war beim Militär in Solenzara stationiert gewesen und dort unehrenhaft entlassen worden. Wegen Glücksspiel? Das war vor sechs Jahren gewesen. Hatte er die verschwundenen Waffen verkauft? Aber die hohen Summen waren erst in letzter Zeit auf seinem Konto aufgetaucht.

»Was geht in deinem Stachelschädel vor sich?«

»Illegale Gedanken.« Sie grinste ihn an. »Mach die Pakoras alle und zeig mir die Frenchelon-Sites.«

»Hör zu, ich bin Hacker und Cracker und hab mit Verschlüsselung zu tun. Um was für einen Job geht es hier eigentlich?«

»Um einen großen. Kannst du mir die möglichen Rechenzentren in Frankreich nennen oder, noch besser, mögliche Standorte in Paris, wo sich eines befinden könnte?«

»Hier, probier es damit! Außerhalb von Paris, in Alluets-le-Roi, hat die DGSE eine große Anlage mit Parabol- und anderen Antennen«, sagte Saj. »Aber laut meinem Freund werden abgefangene Nachrichten auch hier in Paris verarbeitet.«

»Wo?«

»La piscine«, sagte er.

»In einem Schwimmbad?«

»So nennen sie es. Liegt auf dem Boulevard Mortier, gleich beim Schwimmbad.« Er meinte die Zentrale des Auslandsgeheimdiensts DSGE, die in einer alten Kaserne in Belleville an der Stadtautobahn untergebracht war.

»Dann könnte das Leck theoretisch dort liegen, und die verschlüsselten Daten könnten von da stammen?«

Saj lächelte schwach. »Du bist fest entschlossen, eine Verbindung herzustellen?«

Sie kamen der Sache näher, sie spürte es. Konnte es riechen. Und roch nicht nur den Rauch, sondern sah auch die Funken, die sie zu einem Feuer entfachen konnte.

»Sagen wir es mal so: Was würdest du tun, Saj, wenn du das Knowhow und den Zugang zu verschlüsselten Daten hättest und damit ein bestimmtes Ziel verfolgen würdest, sagen wir, militärische und staatliche Dokumente und Pläne über Korsika verkaufen möchtest? Oder gestohlene Waffen losschlagen willst?«

»Die besten Pläne, die auch funktionieren, sind meistens ganz einfach«, sagte er.

»Einfach? Schieß los!«

Plötzlich kam ihr ein Gedanke: Hatte Gagnard möglicherweise gewusst, wer die Waffen beschaffen würde? Oder wie?

»Was ideal wäre? Ein Typ, der für die Hardware zuständig ist, etwa ein externer Mitarbeiter, weil das Militär noch nicht genügend von denen ausgebildet hat. Vielleicht gehört er auch zu der Firma, die das System entwickelt oder zum Beispiel eine Glasfaserleitung für die Satellitenkommunikation installiert hat. Er kennt die Hardware, weil er sie selbst aufgebaut hat. Er kennt die Schwachpunkte. Irgendwann brennt was durch, und bei der Reparatur oder Systemanalyse wird ihm klar, dass er hier eine Backdoor hat, über die er Zugang zu wertvollen Daten gewinnen kann. Vielleicht nur für ein paar Stunden oder wie lang auch immer, vielleicht kann er es auch so einrichten, dass sich die Tür jede Woche für ein paar Stunden öffnet. Und dann verhökert er den Datenstrom.«

Saj war einfach ein Genie.

»Eine Backdoor, klar! Was ist mit dem Schlüssel?«

»Guter Einwand. Keiner kann die Daten lesen, solange er nicht den Schlüssel hat. Hier kommt das Geld ins Spiel. Nur wer die Daten lesen kann, kann sie verkaufen. Vielleicht verlangt er einen bestimmten Preis für den Schlüssel, aber der ist nur für einmal gut. Schließlich wird er ständig geändert.«

Wenn Saj auf so etwas kam, würden auch andere darauf kommen. Sie reichte Saj den Ausdruck, den sie bei Nathalie Gagnard gefunden hatte.

»Könnte das so ein Schlüssel sein?«

Saj überflog den Ausdruck und stieß einen leisen Pfiff aus. »Das muss ich mir erst näher ansehen. Du bist ein kleines verschlagenes Biest, Aimée!«

»Wie sagt man? Von nichts kommt nichts!« Sie griff sich ihren Rucksack. Zeit, die Laufarbeit zu erledigen. »Ruf mich an, wenn du was gefunden hast.«

Aimée nahm die Métro zur Station Guy-Môquet, benannt nach einem 1941 exekutierten siebzehnjährigen kommunistischen Résistance-Mitglied. Auf dem Bahnsteig war hinter einer Glasscheibe sein Abschiedsbrief aus dem Gefängnis zu lesen. Die Zeilen, die ihr im Gedächtnis hafteten, handelten davon, dass seine einzige Sorge sei, umsonst gestorben zu sein. Was würde er jetzt denken, wenn er überlebt hätte?

Sie versuchte Cloclo anzurufen, erreichte sie aber nicht. Sie ging die Métro-Stufen hoch, stemmte sich draußen in der kalten Luft gegen den Wind, ging die Rue Lamarck hinauf, kam an einem Parkhaus vorbei, einem Bestattungsinstitut, einem kleinen Musikladen, aus dem jemand mit einem Geigenkasten trat, und an einem Schuhmacher, dessen hohes Schaufenster mit winzigen Porzellanschuhen dekoriert war. Sie erreichte die Place Jacques-Froment, eine dreieckige Insel auf einer Kreuzung von drei Straßen, daneben ein Café unter einem roten Schild mit der Aufschrift TABAC. Gegenüber lag eine Motorrad-Fahrschule, eine Bäckerei, deren Schaufenster mit ausgebleichten Dreschszenen aus der *belle époque* bemalt waren, ein hippes Restaurant und eine Apotheke mit einem beleuchteten grünen Neonkreuz über dem Schaufenster. Eine bürgerliche Enklave. Hatte Conari sich getäuscht? Verschwendete sie ihre Zeit?

Sie ging an einem kleinen arabischen Lebensmittelladen vorbei, der unter der Markise Obst und Gemüse feilbot. Gegenüber lag das Hôpital Bretonneau, einst eine Kinderklinik, mittlerweile von Hausbesetzern bewohnt, nach dem riesigen, fast den gesamten Straßenzug einnehmenden Graffiti-Plakat mit der Aufschrift LIBRE ART, LIBRE ARTISTES zu schließen.

Sie bog in die Rue Carpeaux ein. Ging in das Eckcafé, in dem es nach nassem Hund roch. Ein Spaniel lag friedlich hinter der Theke neben dem Wirt, der sich ein Handy ans Ohr hielt. Nach allem, was sie sah, war das Lokal zum letzten Mal in den Fünfzigern neu eingerichtet worden.

Der Wirt nickte ihr zu, ohne das Telefon vom Ohr zu nehmen.

»Monsieur, ich suche den türkischen Lebensmittelladen«, sagte sie.

Er deutete nur mit dem Daumen zum Fenster und zu der schwarzen Krankenhauswand gegenüber dem Friedhof von Montmartre.

»Merci.«

Wie hatten sich wohl die Patienten hier gefühlt, wenn sie von ihren Fenstern auf den von einer hohen Mauer umgebenen Friedhof sahen, wo im Schatten der Bäume unter anderem Émile Zola und Heinrich Heine ihre letzte Ruhestätte gefunden hatten?

Neben dem Weinberg und den Friedhöfen nahm das Krankenhaus die größte Fläche in der Gegend ein. Eine Bautafel zur Renovierung des Areals, datiert auf das Jahr 1989, war an die Wand geschlagen, mit den Bauarbeiten war bislang aber nicht begonnen worden.

Dann entdeckte sie den türkischen Lebensmittelladen: vor dem Geschäft Auslagen mit Obst, Packungen mit Parmalat-Tomatensauce, im Schaufenster eine verstaubte Wasserpfeife. Drinnen ertönte türkische Musik, zwei Männer spielten auf dem Tresen neben der Kasse Karten. Der schmale Laden war bis zu den Dachbalken vollgestopft mit Konserven, Gummisandalen, Krimskrams, türkischen Musikkassetten und Videos.

»Bonjour, Messieurs«, sagte sie, nahm sich eine Flasche Vittel und legte ein paar Francs auf den Tresen. *»Merhaba.«*

»Merhaba«, antwortete der ältere der beiden Männer.

»Wenn ich Sie kurz stören dürfte. Petru, ein Freund von mir, hat hier mal gewohnt, ist jetzt aber umgezogen. Irgendeine Idee, wo ich ihn finden könnte?«

»Petru?«

»Ein Korse. Er wechselt seine Haarfarbe öfter als ich.« Sie grinste. »Sie wissen, wen ich meine?«

»Hab ihn schon eine ganze Weile nicht mehr gesehen«, sagte der Mann. Sein Gefährte sagte etwas auf Türkisch. »Moment, mein Freund meint, gestern sei er noch hier gewesen.«

Sie dankte ihnen, verließ den Laden und trat durch die offen stehende Haustür in ein schmales, nach Kiefernseife riechendes Treppenhaus. Eine junge Frau in blauem Kittel, die Haare zu einem dicken schwarzen Knoten gebunden, wischte den Boden auf.

»Pardon, Madame, ich suche Petru, einen Korsen. Hat er zufällig seine neue Adresse dagelassen?«

Die Frau stellte ihren Mopp in den Metalleimer. »Fort.« Sie strich sich über die Stirn. »Leute hier lassen keine Adresse da, wenn sie wegziehen.« Sie sprach mit portugiesischem Akzent. »Alles sauber, alles ausgeräumt.«

Ein großer glitzernder Reifenohrring spitzte der Frau aus der Tasche. Irgendwie kam er Aimée bekannt vor. »Wie schön«, sagte sie. »Von Diamonique?«

Die Frau griff nach dem Reifenohrring und trat einen Schritt zurück.

»Madame, haben Sie den auf der Treppe oder in Petrus Wohnung gefunden?«

Die Frau schüttelte den Kopf.

»Eine Prostituierte hat sich auch nach Petru erkundigt, oder? Sie hat solchen Modeschmuck getragen«, sagte Aimée.

»Ich mach meine Arbeit, putze Treppenhaus, die Gänge und ...«

»Wann war sie hier? Gestern, letzten Abend?«

Die Frau bekreuzigte sich. »Ich stehle nicht.«

»Natürlich nicht. Aber haben Sie gesehen ...«

»Sie sagt, ich hätte gestohlen?« Die Portugiesin blinzelte verängstigt. »Ich putze gut. *Verra*, Sie sehen? Ich will nicht Arbeit verlieren. Sie war verletzt. Blaues Auge, geschwollen. Sie ist auf mich losgegangen?«

»Sie meinen, sie ist geschlagen worden?«

Die Frau nickte.

»Ich sage ihr, Gott verzeiht im Leben. Sage ihr, gehe zu *Bus des Femmes*. Finde Ruhe. Und Hilfe, Hilfe für Frauen wie sie. Sie lacht über mich. Und heute Morgen finde ich das.«

Sie legte Aimée den Ohrring in die Hand. »Bringen Sie ihr den Ring. Keine Schwierigkeiten, ich will keine Schwierigkeiten.«

Beunruhigt fragte sich Aimée, ob sie Cloclo noch rechtzeitig erreichen würde.

Aimée fand den *Bus des Femmes*, eine mobile Einrichtung, die Prostituierten medizinische, juristische, soziale und praktische Hilfe anbot, in der Nähe der Porte de Saint-Ouen. Das Fahrzeug, ein langes Wohnmobil, war purpurrot bemalt, Kaffeegeruch kam aus der offenen Tür. Auf dem kleinen Tisch drinnen stand eine Kaffeemaschine, daneben lagen Broschüren. An einem Fenster hing ein Bastkorb mit regenbogenfarbenen Kondomen, dazu das Schild »Nimm mich – Ich gehöre dir!« An anderen Fenstern hingen Listen mit Krankenhäusern. Zwei Frauen saßen auf einer langen Bank, tranken Kaffee und plauderten. Eine weitere Frau füllte ein Kreuzworträtsel aus.

Nach dem grellen Make-up, den Miniröcken und Bustiers zu schließen, machten die Frauen gerade eine Arbeitspause. Die warme, nach billigem Parfüm duftende Luft sorgte für eine entspannte Atmosphäre und vermittelte das Gefühl, in einem sicheren Hafen zu sein.

»Kaffee gefällig?«

Aimée stand vor einer jungen Frau in Jogginganzug und einem Ordner unter dem Arm.

»Nein, danke«, antwortete Aimée. »Ich hab eigentlich gehofft, Cloclo hier zu finden.«

»Ich bin Odile, zuständig für die juristische Beratung.« Lächelnd streckte sie Aimée die Hand entgegen. »Cloclo ist deine Freundin?«

»In gewisser Weise. Ich fürchte, Cloclo ist verprügelt worden.«

Odile nickte. »Wir haben immer mehr davon. Viele haben sich mittlerweile von den großen Boulevards in abgelegenere Ecken verzogen, sind jetzt auf Parkplätzen, in Massagesalons, wollen der Sitte aus dem Weg gehen. Oder sie arbeiten sehr spät, von drei bis sieben Uhr morgens, wenn keiner mehr unterwegs ist. Aber wenn man sie in den Untergrund treibt, werden sie leichter Opfer von Gewalt.«

Natürlich.

»Osteuropäerin?«, fragte Odile. »Die Mädchen machen am Tag zwanzig bis dreißig Kunden, damit sie von ihren Zuhältern nicht verprügelt werden.« Aimée hoffte, Odile hatte nicht gesehen, wie sie zusammengezuckt war.

»Sie ist schon älter und arbeitet in der Rue André Antoine. Eine *chandelle.*« Eine Prostituierte, die unter einer Straßenlaterne wartete. »Habt ihr sie zufällig gesehen?«

»Wir respektieren das Recht jeder Frau auf Privatsphäre. Freier und Flics haben hier nichts zu suchen, es gibt auch keine Auskünfte. Wenn sie nicht hier ist, kann ich leider nicht weiterhelfen.«

»Wenn sie vielleicht medizinische Hilfe in Anspruch nimmt, könnten Sie ihr dann ausrichten, dass ich hier war? Sie ist in Gefahr.«

Odile zuckte mit den Schultern. »Das trifft auf alle unsere Frauen zu.«

Aimée betrachtete die Broschüren über Sexhandel und Hilfseinrichtungen für Frauen in Notlagen, die abgetragenen Plateauabsätze der Frau, die das Kreuzworträtsel ausfüllte, und die Blutergüsse an ihren Beinen, die auch die Schminke nicht verbergen konnte.

»Ich hab sie nicht gesehen«, war das Einzige, womit Odile herausrückte.

Enttäuscht verabschiedete sich Aimée und überquerte den Boulevard zur Métro. Sie vermutete, dass Cloclo ebenfalls nach Petru gesucht hatte. Vielleicht hatte sie seine neue Adresse gefunden und war dann abgetaucht. Vielleicht hatte sie Aimée die ganze Zeit an der Nase herumgeführt.

Sie spähte durch die beschlagenen Scheiben von mehreren Cafés, von Cloclo aber war nichts zu sehen. Das Café de la Rotonde, das letzte vor dem Métro-Eingang, betrat sie schließlich. Keine Cloclo am Tresen. Als sie schon wieder gehen wollte, entdeckte sie sie. Cloclo saß, in ihren schwarzen Mantel gehüllt, an einem Tisch ganz weit hinten an der nikotingelben Wand.

Aimée bestellte an der Bar einen Brandy, bezahlte und ging nach hinten. »Sie sehen mir aus, als könnten Sie was Stärkeres gebrauchen.« Sie stellte das Glas vor Cloclo auf den Tisch. Die Einrichtung des Cafés schien noch aus den Dreißigern zu stammen, nur über der Theke plärrte ein Fernseher vor sich hin.

»Nicht du schon wieder«, sagte Cloclo. Aber ihre Hand ging sofort zum ballonförmigen Schwenker.

»War das Petru?«

Cloclo schnaubte. »Der?«

»Wollten Sie nicht zum *Bus des Femmes?*«

»Da gibt es so was nicht«, sagte Cloclo mit Blick auf das Glas und kippte den Brandy.

»Aber dafür eine Ärztin. Sie sollten sich untersuchen lassen. Wo ist Petru?«

»Warum?«

Und dann fiel bei Aimée der Groschen. »Petru ist Ihr Zuhälter, richtig? Sie haben gelogen, obwohl ich Sie gewarnt habe.«

Cloclo winkte nur ab.

»Mir platzt gleich der Schädel. Hör zu, er hat mich bezahlt, damit ich ihm Bescheid gebe, wenn ich dich sehe«, sagte sie und rieb sich mit ihrer üppig beringten Hand die Schläfe.

Sie bezahlt? »Ich verdopple den Preis. Wo zum Teufel steckt er?«

Und zum ersten Mal sah Aimée in Cloclos geschminktem Gesicht die Angst. »Ich muss los«, sagte sie und griff nach ihrer Handtasche.

Aimée drückte Cloclo beide Hände auf die Schultern. »Erst sagen Sie mir, wo ich Petru finde!«

Cloclos Blick schweifte durch das Café. »Es ist gefährlich. Und er ist nicht mein Zuhälter.«

»Sie gehen erst, wenn Sie es mir sagen.«

Cloclo sah sie an.

»*Sie* haben ihn sich geschnappt.«

Aimée fuhr zusammen. »Wer?«

»Ein Lieferwagen ist vorgefahren, ein paar Typen haben ihn gepackt und eingeladen, dann sind sie davongebraust.«

»Typen mit schwarzen Mützen und Daunenjacken, einer mit schlechten Zähnen?«

Cloclo nickte.

»Wohin?«

»Keine Ahnung.«

Aimée bemerkte die roten Striemen an Cloclos Hals. Sie stellte sich Cloclos düstere Zukunft vor, dann warf sie den Ohrring und fünfzig Franc auf den feuchten Tisch. »Gehen Sie zum Arzt, Cloclo.«

Freitagabend

Die Dunkelheit war über die nasse Straße hereingebrochen, in der sich die Busse und Taxis stauten. Passanten mit hochgestelltem Mantelkragen eilten mit Einkaufstüten vorüber.

Aimée wusste nicht mehr weiter. Sie wusste nicht, wohin sie gehen, wo sie weitersuchen sollte. Sie rief im Strago an. Keine Antwort. Dann hatte sie eine Idee.

Sébastien, ihr Cousin, kannte sich in der Clubszene aus. Sie erreichte ihn in seinem Bilderrahmengeschäft in Belleville. Das Gehämmere im Hintergrund ließ darauf schließen, dass ihr kleiner Cousin noch spät an der Arbeit war.

»Sébastien?«

Das Gehämmere verstummte, wurde aber gleich darauf vom Sirren einer Kreissäge abgelöst.

»Eilauftrag«, sagte er. »Zwanzig Drucke sind für eine Restaurant-Eröffnung morgen zu rahmen und aufzuhängen. Keine Zeit, mit dir wieder auf Dächern herumzuklettern.«

Sein Geschäft lief gut. Sie war stolz auf ihn. Und er war jetzt seit vier Jahren clean.

»Eine Frage, ich suche einen DJ, Lucien Sarti. Irgendeine Idee, wo ich ihn finden könnte?«

»Wie lautet sein DJ-Name?«

»DJ-Name? Keine Ahnung. Er ist korsischer Musiker, spielt einen Mix aus Techno und mehrstimmigen Gesängen.«

Pause. Schleifgeräusche, dann metallische Schläge.

»Er kann als DJ einen ganz anderen Sound produzieren als das, was er als Musiker so treibt.«

»Was meinst du?«

»Na, Trad, Cyber, Industrial, Trance, was du willst.«

Sie hatte nicht die ganze Nacht Zeit. Wo konnte sie ihn finden?

»Sébastien, bitte, geht das nicht etwas genauer?«

»DJs legen fürs Club-Publikum auf, so verdienen sie ihren Lebensunterhalt. Die guten erschaffen einen bestimmten Sound, der zu so was wie ihrem Markenzeichen wird. Manche führen ein Doppelleben. Ich kenne einen Flic, der in der Nähe der République auflegt, aber das weiß keiner. Ein Schmuddelclub voller Goths, Punks, Metalheads und allem dazwischen.«

»Wie heißt derClub?«

»Gibus. In der Rue du Faubourg-du-Temple.«

»Gibus … Jargon für Chapeau claque?«

»Genau. Jeder legt dort mal auf.«

Ein Ausgangspunkt. Und für das richtige Outfit musste sie sich auch nicht besonders anstrengen.

Sie fand den Club in einer Passage. Es war kein Name angeschrieben, es gab nur eine mit Graffiti beschmierte Tür, vor der ein paar Goths herumstanden und rauchten. Von den verrosteten Eisenträgern über ihnen flogen Tauben auf.

In der überdachten Passage hatte es früher Lager- und Warenhäuser gegeben. Jetzt riefen neu aussehende Schilder eine von der Regierung finanzierte Zukunft als Internet- und Software-Zentrum aus. Angesichts der abblätternden Wände und der halb verfallenen Gebäude würde es bis dahin aber noch ein weiter Weg sein.

Aimée trat ein und gab einem Skinhead mit mehreren Goldzähnen zwanzig Franc Eintritt.

»Gibt's einen DJ?«, fragte sie.

Er nickte und hakte das schmierige Samtseil aus, hinter dem sich ein Gang mit rosafarbenen Neonwänden auftat. »Heute ist Goth-Nacht, pass auf die Stufen auf.«

Goth. Mit ihrem langen schwarzen Netzkleid und den ebenso schwarzen Haar-Extensions würde sie kaum auffallen. Falls Sébastien sie nicht völlig in die Irre geführt hatte, könnte einer aus der DJ-Szene Lucien Sarti kennen. Sie hielt sich am Eisengeländer der schmalen Wendeltreppe fest, auf der sie in der Dunkelheit hinunterstapfte, und tastete sich an der feuchten Wand des gewölbten Gangs entlang, der im Heavy-Metal-Dröhnen vibrierte. Ihre Handflächen waren daraufhin ganz schmierig.

Der Gang öffnete sich zu einem höhlenartigen Raum, in dem der Duft von *papier d'arménie* hing, Armenischem Papier, mit Harz getränktes, zusammengefaltetes Papier, das abgebrannt nach Weihrauch duftete. Ein Geruch, den sie stark mit ihrer Klavierlehrerin verband, einer alten Russin, die mit den Blättchen verschleiern wollte, dass sie in ein und demselben Raum wohnte, unterrichtete und auf einer Herdplatte kochte.

Und noch etwas glaubte Aimée zu riechen. Katzen. Um wahrscheinlich die Nagetierpopulation im Zaum zu halten. Damit konnte sie leben.

Langsam gewöhnten sich ihre Augen an das fahle Licht. Es stammte von schwarzen Kerzen, die in Nischen an den Wänden und auf der Bar aufgereiht waren. Sämtliche Gäste hatten schwarzen Lippenstift und Nagellack aufgetragen, standen an den feuchten Wänden oder saßen auf Gebetsbänken. Das Bild, das sie abgaben, ließ an mittelalterliche Wandteppiche denken, die man fürs zwanzigste Jahrhundert aufgepeppt hatte. Mehrere Goths hatten sich um ein ledergebundenes Buch versammelt, auf dessen Deckel ein in Gold geprägtes Kreuz prangte, und unterhielten sich lebhaft. Verhandlungen für eine spätere schwarze Messe?

Sie hörte laute Stimmen, einige stritten sich. In der Ecke war jemandem sichtlich übel. In Lokalen wie diesen ging man einem Streit lieber aus dem Weg. Sie lüpfte ihren Saum und ging zur Theke.

Ihre zweite Kneipe an diesem Abend.

Sie bestellte beim Barmann ein belgisches Bier mit Erdbeergeschmack. An seiner Ohrmuschel zog sich eine Reihe silberner Ringe hinauf, um seinen Arm wanden sich leuchtende Armreifen, die in der Dunkelheit wie grün-fluoreszierende Schlangen schimmerten. Sie zahlte, verzichtete aber auf ein Glas, als sie das dreckige Wasser im Ausguss bemerkte, und nahm mit der Flasche vorlieb. Mit der Hygiene hatte man es hier anscheinend nicht so.

Aus den Nischen des Mauerwerks gellten die Lautsprecher. Eine an einer der Kirchenbänke lehnende Frau nickte zum Rhythmus der Musik. Ihre schwarz umrandeten Augen ähnelten dunklen Höhlen, ihre Ketten klirrten an ihrem Stachelhalsband.

»Wer legt auf?«, fragte Aimée und rutschte neben sie.

»MC Gotha, mein Freund«, sagte sie voller Stolz. »Cool, *non*? Zero le Crêche, so nennt er das.«

Das jedenfalls glaubte Aimée verstanden zu haben. Das Zungenpiercing der Frau ließ ihre Worte verschleifen. Der DJ mit seiner wilden Mähne war über einen Plattenspieler gebeugt. Er trug ein enganliegendes schwarzes Tanktop, auf den silbernen Ringen an den Fingern spiegelten sich die flackernden Flammen der Kerzen.

»Und ich dachte, er wäre heute hier«, sagte Aimée, als würde zu sich selbst reden. »Ich hab nämlich versprochen, ihm sein Tape zurückzubringen.«

Die andere zuckte nur mit den Schultern und verlagerte das Gewicht auf den klobigen Plateau-Stiefeln.

»Ich meine den anderen DJ«, fuhr Aimée fort, »du weißt schon, diesen korsischen Musiker.«

Die andere kniff nur die Augen zusammen. »Heute ist Goth.«

Aimée ließ den Blick über die Menge schweifen. »Er legt überall auf. Ich muss ihn wirklich finden.« Sie zögerte. »Aber dein Freund kennt ihn bestimmt. Stellst du mich ihm vor?« Da sie mit den hier geltenden Gepflogenheiten nicht vertraut war, erschien es ihr angebracht, darum zu bitten – besonders dann, wenn sie sich die spitz zugefeilten schwarzen Fingernägel und das Fläschchen mit der granatroten Flüssigkeit betrachtete, das die Frau um den Hals trug.

»Er hat zu tun«, sagte sie. »Siehst du das nicht?«

»Ich komme in Teufels Küche, wenn ich den Korsen nicht finde«, sagte Aimée. Die Stella-Artois-Flasche der Goth war leer. »Frag du ihn doch für mich! Und ich besorg dir derweil ein Bier.«

Die Frau zögerte, aber dann verkündete der DJ eine Pause. Als Aimée zurückkehrte, standen die beiden zusammen. Aimée reichte ihr die Flasche, die Frau belohnte sie mit einem weiteren Schulterzucken und verwies sie an ihren Freund.

»Ein Korse, sagst du? Ich glaube, ich weiß, wen du meinst«, erwiderte der DJ und streckte ihr die Hand entgegen. Seine schwarz lackierten Fingernägel waren besser gepflegt als ihre. »Ist nicht da. Wenn du willst, geb ich ihm sein Tape.«

Sie wusste nicht, was sie tun sollte. Sie zögerte. Der andere hatte etwas an sich, das ihr nicht geheuer war, und außerdem hatte sie nur leere Disketten in ihrem Rucksack.

»Dunkle Haare, dunkle Augen, mixt Mehrstimmiges mit Techno. Wir reden vom selben?«

»Du bist schon die Zweite heute Abend.« Der DJ verzog das Gesicht.

Die Zweite?

»Was soll das heißen?«

»Ich meine, heute ist Goth-Abend. Der andere macht da nicht viel her.« Er wirkte gelangweilt und gähnte abschätzig. »Kannst ja mal dein Glück im Chill-Room versuchen.«

Sie war also nicht die Einzige, die Sarti suchte.

Chill-Room ... war der irgendwo hier oder in einem anderen Club? Sie kehrte zu der von schwarzgewandeten Goths umlagerten Bar zurück. Vom Rauch und dem Modergeruch der Wände, den auch das Armenische Papier nicht überdecken konnte, wurde ihr allmählich übel. Außerdem begannen sich in der feucht-warmen Luft ihre Extensions zu lösen. Der Klebstoff lief ihr bereits in den Nacken. Wenn sie nicht schleunigst von hier verschwand, würden ihr die Strähnen in dichten Büscheln ausfallen. Sie zog einen Netzschal über den Kopf und hoffte, den Verfall damit hinauszögern zu können.

Von irgendwoher ertönten Drums und Bassläufe und einige gesampelte Jazz-Riffs. Sie folgte dem Beat in eine andere Höhle, wo das gemischte Publikum sich auf Sofas fläzte oder mit geschlossenen Augen tanzte.

Der Typ, der seinen Sargkoffer auspackte – einen Hartplastikkoffer für Plattenspieler –, nickte nur, als sie ihn auf den

Korsen ansprach. »DJ Ketlogic, klar, der ist genau richtig zum Chillen. Guter Trance-Mix.«

Sie lächelte, als verstünde sie, was er meinte. »Wo ist er?«

»Den hast du gerade verpasst.«

In Montmartre fand sie einen dritten Club. Wenigstens konnte sie ihre Haarverlängerungen abnehmen und in den Rucksack stopfen. Was dich nicht umbringt, macht dich nur stärker. Behaupteten zumindest manche.

Sie betrat den verrauchten, in einem einst eleganten *hôtel particulier* mit hohen Decken gelegenen Club. Auf dem offenen Marmorkamin stapelten sich alternative Zeitungen, darüber hing ein trüb gewordener Jugendstilspiegel, und über eine Treppe, deren Steinstufen so ausgetreten waren, dass sie aussahen, als wären sie geschmolzen, war ein Bühnenraum zu erreichen.

»Legt DJ Ketlogic heute auf?«, fragte sie.

»Musst du an der Bar nachfragen«, antwortete der Typ mit rasiertem Schädel und toten braunen Augen.

Und am Messingzapfhahn für das Bier stand tatsächlich Lucien Sarti. Ihr Handy in der Tasche vibrierte. Ausgerechnet jetzt!

»*Allô?*«, fragte sie ungeduldig.

»Aimée!« Es war Saj. »Du hattest den richtigen Riecher. Ich hab mich mal umgehört. Es besteht wirklich eine Verbindung zwischen der zentralen Lauscheinrichtung bei Les Invalides und Frenchelon.«

»Ja? Erzähl!« Sie sah, wie Sarti nach seinem Musikkoffer griff.

»Ganz Montmartre wird von einer Wohnung mitten im *Quartier* aus überwacht! Sie scheinen es dort ganz gemütlich zu haben, gerade haben sie sich was beim Chinesen bestellt. Morgen oder wann auch immer sie das entschlüsselt haben, werden sie hören, was wir gerade reden.«

»Wo sitzen sie?«

»In der Rue Nicolet 16. Pass auf dich auf!«

»*Superbe*, Saj.«

Sie musste dorthin, bevor sie alles dichtmachten. Aber nachdem sie jetzt endlich Sarti gefunden hatte, konnte sie nicht mit leeren Händen weg. Als hätte er gespürt, dass sie hinter ihm stand, drehte er sich um. Seine dunklen Augen funkelten im fahlen Licht. Er musterte sie.

»Ihr übliches Outfit?«

Sie hatte ihre Goth-Klamotten ganz vergessen. Kein Wunder, dass die Leute in der Métro einen großen Bogen um sie gemacht hatten.

»Macht das Leben interessanter«, erwiderte sie und fasste ihn am Arm.

»Sie lieben das Risiko, was?«

»Eine Operation ist angelaufen, und Sie stehen mitten drin«, flüsterte sie ihm ins Ohr. »Ich soll Sie nämlich an den Geheimdienst ausliefern, und das werde ich auch tun müssen, es sei denn, Sie führen mich zu Petru oder helfen mir, ihn zu finden.«

»Sie geben nie auf, was?«

»Wenn ich es täte, ziehen die Sie wie einen dicken Fisch an Land. Heute Abend, morgen oder übermorgen, ganz wie Sie wollen.«

Er zuckte mit den Schultern. »Ich weiß nicht, wohin der *salaud* verschwunden ist.«

»Gut, ich will Ihnen vorerst glauben. Aber Sie können mir helfen, ihn aufzuspüren. Nehmen wir ein Taxi.«

Vor ihnen ragten die steilen Stufen der Rue Nicolet auf, einer dunklen schmalen Gasse auf der nicht so schicken Seite von Sacré-Cœur. Afrikanische Musik kam aus einem offenen Fenster. Neben einem Tor an der Treppe standen grüne Plastik-Müllcontainer, Zweige warfen unruhige Schatten auf den kleinen ummauerten Innenhof von Hausnummer 16. Bevor sie Sarti bitten konnte, zu warten, hörte sie ein Stöhnen, das aus dem Schatten zu kommen schien. Das Stöhnen eines Menschen. Ein Liebespaar? Oder – das Stöhnen wurde noch lauter – von jemandem, der große Schmerzen hatte?

Sie ging um den Müllcontainer herum und stand vor dem dunklen Hof, der zum Hinterhaus führte. Eine Gestalt kauerte an der rückwärtigen Wand. Sie richtete den Strahl ihrer Taschenlampe darauf. Der schwarze Ledermantel war zerrissen, Blut tropfte auf das nasse Laub am Boden. Petru.

»*Salaud, bastardo*«, fluchte Sarti, worauf er weitere korsische Worte ausstieß, die Aimée nicht verstand. Er hatte ein Messer gezückt und ging damit auf den zitternden Petru los.

»Aufhören!« Sie hätte nie gedacht, dass sie diesen Typen beschützen würde, trotzdem zerrte sie an Sartis Arm. »Warten Sie, ich muss mit ihm reden.«

»Es ist alles vorbei«, keuchte der blasse Petru. »Die Waffen, die Panzerfäuste, ich muss es ihnen melden …«

»Der DST?«

Er nickte und rutschte mit schmerzverzerrtem Gesicht noch weiter die Wand hinunter.

Petru war also ein Informant der DST.

»Lügner, du hast mich hingehängt«, rief Sarti und schüttelte Aimée ab.

»Wofür haben Sie Cloclo bezahlt?«, fragte Aimée.

»Damit sie Sie im Auge behält. Damit ich erfahre, was Sie herausfinden. Ich habe das Spielchen mitgespielt, ich wollte die Hintermänner finden, aber die DST hat dich im Verdacht, Lucien. Ich muss es ihnen melden …«

»Wer steckt dahinter?« Sie kniete sich hin, riss den Saum ihres schwarzen Netzkleids ab und umwickelte die Wunde an Petrus Bein. In einer Wohnung oben ging das Licht an. Erneut vibrierte ihr Handy in der Tasche, sie ignorierte es. Sie hörte Türen schlagen, Schritte. Die DST. Nicht unbedingt Typen, denen man nachts auf der dunklen Treppe begegnen wollte.

»Wer, Petru?«

Seine Lider flatterten. »Conaris Gelände … das Krankenhaus … die Stollen.«

Conari … Krankenhaus. Sie dachte fieberhaft nach und riss Sarti zurück.

»Geben Sie mir eine halbe Stunde, bevor Sie es ihnen melden, verstehen Sie mich?« Petru hatte die Augen geschlossen, sein Kopf war auf die Brust gesackt.

»Ich kümmere mich um ihn«, sagte Sarti und schob sie zur Seite.

»Die DST wird sich um Sie kümmern, wenn wir nicht sofort verschwinden«, sagte sie.

Allmählich dämmerte es ihm.

»Schnell!« Sie lief die Treppe hinauf, nahm zwei Stufen auf einmal, keuchte und wünschte sich bei Gott, dass sie dieses eine Kilo nicht zugelegt hätte. Zusammen mit Sarti erreichte sie die *école maternelle* oben auf der Anhöhe.

Wieder vibrierte ihr Handy. Sie holte tief Luft und rief ihre Mailbox auf. Zwei Anrufe, auf beiden nur statisches Rauschen, dann jemand, der schwer atmete. Schließlich ein Geräusch, als wäre das Telefon zu Boden gefallen, dann eine Stimme: »Schwester, die Patientin …« Dann ein Summen.

Ihr Herz machte einen Satz. Hatte Laure versucht, sie anzurufen? Mit zittrigen Händen drückte sie die Rückruftaste.

»*Oui?*«, meldete sich eine laute Stimme.

»Hier ist Aimée Leduc, ich habe zwei Nachrichten auf meinem Handy.«

»Unsere Patientin Laure Rousseau ist sehr aufgewühlt. Sie scheint Ihnen eine Nachricht zukommen lassen zu wollen. Sie kann eine Tastatur benutzen.«

Mit Laure war alles okay? Sie wollte mit ihr kommunizieren?

Im Hintergrund hörte Aimée abgehackte Laute.

»Sie kann nicht reden, aber sie kann die Buchstaben und Ziffern auf einer Tastatur drücken.«

»Was hat sie gesagt … ich meine, gedrückt?«, fragte Aimée und wünschte sich, die Krankenschwester würde sich beeilen.

»Ihren Namen, Ihre Nummer, dazu etwas, was aussieht wie ›Du erinnerst … Männer‹ und etwas wie ›bretonisch‹. Das ist alles.«

»Männer auf dem Dach? Fragen Sie sie, ob sie die Männer auf dem Dach meint!«

Aimée hörte die Krankenschwester die Frage stellen.

»Sie hat einmal gezwinkert, ja.«

Laure erinnerte sich an etwas auf dem Dach.

»Meint sie Bretonneau, das Krankenhaus?«

»Sie sieht müde aus …«

»Bitte, es ist wichtig. Fragen Sie sie«, sagte Aimée, bemüht, sie nicht anzubrüllen.

»Ja. Sie sagt Ja.«

»Sagen Sie Laure, ich bin unterwegs.«

Sie steckte das Handy ein.

»Steckt Conari dahinter?«, fragte Sarti.

»Einiges deutet darauf hin, aber ich bin mir nicht sicher.« Sie hatte ihre Zweifel. Er könnte Luciens Musikvertrag dazu benutzen, die Gelder aus den Waffenschiebereien zu waschen. Er hatte korsische Kontakte und eine Baufirma. Nur seine Beziehungen zum Ministerium, bescheinigt von dem Mann, mit dem sie ihn in der Kirche gesehen hatte, gaben ihr zu denken.

Zu schade, dass sie sich nicht gleich die Baufahrzeuge auf dem Innenhof des Hôpital Bretonneau angesehen hatte. Sie gehörten der »Conari S.á.r.l.«, wie sie jetzt sah. Es passte alles zusammen. Das Krankenhaus stand laut Bautafel seit 1989 leer. Dem Jahr, in dem Jubert und ihr Vater den Auftrag erhalten hatten, im Fall der gestohlenen Waffen zu ermitteln.

Sie war nachlässig gewesen, dafür büßte sie jetzt. Wieder einmal. Aber für solche Gedanken war jetzt keine Zeit. Sie musste rein. Sarti und sie stiegen über das verschlossene Tor und gingen an dem dunklen, stellenweise mit Brettern vernagelten Gebäudeabschnitt vorbei, der von den Hausbesetzern bewohnt war. Sie wählte Morbiers Nummer.

Besetzt.

Sie musste ihn erreichen. Sie versuchte es noch einmal. Vor einem Seitengebäude knirschte der Schotter.

Sie probierte es mit einer anderen Nummer.

»René? Ich brauch deine Hilfe.«

»Aimée?«, antwortete er verschlafen.

»Ruf Morbier an und sag ihm, er soll die Flics alarmieren ... Nur die Flics, nicht die DST, hast du verstanden?«

»Was? Warum?«

»Ich bin im Hôpital Bretonneau in Montmartre, gleich neben dem Friedhof. Hier ist ein Waffenlager der FLNC, irgendwo in einem Stollen unter dem Teil, in dem sich die Hausbesetzer einquartiert haben. Keine DST oder RG. Mach Morbier das klar! Nur die Flics!«

»*Mon dieu*«, sagte René. »Sag nicht, dass du jetzt dort bist!«

Sie hörte ein Klacken, als würde er auf eine Tastatur einhacken.

»Einen Moment«, sagte er, mittlerweile hellwach. »Bleib, wo du bist, bis ich Morbier in der Leitung habe.«

»Das geht nicht. Ich muss mich hier um was kümmern.«

»Du bist verrückt! Hat es mit Laure zu tun?«

»Mit allem. Gagnards Mörder sind hier. Ich hab Laure versprochen, dass ich sie schnappe. Noch eins: Ruf bei Chez Ammad an, die Bar in der Rue Véron, und frag dort nach einem Maurer, der Theo heißt. Er kann dir sagen, an welchen Tagen die Schuttcontainer vor der Baustelle in der Rue André Antoine geleert werden.«

»Äh, Theo ...«

»Bitte, René, mach einfach!«

Sie beendete das Gespräch, bevor er weiter protestieren konnte.

Sarti zog sie im Schatten zu sich heran und umfasste mit seinen warmen Händen ihr Kinn. Sie sah seinen Atem in der kalten Luft, sah die schwarzen Locken um sein Gesicht.

»Was haben Sie da gesagt? Sie glauben, Conari ist hier?«, fragte er.

»Wahrscheinlich benutzt er Ihren Vertrag, um das Geld zu waschen, das er aus seinen Waffenverkäufen einnimmt. Er liefert Waffen an die, die unter dem Deckmantel der korsischen Separatisten Bombendrohungen aussprechen.«

»Woher wollen Sie das alles wissen?«

»Ist nur eine Theorie. Die wir überprüfen sollten, ganz wissenschaftlich, was? Dann mal los, finden wir es auf die empirische Weise heraus!«

Also reinstürmen und hoffen, dass ihre Intuition sie nicht getrogen hatte. Sie zumindest nicht ganz getrogen hatte. Wer immer mit den gestohlenen Waffen handelte, er musste aufgehalten werden. Wahrscheinlich hatte das auch Gagnard schon versucht. Sonst hätte er vermutlich nicht auch noch Laure mit hineingezogen.

Wolken schoben sich vor den Mond. Eine einsame Straßenlaterne warf ihren Schein auf die Friedhofsmauer. Kalte Luft strich ihr um die Beine.

»Ich brauch ein Zeichen«, sagte er.

»Was? Sie haben immer noch Bammel wegen des bösen Blicks?«

Bevor er was darauf erwidern konnte, küsste sie ihn. Fest und lang. Er zog sie an sich.

Sie riss sich los und rang nach Luft. »Reicht das?«

Stille, nur in der Ferne die Fehlzündung eines Autos.

»Vorerst.«

Machte er sich etwa darüber lustig?

»Dort drüben«, sagte er und zeigte auf ein Backsteingebäude, in dessen mit Brettern vernagelten Fenstern ein schwacher Lichtschein zu erkennen war. »Vorsicht, da ist jemand.«

Sie sah eine rot glühende Zigarette und nickte. Sie schlichen weiter, darauf bedacht, nicht auf den Schotter oder die neben den Lastwagen aufgeschlichteten Bretter zu treten. Sarti hatte seinen Musikkoffer auf den Rücken geschnallt. Leise ging er voran, dann hörte sie einen dumpfen Schlag, gleich darauf den unterdrückten Aufschrei von jemandem, dem die Luft aus der Lunge gepresst wurde und der daraufhin zu Boden sackte.

Sarti hatte sich von hinten auf den Typen gestürzt, ihn niedergeschlagen und sofort die Zigarette ausgetreten.

»Nicht übel«, sagte sie. Gar keine schlechte Idee, mit einem starken Kerl an der Seite die eigene Intuition auf die Probe zu stellen. Aber das hätte sie ihm natürlich nie gesagt.

Aber nur ein Wachmann? Warum nicht mehr? Es sei denn, die anderen …

»Sie haben einen Plan?«, fragte er.

Sie nickte. »Wir überraschen sie. Finden heraus, wo die Waffenlieferungen rausgehen, und stoppen sie.«

Lucien schob die Metalltür auf. Sie folgte ihm in das ausgeschlachtete Gebäude, vorbei an Betonmischern und alten Rollbahren, die umgestürzt auf dem Boden lagen. Sie ließ den Schein ihrer Taschenlampe kreisen. Nirgends ein Durchgang, der zu einem Stollen führen konnte. Nur offenliegende Steckdosen, bröckelnder Putz und ein altes Kreuz, das schief an einer durchhängenden grünen Wand lehnte. Hatte sie sich getäuscht?

Weiter, vorbei an offenem Mauerwerk und gebogenen Eisenträgern. Dann nahm sie vor sich einen gelblichen Schimmer wahr. Um zwei Sägeböcke war Absperrband gewickelt, darauf die Aufschrift ACHTUNG! EINSTURZGEFAHR!

Sie packte ihre Reizgas-Spraydose, mit der anderen Hand hob sie vom Boden eine Eisenstange auf. Und gleichzeitig spürte sie, wie der Boden unter ihr nachgab. »Lucien!«, rief sie. Aber alles, was sie hörte, war das Knarren der Bodenbretter und das Rieseln des Sands in der Decke. Sie verlor das Gleichgewicht, versuchte sich verzweifelt festzuhalten, bekam aber nur groben Kies und Stromkabel zu fassen. Und dann baumelte sie in der Luft, schwang hin und her, stieß mit den Knien gegen aufgeschlichtete weiße Steine und hörte das laute Dröhnen eines Generators. Weit unter sich sah sie den aus dem Gips herausgehauenen Boden.

Sie war vor Schreck wie gelähmt. Sie würde sich nicht mehr lange halten können, ihre Hände rutschten ab, sie stieß gegen einen Gipskegel und krallte sich in den Putz, der unter ihren Fingernägeln zerbröselte.

Krachend schlitterte sie einige Meter weiter, knallte gegen eine harte, sofort wegbrechende Kante und landete schließlich auf dem unbefestigten Boden. Überall erhoben sich Gipskegel, die dem unterirdischen Raum die Anmutung einer Mondlandschaft verliehen. Benommen sah sie hoch, erkannte die unterschiedlichen geologischen Schichten, den Fontainebleau-Sand, den schimmernden Travertin, die sandwichähnlich über den gelblichen Gipsschichten lagen, auf denen sie heruntergeschlittert war.

Sie war in einem alten Gipsbruch unter dem Krankenhaus gelandet, in einem Abschnitt der Stollen, die beim Bau von Sacré-Cœur in den Untergrund getrieben worden waren. Wie sicher die Fundamente der darauf errichteten Häuser waren, konnte sich jeder Anwohner ausmalen. Es war ein Wunder, dass Sacré-Cœur nicht einfach in sich zusammensackte.

Von der anderen Seite des großen weißen Gipskegels waren laute Schläge zu hören.

Wo steckte Lucien?

Das ohrenbetäubende Getöse des Generators hatte ihren Sturz übertönt. Auf allen vieren, über und über mit weißem Gipsstaub bedeckt, kroch sie um den Kegel herum und verbarg sich hinter einer Rolle Maschendrahtzaun und Eisenrohren. Dann stockte ihr der Atem.

Keinen Steinwurf entfernt luden Männer in Tarnanzügen, ihrem Aussehen nach Osteuropäer, Munition und graue Maschinengewehre in Metallkisten, die mit einem Werbespruch bedruckt waren: ARIEL – FÜR ALLE TEMPERATUREN!

Ähnlich der Waschmittelpackung auf Zettes Tisch. Die Visitenkarte der Mörder? Darüber konnte sie sich später Gedanken machen. Sie musste sie stoppen. Aber wie?

Seitlich am Gipsbruch waren halb verfaulte Holzsärge abgestellt, dazu Hacken, Schaufeln und ein Gabelstapler. Ein Lagerplatz für die Werkzeuge der Totengräber vom nahegelegenen Montmartre-Friedhof. Die Männer, mit dem Beladen beschäftigt, hatten sie nicht bemerkt.

Auf Gleisen, die zu einem Stollen führten, stand ein kleiner, flacher Waggon. Wahrscheinlich schlängelte sich der Stollen unter der Straße hindurch zum Friedhof. Wenn sie die Drähte, die zum Generator führten, kurzschließen könnte, würde der Stollen in Dunkelheit getaucht. Dadurch könnte sie die Männer vielleicht aufhalten und wäre es ihr möglich, durch den Stollen zu entkommen. Einen Versuch war es zumindest wert.

Nur wenige Meter vor ihr stand der dröhnende Generator, verrostete Drähte führten von ihm weg, daneben waren Kanister aufgereiht, in denen jeweils ein Trichter steckte. Das Ding lief mit Diesel. Selbst wenn die Männer auf ihre Arbeit konzentriert waren, blieb ihr wenig Zeit, um an den Drähten herumzuspielen – oder einfach nur den Schalter umzulegen, der, wie sie gesehen hatte, in einem schwarzen Gehäuse an der Seite untergebracht war.

Sie tastete in ihrer Tasche nach einem Feuerzeug. Im schlimmsten Fall konnte sie die Kanister umwerfen und … nein, das wäre dämlich. Bei den Ariel-Kartons wurden Munitionskisten gelagert!

Was also tun? Sie sah zu den korrodierten Zahnrädern und sonstigen Hindernissen, die ihr im Weg lagen, falls sie flüchten wollte, und prägte sich die Route ein. Falls sie überhaupt so weit kam.

Wieder blickte sie zum Generator. Zur Kühlung des freiliegenden Motors hatte er einen Lüfter, dessen Rotorblätter in einem verrosteten Metallgitter saßen. Ihr kam eine Idee.

Der Lärm des Generators übertönte die Rufe und Flüche der Männer. Sie entdeckte Lucien, den man zu Boden geworfen und mit auf den Rücken gefesselten Händen hinter eine große Kabeltrommel gezogen hatte. Sie spähte um den Generator. Conari saß mit blutigem Hemd, ebenfalls gefesselt, hinter dem Gabelstapler. Eine weitere, teilweise durch Lucien verdeckte Gestalt konnte sie nicht erkennen. Halt! Die Schuhe. Sie kannte diese Schuhe.

Jemand kam zum Generator und wollte einen der Kanister holen. Sie musste sofort handeln. Jetzt!

Mit aller Kraft stieß sie das lange Eisenrohr, das sie noch immer in der Hand hielt, in den rotierenden Lüfter. Mit markerschütterndem Kreischen wurde der Motor blockiert, das Eisenrohr wurde zerfetzt. Funken sprühten, Eisenspäne wurden wie Schrapnell fortgeschleudert, während sich das Rohr in den Motor fraß.

Die Lichter flackerten. Stotternd kam der Generator zum Stehen, und der Stollen versank in Dunkelheit. Sie zitterte am ganzen Körper. Rufe waren zu hören. Zwanzig Sekunden waren vergangen, die sich aber wie zwanzig Minuten anfühlten. Dann drang ranziger Qualm aus dem Generator, der Geruch von verbrennendem Öl. Jemand wimmerte.

»Was ist los? Ihr Idioten, werft den Notfallgenerator an!«

Die Lichtstrahlen von Taschenlampen schweiften durch den grau-weißen Dunst. Sie hörte einen hallenden Lautsprecher, unverständliche Worte. Die Flics? Morbier? Dann ein kurzes Stakkato, Kugeln schlugen ein. *Mon dieu.* Auf Lucien wurde geschossen! Sie duckte sich. Sie hatte wieder die Schuhe im Blickfeld, die jetzt auf dem Schotter zu dem Stollen liefen.

Er wollte abhauen! Sie sprang auf, in ihren Ohren klingelte es, hustend musste sie sich am aufgerollten Maschendrahtzaun festhalten.

Sie fing sich und rannte los, folgte den Gleisen, immer seinen Schritten hinterher, bis der Stollen schmaler wurde und die Schritte verstummten.

Sie blieb stehen, keuchte, lehnte sich gegen die nackte Wand. Sie befand sich auf dem Friedhof, der klare Himmel war zu sehen, davor die schwarzen Umrisse der Mausoleen. Nur ein dünner Wolkenschleier verbarg die perlweiße Mondsichel.

Wie sollte sie ihn hier finden?

Von rechts hörte sie knirschende Geräusche; jemand war auf Glasscherben getreten.

Sie stolperte über Baumwurzeln, die sich über einen Grabstein wanden, fiel hin, wischte sich feuchte schwarze Erde aus dem Gesicht. Rappelte sich hoch, ging weiter, obwohl sie nicht die geringste Ahnung hatte, wohin ihre Schritte sie führten.

Sie musste sich auf ihre Umgebung konzentrieren, auf ihre Wahrnehmung! So wie sie es getan hatte, als sie kurzzeitig blind gewesen war: auf Geräusche, die Luft, die aufgewühlte Erde. Der Jade-Armreif an ihrem Handgelenk glitzerte schillernd grün im schwachen Mondlicht.

Ihr Kopf wurde klar. Ruhe kam über sie. Ohne zu stolpern, schritt sie zwischen den Gräbern umher. Dann blieb sie stehen.

Sie spürte ihn, er war ganz in der Nähe. Roch seinen Angstschweiß. Den Geruch, den auch Laure auf dem Gerüst wahrgenommen hatte.

»Marant, ich weiß, dass Sie da sind«, rief sie. »Ihre Joggingschuhe haben Sie verraten.«

Ein aufgeschreckter Vogelschwarm stob auf.

»Aber Sie sind wirklich brillant, Marant. Ich sage so etwas nicht oft.«

Ein länglicher Schatten huschte durch die feuchte Luft.

»Ein Maurer von der Baustelle hat bestätigt, dass der Baucontainer jeden Mittwoch geleert wird. Unmöglich, dass er an dem Abend, an dem Sie die Skizze ›gefunden‹ haben wollen, übergequollen ist. Aber das ist nur ein kleines, winziges Detail. Wahrscheinlich waren Sie während Ihrer Militärzeit auf Korsika stationiert.«

»Das wissen Sie?«

Sie wusste es nicht. Sie hatte geraten. Genau wie beim Baucontainer.

»Kein Wunder, dass Sie Korsisch können und das Waffenlager gefunden haben. Mein Vater ist vor sechs Jahren angeheuert worden, um die gestohlenen Waffen zu finden.«

»Sie sehen wie ein Gespenst aus«, sagte er. Er trat in ihr Sichtfeld.

Erst jetzt bemerkte sie, dass sie von Kopf bis Fuß mit weißem Gips eingestaubt war. Ein Gespenst, das mit den anderen Geistern hier auf dem Friedhof zu Hause war.

»Conari ist mit reingezogen worden. Sie haben ihn bedroht, also hat er mitgemacht. Gagnard hat mehr Geld verlangt, und Zette hat zu viel gewusst.«

»Gagnard, der Idiot, wollte aussteigen«, erwiderte Marant.

Er presste ihr den kalten Lauf seiner Automatik an die Schläfe. Abgehackt atmete er ihr ins Ohr, dann packte er ihre Arme und bog sie ihr auf den Rücken. Er schob sie voran.

Lass ihn reden. Irgendwas. Hatte René nicht gesagt, dass Baufirmen, die sich für Regierungsaufträge bewarben, einen Systemanalytiker brauchten? »Genial, einfach genial. Sie haben an den Regierungsaufträgen mitgearbeitet. Haben Sie sich dabei in Frenchelon eingehackt?«

»Eingehackt?« Er verdrehte die Augen. Sein Pferdeschwanz hing ihm über die Schulter, das Jackett war mit Metallsplittern übersät, der Gestank verbrannten Öls haftete ihm an. »Es stellte sich heraus, dass das gar nicht nötig war. Ich hab die Anlage in Solenzara eingerichtet, dort hab ich mit den Jungs zusammengearbeitet. Ich musste bloß eine Flasche Courvoisier springen lassen, schon hatte ich alles, was ich brauchte. Ganz einfach.«

Ja, ganz einfach. So ging das mit den alten Kumpels beim Militär. Kein Wunder, dass sie mit ihren Ermittlungen ständig in einer Sackgasse gelandet war.

»Sie haben also über Conaris Internetanschluss die DST-Wohnung abgehört und so erfahren, dass Ihre ›Operation‹ überwacht wurde.«

»Wie in alten Zeiten.« Sein Atem stieg über die Grabsteine. »Schon damals auf Korsika hatte Gagnard es mit dem Glücksspiel. Er hat mich erpresst und mir schließlich keine andere Wahl mehr gelassen.«

»Gagnard hat gedroht, alles auffliegen zu lassen, nachdem er den Verschlüsselungscode entdeckt hat? Den Schlüssel, mit dem Sie überall Zugang hatten. Und mit dem er beweisen konnte, dass Sie dahinterstecken. Also haben Sie ihn zum Schweigen gebracht?«

Sie hörte, wie er den Hahn nach hinten zog. Wo blieben die Flics? Sie musste ihn dazu bringen, dass er weiterredete.

»War es nicht so? Sie haben spitzgekriegt, dass Petru verdeckt für die DST arbeitet. Sie haben gewusst, dass man Ihnen allmählich auf die Schliche kam.« Sie redete jetzt einfach drauflos. »Ich bin Ihnen zu nahe gekommen, also haben Sie versucht, den Verdacht auf Lucien Sarti zu lenken.«

Er verbog ihre Arme so fest, dass sie sich vor Schmerzen wand. »Das kommt alles ein bisschen zu spät, Sie Wunderkind.«

Der Schweiß stand ihr auf der Oberlippe. War den Flics in der ganzen Verwirrung Marants Flucht entgangen?

»Warum jetzt? Warum müssen jetzt so viele Waffen weggeschafft werden?«

»Conari und seine Lastwagen. Ein paar hier, ein paar dort, ihm war es egal, solange er bezahlt wurde.« Ein Funkeln lag in Marants Augen. »Schon faszinierend, wie es immer wieder bloß ums Geld geht. Da kann keiner je genug kriegen.«

Er drückte sie über einem von einem niedrigen Eisengeländer umgebenen Grabstein auf die Knie. Sie rang nach Luft, als sich das verrostete Geländer in ihre Rippen bohrte. Angestrengt redete sie weiter. »Aber Sie sind ein Perfektionist. Das Schneetreiben, die Party, dann locken Sie Gagnard aufs Dach, weil Sie wussten, dass er zur Verstärkung noch jemanden dabeihat. Alles hat geklappt, bis Sie zur Dachluke kommen. Da fällt Ihnen ein, dass Sie noch für Schmauchspuren an Laures Händen sorgen müssen.« Sie keuchte, das Blut schoss ihr in den Kopf. »Und in Ihrer Eile legen Sie ihr *Ihre* Waffe in die Hand und drücken ab. Das war der eine Fehler.«

»Ich mag Sie«, sagte er, beugte sich zu ihr hinunter und strich ihr mit dem kalten Lauf über die Wange. »Haben Sie das nicht gemerkt? An dem Abend in dem Café? Aber da war ich für Sie ja nur Luft, Sie waren nicht interessiert. Wäre nur ...«

Bei diesen Worten lief es ihr kalt über den Rücken. »Sie sind nicht mein Typ.«

Er klatschte ihr mit dem Handrücken ins Gesicht und rammte sie gegen etwas Spitzes, Scharfes. Ein Kreuz? Sie stützte sich am Boden ab.

»Geben Sie auf, Marant, es ist vorbei.«

Dann verpasste er ihr einen Tritt. Sie rollte sich auf der flachen, glatten Grabplatte zusammen, und ihr Blick fiel auf die in den Granit gravierte Inschrift: François Truffaut 1932–1984. Würde er sie auf Truffauts Grabstein erschießen, des Regisseurs aus Montmartre, der dem *Quartier* in seinen Filmen ein unsterbliches Denkmal gesetzt hatte? Nicht, wenn es nach ihr ginge.

»Sie sind wie alle anderen!«

»Zweiter Fehler.« Sie trat zu, traf seinen Oberschenkel, und er schrie auf. Irgendwie schaffte sie es, hochzukommen, bevor er sie wieder zu Boden zog.

»Schlampe!«

Sie holte aus, schleuderte ihm Erde ins Gesicht. Ganz nah an ihrem Ohr wurde ein Schuss abgefeuert, sie glaubte taub zu werden, ihr Oberarm brannte, und gleichzeitig warf sie sich mit aller Kraft gegen ihn – mit einem Knacken landete sein Kopf auf der Granitplatte. Verzweifelt tastete sie mit den Fingern durch das feuchte Laub, bis sie endlich die Waffe fand, während Marant stöhnend neben ihr lag.

Als einige Kiesel auf ihre Hand niederrieselten, sah sie auf. Vor ihr stand René. Das Klingeln in ihren Ohren wollte nicht aufhören.

Er half ihr hoch, zog ein Seil aus der Tasche und fesselte Marant die Hände.

»Danke, Partner«, sagte sie, hielt sich ihren blutenden Arm und klammerte sich immer noch an die Waffe.

René staubte sich das Jackett ab und musterte sie grinsend. Sie war von oben bis unten mit Gipsstaub und nassem Laub bedeckt. »Ein neuer Look?«

»Was? Schau mich wenigstens an, wenn du mit mir redest – ich höre kaum etwas.«

»Modebewusst wie immer.« René verdrehte die Augen. »Du hast gesagt, die Flics sollen hier aufräumen.«

Sie lehnte sich an einen Baumstamm und sah endlich eine blaue Uniform hinter einem Grabstein auftauchen. »Wurde aber auch Zeit.«

SAMSTAG

Samstagnachmittag

Ein dunkler, hypnotischer Rhythmus ging von der in rotes, orange- und pinkfarbenes Licht getauchten Bühne aus. Luciens Lied, mit Hip-hop und Akkorden seiner *Cetera* unterlegt, entführte Aimée an einen fernen, vom südlichen Scirocco umwehten Ort. Trotz der Schmerzmittel wurde sie gepackt von der Musik, die den Duft der Macchie, den Geruch zappelnder Fische in den Netzen der Fischer und die Sonne über der kargen Insel heraufbeschwor. Lucien gelang es, das Publikum mit seiner Musik zu verzaubern.

Applaus. Leute drängten sich an ihr vorbei, dann spürte sie Luciens Hand – fest und warm lag sie auf ihrer Schulter. Sie versuchte, nicht zusammenzuzucken.

»Du bist einzigartig«, sagte sie und sah ihm in die Augen.

»Kann ich dir was zeigen?«

Sie nickte.

Sie verließen das Conservatoire National de Paris und stiegen die steile Straße hinauf. Neben einer Glasfassade, vor einer alten Werkstatt, zog Lucien den Drahtzaun weg.

»Du weißt, was du tust, Musiker?«

»Kein Problem, ich kenne den Besitzer«, sagte er.

Sie streifte durch hohe Gräser und Sträucher und war dankbar um ihre Lederhose. Vor ihr tauchte eine leere Terrasse mit runden Tischen auf. »Ein Restaurant!«

»Mit einer einmaligen Aussicht.«

Er führte sie nach hinten und sperrte mit einem langen, schwarzen Schlüssel eine Tür auf. Sie folgte ihm über eine gewundene Treppe nach oben, dann öffnete er ein knarrendes Fenster. Die Aussicht raubte ihr den Atem. Zwischen den Holzflügeln einer Windmühle erstreckte sich unter ihnen ein

Meer aus zinkbedeckten Dächern und Kaminen. Sie standen in der Mühle der Moulin de la Galette.

»Hier ist es immer noch wie auf dem Dorf«, sagte sie. »Unberührt von Paris.«

»Ich bin zum World Music Festival in London eingeladen«, sagte Lucien.

»Herzlichen Glückwunsch! Das ist doch wunderbar.« Sie sah auf ihre Tintin-Uhr. »Bevor du fährst, muss ich dir auch was zeigen.«

Ihre Beine unter der Decke berührten die von Lucien. Seine Wärme hüllte sie ein. Seufzend stupste sie ihn an. Als Antwort umarmte er sie, küsste ihren Hals und machte weiter, wo er vorher aufgehört hatte.

Blinzelnd schlug sie eine Weile später die Augen auf. Miles Davis hatte sich zwischen sie und Lucien geschmiegt. Fahles Winterlicht fiel auf Luciens abgewetzte Lederjacke, die über der Schranktür hing.

Das Zugticket nach London ragte aus der Tasche. Seine Jeans lag auf dem Boden, sein *Cetera*-Koffer stand am Fenster, von dem aus die Seine zu sehen war.

»He, Musiker«, sagte sie und sah zur Uhr auf der Ankleide. »Ich bin spät dran.«

Er zog sich nur das Kissen über den Kopf.

Sie stand auf, schlüpfte in ihre schwarze Lederhose, schob ihren bandagierten Arm vorsichtig in den Rollkragenpullover und zog die Stiefel an.

Morbier, ein schiefes Grinsen im Gesicht, saß an Laures Bett.

»Schön, dass du dich auch blicken lässt, Leduc«, sagte er. »Ich hab Laure schon mal erzählt, was passiert ist, aber du wirst das sicherlich noch mit Einzelheiten aufpeppen können.«

Sie küsste Laure auf beide Wangen. Gelbe Blutergüsse, Zeichen der Heilung, zogen sich über ihre Schläfen.

»Ohne deine Hilfe, Laure, hätten die Flics ihn nicht geschnappt.«

»*Bibiche* …« Das konnte Aimée noch verstehen, der Rest war Gestammel. Wie wild hackte Laure auf die Computertastatur ein.

Morbier las laut vor: »Meine Suspendierung ist aufgehoben, Jacques ist rehabilitiert. Besorg mir eine neue Sprachtherapeutin, die hier ist begriffsstutzig und *dämlich*!«

Aimée lächelte. Eine halbe Stunde später ging sie mit Morbier Arm in Arm durch den gekachelten Gang. Sie blieben an dem Fenster stehen, von dem aus der stillgelegte Brunnen im Hof zu sehen war.

»Du wirst es ihr nicht sagen, Leduc«, sagte Morbier.

»War das eine Frage oder eine Feststellung?«

Er seufzte. »Ein wenig von beidem.«

»Ludovic Jubert hat mir erzählt, ihr hättet auf der Polizeiakademie eine Art Pakt geschlossen. So nach dem Motto: Einer für alle, alle für einen! Richtig?«

Morbier wandte den Blick ab.

»Also hat Papa den Mund gehalten über Rousseaus korrupte Machenschaften. Und du und Jubert habt auch nichts gesagt. Nach dem Tod von Papa …« Sie holte tief Luft. »… hat Rousseau in seinem Bericht geschrieben, dass Papa die Schmiergelder angenommen und von den Waffenlieferungen gewusst hätte. So war es für alle am einfachsten, und ihr beide habt ebenfalls Stillschweigen bewahrt, solange Rousseau sich bereit erklärte, den Dienst zu quittieren.«

Morbier rührte sich nicht. Er war so still, dass sie die Gummiräder einer Rollbahre über den Boden gleiten hörte, und das erstickte Schluchzen einer Frau, die, den Kopf in den Händen, auf einer Bank vor und zurück wippte.

»Das Leben und der Tod haben so ihre Geheimnisse, Leduc«, sagte er. »Und manche davon plaudert man lieber nicht aus.«

Ihr Vater hatte sich nichts zu Schulden kommen lassen. Sie wusste es, alle wussten es. Nur Laure nicht. Aber Aimée würde es ihr nicht erzählen. Sie konnte es nicht.

Draußen auf dem Quai blieben sie vor der beleuchteten Fassade des Hôtel de Ville stehen, gleich rechts lag Notre-Dame.

Aimée glättete das Tweedrevers von Morbiers Jackett und sah zur langsam fließenden Seine hinüber. Wassertropfen schimmerten auf den Eisenpollern, an denen früher Boote festgemacht hatten. Und in diesem Augenblick, im trüben Licht der einbrechenden Dunkelheit, während in der Ferne Sirenen heulten, während ein Kleinkind in seinem Kinderwagen lachte und das Wasser der Seine an die Ufermauern schwappte, fühlte sie sich wohl mit den Geistern der Vergangenheit. Im Moment jedenfalls.

»Hast du Hunger?«, fragte sie.

DANKSAGUNG

Mein tiefster Dank gilt Dot, Barbara, Heather und Jan, Dr. Terri Haddix, M.D., Mark Haddix, Dorothy Arkell, Carla Bach, Jean Satzer, Warren, Grace Loh, Don Cannon, Anton Rittu und Stephen Scholer. In Paris: Alice B., Marie Colonna de-Paoli für ihre Kenntnisse über mehrstimmige Musik und ihre Insel Korsika, Chantal Landi-Costerian, *Chez Ammad*, Espace Cyrnéa und Cintu sowie Jon Henley. Tiefempfundene Dankbarkeit, Anerkennung und *bises* schulde ich *ma chère* Anne-Françoise Delbegue, Cathy Etile von der Pariser Polizei, Sarah Laurence Peltier, die mir Lamorlaye gezeigt hat, Jean-Damien, Samir, Roger Trugnan, Résistance-Held, Edwina, Gilles, Emma und dem *Bus des Femmes*, Madame et Monsieur Unsichtbar, die aus Gründen der Sicherheit so genannt werden. Und wie immer James N. Frey, Linda Allen, Laura Hruska und meinem Sohn Tate sowie Jun.

BOULEVARD PEREIRE
BOULEVARD PEREIRE (SUD)
AVENUE DES TERNES
BOULEVARD DE COURCELLES
RUE DE COURCELLES
Courcelles
AVENUE VAN DYCK
RUE LABIE
RUE DU DEBARCADERE
PLACE SAINT FERDINAND
Porte Maillot
P.O.
RUE D'ARMAILLE
AVENUE MAC MAHON
AVENUE DE WAGRAM
Ternes
PLACE DES TERNES
RUE PONCELET
RUE DARU
RUE DU FAUBOURG ST HONORE
AVENUE HOCHE
AVENUE DE LA GRANDE ARMEE
AVENUE CARNOT
RUE DES ACACIAS
RUE BREY
RUE DE TILSITT
AVENUE DE MALAKOFF
Argentine
RUE PERGOLESE
AVE. ALPHAND
RUE DURET
RUE LE SUEUR
RUE CHALGRIN
RUE PICCINI
RUE BEAUJON
R. DE MONCEAU
Chambre de Commerce et d'Industrie de Paris
AVENUE DE FRIEDLAND
PLACE
Arc de Triomphe
CHARLES DE GAULLE
Charles de Gaulle Etoile
AVENUE FOCH
RUE WASHINGTON
RUE LORD BYRON
RUE BALZAC
RUE DE BERRI
AVENUE DES CHAMPS ELYSEES
RUE DE PRESBOURG
RUE VERNET
George V
RUE DE PONTHIEU
AVENUE VICTOR HUGO
AVENUE KLEBER
Kléber
RUE LA PEROUSE
RUE PAUL VALERY
RUE LAURISTON
R. NEWTON
RUE EULER
RUE GALILEE
Centre de Conférences Internationales
AVENUE RAYMOND POINCARE
Victor Hugo
PLACE VICTOR HUGO
AVENUE D'IENA
AVENUE MARCEAU
AVENUE GEORGE V
RUE LINCOLN
RUE PIERRE CHARRON
RUE MARBEUF
Franklin D. Roosevelt
RUE COPERNIC
RUE DE BELLOY
Place des Etats Unis
RUE DE BASSANO
RUE CIMAROSA
RUE BOISSIERE
RUE FRANCOIS PREMIER
AVE. PIERRE PREMIER DE SERBIE
American Cathedral in Paris
Boissière
R. LEO DELIBES
RUE SAINT DIDIER
Ministere des Affaires Européennes
Musée Guimet
P.O.
Palais Galliera
Théâtre des Champs-Elysées
AVENUE MONTAIGNE
RUE JEAN GOUJON
Pol.
RUE DE LONGCHAMP
AVENUE DU PRESIDENT WILSON
Alma Marceau
COURS ALBERT PREMIER
PLACE DE L'ALMA
VOIE GEORGES POMPIDOU
AVENUE D'EYLAU
CHAILLOT
Union de L'Europe Occidentale
Iéna
Palais de Tokyo
Musée d'Art Moderne
PONT DE L'ALMA
GEORGES MANDEL
Trocadéro
Cimetiere de Passy
Jardins
AVENUE DE NEW YORK
QUAI D'ORSAY
PLACE DE LA RESISTANCE
QUAI BRANLY
Palais de Chaillot
RUE COGNACQ JAY
RUE DE L'UNIVERSITE
AVENUE PAUL DOUMER
du
Trocadero
PLACE DE VARSOVIE
AVENUE FRANCO RUSSE
AVENUE RAPP
AVENUE BOSQUET
RUE B. FRANKLIN
AVE. DES NATIONS UNIES
PONT D'IENA
AVENUE DE LA BOURDONNAIS
RUE SAINT DOMINIQUE
BLVD. DELESSERT
La Seine
P.O.
Tour Eiffel
PLACE DE COSTA RICA
Musée du Vin
Passy
QUAI BRANLY
RUE DE GRENELLE
Stade Emile Anthoine
Parc du Champ de Mars
AVENUE CHARLES FLOQUET
AVENUE DE SUFFREN
AVENUE DU PRESIDENT KENNEDY
PONT DE BIR HAKEIM
Bir Hakeim
RUE JEAN REY
Ecole Militaire
PLACE DE L'ECOLE MILITAIRE
AVENUE EMILE DESCHANEL
RUE BOSQUET

Musée Cernuschi
Musée Nissim de Comondo
Boulevard Malesherbes
Rue de Monceau
Rue d'Edimbourg
Place de l'Europe
Rue de Rome
Rue de Vienne
Rue de Naples
Rue de Madrid
Europe
Rue de Liège
Liège
Rue de Milan
Rue de Clichy
Rue Blanche
Rue Pigalle
Rue de Vezelay
Rue de Lisbonne
Police Station
P.O.
Avenue de Messine
Rue de Londres
Rue d'Athènes
Rue de la Tour des Dames
Gare St Lazare
Rue du Rocher
Rue d'Amsterdam
Rue de Budapest
Direction Générale SNCF
Square de la Trinité
Trinité
Rue de la Bienfaisance
Square M Pagnol
Rue Portalis
Avenue C. Caire
Rue de Laborde
Musée Jacquemart André
Rue de Miromesnil
Cour de Rome
Cour du Havre
Rue St Lazare
St Lazare
Rue de la Chaussée d'Antin
Rue de Mogador
Rue de la Victoire
Boulevard Haussmann
Place St. Augustin
Rue de la Pepinière
Rue du Havre
Rue de Caumartin
Rue Joubert
Rue de la Baume
Avenue Percier
Rue Roy
Rue d'Anjou
Rue Pasquier
St Augustin
Rue de Provence
St. Philippe du Roule
Rue La Boetie
Miromesnil
Rue Lavoisier
Square Louis XVI
Havre Caumartin
Chaussée d'Antin
Avenue Delcassé
Rue Roquepine
Rue des Mathurins
Place Diaghilev
Rue de Penthièvre
Rue Cambacérès
Rue d'Astorg
Rue de l'Arcade
Rue de Castellane
Rue Tronchet
Rue Boudreau
Rue Gluck
Opéra de Paris Garnier
Rue du Faubourg St Honore
St Philippe du Roule
Ministère de l'Intérieur
Rue Vignon
Rue Godot de Mauroy
Rue Auber
Rue Halévy
Avenue Franklin D. Roosevelt
Rue Jean Mermoz
Rue Rabelais
Avenue Matignon
Rue des Saussaies
R. Montalivet
Rue de la Ville l'Evêque
Rue Chauveau Lagarde
Rue de Surène
Rue d'Aguesseau
Rue Scribe
Opéra
Place de l'Opéra
Olympia
Boulevard des Capucines
Ponthieu
Rue du Cirque
Avenue de Marigny
Palais de l'Elysée
Rue de Seze
Place de La Madeleine
Madeleine
Blvd. de la Madeleine
Rue du Faubourg St Honore
Rue Boissy d'Anglas
Rue Duphot
Rue de la Paix
Rue Volney
Rue Daunou
Avenue de l'Opéra
Rue des Capucines
Avenue Gabriel
Rue de l'Elysée
Rue Royale
Rue Richepanse
Rue Cambon
Ministère de la Justice
R. Danielle Casanova
Rue Louis le Grand
Champs Elysées Clemenceau
Hôtel Crillon
Musée Bouilhet-Christofle
Hôtel de la Marine
Rue Saint Honore
Place Vendome
Police Station
Espace Pierre Cardin
Avenue des Champs Elysees
Rue St. Florentin
Concorde
Rue du Mont Thabor
Rue de Castiglione
Pyramides
Goujon
Grand Palais
Palais de la Découverte
Avenue W. Churchill
Petit Palais
Ave. C. Grault
Avenue Dutuit
Avenue Edward Tuck
Université Paris IV
Obélisque
Galerie National du Jeu de Paume
Place de la Concorde
Rue de Rivoli
Rue d'Alger
Rue du 29 Juillet
Tuileries
Rue Saint Roch
Rue de la Sourdière
Rue des Pyramides
Cours Albert Premier
Cours la Reine
Terrasse des Feuillants
Rue Saint Honore
Musée de l'Orangérie
Jardin des Tuileries
Musée des Arts de la Mode
Pont des Invalides
Pont Alexandre III
Pont de la Concorde
Terrasse du Bord de l'Eau
Musée Arts Déc
Quai d'Orsay
Quai des Tuileries
Avenue du Général Lemonnier
Jardin du Carrousel
Arc de Triomphe du Carrousel
Rue Fabert
Invalides
Rue Robert Esnault Pelterie
Palais Bourbon Assemblée Nationale
Rue A. Briand
Assemblée Nationale
Pont Solférino
Quai Anatole France
La Seine
Boulevard de la Tour Maubourg
Avenue du Marechal Gallieni
Rue de l'Universite
Musée Légion d'Honneur
Rue de Lille
Place du Palais Bourbon
Invalides
Ministère de la Défence
Rue de Solférino
Rue de Bellechasse
Musée d'Orsay
Pont Royal
Quai Voltaire
Pont du Carrousel
Institut Géographique National
Rue Saint Dominique
Boulevard Saint Germain
Rue de Poitiers
Rue du Bac
Rue de Beaune
Rue Allent
Rue de Verneuil
Esplanade des Invalides
Rue de Constantine
Rue de Bourgogne
Square S Rousseau
Rue Las Cases
Solférino
Rue de Martignac
Rue Casimir Perier
Square Santiago du Chili
Square d'Ajaccio
Musée de l'Armée
Hôtel des Invalides
St-Louis-des-Invalides
Varenne
Rue de Grenelle
Police Station
Rue Montalembert
Rue du Pré aux Clercs
Rue des Saints Pères
Ecole Nationale Supérieure des Beaux
Académie Nationale de Médecine
Rue de Saint Simon
Rue P.L. Courier
Rue de Bac
Ecole Nationale d'Administration
Rue de Luynes
Rue Saint Guillaume
Musée de l'Ordre de la Libération
Dôme des Invalides
Boulevard des Invalides
Musée Rodin
Rue Barbet de Jouy
Fontaine des Quatre Saisons
Boulevard Saint Germain
Rue de Varenne
Hôtel de Matignon
Avenue de Tourville